文化的光芒

张 坤 著

中国青年出版社

序 言　　文化的光芒无"微"不至 – VIII

第一辑

立春是思想的解放日 …………………… 002

不等天上掉馅饼 ………………………… 003

学做老实人 ……………………………… 004

中青报"融媒小厨"大情怀 …………… 005

良法容孝子 ……………………………… 007

"怕老"是个伪命题 …………………… 009

问一声"清安" ………………………… 011

生命中那只小鸟 ………………………… 012

在新闻舆论监督面前，请各自重 ……… 014

"街头艺人"大秀，到底谁逗谁玩 …… 016

政府危机公关七条"军规" …………… 018

我的海军情结 …………………………… 020

人是移动的"手机" …………………… 022

"愚公"移报 …………………………… 024

关注真新闻 关注真问题 ……………… 027

做大事的幸福感 ………………………… 029

无敬畏 勿新闻 ………………………… 031

使者相望于道 …………………………… 033

舌尖上的中青报 ………………………… 036

成为一名阅览人生、知行合一的"阅读者" …… 038

不作为 难善终 ………………………… 040

勿以事"微"不作为 …………………… 042

第二辑

低到尘埃里 …………………………………………… 046

抬头文明对话的胆识 ……………………………… 048

查查有没有开"八股会" ………………………… 051

把诗当作生活 ……………………………………… 053

童心从未飞走 ……………………………………… 055

高考颂 ……………………………………………… 056

别去拔同行的电源 ………………………………… 059

社长室之夏 ………………………………………… 061

正气尚志 …………………………………………… 063

为何负能量有时占上风 …………………………… 065

二次元的唯美 ……………………………………… 067

每天都是再出发 …………………………………… 068

本事是被逼出来的 ………………………………… 070

总有不会"速朽"的新闻 ………………………… 072

房产证上写谁的名字 ……………………………… 074

谁在看那池荷莲 …………………………………… 076

拿了户口就跳,无信 ……………………………… 078

一枚槐花的修行 …………………………………… 080

无言的一角 ………………………………………… 082

脑海中的橡皮擦 …………………………………… 083

夏日"锁"事 ……………………………………… 085

等待的光阴 ………………………………………… 088

第三辑

连夜出发……………………………………092

永远算不出来的"情怀"……………………094

为谁良知为谁行……………………………096

专注让生活简而美…………………………098

从舍掉那张"面子"开始……………………100

脱光了的"爆款"会掐死真灵魂……………102

学习父母好榜样……………………………104

暴涨纸价中的"灰犀牛"危机………………108

莫负师心……………………………………110

小斋通大道…………………………………112

"报"恩桥……………………………………114

"装"出真我…………………………………117

"退群者"的心思……………………………119

为何越努力越累……………………………121

"美"的聆听…………………………………124

痛苦不够……………………………………126

风后暖………………………………………128

倾听年轻人花开的声音……………………130

三种"同学的境界"…………………………132

第四辑

人如何活得更加美好………………………136

幸遇民间高人………………………………142

越怕事 越出事 ……………………………144

秒回强迫症…………………………………146

小事一桩，呵呵……………………………148

流泪，不仅仅因为感动……………………150

报有老人都是宝……………………………153

你的心"退休"了吗…………………………155

奋斗的青春最幸福 ‥‥‥‥‥‥‥‥‥‥ 157

这场霾似乎走了 ‥‥‥‥‥‥‥‥‥‥‥ 159

文化沟通会增强幸福感 ‥‥‥‥‥‥‥‥ 161

每天读报有用吗 ‥‥‥‥‥‥‥‥‥‥‥ 163

大海总能阔我心 ‥‥‥‥‥‥‥‥‥‥‥ 165

出门俱是看花人 ‥‥‥‥‥‥‥‥‥‥‥ 167

一分单纯一分香 ‥‥‥‥‥‥‥‥‥‥‥ 169

打一场精品战 ‥‥‥‥‥‥‥‥‥‥‥‥ 171

第五辑

一碗清汤热面 ‥‥‥‥‥‥‥‥‥‥‥‥ 174

我的"小师傅" ‥‥‥‥‥‥‥‥‥‥‥‥ 176

珍护每一份激情 ‥‥‥‥‥‥‥‥‥‥‥ 179

坏习惯会要命 ‥‥‥‥‥‥‥‥‥‥‥‥ 181

愿化马兰花一朵 ‥‥‥‥‥‥‥‥‥‥‥ 183

致青春永驻的"小老杨" ‥‥‥‥‥‥‥‥ 185

愿中青报多出些青年问题专家 ‥‥‥‥‥ 188

一只呆鹅好富贵 ‥‥‥‥‥‥‥‥‥‥‥ 192

识 C 罗三球 得人生精气神 ‥‥‥‥‥‥ 194

闻艾香 识好运 端吾心 ‥‥‥‥‥‥‥‥ 196

世故圆滑非青春 ‥‥‥‥‥‥‥‥‥‥‥ 198

不学习，才真"丧" ‥‥‥‥‥‥‥‥‥‥ 200

胆识限制了想象力 ‥‥‥‥‥‥‥‥‥‥ 203

新闻还有多少"专业" ‥‥‥‥‥‥‥‥‥ 205

兵妈妈的目光 ‥‥‥‥‥‥‥‥‥‥‥‥ 207

此心犹未出青年 ‥‥‥‥‥‥‥‥‥‥‥ 209

图鉴人心 静水流深 ‥‥‥‥‥‥‥‥‥ 211

谷香和萝卜的秋味 ‥‥‥‥‥‥‥‥‥‥ 213

700 岁的胡同猫 ‥‥‥‥‥‥‥‥‥‥‥ 214

第六辑

融媒的"调性"……………………………………218

别急，等待自己的最佳时区………………………220

融媒的"钉子"有故事………………………………222

加速融合闯三关"小"中也有大乾坤……………224

爱的习惯在于持之以恒……………………………227

把"向善"活成生命最亮底色……………………228

转型转型，新闻"转"没了………………………230

为新闻"牺牲"的收获………………………………232

别太把"自己"当回事………………………………234

天哪，我的"简单"丢了吗…………………………236

是否真学儒 孔子"考"五问 ……………………238

念念都是你的好……………………………………240

红与白…………………………………………………242

地坛的本色…………………………………………244

沉静四月天…………………………………………246

"顶尚"师傅 …………………………………………248

努力当好搬运工……………………………………250

站出一棵"大丈夫树"………………………………252

牵牛花落人间星……………………………………254

莫抛自家无尽藏……………………………………256

第七辑

种子的梦想…………………………………………260

一位退休老同事的忠告……………………………262

阅兵表情中的"三"笔勾勒…………………………265

青年大英雄大先生…………………………………267

不忍惊扰千秋梦……………………………………269

大水缸里一粒米……………………………………271

我是自己的传奇……………………………………272

三种最易生的"气" …………………… 274

擦桌匠 …………………………………… 276

那些沉默的缝隙 ………………………… 279

非狗道 …………………………………… 281

别"拉黑"自己 ………………………… 283

少年的自救与救人 ……………………… 285

还能与鼠辈为伍多久 …………………… 287

国强中医兴，人类大课题 ……………… 289

守护"正气" …………………………… 294

呼吸中的稍事停顿 ……………………… 296

城市的布谷鸟 …………………………… 298

真的是你吗？斑鸠爸爸 ………………… 300

香草美人赠君艾 ………………………… 304

天问百毒不侵"命" …………………… 308

愿听秋声做"愚公" …………………… 310

第八辑

新闻观 …………………………………… 314

领导者 …………………………………… 324

人生谈 …………………………………… 334

成功说 …………………………………… 347

思考乐 …………………………………… 360

人世间 …………………………………… 378

附　录　　王阳明的六堂人生课 – 387

　　　　　向青少年讲好文化传承的故事 – 417

文化的光芒

无"微"不至

假如曾当过报刊主编的马克思活在今天，在说出"通过油墨向我们的心灵说话"这句名言后，可能会再加上一句——"通过网络向我们的心灵说话"。假如秉持"以言报国之微志"的梁启超活在今天，也许会将这份对报人的勉励，分享给网络社交平台上的"微友"们。穿越时空，这些闪光的文字依然激励和鞭策着我们。无论是通过"油墨"还是"网络"，无论是"微信""表情包""小程序"，还是"网红"，新闻的传递总是充满文化的力量。

文化的光芒无"微"不至，其魅力和价值体现于百姓日常而不觉当中。随手在手机屏上轻轻划过，一言一图，一笑一乐，是有趣、有用、有品，还是"一言不合，友谊的小船说翻就翻"？在菜市场一不留神被谁踩了脚，是破口大骂，还是一笑而过？旅途中喝完饮料，是把空瓶子随手扔到路边，还是绕点路，找个垃圾箱扔进去？是一面高声向社会呼唤爱心，另一面却冷落身边的父母，甚至没有一句问候？每一个看似微小的选择，都源自你的文化积淀。

文化是"根植于内心的修养、无须提醒的自觉、以约束为前提的自由、为别人着想的善良"，是一种代替不了的人性。正如触觉代替不了直觉，数量代替不了质量，高原代替不了高峰，算法代替不了方法，颜值代替不了气质，机器代替不了人类。文化初义"纹化"，随着文字的变迁，转化为"文化"，是人类独有的"羽毛"。真正爱惜"羽毛"，不是从一己之利、一己之见出发，否则便是

"有翅膀的，不一定是天使，也可能是鸟人"。应以"和而不同"的态度和格局，寻求命运共同体最大公约数的价值共识，尽心光大生长于中华文化沃土的道德光辉。

全媒体融合转型进程里的中国青年报人，和志同道合者一起，正自觉沐浴在文化的光芒中，努力追求"做好新闻人，先做好一个大写的人"。在传媒行业面临巨大的压力、困难之际，重塑青年报人奋斗向上的"精气神"，与天地合其德，与日月合其明，与四时合其序，"为天地立心，为生民立命"。把向上向善的温暖，融入青年之心、时代之光。

"人文化之"报之道，微可足道贵专精。青年报人将继续把新闻舆论48字职责使命烙印心头，在理念、内容、体裁、形式、方法、手段、体制、机制等方面不断创新，走出"全都是套路"的陈旧怪圈，推出一批批有筋骨、有态度、有温度的精品力作，让其在各类终端生动鲜活起来，更能蹦跳出来，与各界青年形成指尖上、心灵上的交互。外化于行，内化于心。

"文而化之"落实处，见微知著接地气。培育和践行核心价值观工作要落细、落小、落实，从微关注、微分享、微创业、微志愿等方式开始，从接地气、"走转改"步步深入。哪里有新闻，哪里有青年，哪里就应当有青年报人的身影。这是我们把工作做细做实的不变追求。脚上的泥土、身上的尘土，构建了一个个感人的新闻"场景"。我们将继续发扬脚踏实地的工匠精神，弘扬主旋律，传播正能量，褒正气之举，鞭丑恶之行，"笔下千钧重，肩头万斤担"。

"化而文之"创新论，微言大义以凝神。如何在创新实践中不断总结提炼文化自觉，产生自己的话语？如何产生自己的概念和理论？如何避免靠炒作庸俗才能"提神"？好新闻是净化风气的良器，好家风是修身养性的源头，好活法是向上向善的引导，好青年是健康成长的伙伴。"好"的文化之光，就是用理性之光、正义之光、善良之光照亮生活，照亮世界。

诚外无物，心安即好。再远距离近在"指"尺，再大世界不出方寸。所有的路走过以后，难以忘怀的往往是些小故事、小场景、小叙说、小概念，那份微可足道的温暖信任和感动，让人生有了大意义。道阻且长行将至，拨开云雾见月明。陪伴年轻人一起微笑、共同成长，做一名幸福智慧的传播者和践行者。

本书内容主要从三年来日记一篇的"坤哥007"微信、微博（此公号经报上级审批，纳入"融媒小厨"多样态产品系列）中编选，当天随闻随想随笔，匆就粗糙，抛砖引玉，尚祈方家指正。

心若年轻，时光不老；心若光明，将无黑暗。

张 坤

2020 年 9 月

第一辑

勿以善小而不为，勿因事『微』不作为！相比于这些在平凡普通岗位上，做出不平凡贡献的劳动者，那些不作为、不担当者，实在应当自惭形秽、无地自容。干一行，爱一行；爱一行，精一行——任何梦想、任何成功，都是坚持从微小的一件件事情做起、做好的。

立春是思想的解放日

Topic：**务虚求实**

"风来传消息，枝头晾春衣，江河水乍暖，静心待花期。"古往今来，多少首《立春》令人心醉，每当立春真的到来时，我想到的是：这是一个思想的解放日。

而春天的解放，必须砸开那些禁锢生命力、创造力的沉重枷锁。为春天欢呼，就要为"初心"中那份纯真的可爱、好奇、探险欢呼，那些正是砸开枷锁的锤子，是声声春雷之前的道道闪电。

带着爱工作。再忙也别忘了"务虚"和"神遇"，抬起紧盯手机屏的眼睛，窗外一瞥，也许恰遇一束迎春红梅，耳边不禁响起："风雨送春归，飞雪迎春到。已是悬崖百丈冰，犹有花枝俏。俏也不争春，只把春来报。待到山花烂漫时，她在丛中笑。"这是对春天充满爱与期待，对工作充满爱与期待，对微言碎语充满爱与期待……当然，还有一句"折梅逢驿使，寄与陇头人。江南无所有，聊赠一枝春"。

立春，一个解放思想的日子，一年工作知行合一的开始，一年四季美好播种的开始。

2017-2-3

不等天上掉馅饼

Topic：时不我待抓改革

近些天都在议论央媒人事改革方案。有没有新政策？有没有新支持？有没有新机会？对于我们这样承担重要引领责任，却是自收自支的央媒来说，更是充满期待。但是我们还是坚定信心：时不我待抓改革，不等天上掉馅饼。

把改革延伸到青年手中、心中。"媒介是人的延伸"，全媒体融合转型改革后的新闻人，已不只是喉舌，也是十八般武艺都能耍得好的青年友人、全媒人，是受众深入新闻现场逼近真相的眼睛和耳朵。

把改革融合到流程、技能、考评、管理、机制的方方面面当中，不是修修补补的"打补丁"，而是脱胎换骨的"换新装"。

把改革倒逼到市场和用户的"最后一公里"。不仅仅是"直播"打通最后一公里"信息高速路"，也是深化优化最后一公里"精神提升路"；不仅仅是被动"受"之迅速有效的最后一公里，也是主动传道授业解惑的最后一公里。

我们时刻准备着、行动着，始终与时代同行、为青春喝彩，始终坚守理想信念，始终坚持理性和客观、公信力和权威性。

无论前途命运如何，我们将无怨无悔。至少我们坚守过、奋斗过、追求过！

2017-2-8

学做老实人

Topic：**老实是金**

　　学做老实人？是的，不仅不笑话老实人，不让老实人吃亏，还要学做一名"老实人"。因为老实是金，老实无价，老实能带来生产力，还能提高战斗力。

　　学做老实人，学习好人品。人真的老实，就会知底线、守规矩、实事求是，厚积"好人品"的基本底色。改革开放几十年，有过靠投机取巧的人，甚至用拉帮结派、坑蒙拐骗的手段取得一时得势的人，但在历史与实践的大浪淘沙中，那些为人民、为国家、为集体埋头苦干的老实人，才是真正的中流砥柱、问心无愧。

　　学做老实人，学习尽本分。恪尽职守、各归其位，是做好人做大事的前提，特别对一个组织来说，是忠诚事业的第一级台阶，是"不会擅权、专权、弄权"的第一道防线，是托起"政治性、时代性、原则性、战斗性"的基本人性。

　　学做老实人，改过能成长。若一日无过改，则一日无步可进。老实人也会犯错，但能常惭愧，努力改过自新，在一点一滴进步中成长，老实人最怕的就是不知错不自省。

　　学做老实人，"两学一做"严。无论是"三严三实"还是"两学一做"，都紧紧落在一个"实"字上。从合格到优秀的道路有多远，就看学做老实人的力度有多强。老实人不等于老好人，更不等于庸俗人。真正的老实人，不仅有回归初心的"诚"之本，而且有"极高明而道中庸"的"慧"之光，更有知行合一的"创"之梦。

2017-2-20

中青报"融媒小厨"大情怀

Topic：我家小厨初开张

只是刚刚出发，但目的地就在出发地中；只是刚刚起灶，但你想要的美味佳肴就在我们尽心奉献中；只是自收自支，但自力更生先把一个"骨气"接上"精神"。

中青报特色的"中央厨房"——全媒体"融媒小厨"试开张了！这是中青报全媒体内容制作、分发传播、整合运营的机制平台，是全媒体网报融合的流程再造，是全媒体精准的渠道连接，是全媒体移动优先的精品制作，是全媒体品牌拓展的服务创新。

最难的是机制，最磨的是流程，最紧的是渠道，最要的是精品，最创的是服务。

我们的"大目标"——学习总书记讲话精神，坚决落实加快传统媒体向新媒体融合的步伐，全面提升对青少年的思想政治引领能力，在"网上共青团"建设中发挥积极作用，希望以我们的"不等不靠、有所作为"，能得到更多的重视和支持。

我们的"小目标"——立足自收自支为主、挑战机遇并存的实际，没有条件创造条件也要改！改革攻坚谋发展，咬定"一指"不放松！进一步推动网报融合基础上的"移动化、交互化、思享化、交易化"，进一步做实"部门主导，三端融合"，进一步实现"24小时中青报在线看"向"24小时中青报随手看"的转变，更加服务好忠诚的读者和目前1000多万直接的移动用户，更加服务好中青报全媒体直接影响到的亿万青少年。

我们的目标实现，取决于上下同心、精诚携手，取决于改革创新、保持定力，取决于有没有"好看的精品，好用的分享，拓展的品牌，创新的服务"，最关键取决于我们一以贯之的"精气神"。

"融媒小厨"大情怀！"融媒小厨"出大菜！"融媒小厨"烹大餐！这也是一种中青报文化的自信。优秀的"厨师"，精湛的"厨艺"，实用的"厨具"，美味的"厨品"。"我"家小厨初开张，小试"厨技"奏弦乐，五四青年节前的4月27日正式对外开张，只待香味飘满园！

"融媒小厨"继续将以"推动社会进步，服务青年成长"为己任，以"铁肩担道义，妙手著文章"为己任，不断推出一道道精品大餐。我们清醒地知道，目前还面临巨大的内外危机、众多问题和困难，但"骨气"接上"精神"以后，就会不断强筋健骨，不断在无"微"不至的文化光芒照耀下跋涉前行、自信前行。

56年前的今天（1961年3月4日），《中国青年报》发表了吴晗的一篇文章《谈骨气》，结尾处写道："我们一定能克服任何困难，奋勇前进！"

国家如是，报社如是，个人如是。

同仁自勉。

2017-3-4

良法容孝子

Topic：士可杀不可辱

面对十多位壮汉辱母，站在"儿子"的立场上，法官也好，警察也好，将心比心，不知是否能受此之辱？如此情境中义愤之下刺死辱母者，相信这样的"儿子"有千千万万；这是具有最基本孝心的儿子发自内心的本能，是血气方刚的儿子最直接的本能。此举虽与具体刑法难合，却与人间良法可容，有关部门重新展开的调查，带来了新的希望和启迪。

《礼记》云："儒有可亲而不可劫也，可近而不可迫也，可杀而不可辱也。"作为一个人，不仅要活个面子，还要活口气，活个气节；特别是个弱者，不仅要为孝敬尽心尽责，还要在法治缺位时挺身自卫。自古以来，人间大法对于这样的"儿子"总是网开一面，法容孝子。有的取决于皇恩浩荡，有的取决于良法善治。

《春秋·公羊传》中云："子不复仇，非子也。"连孔子也在被子夏问及如何报父母之仇时，要誓"斗"之。千百年来有不少"法容孝儿"的先例。譬如东汉的董黯杀了侮辱他母亲的人，然后向官府自首，汉和帝闻其孝心，宽恕其杀人之罪。

良法容孝子，是在事实与规范之间，心中更应充满正义，良法更应理性包容，目的更应重视社会作用。法的作用可分为规范和社会两大类。规范作用是从"法是调整人们行为社会规范"这一角度提出来的，而社会作用是从"法在社会生活中要实现一种目的"的角度来认识；规范作用是手段，社会作用是目的。

良法容孝子，是要理性考虑"义愤杀人"防卫过当的主观因素，也要审视涉嫌无赖黑恶等"逼上梁山"的客观原因。当然在具体执法过程中，所有判断杀人此举偏激与否的舆论都仅供参考；最后的判决，考验着以人为本、依法行政的程序与智慧，即便相"容"，也要从法理法律层面，拿出足以令人信服的正义理据，或者做出正义的修订。

良法容孝子，要实事求是结合司法过程"亲历性"和"经验主义"，研判能"容"的程度；一方面"人命关天"保护不可侵犯的生命权，一方面体现"法律也是善良的艺术"。

最高检察院已派员开始调查辱母杀人案：将审查于欢行为是否属于正当防卫，警察是否存在失职渎职。相信下一步依法行使审判权，能做出更加合法、合情、合理的判决。

道不远人，法更不远人。在宪法的框架内，任何修正、修订和调整，都是良法善治的必然，都是天意民心的所向。

2017-3-26

"怕老"是个伪命题

Topic： **好活法，年轻态**

最近，关于年轻人"怕老"的话题忽然热起来，"1992中年危机"（1992年生人已进入中年的危机感）袭来，心灵鸡汤能不能治好这种焦虑症引发争议。细想一下，觉得"怕老"其实是个伪命题。每个时代，都会有类似的"焦虑"。总有一种成长叫"自然变老"：有的人老了，他却年轻着；有的人年轻着，他却老了。

前几天与90后（今年93岁）诗词大家叶嘉莹先生坐在一起聊天，听她单纯的笑声、幽默童真的敏捷反应，自愧自己比她还要"老"呢！

与其大呼小叫炒作"怕老"，不如更多实在地关注"怕老"背后的现实问题；与其用心灵鸡汤喂点解渴之料，不如传授"治人生如烹小鲜"的厨艺妙道。因为一些年轻人，虽然有基于社会压力下"不想太早长大"的倾向，但越来越主动地用自己的开放性、创造力、责任感，去潜移默化影响着有些浮躁的现实。譬如两会前中青报一项民意调查表明，"养老话题"是年轻人最关心话题之一，不是简单"怕老"，而是关心实在的一系列相关改革。同时，另一项社调表明，在新的公益志愿行动中，80后、90后越来越成为参与主体，有些人甚至已把它当作自己的新生活方式。

当然，年轻人也要向长者、智者学习。"三人行，必有我师焉。""己欲立而立人，己欲达而达人。"孔子曾经对几位年轻弟子说自己的理想："老者安之，朋友信之，少者怀之。"这其中也反映出年轻人的成长，要有更高的理想追求，这样才能有"时尚颜值、事业峰值、奋斗价值"，才会有一个终老无悔的青春。

"怕老"虽然是个伪命题，其折射出来的心理问题、教育问题、成长问题、就业问题、社会问题等等，却都是真课题，需要无论年龄大小的我们相互学习、相互包容、相互携手，攻坚克难，从容应对，向上向善。

　　某种意义上说，这就是现实需要的"好活法，年轻态"。

2017-3-29

问一声"清安"

Topic： **清明节如何问候**

清明既是节庆又是节日，因为有寒食之"冷"，还有祭祀之"忌"，日常大家一起不知如何招呼为好了，"节日快乐"似乎总令人有些别扭。

求诸师友，问一声：清安，感觉最为适宜贴切。

"清安"取"清平安宁"之意，既合了清明节"万物生长此时，皆清洁而明净，故谓之清净"，又寄予了对亲朋故友和大自然的美好祝福。

先自问一下内心：清安否？记得老家乡村有一副对联：急不完的心事，想一想，暂时抛开；走不完的前程，停一停，从容步出。

再问一声社会：清安否？

破执和惜福的"春江水暖鸭先知"，是摆脱物欲对心灵奴役的追求，足以令还在脱贫道路上奔波的我们警醒，防止"炒房""炫富""投机取巧""坑蒙拐骗"等不良的社会现象和情绪膨胀作恶。

还要问一声自然：清安否？自然无声胜有声，生态互动在心态。今天还是有一些雾霾，明天据悉会有小雨，这些都牵动着人的心理状态起伏难平，触景生情，自古有之。对于自然界中一切有形无形的生灵，对于人类生命源头的追思忆念，都可以真诚而敬畏地问一声：清安！

站在这个春天的"清明柳"下，默默祈福家和业兴、政治清明、国泰民安、一世清平、万世太平。

问一声：清安！

2017-4-3

生命中那只小鸟

Topic：**风清日月明**

风清日月明，梨花带雨泪。每到清明，生命中那只小鸟就会默默飞来。

那只小鸟带来春的信息，带来清明的风，带来生死无常的警讯；也带去我对祖辈亲人和故友的思念，带去对英雄英烈的崇敬追忆，带去对所有生命意义的追问。

那只生命中的小鸟，在生死旷野之中跳跃着、飞翔着，目光专注、羽毛雪白、闪闪发光，在看似弱小卑微的身影里，蕴藏着庄严和骄傲！她飞啊飞啊，心有多宽广，她就能飞多宽广，没有什么能阻挡她向前、向上，纵然生死旷野中偶尔乌云密布，她也会振翅冲出去，像一团纯洁燃烧、永不熄灭的火焰。

生命中那只小鸟再次飞来，却突然发现她其实从没有飞走。只是如那刚刚热演的《一念无明》——爱从来不会飞走，除非心中没有"爱"的天地；生命从来都是悲欢离合的体悟，除非心中总被无名枷锁束缚。

生命中那只小鸟再次飞来，忽然在其无言中听到千言万语，听到鸟语花香微妙音，听到生命中那份最美好的喜悦和祝福。彻底放下仇恨和抱怨，放下对生命过度的索求。生命已给了我们很多，我们还能为生命、为他人做些什么有价值的事情？

生命中那只小鸟再次飞来，蓦然回首，更加深刻地反思地球纪录片《家园》（Home）警示的人类危机：越来越快，越来越糟，人类正在为了私欲，透支和毁灭亿万年的自然生态遗产。重建"人类命运共同体"是和平鸽衔枝传送的喜讯。

生命中那只小鸟再次飞来，和白洋淀上成群的野鹭大雁一起嬉戏，飞报千年之计定于春的佳音。正如一位朋友发来"清安吉祥"的祝福：国逢盛世春光好，岁岁清明，今又清明，华夏悠悠祭祖情。一年一度改革劲，不是雷鸣，胜似雷鸣，笔巨雄安天下惊。

　　感恩生命，感恩生命中那只小鸟。她和千千万万生命中的小鸟一直在一起，和天地、人、万物一直在一起。

2017-4-4

在新闻舆论监督面前，请各自重

Topic：自重不仅是职业操守

近期因种种原因，有些舆论监督报道暂缓公开发表。此举既是为尊重相关纪律，也是为顾全大局，以利于真正推动解决问题。舆论监督是一种推动社会进步的权利和手段，无论公开报道与否，对媒体人和被监督对象来说，都需要"各请自重"，因为这不仅仅关乎职业操守。

媒体人要更好地把握舆论监督的"时、度、效"，更深刻地认识到舆论监督与正面宣传是统一的，新闻媒体要直面工作中存在的问题，直面社会的丑恶现象，激浊扬清、针砭时弊，同时发表批评性报道要事实准确、分析客观。而对于被监督对象，特别是某些基层政府的有关部门，要尊重自己手中的公权力，也要尊重新闻工作者的正当权益，尊重法律和民意，正确对待舆论监督。

如今，越来越多的部门和个人对舆论监督从谏如流，而且成功有效地在推进问题解决过程中树威立信、健全制度。遗憾的是，日前在进行合法正当的舆论监督过程中，还是出现一些不和谐音，个别地方政府部门干部不仅围追堵截、"红包"利诱、上层公关，甚至将记者反锁在房间、当面威胁记者等等，这些就失去了"自重"。

更有甚者，个别基层政府部门和领导不首先反思问题根源所在，反而将"媒体炒作放大""影响一方稳定"等大帽子，扣到进行舆论监督的媒体和媒体人头上。其实，有的舆论监督，只是正常将事实真相向公众第一时间告知而已。

做官员，做媒体人，做公民，做人……都应该拥有一颗自重之心。《论语》云："君子不重则不威。"所谓"人必自重，而后人重之；人必自侮，而后人侮之。"故而立身处事，不能自傲自轻，这不仅仅是守住职业道德和伦理底线，也是守住做人做事的底线。

不要以为暂缓舆论监督就可以放任自流，媒体只是以团结稳定鼓劲为主，希望共同推动相关问题解决，切实维护公众的权益。

如果认为可以继续我行我素、不抓紧解决问题，以为反正可以摆平搞定而不尊重记者，那可能需要对其来一次"当头棒喝"，那后果恐怕就不如我们媒体人这"监督棒"那么好受啦！七躲八闪"不自重"的背后，不就是担心乌纱帽保不住吗？

2017-4-11

"街头艺人"大秀，到底谁逗谁玩

Topic： 太阳下的游戏

今天，是附近十字路口这位"街头艺人"宣布"大秀"的日子，吸引了很多人的围观，还有从城另一头赶过来的。据说，除了平时耍玩的风琴、小号这些道具，还有"轰"天响的大鼓亮相，艺人要试着大敲"大秀"。

气氛十分紧张，不仅仅因为备受噪音侵扰的街口四邻神经紧张，四面八方围观者也兴奋异常，就连准备"大秀"艺术的表演者也精神高亢，尽管谁也不清楚他这种"高亢"是"紧张"还是"兴奋"，也不清楚他今天是不是真的敲起"轰"天响的大鼓。

因为这样最终各方虚惊一场的"大秀"，已经延续不少次了。每一次的暂时表演结束，又是新一场的预演开始。为了制止可怕的噪音和冲击波，就连城另一头的"霸王"也不得不每次气喘吁吁拿着大棒赶来，又扛着大棒回去。最纠结的是比邻而居的几位兄弟，还是一直苦大仇深的，都表情复杂希望比、学、赶、超"艺"之技。只想搞清楚一个问题：爱逗谁玩逗谁玩，我可不想搅和！

遗憾这只是一厢情愿，十字街头，家家户户，谁都逃脱不了太阳下的游戏，就连远在城另一头的人们（包括"霸主"），也牵涉其中。因为这里不仅是来往必经之地，还有不少关系亲密的亲戚朋友，更有城市的命运与这个十字街头的状态紧密相连。

今天的太阳热辣辣的，显然是夏天向暮春的一次示威。与以往不同的是，这次大家大户们已初步形成了一些默契，努力最大程度调控好这场"大秀"可能带来的各种后果。既然没有谁能独善其身，那就在"艺"之道上下功夫达成共识，如何维护城市十字街口的和谐有序、奏响"命运共同体交响曲"，直接关系整个城市的和平与发展。这场太阳下的游戏，实在也是决定人前途与命运的游戏，这座城市的生死存亡处在了一个十字路口。

围观也罢，气愤也罢，恐惧也罢，歇斯底里也罢；"街头艺人"搅起的"大秀"风波，考验人性的坚强与脆弱，检验城市的智慧与机能，也挑战着"霸主"的底线与耐心。最下策是被人玩耍，中策是不变应变，最上策是群策群力。"群策群力"不仅需要大家大户、比邻围观者的"策"与"力"，还不可忽视那位表演欲望很强的艺人加盟。

其实正如每个人都有表演欲望一样，只不过不同的位置、不同的性格、不同的诉求，决定了这场游戏中不同角色的扮相；你方登场我下场，我方进来你方退，不到万不得已，不令任何一方彻底绝望。

再怎么"乱"人之心的游戏，都有明规则和潜规则可循。何况更多理性、明智的人们，会携手不断创建出适应未来与不确定性的新游戏规则。同在蓝天下，同沐阳光中，只要不失去最后的理智，只要还有"利益"可以讨价还价；这场太阳下的游戏，就可能更加公开、透明、普惠，可能只会"止于艺"，顶多止于一场小打小闹的闹剧。

越来越多看热闹的围观者开始冷静下来，一面祈愿和平，一面着手准备——无论谁逗谁玩，我自心中有数，做好自己该做的事情。

2017-4-15

政府危机公关七条"军规"

热播中的《人民的名义》引出很多话题，其中"一一六"事件迅速曝光、应对全过程，活生生现实翻版，你从中看出政府危机公关的七条"军规"了吗？你若没看出，反正有人看出来了；你若不相信，反正有人是信了；你若觉得这些太值钱，怎么就这么发出来了呢？反正为了这个社会更好，就应该让更多人分享吧！

第一条"军规"：第一时间了解真相。移动端为主的事件引爆点已经无处不在，若不了解一些移动传播规律，就很可能在全世界都在议论真相时，你还在傻乎乎问这问那。

第二条"军规"：深入一线权威发声。"权威发声"不等于轻易发表结论，新媒体时代的新闻，顶多是在消除不确定性中逐步逼近"真相"，所以要把这个"逼近"过程执行得很权威，真诚态度是保证。

第三条"军规"：迅速发声，同时依法发力。闻其声，听其言，观其行，知行合一才能真服众；还要依法合规、合情合理。所以剧中"打击违法，逮捕假警察"立马显神威——当然剧透似乎司法队伍中公安问题偏多，其实绝大多数人民警察都是好样的，老百姓出了问题本能不都是第一时间想到他们吗？因为酷热严寒冲在矛盾旋涡最中心，个别出现的问题极易被炒作放大影响整个队伍形象。我们要冷静平衡、相互协作、整体应对。

第四条"军规"：清朗网络空间，查找造谣源。绝不再要一出问题就急着"删啊！删啊！"的思维习惯了。越删越黑，但查找、打击造谣、传谣是正事，用不断确定的权威新信息，自然屏蔽那些网上不实传言，当然也要区分，其中大部分人，不过都是情绪化跟风炒作者。

第五条"军规"：及时新闻发布，正本清源。一面要依法打击造谣、传谣者，一面要认真组织新闻发布会，不仅是公开辟谣，更是发布政府"正在进行时"的态度、行动和效果，还有求得各方理解、互动、建言、支持的实效。

第六条"军规"：关心群众，服务人民。所有的政府危机公关目的，都是以关心群众、服务人民为中心，既非冷漠只顾自己政绩和"乌纱帽"，也非过度"关心"把法规和程序都置之一边，执政水平的体现尽在其中。

第七条"军规"：以问题为导向，善待媒体。别抱着侥幸和应付心理对待眼前危机，以问题为导向，转危为机，就要有抓铁留痕的劲头、系统整体的思维。也别指望对媒体能躲就躲、能打就打，甚至不从自己出现的问题出发，把"屎盆子"全扣在媒体头上。不久前写过小文：面对舆论监督，一些官员和媒体人都要学会自重，大家都是为了共同目标各司其职、各尽其责，需要相互善待、加强沟通。

这七条"军规"中可以贯穿如一的关键词：沟通，沟通，再沟通！今天这篇，也是以人民的名义——在沟通。

2017-4-16

我的海军情结

Topic ： 走向深蓝

在中国海军迎来成立 68 周年纪念日之际，由衷激动，由衷祝福：中国海军，生日快乐！不仅因为在这个特殊的生日，我们一起回顾中国海军百年雪耻之路，一起聆听中国首艘国产航母正在组装，即将整装待发的喜讯，还因为 20 年前，我曾经有近一个月的时间，在南中国海和海军官兵朝夕相处。

那是一段刻骨铭心、至今难忘的采访之旅，那是一片翡翠之海、彩云之海、战士之海。永暑礁、南薰礁、渚碧礁、华阳礁、赤瓜礁、东门礁、美济礁……那时克服着海上大风大浪带来的眩晕呕吐，走上这些祖国的领土，看望长年坚守在这里的年轻官兵们，并和他们拥抱、歌唱。

记得一位年轻战士热泪盈眶地说：礁上就十多名官兵，每一天都以礁为家、与海为伴。为排遣孤独、寂寞和对亲人的思念，他们读书、弹琴、原地训练，甚至对着大海怒吼，身心忍耐力已到了一个极限；跟随他们的一条军犬，都难耐这种生活，日夜望海狂吠，最终还是跳海自杀。官兵们每年最兴奋的是一两次见到远方而来的亲人，不仅圆了相思苦，也能喝上大陆淡水、吃几口新鲜蔬菜。由于海上长途跋涉，往往大陆装箱的蔬菜，到礁上时已所剩无几，官兵们还是一起耐心细致地拼命"抢救"，剥掉层层烂菜叶，摘下剩余的一点点绿色叶子，切碎剁细，包成一顿热气腾腾的饺子，品上"几口"新鲜菜汁。

看着长年只吃压缩饼干和罐头的战士们唇裂口干、脸色青黑，我们没有不心疼落泪的！但战士们却以乐观向上的微笑和拥抱，把"让亲人放心、让祖国放心"的坚强信念传递、感染给我们。还记得军舰临近某礁时，天空突然乌云密布，很快下起了雨，一位老团长感慨地告诉我们，几乎每次大陆舰船临礁时，都会下起雨，似乎在向守礁烈士们致敬哀悼——20世纪后半叶的一天，守礁的十多位官兵因遭突袭，壮烈牺牲，有的连遗体也沉入茫茫大海，杳无踪影。一段令人痛心、燃烧怒火的历史，一段悲壮战斗、奋起护疆的历史。虽然世人很少知道这段历史和类似发生过的血案，但这却是真实的警示录：和平年代保家卫国，同样有流血牺牲！

记忆中的感动故事、感动人物太多太多，越是随着岁月的沉淀，越是浮出记忆的海面。从高脚屋、小礁屿到大礁岛，近20年来，只要是有关海军的故事，有关南中国海的声音，特别是有来自那些岛礁官兵和朋友的消息，我总是问这问那，不放过任何一个细节。

如今，那些守礁官兵们的生活和居住环境已大大改善，那些属于我们的海上领土更加坚如磐石。我去过的远礁，当时一年也难有一两艘中国军舰巡逻，如今不仅有强大的护卫舰例行巡航，而且我们的战机还可自由升降，随时打击来犯之敌。

我的海军！我的南海！我的中国！

2017-4-23

人是移动的"手机"

Topic： **移动唯一**

人是移动的"手机",人是移动的终端,人和万物互联成移动的风景——从"移动优先"向"移动唯一"过渡,并非过激的想法,而是正在进行时的现实。估计今天在报社的全国记者会上说出这个观点,会引起一些讨论和争议。

"手机当电脑用,电脑当电视用,电视当摆设用。"这一移动化趋势,顺者昌逆者亡,不可阻挡。还有多少移动化内容是事实真相啊?离移动端越近,似乎离真相就越远,离理性选择就越远。

一个事件发生了,再也没有多少专业化深度采访,为了迎合公众好奇、猎奇的心理,为了一本万利乃至名利双收,层出不穷的"事实""解读""观点""打赏",在各类移动端上争奇斗艳,掩盖了可怜巴巴的事实真相。一些转型媒体生产的内容,好比一根朽木上的木耳、一个剪刀糨糊弄出的"文摘"、一个东拼西凑组装出的"假肢"。于是,有公信力、调查力的优质精品内容,成了最稀缺的资源和品质。

任何产业在"移动唯一"时代要发展,就不得不拼命靠"融合为一",既体现扬长避短的核心竞争力,也适应整合运营的产业链条。还有多少"未来人"不是移动化成长的呢? Facebook 已秘密开发出大脑意念,可一分钟打出八个字,而移动的"智能人"已开始和各种物体实现紧密联结,人的"一指"就可搞定衣食住行,真正实现"命运共同体"的共享、共融、共和。新一代年轻人,也将在"指"点江山中不断成长。

"移动唯一"本质上还是"不忘初心,触手可及,以人为本,温暖人心",

不为"移动"表面载体、渠道、手段、技术所束缚，这是人作为移动"手机"的完整人格展现，是移动化生存和发展的真实生态圈，是我们真正向上向善的活法状态啊！

2017-4-24

"愚公"移报

Topic："融媒小厨"指向"移动唯一"

愚公能移山，山还在那里；"愚公"能移报，报还在那里。在今天几百家报社老总参加的中国报业大会上，我忽有这样一个"愚公"移报的感慨。前几天发了《人是移动的"手机"》，今天感到更有必要给自己这样一个老报人鞭策和自省自励。

这次中国报协理事会聚焦"融合发展，报业突围"，提供了难得的学习交流机会。开会前就预告：全程将进行移动直播，请大家扫码分享，传播到各个朋友圈。大会上，几乎每位报业的报告交流者都提到——加快"相加向相融"的媒体合而为一进程。正在进行起步探索的中青报特色"中央厨房"——"融媒小厨"，不正是在用"愚公"移报的精神，更加彻底相融地指向"移动唯一"吗？

指向"合一"。基于"移动唯一"的自我革命思维和基因移植，把"纸＋网"的"相加"观念彻底抛弃，做融合为一的真"愚公"，努力以"愚公"移报精神，打造学习型团队。西方现代创新团队有个KISS"愚公"理论（Keep it Simple and Stupid，意思是"保持简单和愚蠢"）可以借鉴，其实也是方向明确后的"知行合一"，多讨论"干法"，少再吵"观念"。"键对键"永远代替不了"面对面"，团队是"融媒小厨"的核心，齐心协力炒出精品大餐是小厨的核心任务。

你就是我，我就是你，什么报纸端、PC端、移动端，都是合而为一的终端；什么终端的报道、产品，内容效果是检验"融媒小厨"的唯一标准。乔布斯说过："只有产品才能改变行业，甚至改变世界"。留住用户"有用、好用、爱用、不得不用"的内容效果，抓手就是与"移动唯一"相匹配的多元化产品。

指向"新家"。孙子说："故善战者，求之于势，不责于人，故能择人而任势。"我们这些青年报人还在成长，是因为我们是和新一代青年一起在成长；新一代青年作为几乎百分之百的"手机原住民"，不仅形成了新的移动"阅读城"，而且完全活在移动化中。如果不能读懂青年、读懂时代，一起建设心灵新家园，为青年烹调制作各类丰富好口味的大餐小菜，我们这些报人还有什么价值呢？还有什么资格担当起"服务青年成长，推动社会进步"的重任和使命呢？

可见"移动唯一"绝不只是技术、渠道和载体，而是深植于内在的思维和基因，是"自我革命"新机制的标配。不仅改变了传统新闻的形式样态，也改变了传统新闻的产播状态。比如，在移动互联网时代，处理新闻的速度与深度这对矛盾，就是一个全新挑战。美国学者保罗·布拉德肖设计出一个"钻石模型"，替代传统报纸倒金字塔结构：第一步——快讯；第二步——草稿；第三步——报道；第四步——背景；第五步——分析或反思；第六步——互动；第七步——定制。这样一个模式反映了媒介环境的巨大变化：新闻从 19 世纪的"内容产品"变成了 21 世纪的"创制过程"。不断地迭代，不断地消除不确定性，逐渐逼近事件真相，正是"移动唯一"的正在进行式。

指向"力量"。某种意义上，移动端的我们越来越远离真相，公信力和调查力越来越稀缺。这反过来，给我们报业转型成为主流新型媒体带来契机。大数据也好，可视化也好，都是加强这样一种力量的"装备""动力"和"翅膀"，这样的力量贯穿于移动内容制作、分发传播、整合运营产业链当中，转报树"业"、移报为"屏"、品牌拓展、服务创新、稀缺变现、资本变现，使可持续发展的移动化全新赢利模式成为可能。

指向"报魂"。老子说："载营魄抱一"。魂魄合一才是道。报之道、报之魂，无形无声，当其依附于"纸"时，才能称之为"报"，当其依附于各类手机等移动终端时，同样可称之为"报"。当魂"吾将反吾宗矣"，它就会"沦于无形"（出自《淮南子》）。

"移动唯一"向纵深发展，就会向用户的需求和需要纵深发展，最温暖的终端是人心，向全媒体理性、客观、专业、创新的职业追求纵深发展。以"纵深"重塑报之魂，重塑精气神，迫在眉睫！

"移动唯一"其实正体现了"道生一，一生二，二生三，三生万物"。按习总书记提出的 48 字新闻方针，"愚公"移报，就要"不忘初心、触手可及、以人为本、温暖人心"，这也是中青报特色的中央厨房——"融媒小厨"大情怀的思想表情和味道。

改革攻坚谋发展，咬定"一指"不放松。我们离"指"点江山的新"愚公"精神，还差得远呢！好在我们已经出发在路上，"决胜移动，有融乃赢"的指向逼着我们"愚公"移报，逼出一条自收自支条件下的融合转型之路。

不是因为进一步有微弱光芒，而是退一步就是万丈深渊！

2017-4-26

关注真新闻 关注真问题

Topic：**真新闻**

关注问题，但要关注"真问题"。在不久前中国青年报社的全国记者会上，一位同事点燃了有关"真新闻、真问题"的话题，引起共鸣。

"真问题"直接关联着"真新闻"，一些表面肤浅的"新闻"，只是没有触及"真问题"的表象。今天，中青报记者在报道安倍访英要"当世界自由贸易旗手"这一新闻时，就揭示出背后的"真新闻，真问题"。日、美、英、法四国联训将于5月3日到22日在关岛等地展开，参训人员规模约700人。记者援引日媒评论称，四国联训有对朝核导开发进行施压，同时牵制中国进出东、南海的用意——不忘挑唆中国南海自由航行才是一个"真新闻，真问题"。

"如果我有一个小时来拯救地球，我会用59分钟界定问题，然后用1分钟解决它。"爱因斯坦深刻地揭示出"界定真问题"的重要意义，而全媒体的新闻人，在其专业性的考验中，如何"发现和界定真问题"成为越来越重要的新课题。因为不少新闻报道披露出的"问题"，不一定是"真问题"。

拨开迷雾看真相，无论是对某一"新闻"中的问题进行逻辑推理，还是事实论证，会直接决定我们是在一步步逼近真相，还是背道而驰。而当我们发现一些想象力很强、逻辑推理很酷的"新闻"时，往往我们会走向歧路，如果是有意甚至恶意而为之，我们还会落入所谓"问题"的陷阱。

一位著名女作家，曾直言不讳地评价了媒体绕开"真问题"做新闻的弊病：似乎你看到了许多报纸，其实你只看到了一种报纸；似乎你听到了无数声音，其实你只听到了一种声音；似乎你想到了无数答案，其实他们只给你一个答案。

也许这位作家说得太刻薄了一些，但她却从另一个角度给我们新闻人敲响一记警钟：如果只有"一种报纸""一种声音""一种答案"，再热闹的转型，只能转得离"真问题"越来越远。因为真问题、真新闻，是与真生活、真实践联系在一起的。只有深入到最基层、最一线"走转改"，才能真正采访出冒着热气、沾着泥土气息的真新闻，并透过现象看本质，发现和界定出真问题。

当看到日前公布的中国青年发展规划中，鲜明提出关注与青年切身利益密切相关的七大问题时，钦佩国家层面第一次把青年心理健康等具体问题指出来。公布出这样的真问题，需要有直面问题的勇气与决心。

在采写"真新闻"同时，我们要有发现"真问题"的勇气与决心，还要有"发现和界定真问题"的能力与水平。当年在抗击非典的某个新闻发布会中，答记者问的领导意犹未尽地说：我最担心有个真问题你们都没有问到。他指的是"如何切断非典传染源"这个关键性"真问题"。

在写出"真新闻"时，我们必须发现"真问题"；在解决"真问题"前，我们必须找到"真问题"。

2017-4-30

做大事的幸福感

要立志做大事，不要立志做大官；要成为五十岁的"青年"，不要成为十五岁的"老翁"；要身处沙尘、雾霾里，心中也充满阳光、坚毅前行，不要整天都是唉声叹气、怨天尤人。

当年还是一名一线记者时，在《中国青年报》发表过一篇头版头条《做大事的幸福感》，文章讲述有些人虽然是在最平凡的岗位，也能创造不平凡的业绩，虽然是最青春的岁月，也能闪闪发光、熠熠生辉。

做大事的幸福感，来自对他人、对社会的默默奉献中，实现自己的人生价值。这是年轻人梦想、志向和理想的结晶，是一代又一代仁人志士、青年俊才不懈的追求。"梦"总是与从现实出发的理想紧紧联系在一起。正因为有"为中华崛起而读书"的远大理想，周恩来等一批又一批革命家能为民族复兴大业赴汤蹈火、矢志不渝。

做大事的幸福感，还来自时代的机遇、祖国的召唤，来自我们每一个人始终向上向善、拥有健康身心和健全人格——因为青春的另一个名字叫"阳光"。这是一份特别体贴入微的关怀，特别的爱给特别的你。今天的青年在物质条件等方面的优裕，远远胜过过去，但这不意味着"幸福感"在同步增加，这是全球化新时代青年普遍存在的问题，在中国同样不可忽视。从曾经的"人生路为何越走越窄"，到"青春路为何越来越宅""成长路为何越来越迷惘"，思想和精神的困惑是横亘在生命成长中的一座大山。

做大事的幸福感，体现在知行合一的具体实践中，体现在青年有更多的获得感中。千里之行，始于足下。系好人生第一颗扣子，走好人生第一步；都是提醒和告诫我们要珍惜青春，走好青春路，脚踏实地做好每一件小事。

正是以爱心、恒心、匠心，坚持不懈地把一件件有价值的小事做好，我们才有资格说"做大事的幸福感"，才有欣然享受"做大事的幸福感"。

2017－5－4

无敬畏 勿新闻

Topic：小记者 大新闻

今天，在北京市东城区海运仓 2 号——中国青年报社朴素的办公楼里，一群新闻界领导、专家风尘仆仆相聚一起，展开中国新闻奖中央部委专业报的初评评选。置身其中，我这个从业了几十年的"老报人"，在一个个"大新闻"里，真诚地回归为一名"小记者"。

这不是一种矫情，而是一种自省。"大处着眼，小处着手"，"图难于易，为大于易"，"积小成大，聚沙成塔"。唯"小"初心，能向各位同行、专家学习，能规避麻木、骄慢、卑贱与油滑的状态，能生出一颗新闻人应有的敬畏之心。无敬畏，勿新闻。

要敬畏事实和真相。现在，人们已经习惯每天用指尖在手机上刷来刷去，成为一名"信息控"，但接收到的信息还有多少事实和真相？譬如近期，"上市辅导时间要一整年"等三大"发行新规"传言到处可见，包括一些所谓"主流"媒体也以讹传讹、跟风炒作。今天，证监会就公开回应称这一消息不实。其实，我们每天都可以看到各种各样类似的辟谣。可怕的不是有多少有意无意的造谣和传谣，可怕的是，不少人似乎不再在乎所传之事是否是"事实与真相"；反而以狂欢、兴奋的姿态来解读，冲击真实信息源的流动，"辟谣"之声被淹没在一波高过一波的浊浪中，有些乐此不疲的"冲浪者"也已习惯对此视而不见。好在近些年来，网络空间的净化行动一直在进行，让一些恶意的造谣、传谣者如过街老鼠一般，人人喊打。

敬畏理性与专业。随着文化趣味的冲突、快餐式碎片化感性情绪的宣泄，还有多少"理性与专业"体现在新闻的深层表达中？要专业不要商业，要疑问不要质问，要事实不要情绪；要激情的理性，不要涕泪交加、咬牙切齿的"打抱不平"。理性与专业还让我们慎待职业、改进作风、发挥专业"定音锤"的矫正作用，"世间事，做于细，成于严"。即便是每年"高质量、高标准、高水平"的中国新闻奖申报评选过程，也还是有少数带着错误观点和明显差错"硬伤"的作品报上来。

敬畏平等与公平。"小记者"的平民视角、草根情怀、视觉化表达，与宏大叙事结合起来，可以更好地以所见所闻、所感所想来鲜活地观察和反映新闻现象，而不流于倚老卖老、装腔作势和自以为是，新媒体时代的"小记者"某种意义上有更多话语权。"大新闻"面前，需要平等；"大局观"面前，需要平衡；"大是非"面前，需要公平。

敬畏党性和人民性。坚持正确的导向、志向、取向，坚守党和人民立场，正是敬畏党性、同心同向的体现，党性和人民性是统一的。全心全意为人民服务、为青年服务、为用户服务，发现发掘人性向上向善的闪光点，讲好辩证唯物主义的好故事，是点燃新闻精品的"火炬"。燃烧信念上的"火炬"，才能充满奋斗的激情。

还有很多"敬畏"，对规纪、对规律，对生态、对生命等等。在如今的媒体转型改革、探索创新过程中，也会不断出现问题、发现错误，但只要有敬畏心，"君子检身、常若有过"，就不会偏离正道大道，就更有希望以新闻人的理想与尊严赴约未来。

清泉石上亮，光明人间有。当我们心怀敬畏的时候，就会努力追求习总书记指出的那个境界：清泉永远比淤泥更值得拥有，光明永远比黑暗更值得歌颂。

在为社会制作奉献"大新闻"过程中，我们心甘情愿做一名充满"敬畏之心"的小记者。

2017-5-5

使者相望于道

Topic：相知相遇 "亲友" 笑

"要致富，先修路。"在今天上午举行的"一带一路"国际合作高峰论坛开幕式上，联合国秘书长安东尼奥·古特雷斯在引用这句中国俗语作为其发言的结束语时，现场发出会心的笑声，随之报以热烈的掌声。

参加了整整一天的高峰论坛，不时听见这样相知相遇的笑声，犹如听到了小别重逢的一家"亲友"们会心的笑声。在等待进会场的队伍中，常看见不同肤色的老朋友拥抱在一起。开幕式还没开始时，作为"一张脸"就是其"名片"的马云，被好几位老外一个接一个"拦"在路上问这问那，看那亲热劲儿，似乎彼此都认识似的。但是，即便过去不认识又有什么关系呢，在"一带一路"倡议的大家庭中，大家都是彼此平等互惠的"亲友"，有钱一起赚，有难一起帮啊！

"孟夏之日，万物并秀"，"群贤毕至，少长咸集"。习近平主席在主旨演讲中，一开始便将千百年来"一带一路""一家亲"的故事娓娓道来，深情地以款待亲友、家人的礼仪对前来参会的各国代表表示欢迎。习主席谈到文明在开放中发展，民族在融合中共建，谈到古丝绸之路见证了陆上"使者相望于道，商旅不绝于途"，也见证了海上"舶交海中，不知其数"的繁华……在场的中外"亲友"一次次报以热烈掌声，邻座一位朋友感慨道："真的有大家庭的感觉，今天来的一百多个国家、地区、组织的代表，不都是相望于道的'使者'吗？"

令我印象深刻的是，习主席提出："历史是最好的老师。这段历史表明，无论相隔多远，只要我们勇敢迈出第一步，坚持相向而行，就能走出一条相遇相知、共同发展之路，走向幸福安宁和谐美好的远方。"习主席强调坚持以和平合作、开放包容、互学互鉴、互利共赢为核心的丝路精神，将"一带一路"建成和平之路、繁荣之路、开放之路、创新之路、文明之路。习主席还为建设这个"一带一路"上的大家庭提出了许多具体举措和方案，包括增资在沿路建100个"幸福家园"等项目，一步一个脚印，一点一滴地造福世界，造福人民。

各国领导人也都以"亲友"的态度和方式，表达了对这个大家庭的信赖、期许和愿意付出的努力与贡献。俄罗斯总统普京回忆起去年G20峰会时，习主席和他提到过今天这个论坛的设想。土耳其总统埃尔多安表示，土耳其会发挥"中间走廊"的重要作用，感谢"我的朋友习主席"。

相逢一家亲，只恨时光短。上午的会议，一直开到中午12点半，下午1点半各大平行主题会议就接着召开。我参加的是中共中央对外联络部主办、团中央等协办的一个平行主题会议：增进民心相通。整整一个下午的会，现场洋溢着一派浓浓的大家庭热情、激情和真情，从始至终，开心、爽朗、善意、会心的笑声不断。

"'一带一路'不仅是各国政治领导人增加互信，更要各国人民民心相通。"欧洲进步研究基金会主席、意大利前总理马西莫·达莱马衷心希望，"一带一路"大家庭要携手共进、实现可持续发展的愿望，并引用了一句阿拉伯谚语表达"一个都不能少"的心声："独行快，众行远。"这也正是以"共商、共建、共享"为基础的"增进民心相通"之意义所在吧！

今天是温暖的母亲节，每个有家庭的人，都会自然而然地想念自己的母亲，给母性光辉照亮后代、胸怀宽广的所有母亲们送上节日祝福，就连今天的蓝天也被网友们点赞为"母亲蓝"。在会议现场，就有不少女性政治家、教育家都是今天"母亲节"的主角呢！有意思的是，下午发言者中有一位埃塞俄比亚"母性之本"慈善协会的主席罗曼·塔斯法耶女士，在介绍中埃两国友谊时，就饱含着诗意的母性情怀，一会儿引用一句中国古语"日月不同光，昼夜各有宜"表达多元包容的重要，一会儿引用马丁·路德·金的名言"坚持做正确的事"，表达了"家庭和为贵"的决心。

一个大家庭，自然关注未来，关注青年成长。上午，习主席的主旨演讲中专门提到了创造更多青年创业机会、成就青春梦想、加强青年科学家交流等话题。下午，第一个主旨发言的联合国教科文组织总干事伊琳娜·博科娃，在短短 5 分钟的发言中，浓墨重彩地展望了"一带一路"创造青年发展的机会，对习主席相关讲话进行了积极回应。

在下午的议程中，令大家难忘的是 6 个"'一带一路'百姓故事"分享，每一个都是与倡议有关的真实情景故事，讲台上的主角，是专门受邀与会的沿途相关国家"一带一路"建设者，都是大家庭中最平凡也最不平凡的一员。

一位 25 年前，在清华大学留学毕业回国的斯里兰卡某工程负责人，时隔 25 年再次来到北京，十分激动。他说，此行像回家探亲一样，如今他在一个中国投资的当地合资企业工作，"我们是一个团队，更像是家人！"

六位在深圳华为公司接受专业培训的乌兹别克斯坦大学生，身着鲜艳的民族服装，载歌载舞，表达着自己的喜悦和感谢。其中一位大学生紧紧拉着中国翻译的手说："我学习回去后，想成立属于自己的 IT 公司。"

现场氛围在央视主持人董倩的穿针引线中，一次次推向高潮。来自坦桑尼亚的一个中国电视剧配音团队，现场把《西游记》中一个桥段演绎得绘声绘色，大家笑声不断。每年有大量中国影视剧在坦桑尼亚播放，为《媳妇的美好时代》配音的女来宾说，她的全家最喜欢这部电视剧，"坦桑尼亚的媳妇和中国的媳妇们，一样一样的。"

对于一个走向美好、繁荣未来的大家庭，今明两天的论坛，在欢声笑语汇聚、真知灼见碰撞中，是一次相遇相知的小聚，是一次全面全新的开始！

2017-5-14

舌尖上的中青报

Topic：当你爱上"小厨" ——第一天

在舌尖上的中青"报"，原来可以品尝这么多秀色可餐的"报"之品；小厨里的"小鲜"，也可以不逊于大菜体验的"报"之道。

上午，《中国青年报》特色中央厨房——"融媒小厨"第一期研修班开课，迎来了近百名来自全国各地的同行、专家。今明两天，大家将会共同温馨"会餐"，相互学习、分享、交流、探讨全媒体融合转型之路。

感恩，感谢！"融媒小厨"只是刚刚才开张，还很简陋，存在一些问题，却引来各方关心和青睐。其中原因，我认为一是我们通过"攻坚改革谋发展、咬定一指不放松"，实实在在体味到因此带来的公信力、传播力、影响力、引导力不断提升；还有一个主要原因，可能是经济适用型中央厨房"小而实用"的新模式吧！我们在自收自支的艰难条件下求生存发展，努力打破"巧妇难为无米之炊"的噩梦，希望早日觉醒过来，尽有限的力量和智慧，显无限的温暖人心正能量，相信我们能迎来更多的阳光雨露，能创制更多受众特别是青年喜爱的可口大餐。

在这样一份坚守、坚持中，感恩、感谢并肩作战的"小厨"战友们，独行快，众行远。因为中青报独特的历史文化传承和发扬，使得中国青年报所在的海运仓2号大院，总是欢声笑语、青春飞扬、香气四溢，很多进来或离开的新老中青报人，都迷恋这里的一纸一墨、一点一滴、一草一木，都不知不觉浸润其中。在这里烹"小鲜"还是炒"大菜"，身上总是带着那么一股中青报的味儿——直逼真相的劲道、直抵人心的柔软、质朴而丰富独特的风味。

即便是没有深入接触过这家报社的年轻人，一旦"跳"了进来，也就很快"熏"得心儿醉；大家一起在独特配料的火锅汤料中添菜加肉，香飘千里，又各具"青"味。即便是一个最普通的新闻发布会，年轻记者也不会拿起通稿就摘，而是要绞尽脑汁挖掘，否则都不好意思交出作品。

作为这个"融媒小厨"中普通的一名服务员，我和同事们总是因每一道不圆满的残次品、粗糙品，对尊客嘉宾心存愧疚，而看着大家紧张、忙碌、拼命的身影，我又对身边的战友们充满敬意、爱意和愧意。

所谓"融媒小厨"大情怀，直接服务、连接着千百万年轻人的心！我们可不仅仅是只为给身边战友们开拓"新战场"啊！曾经，甚至现在，一些青年传播平台被资本裹挟，被商业奴役。我们这样承担着使命和责任的主流青年传媒，被迫防御，连核心的原创思想和内容精品，也被迫廉价售卖乃至无偿被剽窃。

很多人都不相信，依然这么有影响力的《中国青年报》，居然没有一分钱支持她打造服务青年的"中央厨房"吗？其实，确实是这样的。我们始终相信：党心、民心、青年心、报人心，心心相通，我们咬紧牙关完成各项艰巨"大餐"任务的同时，努力立足现实——不等不赖，做出最适合自己特色的"中央厨房"。如果有一天送来更多阳光，我们不就会更加灿烂，为"服务青年成长 推动社会进步"做出更大贡献吗？

2017-5-18

成为一名阅览人生、知行合一的"阅读者"

Topic：当你爱上"小厨"——第二天

今天是中国旅游日，对于《中国青年报》来说，也是一个特别的日子。在北京海运仓 2 号的"融媒小厨"，全国百余名媒体人正在有滋有味地分享、交流着融合转型。

倾听年轻的声音、花开的声音、成长的声音，开启思考一个值得探讨的话题：如何在移动化时代做好一名阅览人生、知行合一的"阅读者"？

正热播的央视文化类节目《朗读者》，用最平实的情感读出了朴素文字背后的力量。我们也许平日难以在大庭广众下吟诵朗读，但是，我们可以时时在阅读的过程中遇见更好的自己。坚持做一名好的阅读者，才有资格做一名声情并茂的朗读者——特别对于移动化时代越来越懒得动脑、懒得思考的我们。

当年身无分文的诗人海子，流浪到一家小面馆，对老板说："我没有钱，给你朗诵一首诗作面钱吧！"颇有古风雅韵。古来就有文人墨客，写诗作画以抵"千金"饭钱的故事，每每想来令人神往，没有深入骨髓的阅读者功底，就没有直指人心的朗读者风采。

朗读者若是"朗读"自己作品时，更是令人亲近亲切，93 岁的叶嘉莹先生在与我促膝交谈时，浅唱低吟的既有自己的诗篇，又有信手拈来的名言典句，令人敬仰和动容，她在介绍自己的人生旅途时，有过"为诗而活、与阅读同行"的感悟。每一次人生的磨难后，若没有阅读者的修养，就如灾后重建的新房新土，却变成了没有过去的人。

阅读一段段文字总是有一种美的享受，字字珠玑都散发着故事的魅力和文字的力量。其实行住坐卧、工作生活，都是在体验一个"阅读者"的活动，一边阅读着别人的故事自我成长，一边创造着自己的故事成就他人。

"治大报若烹小鲜"不易，"治大国若烹小鲜"更难。我们不妨沉下心来，从做好一名阅读者开始。

当你爱上"小厨"，你就会更加爱上阅读，更加爱上家人、同事、朋友、人民，更加爱上那日用而不觉的优秀传统文化，更加爱上这个国家、世界和生命共同体。

2017-5-19

不作为 难善终

Topic： 初心与作为（上）

近期，一些地方连续出现学生食品安全事故，有关部门接受中青报记者采访时，承认相关监管工作有待进一步加强，对涉及百姓特别是涉及青少年健康安全的大事要高度重视、不忘初心、有所作为。

的确，现在有些地方和部门深化改革措施已发布，反腐力度也在加大，但在具体碰到实际问题、解百姓难题的过程中，存在不作为的现象，个别还呈现出"歪嘴和尚念经"的倾向，其恶果是基层因误解、不解而产生对上级的反感，这不是高级黑吗？

不忘初心，方得始终，方能善始善终。不作为，失初心，即便有善始，却难得善终。因为不作为的所谓"善始"，是一种被迫形成的开始，一开始就因不自觉而"形"同虚设。

不忘初心，是一种心系民生的态度，态度决定状态；有所作为，是一种为民服务的状态，状态决定成败。思想观念"总开关"打开了，善作善成、善学善思的"作为"也要相应跟上。

"邦之兴，由得人也；邦之亡，由失人也。"不忘初心、有所作为、善始善终、善作善成，体现了不回避问题矛盾、不惧怕亮短揭丑，体现了实事求是的作风，也体现了一种文化自信。

不作为，最直接的表现是不思考、不调查、不实事求是。只做一个机械僵化的传声筒，只说一些冠冕堂皇的大道理，只一边冷笑："不作为，奈何我也？"一边不听意见、排斥异己。

不作为，还有一个重要表现和恶果：不担当。只要想有所作为，就会触及各种利益、触动已有的奶酪，就有可能犯这样那样的错误，特别是还会导致自己的"利益""奶酪"被触及触动。那为什么要冒这个险呢？不担当，说到底是过多地想到自己，是不愿为服务的对象担责，不真正"以百姓心为心"。

当然，不作为、不担当，还有能力和方法问题，但这不是不作为的借口与理由，能力和方法从来都是在有所作为过程中锻炼和提高起来的。

不作为、不思考、不调查、不担当，对于善始善终成就任何一件事、对于让人们真正有获得感，都是要不得的。

2017-5-20

勿以事"微"不作为

Topic：初心与作为（下）

日前，我聆听了雕刻火药面的"大国工匠"、时代楷模徐立平的先进事迹报告，深深震撼于在神圣的航天事业背后，有这样一位30年冒着生命危险、做着看似微不足道工作的技能工人。徐立平每天要钻进高温下的航天器中，拿着几把刀具，对航天发动机燃料的火药面进行"微整形"。他和被总理亲切称呼为"煤亮子"的煤矿工人一样，更多地用上了技能和知识，和所有工种岗位建设者一起，受到越来越多的尊重。

再神圣的事业，都是无数平凡的岗位支撑起来的；把看似最平凡、最微不足道的活儿干漂亮，就是不平凡。

勿以善小而不为，勿因事"微"不作为！相比于这些在平凡普通岗位上，做出不平凡贡献的劳动者，那些不作为、不担当者，实在应当自惭形秽、无地自容。干一行，爱一行；爱一行，精一行。任何梦想、任何成功，都是坚持从微小的一件件事情做起、做好的。

勿以事"微"不作为。因为，当前正在进行的深化改革，与民心真正相连接的大小事情，无"微"不至。十多年前，我在中国青年报的头条发过一篇名为《打通最后一公里》的文章，报道一个地级市的党组织，建立深入社区的网格管理制度，努力通过一个个服务市民的"微"举措、"微"行动、"微"沟通，有所作为，打通与民心相连的"最后一公里"的事情。尽管，这种面对面的沟通，一开始会出现这样那样的问题，甚至会很尖锐，但是从有作为的实际效果看，却有可持续发展的结果。改革攻坚的各项任务要科学统筹，突出重点，对准焦距，找准穴位，击中要害，推出一批叫得响、立得住、群众认可的便招实招，处理好改革"最先一公里"和"最后一公里"的关系，突破"中梗阻"，防止不作为，把改革方案的含金量充分展示出来，让人民群众从身边"微"可足道的变化和进步中，有更多获得感。

勿以事"微"不作为。因为任何好的战略，都是需要从"微"开始、厚积薄发。改革大到国家，小到单位，莫不如此。拿正在进行的全媒体融合改革来说，"中央厨房"也好，"融媒小厨"也好，都是一个不忘初心的善始吧！但是任重道远，只是刚刚迈步，同样值得警醒："不作为，难善终。"譬如，看到一些措施执行得快而好，但有一些就是难以到位；看到一些易出彩的产品产生快，但有一些费功夫的深度"调查"少人理会；看到一些部门和同事已走得很远，但有一些还在边观望边等待；看到没有了"纸"的周末全媒体产品大大增加，但还有不少部门觉得"24 小时随手看"与己无关……警醒反思，还是要不忘初心，从带头人做起，从我做起，从一件件看似微不足道的事情做起。要奉献精品和大餐，就要在"融媒小厨"每个环节、细节上兢兢业业，有所作为。

正如徐立平被人们赞赏为时光见证了"匠心情怀"的大国工匠，而他却谦虚朴实地表示：我只是 30 年如一日做了一件看似微不足道的事情，当我一次次看到航天利器成功发射，我就骄傲地感觉自己做的事情很有价值，有所作为，人生无悔！

2017-5-21

第二辑

人生成长之路，所谓的成败得失、恩怨情仇，每一笔、每一段，都是最宝贵的财富，都是追求做个明白人、老实人、放心人的一个过程。

孟子说：「学问之道无他，求其放心而已矣。」如果当年能「放心」，不紧张、不粗心、不焦虑，或许……其实没有「或许」，都不过是一个自我磨炼的过程。

低到尘埃里

有离开"学习"的业务工作吗？没有。服务群众，首先要向群众学习。治国理政的大业务需要学习理论、学习历史、学习群众，基层工作的小业务更需要这样的学习精神。

业务有大小，服务无高低。我们常常因为没有处理好"学习"和"业务"两者之间的关系，因而出现很多问题。每天阅览和学习越来越多的全媒体报道，一面点赞"高高山顶立、深深海底行"的同仁们，一面也为因不重视学习而带来的一些问题痛心、焦虑。比如，为求快、求转载、求粉丝，一些连粗糙和肤浅都谈不上的劣品、次品被放出去了，有的还存在着毁灭媒体公信力的差错，有的也暴露出个别采编人员对常识无知、对规矩无视、对岗位无心。

学习并追随总书记深入扶贫的足迹，我们也欣喜地看到，近年来，中国青年报记者（大都是年轻记者）能够深入到扶贫第一线、老少边穷地区，深入到田间地头，采写出有时代感的好作品。

尽管在此基础上，有的深度调查、研究型报道，似乎总显得费力不讨好——不能马上吸引很多转载和粉丝，但我们要大大点赞这种"低到尘埃里"的精神。这是我们坚持主流全媒体需要的价值观坚守：立足大局，记录历史，揭示真相，反映问题，温暖人心。

这些力透纸背的文字，同样可以力透"手"背，在"24 小时中青报随手看"中显示力量和价值。比如，日前中青报一位年轻记者袁贻辰写的《追赶时代的折返跑》，就是如此。这是中青报在今年精准扶贫报道采访中，派出的一名驻村记者，从开始采访到完成稿件，袁贻辰前后花了 15 天左右的时间，采访总时长超过 30 个小时。为了核实村支书所说的大量细节，记者往返县城多次，并独自寻找村民进行核实。袁贻辰认为，在充斥着"经验分享"的各类扶贫稿件中，去零距离解读这样一位村支书的真实心声，是对扶贫的另一种解读，也是扶贫扶智的另一种启迪。

因为连续多日采访扎实，情感饱满，袁贻辰只花了一个晚上就写了九千多字，稿子几乎是自然而然"流淌"出来的。尽管在网站和公号上，这样的"农村"题材阅读量不高，但很多同事给了这篇稿子很高的评价。特别是本篇稿件被全网推送后，黔西南州多位扶贫干部看到此文后给记者留言："为安支书感动，希望在他的带领下，塘山村越来越好。"

低到尘埃里，向群众学习、向国情学习、向实践学习，是搞好业务工作的一项基本功。对于我们来说，不仅仅是要深入到脱贫扶贫第一线，更是要思考，我们有没有真正和创业青年一起工作过？有没有参加过正在改革中的最基层团支部活动？有没有和最容易被忽视岗位上的青年一起值过班？有没有观察过科技工作者昼夜不眠的煎熬和狂喜？有没有接受过游戏玩家甚至黑客的点拨？……哪里有青年，哪里就有我们低到尘埃里的大脑。

低到尘埃里，关键在于一颗全心全意为人民服务的心。正如习近平总书记深入农村，正是因为对贫困群众念兹在兹，拥有让人民生活更加美好"一个都不能少"的决心。

对于我们中青报人来说，只有怀着一颗全心全意为青年服务的心，向青年学习，向时代学习，向最基层、最火热的生活学习，才能脱离媚俗庸俗、自恋自大、空洞无物、东拼西凑、常识差错等羁绊，才能身心放下真正低到尘埃里，并在尘埃里开出最纯洁的花朵！

抬头文明对话的胆识

Topic：没有离开"学习"的业务（中）

75 年前的今天，毛泽东在延安杨家岭发表《在延安文艺座谈会上的讲话》。

站在杨家岭当年主席的演讲处，仿佛和那一批著名文学家和作家们，在仔细聆听主席深入阐述"为什么人的问题，是一个根本的问题，原则的问题"。他旁征博引，既提及外国作家法捷耶夫，又谈到中国作家鲁迅；既对下里巴人，又合阳春白雪。在他的讲话中，用得最多的三个词是：人民、大众、群众。

这是一次学习改造，也是一次文明对话。杨家岭的入口有个大标语：文明是一把尺子，衡量着你我他！

抬头文明对话，来自低到尘埃里的态度。既要能与最普通的大众对话，还要能与最牛的精英对话；既要能与古今中外对话，还要能与天地自心对话。从所有文明中汲取营养，应时而变，与时俱进；既要有胆气胆魄，还须有学识见识。

只有充满敬畏地低到尘埃里，和人民一起自觉学习成长，与一切优秀的文明对话，始终坚持一脉相承、与时俱进，才有可能抬头创新创造、为人民服务，才能再次登上新时代的"高原"和"高峰"。

正在进行的"两学一做"等，不仅仅是业务需要的政治学习，也是业务需要的文明学习。"文章合为时而著，歌诗合为事而作"，"以古人之规矩，开自己之生面"，"等闲识得东风面，万紫千红总是春"。文化的自信，正是取决于"文明对话"和"对话文明"的胆识当中；对于我们新闻人、文化人、文艺人来说，都要在传承和发扬延安文艺座谈会精神中学习成长。

在刚刚结束的中青报"一带一路"高峰论坛全媒体报道中，以《72 小时全景直播 跨越时空的对话》贯穿始终，报道虽告一段落，但是"跨越时空的对话"对于我们更好地讲好中国故事来说，才刚刚开始。在这样一个全球化时代，我们能自信地策划采访全球化选题，与各类文明进行高质量的对话吗？

面对这样一个越来越浮躁的社会，我们能自信地重塑"身边的英雄坐标"，扎根青年、扎根生活，多多写出《刘伟修：小方舱中守护大领空》这样可敬可亲的青年榜样吗？

我们除了能与最基层的工人、农民对话，能不能与政治、经济、社会、科学等领域的领袖和专家对话？我们的很多深度调查报道，能不能经得住历史、事实和专业的检验？特别是移动互联网时代，知识更新加快，学习内容和形式丰富多彩，不仅仅局限于课堂、书本，更多的将是开放式、动态式、融合式的学习。我们能不能不断创造出既有思想和深度，又能让手机原住民的青少年一代读得懂、心灵动的精品呢？

接触过一些大学者专家、大科学家，他们批评时下一些青年记者毫无准备的无厘头采访，自己没搞懂、没核实就敢大胆"点评"，报道充斥难以容忍的常识差错，既是对采访对象的不尊重，也是对自己职业的不自重，更是对新闻事业神圣性的一种亵渎。我们新闻人要有这样一种胆识：不仅有胆气胆魄，还要有学识见识。

　　青年需要有价值的好新闻，好新闻更需要青年；学习需要磨练的强业务，强业务更需要学习；文明需要求同存异的对话，对话的生命共同体更需要文明。

　　只有具备了这样一种精于业务的"学习观"——既能低到尘埃里，又有抬头与文明对话的胆识，才能像习近平总书记指出的：通过更多有筋骨、有道德、有温度的文艺作品，书写和记录人民的伟大实践、时代的进步要求，彰显信仰之美、崇高之美，弘扬中国精神、凝聚中国力量。

2017-5-23

查查有没有开"八股会"

Topic：**没有离开"学习"的业务（下）**

查查有没有开"八股会"，也是查查有没有脱离学习的业务，有没有脱离业务的学习。少数部门、同事怕开会、懒开会、不屑开会，可是从实际效果和成果看，恰恰是这些部门、同事，在一起远行的队伍中掉了队、坏了作风。

当然，开会其实是门大学问，一次好的会议，就是一次好的学习与业务工作的会通。在当下实际工作中，随着各种形式的会议越来越多，工作中的"八股会"也多起来了。查查最主要的问题，就是为开会而开会、为形式而形式，偏离"学习"与业务工作紧密结合的会通之道。其实"八项规定"第二条，就规定精简会议，切实改进会风，提高会议实效，开短会、讲短话，力戒空话、套话。

查查有没有"八股会"问题，就是查查如何更好地处理抓学习与抓业务的关系，这是建设学习型融合媒体过程中需要重视的问题。既要努力防止和克服"忙于业务、疏于学习的事务主义""不学习也能搞业务的经验主义"，又要努力防止和克服"夸夸其谈、纸上谈兵、脱离实际的空头主义""做样子、装门面、穷于应付的形式主义"等现象，坚持业务工作学习化、学习工作业务化，在学习过程中增强业务工作能力，在工作过程中提高学习水平。

所以每一次会议，都是一次有前提和准备的学习，是一次守土履职尽责的学习，是一次修身、立规、立德的学习，不能应付交差、装点门面、作秀摆设。三天不学习，说话没底气；三天不读书，说话都乏味。实践处处是学习，学习成于有心人。

查查有没有"八股会"问题，还要查查我们是不是问题导向，有没有执行到位。把执行每一项任务，完成每一项工作，开好每一次会，都当作一次难得的学习提高的机会，做到业务工作推进一步，学习就跟进一步，同时注意及时总结，举一反三，探寻规律，不断提高学习和工作实效。

问题导向，是倒逼我们在"急、难、险、重"任务中勇于担当，逼着自己学，发现问题，解决问题，边摔打磨练，边学边用，边用边学，拓宽视野，增强本领，超越自我。所以开会是"学习"与"业务"的重要组成部分，有针对性地设置会议议题、讨论问题、汇聚智慧、提交方案、检查反馈、部署落实，就是"知行合一"的表现。既提倡"俯而读、仰而思"，更提倡"起而做、躬而行"，切实在破解难题中深化规律性认识，提高分析、解决问题的能力。

有质量的会议不怕反复开，正如"学习"与"业务"要反复抓、抓反复，如果抓抓停停、时紧时松、忽冷忽热，就会缺乏连续，落实就会落空。对于正在融合转型中的我们，要有"咬定'一指'不放松"的毅力，要有"愚公移报""燕子垒窝"的精神，还要有"滴水穿石"的拼劲韧劲。

学习型团队如此，学习型单位如此，学习型党组织亦如此。

2017-5-24

把诗当作生活

Topic：端午哲思香

"把生活当作诗，把诗当作生活。我们是农民，我是诗人，我们是屈乡人……"当这位农民诗社"三闾骚坛"的社长自豪地说出这番话时，我这位报社社长感动和惭愧：虽然也带头为纪念端午读了诗，但是真的做到"把诗当成生活"了吗？

对于陷于微信中不可自拔的我们，也许抬头看看天、读读诗、与亲人说说话、干些力所能及的活儿，"离开微信的那会儿时间，就是《离骚》了"。

一键点击就可以很快买到的网购粽子，永远比不上家里妈妈慢慢包出来的粽子香啊！一个生活中的真诚微笑、助人为乐的些微善举、脚踏实地的工作劳动、用心书写的美好祝福，永远比天天只是把口号喊得震天响的人，更有资格说"把诗当作生活"。

我们可以学习孔子把"仁义礼智信"，如诗般地融入行住坐卧、上朝退隐的日常生活中；也可以学习苏格拉底把人生当作一首乐曲，有一定主题、一定节奏，还要有各种随时插入的和声、间奏。这样的生活才能显示出它的韵味。

无论有没有意义，生活都无法逃避，也难以选择；但正因为我们真实地生活着，才可以寻找和选择属于自己的生活意义。这或许正是如诗生活的价值和魅力吧！

"相知无远近，万里尚为邻。"我们总是期待和相信无论生活在哪里，都有相知相守，都有诗和远方。于是，我们既需要科学家为我们探寻外在世界的种种奥秘，也需要哲学家帮助我们学习揭开身心世界内在奥妙的智慧——特别是"我们"就站在生活的中间。

德国著名哲学家尼采说过:"哲学家是文化的医生。"说得真好!在这样一个急功近利的时代,在几乎无所不在的一种文化空气中,自有正风,也有邪气,吸引人们羡慕那些一夜暴富、一播骤红、一跃高位的"成功者"们,而对于自古以来人格高尚的圣贤们,有多少是真心实意学习呢?不少只是秀秀学问赶上潮流而已,好笑迂腐乃至不屑者大有人在。更有甚者,还用"放大镜""哈哈镜"极尽挑剔、戏讽歪曲之能事,他们认为,就算做到又怎样,似也没有对现实追求的生活,有什么实际利益。

在今天端午到来之际,向那些诗人、那些农民们表示敬意。高手大多在民间,百姓智慧学不尽,我们每个人都是生活的诗人,都是生活的哲学家,把这种诗意的哲学当作"爱智"时,就是保持好奇的天性,探询一切事物的真相,是一个人追求的生活态度。

尽管自叹过越读书越觉浅薄、越做人越生敬畏,但是越生活越向往拥有一种好的生活态度,越坚信向上向善是一种好的活法,会带来超越平凡生活的生命喜悦,越相信家国天下越来越美好。

一面左手拿起粽子,一面右手不经意刷着屏。看到一首苏轼的《浣溪沙·端午》,忍不住轻轻吟诵:"轻汗微微透碧纨,明朝端午浴芳兰。流香涨腻满晴川。彩线轻缠红玉臂,小符斜挂绿云鬟。佳人相见一千年。"

如此一品香,千年几人闻。

2017-5-30

童心从未飞走

Topic： 向孩子学习

今天早上，在外面开一个严肃的会议，结束之时，我拱手向各位大孩子说："儿童节快乐！"大家先是一愣，然后开心地互致问候；中午回到单位，见一个女同事牵着孩子正走着，忙蹲下头摸着小朋友的头："儿童节快乐！"孩子先一愣，随之开心地笑起来。

在儿童节里欢度我们共同的节日，反思成年人的责任，向孩子们学习，才能更好地呵护、关爱孩子。童心其实永远不会飞走，慢慢老去的只是童颜。

儿童节来了！成人们常常挂在嘴边的一句话是"小孩子你懂什么"，可是他们也曾无奈地裹挟进一些刻骨铭心的大事件，比如因为大人们犯的错，孩子有了本不属于自己年纪的沉重记忆，这未免让人有些唏嘘。

向孩子们学习，学习那一颗美好的初心、那一份简单和真实。越简单，越快乐，越真实，离幸福越近。

向孩子们学习，学习对知识的渴望、对探索的兴趣、对科学的好奇。在学习中学会陪伴，在童言无忌的种种"不完美"中，体验真诚、真信和真实。谨防拔苗助长式的"小大人"，还有越老越依赖的"巨婴"。

"老者安之，朋友信之，少者怀之。"在儿童节这一天，通过孩子面临的恐惧与伤害，反思我们身上的重负与责任，是比送礼物给孩子更重要的事；而向孩子们学习，守住一颗飞不走的童心，让这个世界变得更加童话般美好和幸福，也许是儿童节给我们这些大孩子们特别的祝福和礼物吧！

2017-6-1

高考颂

Topic：总有一种希望叫"高考"

今天高考，对于不少考生和家长来说未必是"欢乐颂"，对于社会话题，特别是媒体关注来说，却可以说是"欢乐颂"。

说实话，真正的考生和家长可能会瞥几眼电视剧《欢乐颂》，却不会把眼睛"锁"在手机里这些有关高考的"欢乐颂"上，何况不少考生的手机，这些天已"被"缴械，不少学校周围的手机屏蔽系统已经启动！所以"圈"里转来转去的高考"欢乐颂"，其实大都是过来人的情感记忆分享，甜酸苦辣、五味杂陈。无论淡淡的忧伤，还是隐隐的自豪，都不过是成长旅途的一段故事，"颂"歌起处，往事并不如烟。

凑个热闹，当年的高考对我来说，是一个隐秘的忧伤故事，却是越品越好玩、越品越有幸福的滋味。难怪每个过来人，都喜欢有点自恋自残式的回忆，都不过是想重"品"一下那个滋味。

我是在一个交通很偏僻的农村县中学读高中的。记得是考后一个中午，集中在宿舍算预估分填志愿时，突然发现因过于紧张、粗心等原因，历史试卷居然有一张 20 分的单独夹页卷没做，就交卷了（据悉是那些年中唯一一次单页夹在考卷中），脑袋"嗡"地一响，便冲出宿舍、校门，漫无目的、大脑一片空白地乱走，眼泪止不住流。不知不觉走到通向县医院的一片油菜地里，蹲在田间，没多想差一分要"挤掉"多少独木桥上人，只纠结怎么和含辛茹苦、满怀期待的父母交代。

就这么苦恼着、纠结着，晚上拖着沉重脚步回到宿舍，却被迎面而来的一同学好友当胸一捶："你一个下午哪里去了？学校都炸了，老师和同学们都在找你，还到后面池塘里用竹竿捞了半天！"

我渐渐知道了老师和同学们在校内外找我的更多细节，在被班主任胡老师狗血喷头痛骂一顿后，作为平时属于他看中疼爱的学生之一，无地自容，对老师、同学们充满感谢、感动和内疚！

我第二天一早就匆匆提前离开学校，连铺盖都是母亲随后去学校取的。好在都是知识分子的父母很开明，他们都是因家庭成分不好，当年从省城附近下放到这个偏远县乡村的。记得父亲慈爱地说："当年也没想过你还能参加高考，有高考，就有希望，不行明年再来。"

在我泪流满面的日子里，平生第一次父母放我出远门——随着父亲所在厂一同事上大学的孩子，去庐山"放飞了一回心情"。等满面红光地回到家，也意外收到了还不错的录取通知书，虽非名校，却加倍惜爱，积极努力，自此将这段"小历史"珍藏于心。

遗憾和惭愧的是，自从那一年提前回家，再也没有跨进过母校大门，后来母校迁到了热闹的城市边，也没有再去过。前几年专门去看望当年骂我的那位敬爱的班主任，他桃李满天下，已记不清当年的我了。我和另一个他记得起来的同学，陪伴了他一个下午。又过了一年，他就去世了。

几个月前，惊喜地在这个微信公号留言中，发现了一位当年中学同窗好友的留言。有不少年没见了，你还记得吗？都还好吧！你就是当胸给我一捶的那个好友啊！这里再次感谢、致歉了，有机会一定当面感谢、致歉！只求一个安心、放心。

其实人生成长之路，所谓的成败得失、恩怨情仇，每一笔、每一段，都是最宝贵的财富，都是追求做个明白人、老实人、放心人的一个过程。孟子当年不就说过："学问之道无他，求其放心而已矣。"

如果当年能"放心"，不紧张、不粗心、不焦虑，或许……其实没有"或许"，都不过是一个自我磨炼的过程。

无论岁月如何流逝，无论有关高考的过去、现在、未来如何奏响多元协作曲，我宁愿一直高唱着"高考颂"。因为这是人生向上的"欢乐颂"，总有一种希望叫"高考"！

2017-6-7

别去拔同行的电源

Topic： 做好自家本分事

今天一早，在全球多地的电视上都能看到这样一幕：英媒为抢拍政要画面，相互间发生混战，推搡冲撞，不仅将同行推翻在地，还有把同行摄像机电源线强行拔掉的行为。此举虽然看上去是条好玩有趣的花絮，却也值得我们这些新闻同行们反省：在我们身上，有没有为了抢新闻"抢"过了头、拔掉同行电源的问题呢？

其实这样的现象，不仅不同媒体之间有，同一个媒体内部也有；不仅新闻界有这样的现象，其他的行业也有。偶尔发生一些这种现象还可包容，过犹不及就是纵容了。有时候还助长了不公平竞争的歪风，扭曲了人性本来的真善美。这其中有的损人利己者，到了说谎话都不脸红的地步，自己都习惯了这种"损人为乐"的生活与工作方式。

我们还是应该把这种损人不利己的做法当作可以诊治的病态，至少试着开四剂良药吧：与人为善的真诚、沟通随和的信任、自助助人的服务、自省自检的纪律。当然，除了个人、小团队，更需要集体观、大局观，需要行业自律、职业伦理和规则约束。

这些日常看上去似乎不起眼的现象和问题，日积月累，就会"千里之堤，溃于蚁穴"。所以，无论对于个人、单位、行业、国家，都不可忽视。我们说着别人，也都难保有意无意间会存在这个现象和问题。

通常，我们似乎很难做到"毫不利己，专门利人"，但我们稍微努力，是可以做到"利己而不损人"的。利己并非一定要损人，损人也并非一定利己，这是做人做事的一个底线。即便一时"得利"偷着乐，也一定是会有

"果报还自受"，别人会因他的错误付出代价，自己不会因此真正得到好的回报。

　　力所能及地多做些利人利己的好事，多存些共享共赢的好心，多坚定"成就别人就是成就自己"的决心，多在做好自家本分事上下功夫，就会多一分人生真实成长的快乐。

2017-6-9

社长室之夏

Topic：和年轻人一起学《干法》

《社长室之冬：报纸王国的艰难抉择》——今天《中国青年报》刊登的这篇报道，虽反映的是日本传统纸媒的危机困境，却折射出全球报业转型的共同遭遇。虽也感受到丝丝寒意，但更多时候是活在当下火热的夏天里，或许不仅是因为社长室之夏的激情忙碌，而且是因为被身边可爱的同事们带动、感动，心底始终开放着积极向上的"生如夏花"，无暇自怨自怜和怨天尤人吧！

已经习惯于和大家一起勤奋努力，享受有成有败、有苦有乐的工作，哪有时间去感受那社长室之冬的悲凉和寒冷？感受了，痛苦了，纠结了，又能怎么样呢？

《社长室之冬》的一段开场旁白，直接戳到传统媒体的痛处。"互联网，尤其是智能手机的普及，令人们不知不觉地不再通过纸质媒介，而是经由屏幕来获取新闻。新闻不断被转载，不再受到时间的束缚。人们不再为了获知新闻而苦等晨刊。"

正因为切身深感这样的"痛处"，才要破釜沉舟、融合改革转型。坚信"人"是移动的手机，努力 24 小时随手看！在数字移动原住民主导的后喻文化中，我们要向年轻人学习，除了激情、创新，不可忽视的是一种脚踏实地的干法。看上去没有转发、爆款、炒作见效快，似乎是费力费心的愚直，却是最珍贵的坚守。

我们正在全力加强正面报道为主的力度，提高典型榜样报道的全媒体能力和水平，积极倡导向上向善的好活法，努力做好青年维权和切身利益的代言人。所以今天和年轻人一起学《干法》时，我们都有这样一种共识：越是遭遇危机快速转型，越是要保持定力和理性，不要耍投机取巧的小聪明，宁愿更愚直一些、更实干一些，如此我们才能坚定地笨鸟先飞。

让自己更加喜欢所从事的工作，让每个年轻人都能成为名副其实的领导者和服务员，或许可以一起编演一部中国版《社长室之夏》吧！没有离开好活法的干法，也没有离开好干法的活法，至少希望不要也不会像《社长室之冬》那样寒心悲切！

2017-6-13

正气尚志

Topic： **正能量正在哪里（上）**

今天和"共和国礼炮部队""雪豹突击队"的年轻官兵们生活了一天，几位媒体老总都由衷感叹：难忘的一次下基层，满满的都是正能量。

在我们每一个爱岗敬业的普通劳动者身上，都凝聚着向上向善的正能量。正能量正在哪里？从这些血性军人身上能触摸到的，是热血沸腾的正气。这是横刀立马的豪气，是舍我其谁的霸气，是敢打必胜的底气，是青春向上的英气。

这股正气也是志行高尚的正义之气。我把"正气尚志"联在一起，当作正能量的一种解读，一种向上向善好活法的注解吧！正气尚志贵在"真正"，没有离开"真正"的"概念正能量"，也没有离开日常生活好活法的"抽象正能量"。

"必也正名，名不正则事不顺！"正能量同样需要正其名、顺其事，在好的价值观引导下，不仅需要从最火热鲜活的基层一线发现汲取，还需要以最真诚无欺的朴素情感用心体悟。

这是对正能量的一种尊重，更是对那些真正默默奉献的平凡劳动者的尊重。在这种尊重中，融入了知行合一的文化基因。比如我们一直倡导听其言、观其行，正能量同样需要用理论与实践检验；比如我们十分注重知行合一中"度"的把握，"度，法制也"，"度然后知长短"。任何以正能量名义说话办事，都应该是张弛有度、自然而然的自觉之道。我们说正能量也好，谈"正气尚志"也罢，都不要过犹不及，都要在寻常平凡的一言一行中认真践行，这其实也是正能量蕴含的中庸之德。

也许正是身边总是有一些"正气尚志"带领者的影响，才使得我们宁愿每天多说些正能量，希望被满满的正能量激励，为平凡的生活和生命增光添彩吧！

2017-6-17

为何负能量有时占上风

"负能量有时候会占上风！"同事陈彤日前和我说起这句感慨时很激动。她编过《马文的战争》《我愿意》《一仆二主》《离婚律师》等畅销影视剧，被称作正能量的金牌编剧。可最近她拒绝了不少片约，说面对资本唯票房是图的急功近利，自己"快疯了"！

"快疯了！"不是为自己，而是为艺术，为社会，为下一代。台上一出戏，台下十年功，哪一种文化精品、新闻精品，不是这样"十年功"成呢？可是现在连快餐式心灵鸡汤，也只是借用了"鸡"的招牌和模样，还如饮毒鸩浑然不觉，在庸俗浅薄中飘飘欲仙，多可怕！

谁都知道成功要付出代价，但不少人只望成功不愿付出；谁都知道聪明也要下苦功，但大多数人自以为聪明不想下苦功。负能量恰恰悄悄利用了人性中这些小聪明、急成功的弱点。

"负能量有时占上风，是因为它巨大的摧毁性，专注毁灭，不计其他！"陈彤这样分析负能量的摧毁性危险。任性的资本，不仅毁了艺术，更毁了那些下一代正在努力用功的"艺术家"们；任性的火焰，不仅毁了伦敦那已有几十年的公寓高楼，还毁了人们对新任首相的信任；任性的炸药，不仅毁了街道上的无辜生命，更毁了许多家庭的美好希望……

毁灭容易建设难，毁灭一时影响大、建设长远见效慢。佛经记载，善于毁灭的魔王，在佛陀面前无计可施，唯当说到魔子魔孙们打着佛陀弟子名义实施毁灭时，佛陀才流下了眼泪。

没有看到多少对此原因的解释，而我相信佛陀的眼泪，正是其最伟大的慈悲所在：因缘缘起性空，因果报应不爽，魔也有佛性，也只能打着佛的牌子才能自以为摧毁佛，可怜可悲的魔啊，佛永远站在那里呼唤你！你又要轮回多少劫，才有可能回头是岸啊，因为你自以为摧毁的，最终其实是你自己和后代啊！

佛魔一念间，正负一心中，正能量其实同样具有巨大摧毁性，但它是因为建设而摧毁。米开朗琪罗的最美雕塑，从来都是一点点"削"去了多余成分自然显现的，所以这种所谓摧毁，只是一种自我圆满的自然修正，是一种以柔克刚的太极之道，无为无不为。

正能量正在哪里？"正"在能够认识、包容、转化负能量的"人间正道"上。正能量本身就是自然最美好的恩赐，是上天给人的最好礼物。虽然负能量有时占了上风，但正如"正有正报，负有负报，不是不报，时候未到"，上善若水，大美如光，"水"和"光"是什么力量能摧毁呢？抽刀断水水更流，欲盖弥彰光更耀。

与其纠结陷在恶之花中枯萎，不如继续做个辛勤耕耘的幸福花匠。不急！

2017-6-18

二次元的唯美

Topic ： **构建新话语资源**

如果你被优秀的二次元作品打动，你也是被青少年的新审美观打动；如果你真的在这唯美之角色、叙事、景语、音乐中感动，你就不会轻易将其当作"小孩子的玩意"一笑了之，甚至贴上"整天宅家""不思进取"的标签。

一个人的青少年时代无论是悲伤还是快乐，其影响都将伴随一生。对于社会、学校、家庭来说，除了尊重、包容、爱，还要最大程度发掘其中闪光的真善美，同时尽心尽力地引导、转化，将稀缺资源构建在新话语资源体系当中，将专注力与健全的人格培育更好地结合起来。因为客观上，还存在需要和青少年一起穿越"次元墙"的挑战和探索。因为转化得好，二次元文化会更加健康有序地由边缘亚文化走向主流潮文化，而事实上这种转化已经在进行当中；特别是近年来，随着国漫崛起，二次元的唯美更有了中国故事、中国色彩。我们还是要有这样一种文化自信！

我知道还要继续向年轻人学习，才有可能更深体会到那份"二次元之美"！我这里只是向同龄人、同行者们推荐关注这样一份"现实之美""未来之美"。寄望于报社更年轻的同事们、校媒联盟同学们唱起主角，走在二次元文化最前列。

至少，我们可以更加懂得这些年轻人，乃至更少年的孩子们，绝不是在"玩物丧志"。在唯美追求的"玩物尚志"过程中，他们某种意义上正引领着我们大家一起前行，这或许也是"后喻文化"的一个意义吧！

2017-6-19

每天都是再出发

Topic： 扎根在土地上的新闻

这是一堂新闻课，也是一堂生活、生命分享课。

今天，中国青年报社党委、团委举办"做扎根在土地上的新闻——中青报青年编辑记者践行'一学一做'主题座谈会"，对话 4 名参加"精准扶贫驻村调研"采访报道的记者。听完后在场的同事们都很感动，我也即兴报告分享了五点体会。

其一，两地的距离，最远的是心，最近的也是心。

无尽的远方，无穷的人们，都与我们有关。我们新闻人的努力，就是让更多人看到更多地方，获得更多希望。因为走进了心灵，村支书才能打开心扉彻夜长谈，产生了《出口》这样优秀的特稿；因为走进了心灵，老奶奶才会把住家中的女记者当成自己孙女，记者回京后还一直在联系，流着眼泪互诉思念。如果走不进心灵，即便做了多年邻居，也只会老死不相往来。

其二，新闻是土地里"涌"出来的。

最贫瘠的土地里也能"涌"出新闻，因为个人命运连着国家命运，乡村土地连着城市发展，如果把自己深深扎根在土地上，将额头低到尘埃里，将农民当作自己的亲人朋友，好新闻一定会源源不断涌现出来——缺的不是新闻，而是一双发现的眼睛，是用脚采访、用笔还原、用脑思考的职业追求。

其三，背后伸出的温暖之手。

记者们都不约而同地提到背后的编辑老师和同事们，每一个优秀的全媒体精品，都凝结着前后方团队合作的心血。一个人会走得很快，一个团队才能走得更远。

其四，每一段成长经历，都是最宝贵的人生财富。

当年轻人真正"沉"下去，才会在快餐化、碎片化时代更深地认识自我，认识国情，认识世界，才能更好地做一名努力记录历史的好新闻人，为历史和时代留下一份底稿。

其五，最稀缺的是真新闻。

无论全媒体如何发展，最稀缺的还是"真新闻"。我不久前曾写过要关注真新闻、真问题。"真"里出真知，真实理性、真情实感、真有意义。新闻的力量不只是"新闻"本身，年轻记者们一篇篇有故事、有质感、接地气的作品，不是塑料做的花朵，而是沾着泥土芳香、带着露珠气息的正能量，影响大众，温暖人心。

每位记者都有很多心愿，不仅仅只是写出更多好稿，拍出更多好照片。还有通过更多方式能改变、改善当地贫困面貌，包括给当地贫困孩子捐些书和衣服。一次并不算长的驻村蹲点，让新闻有了更完整更丰富的生命力，让爱和责任深深植入全心全意服务青年的心里。

"如果还有这样的机会，你们愿意再出发吗？"每一位年轻记者都大声回答：我愿意！而对于新闻人来说，每一天都面对着变化和发展，面对着富裕与贫穷，面对着公正与公平。只要不忘初心，真诚用心，我们每天都是再出发，都在奔向新闻现场的路上！

2017-6-21

本事是被逼出来的

Topic：逼出一个新天地

逼出本事来，逼出新天地；有的是岗位所系，有的是职责所在；有的是主动的改革创新，有的是被动的危局所逼。熬出来的人才、逼出来的本事，至少有这样三个动力源。

首先来自对事业的强烈热爱。这份热爱是把职业当事业，把自觉自励当作干事创业最具活力的"因子"。黑格尔说过，假如没有热爱，世界上一切伟大的事业都不会成功。

其次，"逼"出成效的除了敬业爱岗，还有好活法、好干法，关键是价值观引导下主动选择改变的大本事。我们改变不了环境，但可以改变自己；改变不了事实，但可以改变态度；改变不了过去，但可以改变现在；改变不了一时或许不喜欢的岗位，但可以改变选择对这个岗位的热爱。选择即价值。选择知行合一，就意味着脚踏实地。华罗庚讲勤能补拙是良训，一分辛苦一分才。

第三，"逼"出一番新天地，还要靠与时俱进的精神动力。

关注到最近深圳在倒逼自身加快深化改革开放步伐，并展开"企业家精神是活力之源"的相关讨论，很有意义！那些最优秀的企业家都是"逼"出一番新天地的代表。任正非居安思危提出"华为的冬天"，让华为躲过寒冬；马化腾用微信去革 QQ 的命，成就了腾讯第二春；万科从多元化发展自我否定，转向专注城市住宅和多元运营商等。尽管"逼"出来的，不一定是所谓的成功之路，但敢闯敢试、自我突破的勇气，总能使我们在前行成长的道路上保持活力、充满希望。

小人物也有大格局，小单位也有大事业，小厨房也有大情怀，"小"也能逼出"大"。我们从小事做起、从小处着眼、从小节抓起，一路坚持走下去，要有"逼"出本事的精神、"逼"出新路的过程。正如前一段时间写的一篇小文末尾逼问：不是进一步有多少微弱的光芒在召唤我们，而是退一步就是万丈深渊。

2017-6-22

总有不会"速朽"的新闻

Topic：故宫为一个农民举办追思会

"速成"明星，如速溶咖啡、速成来航鸡等，速来速去，速毁速朽。其兴也如狂风骤雨，粉丝乌合；其去也似灰飞烟灭，鸟兽散去。不少越来越东拼西接"速成"的新闻，也呈如此"速朽"之象。每天埋头在手机中喜怒哀乐的人们，已经习惯了随看随翻、随记随忘，一些不知真伪的信息垃圾常会让思想堵塞、心灵空虚，特别是层出不穷冒出来的各种"新闻人物"，更只是这个时代过眼云烟的"速朽"谈资，人也面临信息快速碎片化、迭代化的"速成速朽"危机。

但是总有不会"速朽"的新闻，不会"速朽"的人，不会"速朽"的精神！尽管这并不一定是当事者刻意为之的境界，正如这位离世的普通农民从未想过如此热烈的"身后事"，但因为这个时代最稀缺不忘初心的"金石之音"，最需要照亮迷雾中人们向上向善前行的人性之光，最能引起共鸣的是"高山仰止，景行行止"的高尚品德。这样一种境界，不是贫富贵贱能衡量、上下灌输能打造的，这样一位无私向故宫捐出文物的普通农民，和越来越多涌现出来的时代楷模榜样一样，同样令我们"虽不能至，然心向往之"。

不会"速朽"的新闻，也提醒我们新闻人在跟风炒作中，把镜头和笔墨，连同爱和责任，更多投向那些容易被忽视的普通小人物，打捞那些容易被淹没的声音。有的时候，并不是所谓"成功"就一定长久，一定是新闻主角。不久前瑞典隆重举行"失败博物馆"展示不成功发明，就是以特殊纪念方式，让后人记住这些失败的"成功之母"。因为推进社会进步的，有无数普通的小人物，和无数"成功"前的失败。

我们每个人都可以暂时压一压"速成"的心事，思考一下如何认真扮演好不让自己人生"速朽"的角色——那就是努力将有限的生命投入无限的为人民服务中。

2017-6-23

房产证上写谁的名字

Topic：怎一句"夫妻情"释怀

房产证上究竟写丈夫名字，还是妻子名字？有没有必要加上另一方名字？这对于老夫妻、新夫妻、未婚夫妻，似乎越来越成为一个敏感的问题。

近日，中国青年报社社会调查中心，对 2016 名受访者进行的一项调查显示，40.8% 的受访者会为房产证上写谁的名字而烦恼。66.4% 的受访者认为房产证上有必要写夫妻两人的名字。43.7% 的受访者觉得在房产证加上另一方的名字，会有利于婚姻稳固，24.6% 的受访者认为不会。

一些即将步入婚姻殿堂的人，尤为看重房产证上的名字。有人认为房产证上加名是一种承诺和保证，也有人认为，自己或父母辛苦赚钱买的房子，不能轻易加上另一半的名字。的确，在不少家庭纠纷和官司中，涉及夫妻房产的占了不少，从物权法来说，加名后的房产属于夫妻共有。当然，法院有一定的自由裁量权，不少是通过调解，化解了相关问题，有的是根据相关协议和实际出资情况来辅助处理的。

有专业律师理性建议：在婚前自己出资购房时，尽量写自己一个人的名字，若写双方的名字最好双方之间有个协议，若碍于情面协议也不想签，那相关购买房屋的出资凭证一定要保存好，不然日后后悔莫及。

注意这里用了一个"碍于情面"，中国人最好面子，与房产证有关的"夫妻情"似乎是一个道德伦理问题。好面子成就了自尊、自爱的人格，却也埋下了虚荣毁约的恶果，到头来反而更伤面子。

这也许是与我们一直缺乏一种契约精神有关吧！马云曾尖锐地批评中国人普遍缺乏契约精神，企业股东之间不履约，一些政府部门不履约，个人不履约。这些都自然影响到"夫妻情"连接的家庭关系上，表面上的一些"无所谓"，深层体现出诚信危机。"无契约"，表面上"非理性"放弃利益，实质是放弃真正的人格平等、自尊和契约。

实实在在地说，如果是真爱情、感情好，房产证加不加名字对婚姻没有任何影响，但一旦感情出现了问题，加了名字反倒成了离婚时的麻烦，出资一方在感情破裂后还要承担金钱上的损失，赔了夫人又折房。

真正不安全的不是房产证上加不加名字，而是双方有没有将婚姻和爱情进行到底的信心、勇气和智慧。如果没有，那就放下所谓的"面子"和"非理性"吧！

2017-6-29

谁在看那池荷莲

Topic： 夏天的早晨

今天早上，散步到河边那池荷莲旁时，发现那位坐轮椅的老奶奶没有在，只剩下背影如雕塑般的钓鱼者，独钓夏波。

很多日子以来，无论我多早来到这里，都有一位坐轮椅的老奶奶已在，凝望远处那一池的荷莲出神。有一位女儿模样的中年妇女推着轮椅，前不久偶然听见她轻声对路遇的熟人说："又动了一次大手术，不太成功，出院后一直不太好，每早一定来看看荷花……"

每天路过这片荷莲的有很多人，不知道有多少人真的多看上几眼。那位每天雷打不动枯坐的钓鱼者，或许心中都是鱼儿，稍远处的荷莲不会入眼吧！然而，相信那位坐轮椅的老奶奶，却是把那片荷莲，融化在自己饱经沧桑的生命中。

或许她是一位文化人，是否想起生命中的那些荷莲："予独爱莲之出淤泥而不染，濯清涟而不妖……可远观而不可亵玩焉。"

或许她是一位爱思考的哲人，能够意会王阳明的"心外无物"："尔未看此花时，此花与尔心同归于寂；尔来看此花时，则此花颜色，一时明白起来，便知此花，不在尔的心外。"

或许她和我的母亲、和我一样，劳碌工作了一辈子，什么也没有多想，只是在安下心来，欣赏那夏日荷花别样红的景色。

没见到老奶奶，我还是有点怅然若失，走着走着，遇见一个挺着大肚子的孕妇，正对着那片荷莲深呼吸，荷莲会给她带来新生命的力量和希望吧！

虽然还在仲夏，但我在这片荷莲身上也看见了秋天、冬天。当残叶，或脱尽，或只三三两两挂在瑟缩的枯枝上索索抖颤。秋、冬的脚步就会毫不留情地走近了。

不知道明天早上老奶奶还会不会再来？我和那一池正盛开着的荷莲会等待着——至少在这个来日无多的夏天里。

2017-7-2

拿了户口就跳，无信

Topic：乱跳乱挖近乎耻

近日，中组部、教育部研究进一步引导和规范高校人才合理有序流动。有关部门也在商研相关政策和办法，让那些"拿了户口就跳槽"的不诚信者，在人生道路上付出应有的代价。

人才并非不可流动，"流水不腐，户枢不蠹"，但一些损公肥私、损人利己的"乱跳"或"乱挖"行为，就不仅触碰了道德底线，也突破了社会和谐共生的底线。有关部门已强调要鼓励人才合理有序流动，反对采取不正当手段招揽和引进人才，反对从中西部和东北地区高校抢挖人才。

一些毕业生进到一个单位，没到协议期就"乱跳"，其他单位也来"乱挖"——因挖的是层层招聘筛选的人才，自然是"摘桃子"。尤其恶劣的是，单位历经千辛万苦争取到户口指标，而总有人拿到户口不到一两年，立马"乱跳"，无论是蓄谋以之为跳板，还是被"乱挖"摘桃子，都是做人无信、近乎可耻的行径！

搞笑的是，这些"乱跳""乱挖"还打着冠冕堂皇的理由，置诚信信誉、单位利益、公共资源于不顾，对客观上造成的不公平、不和谐置之不理，有的还扬扬得意于一些法律的空当和空白，把对劳动者个人权利的保护，反过来当作了"攻人利器"，把学校、家长的教育当作了"谋私手段"，如此不知感恩、极端自私自利的品性，不知道这样的人、这样的单位真的会做大做好吗？

不能鼓励人才以跳槽为志向——少数发达地区高校为争"双一流"，急功近利向中西部高校许以高薪"乱挖"人才的行径，已被亮红灯。一些拿了户口就"乱跳"、自以为能奈我何的毕业生，也将被纳入有关方面的不诚信系统中，对其将来的就业、金融贷款、社保等产生重要影响。在与法院等司法部门沟通过程中，有关部门明确表示将支持国家公共利益、单位权益的合法诉求。

有关法律法规和政策体系尚待进一步健全，每一个地方、每一家单位，还需不断自我反省，改革创造利于人才成长的环境，社会对人才合理有序流动的共识已经形成，对不诚信乃至无信行为正群起而攻之，以净化我们的社会环境和良善人心。我们可以最大程度、最暖温度地包容人才、宽容失败，但绝不纵容欺名盗世的无信之辈！某"乱挖"人才的高校并未如愿地评上名誉称号，且遭到内外的指斥。不顾大局整体和他人利益，只从一个局部、一个单位、一个人出发，一意孤行，即便一时侥幸"成功"，也必然招来大怨、失去诚信和责任，而终将会尝到自酿的苦果。

和社会所有单位一样，共愿提供有利于人才脱颖而出的宽松环境，激活人才的内在动力，进而创造千帆竞渡、百舸争流的局面。

2017-7-5

一枚槐花的修行

Topic： 花儿落下的美好时光

我不知道"你"是哪一枚槐花，但是在千万枚中，你知道"我"是谁。

进入头伏的每天早晨，在一片地上腾腾散发热气的暑雾中散步，迎面纷纷扬扬一阵槐花雨，不忍踏践那随风飘落的鲜嫩微黄的槐花。昨夜一场雨后，满地更是跳跃着的黄白色小精灵、小火焰。

"你"就在其中，离开树的身体，你突然凌空坠落，优雅地划出一道弧线，突然有了"我是一枚槐花"的意识，你在一阵狂喜中舞蹈，迎面落到我的发梢，端详着这另一个奇怪的世界。

每天这位清洁师傅都会来到这里，一遍又一遍，一把又一把，将即便跑到最远沟里匍匐的你、最高汽车上仰卧的你，轻轻扫到一起，一小堆，一小堆。

于是重新安静下来，是否想起那个离开的家：曾一串串低垂在椭圆形的叶子中间，未开放时泛着青涩的淡绿，绿褐色的花萼紧裹着心儿的洁白，扁扁如豆瓣的样子微微鼓起，酣睡得那么恬然，偶尔咂巴着流口水的小嘴，不经意在枝头吐开了温柔的瓣蕊，一簇簇相拥竞相绽放。

这个树的身体，原来住着家的很多成员，而槐花的灵魂，就在其中放光，即便暂时离开，也往树的根和须根里去，甚至，穿透湿润或干裂的土地，融入虚空。

其实千百年来"你"一直都在，你不仅仅是一枚花，还是种子、根、茎、叶、果实，是被称为吉祥如意的"国槐"，是被《周礼》誉为国家重臣的"三公"代表。其实"你"也许并不知道自己一身都是宝，不仅仅装点美丽、清香宜人，而且可以入药入食。

我问清洁师傅："这些槐花，还能活多少时间？"

"大概还有一个月，最后一批到 8 月底吧！"

无论是"你"在的日子，还是不在的日子，你的"槐树"身体，或雪中屹立，或料峭寒风中稳扎；穿黄色马夹的清洁师傅都会在那里，风雪无阻地清扫着那片土地。

淡淡地来，正如淡淡地去。也许终于"你"清醒了，不再有惊喜，也不再有恐惧。"你"和我的不期而遇，都是最美好的时光。

小时候在乡村小院国槐下数着天上星星时，会忘掉那个小小的"我"。如今在海运仓 2 号 66 年的报社老院子里，再忙再紧张，看到院子里那两棵老刺槐时，也会在缕缕幽香中忘掉那个小小的"我"。

一枚槐花的修行，给了世界很多启迪。"我是一枚槐花，我还是……"我们一起在顺应自然、默默劳作、忘我奉献中渐渐觉悟过来。

2017-7-15

无言的一角

Topic：温暖的爱

中午，利用会议休息间隙散步到城市一角，见有几排长椅，便坐下打个盹。过了一会儿，被一阵跺脚、拍椅子的声音震醒，一睁眼，不知何时已经聚拢了一群聋哑人，在热烈地用手脚、眼神、表情等交流着。

这里是城市无言的一角、无言的世界。周围鼎沸的人声、鸟声、汽车喇叭声，伴随着各种风声杂音，只是给了这无言的舞台一个背景和幕布。

想象着平时同样大都孤独状态的各位，从城市不同角落，相约来到这爱的一角，用一种特殊的方式，表达人人所需的倾诉、倾听、倾情。我被深深感染沉浸在其中，乃至对面朋友向我"无言"问好时，一时竟不知所措。当站起来离开这里时，他们友好地用手势、微笑与我打招呼，我也发自内心微笑地回应。

忽然瞥见路旁有很多美丽的花草，除了鸡冠花、小喇叭花，其他好多品种叫不出来名字。以前匆匆忙忙路过这里，怎么就没注意过呢？原来，美无处不在。

我们常常说：要善于倾听沉默的声音，善于打捞沉默的声音——不仅仅是追求公正公平、更加关注弱势群体的声音，而且也是发挥他们的聪明才智，弘扬积极向上、奋力拼搏的精神，共同健全完善我们的"生命共同体"。

大道无言，大音希声。当我们心中真正装着城市、乡村的每一个角落时，就会把"一个都不能少"真正装在心中，把"最温暖的终端是人心"落到我们的知行合一中。

2017-7-19

脑海中的橡皮擦

Topic：**养老贵尊**

日前，一位朋友的老母亲，因阿尔茨海默病离家走失了几天，万幸被善心人发现，帮助送回了家。看着朋友一家从焦虑不已、一筹莫展到欢喜迎母，了解到患这样病的老人越来越多，有的家庭没有朋友幸运，再也找不到老人，终身遗憾。

不禁想起"脑海中的橡皮擦"。"老人"最容易被擦来擦去的记忆，老人最需要"尊重"与"尊严"。

1岁的孩子把牛奶打翻了，父母会耐心地收拾干净；而80岁老人任性地把水倒了，作为孩子的我们或有责备。阿尔茨海默病的残忍就在这里。

孩子怎样成长，老人就怎样退化。他们其实没有"痴呆"，只是回到了孩子的状态。当老人忘记往事，忘记如何吃饭，忘记如何谈话，忘记回家的路，甚至不记得我们的时候，请像他们对待儿时的我们那样，耐心地对待他们吧！

我们每一个人都会老去，终将老去。今天的年轻人，比过去一代人更关注养老话题，也许是现实和未来问题所迫吧！

我想到了"脑海中的橡皮擦"，在擦来擦去的记忆中，擦不去的是那永远闪耀人性光芒的父母之爱。反思有多少是从更深层次的爱，从老人最需要的尊重和尊严来关注、关心养老？走在人生最后一段旅程的老人，最在意的恐怕就是亲情、友情、人情，是拥有更好的身心愉快、排遣孤独的环境和机会。

从老人的角度，别人认为热热闹闹的"养老产业"，其实平平静静才是真。如治病重在防病，在养老于未老、于尊老中下功夫，恐怕是敬老爱老的真功夫。

近几年医疗和养老保险等方面深化改革，正在向让老百姓有更多获得感努力，并已取得一些明显成果，一系列健康惠民的行动和举措，也备受各方关注。但愿养老产业在下一步大力传播、推广、构建中，能更多一些对老人尊重和尊严的关照，能让"脑海中的橡皮擦"无论如何擦，只要有一点"孩子"似的记忆涂鸦，就有这个世界的一点真爱描画。

2017-7-23

夏日"锁"事

Topic： 一地烟火

一早出门，打算扫个共享单车去菜市场。没想到，见几辆共享单车被人为加了锁，显然成了独享单车。

"怎么这么爱占小便宜！"旁边也打算扫码共享的路人愤愤地说，本就"一地烟火"挺热的，这类事总是令人火更大。

想到多年前的一次出国，在某首都听到一奇闻：当地警察遇到违章停的车，会先铐上一把锁再处理。当地有少数中国人为应对检查，干脆买把锁，在违章停车时把自己的车锁上，竟然一直逍遥法外，还当作一个经验吹嘘。

如今过了一些年，当互联网引领的共享单车遍地，让外国人晕菜的时候，少数同胞这类"锁"出来的自私事、贪便宜行为（更有破坏车、扔掉车等恶行），与整个社会文明的快速前进步伐，实在不相匹配。

换了辆共享单车去菜市场，正在某菜摊问价时，见一打扮入时、打着小洋伞的中年妇女在骂卖菜的大妈。那位大妈一个劲赔不是，这妇女不依不饶，旁边有相劝的，反被她噎得说不出话。

打伞的妇女终于买好一堆菜走了。一直等在旁边的几个顾客这才买上菜。突然，卖菜的大妈一拍头："这糊涂的阿姨！"便让我们稍候，拿着一个装菜的塑料袋跑了出去。原来，刚才那位买菜的中年妇女，匆忙走时落下了几根黄瓜。不知道那位打洋伞的阿姨接过黄瓜什么表情，不过我心里却是暖暖的。

回到小区后门，见一骑摩托的快递小哥正万分焦急地往院里看。他说转来转去一直找不到正大门，后院门又锁着，一位客人正急等他送的货。我赶紧用门卡刷锁开了门，小哥一边往里跑一边说："摩托车不能进院，我先停外面，谢谢了！"

怕这小哥过会儿又出不来，见摩托车上还有一大包裹，不知还有多少急事，便在后门等了大约一刻钟。那位戴头盔、淌着汗的快递小伙可能没想到我还在这儿等着，连声说着"谢谢"挥手告别。但愿他更加轻快、开心。

直到打开家门的锁，才似乎感到一直被外面暑气压迫的胸腔，长长舒了一口气。输入密码，打开手机锁，看看有啥天下事。一个短视频映入眼帘。

金华昨天 41.9 摄氏度，破历史最高纪录！一只麻雀中暑了，另一只急得一边心脏按压，一边掐"鸟中"，一边"鸟工呼吸"，终于救活了中暑的同伴。这是一个老外在义乌一家餐厅里拍下来的。一位网友分享感慨：很励志哦，只要不放弃，没有做不到的！

再大的天下事，也大不过老百姓家长里短的生活事；再炽热的人类情感，也未必就比这对朴实的小鸟真多少；再被困境"锁"住的囚徒，也都有挣脱枷锁、奔向蓝天的渴望。

不禁想到这"锁"的两面性。可怕的不是恶意锁了共享单车自己享用、故意锁了自家车逃脱法网，可怕的是我们把自己美好的心灵上了枷锁，还以为是占了便宜，作了戒备，于是一点点把做人的那点本真和善良都给锁起来了。

不过，既然人类发明了锁，就自有锁的善用处。为了他人、为了职责，多一道锁把关，就会多一道安全和心安。就拿这一天中你来我往的电话来说，大都是和报社同事在沟通商量工作，有的就是加"锁"提醒。虽然周末不出报纸，但因为"24 小时中青报随手看"的新闻追求，报社比过去更忙了。同事们有的奔忙在采访第一线，有的在后方编审——把关的任务越来越重，为了保证事实更加公正、客观、全面，更加遵守相关规定。只有"锁"得越来越严，自由发挥的空间才会越来越大，公信力和权威度才会越来越高。

手机铃又响，这回不是报社来的，是上个月退休的一位老朋友。

"都还好吧？没什么事吧！欢迎来我这里玩玩，我在农村老家买了套房。"

"谢谢，平安无事。祝您健康顺心、多享享清福啊！"

工作也好，退休也好，若能尽心尽力，尽职尽责，能够平安无事、平静心安，就是"享享清福"吧！否则，退了休也可能会瞎折腾，日前不是有位过了 70 岁"退而不休"的厅局级干部，犯规出事被"锁"进去了吗！

我本来还想告诉老朋友：要说有什么心事，这一天都在想着一些夏日"锁"事，不知算不算？想想没好意说。我加了他的微信，或许他能看到这点"锁"事碎语吧。大热天的，大家都不容易，权当吹过一阵小凉风吧！

2017-7-29

等待的光阴

Topic：只要愿意

天气预报今天要下雨，迟迟等待，一直没下雨的迹象，于是准备陪二老出门走走。刚出门，暴雨骤降。于是返回家，耐下心泡杯茶慢慢品，捧本书静静看，没想到一杯茶还没喝完，就云开雾散、阳光普照，便走进雨后的夏光里。

等待红绿灯，过马路；等待公交车，上车去；等待展馆开，进展馆……门口等待的人群中，两个人为手机中一条消息是真是假争吵起来，等待有人来评评理，遭遇的是沉默。就在来来往往、进进出出的人流中穿梭，在不断的"等待"中前行，在老父母的唠叨叮咛声中漫步。

林清玄说，人生就像等待一列火车，有人上车，有人下车，没人会陪你走到最后，碰到了便是有缘，即使到了要下车的时候，也要心存感激地告别。生命只是如此前行。前行中，有平坦大道，也有崎岖小路，有十字路口，也有死胡同。站在街角的拐弯处，见匆匆行走的人们，似乎都在"等待"发生什么。谁都希望等待成功与幸福，可是这往往只是等待光阴中一段美好"故事"。曾忆起在医院里那些等待的日子，对自己，对亲人，对所有人，都平等无欺地警醒着生命的无常。

其实只要愿意，只要心怀希望，所有的等待，都是生命中最好的等待。曾有人问德川家康："杜鹃不啼，而要听它啼，有什么办法？"德川家康的回答是：等待它啼。我们年轻时，老人会等待着我们在啼哭声中快快成长；我们老去时，孩子会等待着我们在啼哭声中慢慢老去。只要愿意，所有的啼哭声都可转化为微笑声，所有的无常都可转化为对生命的倍加珍惜和祝福。原来所有的等待，到最后都会不期而遇。只要你愿意等。就像雪国等待天晴，像我们等待风景。如果我们脚踏实地前行、奉献，不在等待中浪费生命、虚度年华，我们就可以尽可能减少博尔赫斯提醒的"不可挽回"的事情——值得后悔的错事。

　　一路等待，一路前行。走出家时，好好做个出门人；回到家来，好好当个小家长。既当好一个普通的作者，又愿做一个挑剔的读者。

　　夏日将影子照得很短，短到不过是一个孤独的瞬息，只能在日月变幻中拉长，在无常中体会永恒。而永恒，也在日月星辰中等待。

2017-8-5

第三辑

多留心父母之爱，多付出一点点真情真爱——对所爱者，一点点就已满足，对惭愧的我们，只是获得继续成长的一个机会。无论新媒体时代怎样变化，我们仍可以用别样的方式表达爱。

每时每刻，对自己身边的人，做力所能及的事，把这份真爱滋养到每一个日子里，用真心真情，

过平凡却温暖的生活，将生命活出一种忘我与永恒——这也许就是七夕节最大的意义吧！

连夜出发

Topic：**新闻现场就是冲锋号**

平安中国，相信救援的力量，相信爱的支持。在连夜出发赶往灾区救援的队伍中，除了党政各级干部、军人、专业救援机构等，还有我们新闻人风尘仆仆的身影，有中青报人"新闻现场就是冲锋号"的职业状态和大爱情怀。

8月8日21时19分，四川省阿坝州九寨沟县发生7.0级地震，截至8月9日8时10分，死亡人数增至12人（新增3人身份暂不明确），受伤175人（重伤28人）。听到地震消息后，《中国青年报》5位记者奔赴前方，后方记者连夜电话连线震区民众。

连夜出发——不仅是中青报记者想方设法第一时间赶到现场，而且是全媒体发动通宵达旦的调度、协调、编辑、把关。虽是后方，同样是另一个逼近新闻真相的现场。

连夜出发——不仅仅是中青报在岗专业采编队伍，还有遍布全国的校媒联盟大学生记者们，第一时间连线到现场支教的大学生，第一时间向灾区人民发去大学生们衷心的祈福、关心和牵挂。

连夜出发——始终坚持正确舆论导向，及时将消防战士到现场、团组织招募青年志愿者等正能量消息发出，报道了《谣言还没来得及火就"团灭"了！》（点击标题，阅读文章）。同时，一系列独家报道（包括视频、H5等）从救援、理赔、重建等建设性角度，体现了党和政府、社会各界的关心关怀，体现了"迅速组织力量救灾，最大程度减少伤亡"的要求。

在《震后九寨沟一客栈老板组织50多名旅客安全撤离》独家追踪报道

中，记者用具有镜头感的细腻文字，报道了一位普通年轻女子危急时刻的爱心和善举：料理完受伤的顾客，她急忙和丈夫返回房间给游客们拿被子，安抚游客情绪，她和丈夫不断提醒着，"九寨沟昼夜温差很大，如果不小心容易冻感冒"。回到客栈，她庆幸自家的房屋依旧安好。她叫醒熟睡中的孩子，把他带到室外……

连夜出发——我们一直不停歇地奔跑在新闻现场的路上，一直不懈怠地坚守在新闻理想的高地。

一切为了人民，一切为了新闻！向所有第一线救援人员、医务工作者、记者、志愿者们致敬！

2017-8-9

永远算不出来的"情怀"

Topic：与真正的新闻无关

可以抱着情怀，创新一些基于"算法"等的新闻表现手段，但再精准的"算法"也算不出真正的情怀。在九寨沟震区的全媒体报道中，借助智能"算法"的技术创新值得点赞，让人们更快、更全面地了解相关新闻和信息，但也有更值得关注和警惕的问题：定义这个时代的新闻"技术说了算"，灾难报道不再被情怀绑架。

"算法"能算出很多媒体中依然坚守理想情怀的新闻人"连夜出发"的步伐吗？"算法"能算出新闻现场"母女志愿者彻夜未眠"等诸多感人细节吗？

"算法"能算出新闻现场变化莫测的灾情，和抗灾救灾者最真实的心情吗？撇开个别可能的商业消费动机，"算法"能算出烛光、祈福背后，亿万人同体大悲的善良吗？

"算法"能算出对一个个鲜活生命无数声呼唤的意义吗？能算出调查真相、记录历史的那份真实底稿吗？

我们要拥抱一个技术创新的新时代，要学习智能时代的大数据等新技术，要迎接传统 IT 向智慧 IT 转型的必然过程，但拥抱、学习和迎接，最根本的目的是最终智慧应用的变革，即促进人的真正全面发展，是永远不会被"算法"替代的更加丰富、自由、鲜活、独立的人性展示，是向上向善的价值回归。

宁愿为灾难中一位背着儿子回家的父亲（中青报汶川地震报道名篇《回家》）感动一生；宁愿随着用脚抵达新闻现场的记者，和最后一批救援者坚守在阵地，如《变形的"天堂"》最后两段写道：游客走了，姜洲和百余名周边酒店的员工还在等待撤离。她与还未离开九寨沟县的 12 名伙伴会合。18 时许，在路边待了一会儿后，他们和一群陌生人挤进了同一顶帐篷。13 个彼此相偎的年轻人相信，等到天亮，他们就可以马上离开这个天堂，回家……

回家，回家，回家！我从文字、图片、视频里，读出了和采访对象一样年轻的记者心灵最深处的呼唤，读出了最温暖的终端是人心，我们宁愿相信这是生命最值得存在的意义，是任何"算法"不可替代和羞辱的光明。

走在新闻大道上，我们心存满满情怀和敬畏，就是精心呵护不让新闻之花枯萎，不让仁义大爱枯竭。除非，有更多的钱花在机器"算法"升级上，我们可以不断学习、善用、壮大，否则正如写过的《别被"智能化写作"忽悠》，专心致志地《关注真新闻，关注真问题》，让"算法"更好地成为写作帮手、传播手段、要钱噱头吧！因为过度炒作这些"算法"，与真正的新闻无关。

2017-8-10

为谁良知为谁行

Topic: 与检察官们一起学习"新闻舆论"

不久前热播的《人民的名义》，或许对检察官的形象来说是一个"珍藏版"。因为随着司法体制改革的全面深化，人民检察官在"未来版"《人民的名义》中，将以更加全新的形象出现。

无论"主业"会有多大新变化，不变的是守望公平正义，是依法监督、依法维权、知行合一、与百姓贴得更紧更火热的良知。

为谁良知为谁行？知行合一致良知，需要对新理念新思想的汲取和理解。深学笃用新理念，砥砺奋进谋新篇。今天在全国检察长论坛上，与三百多名检察官一起，认真学习了从"新闻宣传"向"新闻舆论"转化的过程中，传统意义的"新闻宣传"面对的挑战与机遇。

如何把握住这"良知"才能处事不动、处变不惊？学习贯彻习近平总书记"7·26"重要讲话，有三个"牢牢把握"对此有指导意义：牢牢把握社会主义初级阶段这个最大国情，牢牢把握我国发展的阶段性特征，牢牢把握人民群众对美好生活的向往。能够为人民群众对美好生活的向往脚踏实地做些事，构建和谐良好的新闻舆论环境，就是我们共同日用而不觉的良知吧！

相信未来的人民检察官会更加令人民信任，也更加值得人民期待。《人民检察院提起公益诉讼试点工作实施办法》近年试行以来，民事公益诉讼、行政公益诉讼的影响越来越大。一些与老百姓切身利益相关的案例，让百姓更真切地感受到身边的公平正义。比如为了保护农民"钱袋子"，检察机关深入基层依法维护农民权益；比如为积极落实检察官员额制度，检察官在司法一线办案，对案件质量终身负责，包括办理家庭离婚诉讼等看似不起眼的案件。而作为社会最小细胞的家庭，恰是社会稳定、人民向往美好生活的基石。党的十八大以来，在深化司法体制改革中，全国司法系统依法纠正重大冤假错案34件，许多无辜的家庭沉冤昭雪。

一面向检察官们学习，一面交流汇报全媒体融合转型中的中青报，继续深入报道司法改革，报道奋战在一线的优秀检察官们，坚守那同样的良知和情怀，推动社会进步，服务青年成长。在中青报等媒体发表的《让人民群众从深化司法改革中有更多"获得感"》四篇述评中，我谈了对司法体制改革的粗浅看法和建议：善解中增强敬畏和信任，了解中增强对规律性的认识，理解中增强认同感，共解中加强优秀司法人才队伍建设。

我们可以感受到，近年来，全国各级检察机关深入学习贯彻习近平总书记系列重要讲话精神，认真落实最高人民检察院决策部署，坚持将检察新闻宣传工作摆在重要位置，充分利用《检察日报》等媒体资源优势，构建新闻宣传整体格局，形成检察宣传综合效应，弘扬检察主旋律，传播法治正能量，进一步扩大了检察宣传的传播力、影响力和覆盖面。

"行有不得，反求诸己。"在知行合一致良知的大道上，我们任重道远，只有义无反顾地走进人民群众中去，才能走向胜利。

2017-8-15

专注让生活简而美

Topic：别急

一早出去开会，手忙脚乱边刷新闻边胡乱塞了点吃的就跑下楼，差点撞了几个一样匆匆的早行客。穿越小区那片露天草地时，突然看到触心的一景：在一个自来水龙头下，一只天上飞来的小鸟，静静地仰望天空，张开小嘴，等待着水龙头一滴、两滴滴下的水珠……

时光仿佛凝固，周围的喧哗一时寂然，耳畔似乎只听见那水珠滴落的巨大"轰鸣"。脚步不禁慢了下来。那幅"关爱生命，节约用水"的"小鸟喝水"宣传画，以前从未用心留意，如今却因眼前的一幕而跃然眼帘、鲜活难忘。

即便走到身边，那只小鸟也不改站姿，旁若无人，也无余物，依然专注地静默、等待、吮吸，那份渴盼中不乏优雅和尊贵。因为赶路，不得不从这样一幅油画中抽离，剥落一片复杂的情绪，继续匆匆……

还好，早到了！离开会还有半小时。站在会议室尽头阳台上，远眺翻滚的云雾，也许要下大暴雨，家里窗子关没关紧？会后去朋友那里可能要带伞了？这场雨是狂风暴雨，还是绵绵细雨？

胡思乱想中，见远远荷塘边一位母亲正半蹲在一个 10 岁左右孩子前，孩子专心致志地在支起的画板上写生。不知已经待了多长时间，也看不清所画的荷花完成多少，只静静地感受到那份天地间浑然无我的意境。他们知道一场风雨要来吗？也许知道，或不知道，这有什么关系呢？至少雨还未来，他们正陶醉于当下的专注中！

无言中在听"说"——小鸟说，孩子说，母亲说，自然说。脑海中浮现出家乡一个古老祠堂上的楹联：急不完的心事，想一想，暂时放下；走不完的前程，停一停，从容步出。

我们其实都可以因为专注，让生活更加简而美！可是生活中，我们常常与此失之交臂、擦肩而过，因为我们缺乏这种简而美的眼睛和灵魂。不屑于那些鸡毛蒜皮的小事，一心常爱多用，事事恨不能都顺，吃饭想着开会，走路刷着手机。即便有点等待的空，也不允许大脑空下来：急着、纠结着、幻想着那些"过去已去、未来没来"的事，折腾瞎操心，还累得个熊死！

如果放下"非要做点大事"的非分之心，放下"一心二用"的杂念杂感，放下"为什么？为什么？"的纠结焦虑。让专注变为一种习惯和智慧，让"是什么"自然在眼前舒展开放，我们会发现更多生命的不可思议。

会议的时间到了，走进会场那一刻，感到格外的轻松，安安心心地坐在一角，安安静静地倾听交流。我知道因为专注，这个会议也有了更多美好的意味！

别急！可以试着选择一种专注的活法，让生活简而美。

2017-8-20

从舍掉那张"面子"开始

Topic：大义大孝

    指尖一早在汪洋恣肆的信息浪潮中划动，久久停留在两位似乎不起眼的年轻人的身上。19 岁四川彝族小伙高阿锋在河北易县勇救一对落水母子，不幸遇难。目前易县政法委正为其申报"见义勇为"称号。20 多岁的名校大学生田俊涛帮助清洁工父母扫马路，全然不顾周围异样的眼光。

    我们可以用"大义大孝"来表达对两位年轻人的赞美。尽管对于其中一位年轻人来说，再多的赞美他也听不见了，但是触动心灵那最柔软深处的，还有对那份纯真、质朴、善良和爱心的感动。相信大义大爱精神长存的舍己救人，正来自那份纯真、质朴的善良和爱心，来自无怨无悔做一个最真实自己的初衷，如果我们还没勇气说为救他人甘愿舍掉生命，或许可以从舍掉自己那张"面子"开始，触摸那一颗颗被称为"平凡而又高尚和伟大"的灵魂吧！

    田俊涛是如何看待自己高学历还帮父母扫马路这件事呢？"一来，不管是本科生、研究生，还是博士生，我都是我父母的儿子，他们在老家种地，我就帮着种地，他们在嘉兴扫地，我就帮着扫地，这不就是儿子天经地义该做的嘛；二来，保洁员是一份值得尊重的工作，我愿意做，跟我是什么学历没有关系。"

    至少从两位年轻人身上，感受到他们都是自觉自发的正常行为，并不在舍掉"面子"甚至舍掉生命时，有多少刻意"追求"，乃至想到会有多少回报或赞誉。

    在今天这样一个压力山大的信息淤积时代，我们似乎什么都想占有、控制，什么都怕舍弃、失去，极度纠结膨胀的自我，如一头贪得无厌的困兽，犹斗在虚荣、虚幻的竞技场上。当我们为一些庸俗、媚俗信息唾沫四溅地热炒时，却对一些看似无用的真爱真情、大义大孝噤若寒蝉，甚至因所谓面子怕人笑话。

正如语言并非文字本身，它不仅是爱的载体，更是一个人内心的显化。我们有时候宁愿谦卑地在领导面前唯唯诺诺，宁愿热烈地在"知音"面前高谈阔论，也不愿甚至不屑一顾与越来越有代沟的父母，多说一句"废话"，更何况如果父母是扫马路的，可以心安理得地花着父母的血汗钱，却在公众场合避之不及，希望全世界最好忘掉倒霉的"我"怎会有这样的父母！

现在年轻人倡导"断舍离"的返璞归真生活方式，本质是舍掉那个执着、虚荣、虚伪的自我，舍掉那个自私自利、功利主义的自我，舍掉那个贪嗔痴慢的自我。只有从舍掉那一张"面子"开始，我们才会更尊重生命，更尊重倾听内心真实的声音，更尊重父母、师长给我们成长的陪伴，更尊重宇宙自然和永恒的大爱。

因为有爱，每句话都要好好说；因为有选择的舍，每个生命才收获更有价值的得。

2017-8-24

脱光了的"爆款"会掐死真灵魂

Topic：戏子家事天下知

日前，在央视新闻报道柯俊院士逝世遗体捐赠给母校做研究的网络新闻下面，一条这样的评论非常刺目："英雄枯骨无人问，戏子家事天下知。"这里指的"无人问""天下知"，主要指网上近几天与此新闻相关的一些截然不同的炒作和反应，虽作为个别案例有些情绪极端，却令人深思。的确有一些脱光了的爆款作品（"脱光了"不简单指一些庸俗媚俗内容，"戏子"这里特指极少数表演炫耀的网络明星，非指广大演艺人员），把人类本具有的真诚、深厚、丰厚的精神和灵魂，一层层脱光，只剩下一些感官刺激的符号或表象，沉溺于人性之丑之恶的曝光，迷恋于声色犬马的"脱"场秀，有意无意地掐死了那些可以让人更加向上升华的灵魂。

柯老为钢铁科学与技术、中国电子显微镜事业等做出杰出贡献，国际同行称他为贝茵体先生（Mr.Bain），因为他首次发现贝茵体切变机制，是贝茵体切变理论的创始人。这样的爱国科技大咖（被誉为"一代宗师"），不少领导人都致电哀悼，但近些日子在互联网上几乎没有热度。

尽管近些年网络巨变，晴朗空间已大大增加，造谣传谣大大减少，但如何不让网络流于浅薄和俗气，让高品质、正能量新闻和典型人物传播得更好、更深入人心，还大有可作为之处。

为什么曾为国作出贡献，让中国的科技走上一个新高峰的知名院士，其一生的荣耀，竟然在网上不如一个娱乐圈人物的绯闻？当然有许多客观的原因：比如对柯俊院士的有效传播一直不多，即便传播，吸引力也不够，其做出的杰出贡献，没让多少人认识到与自己切身利益有关系。现在以年轻人为主的网民，还是天然地对娱乐、时尚、体育等明星感兴趣。近两天一场歌星演唱会，会让几条街上的交通几近瘫痪。

我们这些所谓传媒人，在深思的同时，更需要反思、反省。更加强调个性和稀缺性的新一代，不比老一代缺少情怀。只要有更好的创造和坚持，向年轻人学习，年轻人会引领我们迈向更加美好的时代。

柯俊院士对于身后事已看透，恐怕根本不会在意吧！但活着的我们却不能不在意。一个民族，可以在一片嘻嘻哈哈声中生活得糊里糊涂、不管不顾、沉迷不悟，甚至自甘堕落、自得其乐，但其真正的进步、人性更丰满的美好，绝对离不开一批像柯俊院士这样有大爱大才、为人类物质和精神默默奉献做出巨大贡献的民族脊梁。对新闻、信息的消费，不能一味沦为物质和物欲，而应重视心智和品质。对生命的追求，对历史的传承，对品质的塑造，需要连接过去、现在和未来的伟大匠心精神、家国情怀、全球眼光。

以这样一种形式，让人们更加尊重科学家，或许也不会有多少人看，但又有什么关系呢？在许多心智昏沉不醒的茫茫人海中，真正有机会有福气明白觉悟过来的，又有几位呢？然而正是这人海中的航船、迷雾中的明灯，为我们一代一代人照亮了前方的道路。

虽不能至，心向往之。谨以此文纪念，并和知音们共勉。

2017-8-27

学习父母好榜样

Topic : 比七夕风景更美的是真情

昨天。

昨天陪父母出去散步的路上，听老父亲笑着嘀咕一句："今天是我和你妈金婚纪念日呢！"

十分高兴，高兴的是爸妈风雨同舟半世纪——他们还用"爸妈风雨同舟"作为共同的微信名；又十分惭愧，惭愧的是几乎没有为二老专门举办过什么像样的纪念日或生日宴。每次想组织一个，都被他们拦住，顶多就是在家中多炒一个菜，平平常常的，坚决不让在外面操办，理由总是很简单：浪费，没必要！

听说"金婚"大喜，我说要好好庆贺一番，但在二老坚决而委婉地推辞后，我们在家附近一起吃了顿云南米线。这让老父亲一直皱眉，觉得太贵了。念叨着异国他乡求学的孙子能否吃上这些中国味的家常菜？能不能省点钱再给他寄点过去？

虽然父母是工薪阶层，在小城市的基层岗位退休，然而还是有条件过些讲究的纪念日、生日的，但他们几十年以来已经习惯了简朴、平常的生活。父母的生活与几年前热播过的一部家庭伦理剧《金婚》有着一些相似的情节。电视剧讲述了一位小学老师和重型机械厂技术员的婚姻历程。他们历经坎坷，在老年时期遭遇重症、子女婚姻危机，最爱的独子也英年早逝了，然而，正是彼此关爱、相互扶助，支撑他们度过人生最黑暗的岁月，最终牵手走进金婚。

父母也曾经是那个年代家庭成分不好的知识分子，大学毕业都下放到大别山区的一个县，隔着几重山，母亲在山这边的小学当老师，父亲在山那边的重型机械厂当技术员。历经沧桑，饱受磨难，甚至也承受了爱女早夭的巨大痛苦，靠着彼此的关爱、一家人携手，牵手走到了今天。

今天。

今天是七夕，中国的传统节日。天气清爽，阳光和煦。一大早，父母就出去买菜、散步了，为了不影响我们休息，他们出门前蹑手蹑脚折腾了半天，就怕弄出点声响。母亲看我醒了，埋怨父亲："还是不小心吧，老是咳嗽，让孩子醒了！昨晚熬夜工作辛苦啊！"

孩子无论成长到多少岁，永远都是父母的牵挂。感恩还能与老人们一起分享晚年的幸福时光，分享三代人同堂、其乐融融的亲情。比七夕风景更美的是真情。年迈的父母不愿来大都市和我们一起生活，一来不习惯，二来不愿意"挤"在一起增加我们的负担。这些年，二老在家乡忍受着一些生病、住院的疾苦，不到万不得已不和我们说。这次来住上几天，纯粹是想陪陪即将出国的孙子，多看孙子几眼。母亲总是说："我们坚持不生大病，就是现在能给你们最大的支持了！你们安安心心工作，平平安安生活，就是尽孝了！一定要知足常乐，要多替别人着想啊！"

明天。

明天父母开始准备返回老家的行囊，怎么劝也留不住，父亲还喃喃地说："你看现在不是很方便了吗？坐高铁不是八九个小时就到了吗！"

父亲因为当年在企业退休，比同期在一些政府部门退休的同学少一大笔钱，但父亲昨晚还在对我说："是曾有过一些不平衡，但总体来说很知足了。没有党的拨乱反正、改革开放，能有今天吗？一定要尽职尽责地工作，上下同心顾全大局、克服困难，才对得起党和国家啊。"

父亲的肺腑之言，令我感动又惭愧，他的人格品质还有许多我不能企及的地方，虽然他只是来自最基层的一个老知识分子，一生没当多大官，现在拿着勉强维持自己温饱的退休金，但他正直、知足、淡定，有着积极乐观的人生态度。用他的话说："幸福感绝不逊于任何人。"

老母亲听了这番话，一定会孩子似的直撇嘴："我呢？没有我的照顾，老头能有今天！"母亲爱唠叨、常纠结，像护小鸡似的照顾着儿女、丈夫。她依然保持着一颗童心，可以在院子里蹲半天，看一只小鸟在自来水管旁仰头喝水；她在老家还喂养了几只流浪猫，一养就是近 10 年。有次回去探亲，远远就看到老猫就地打滚，欢迎我们。

昨天，今天，明天……

农历七月初七的"七夕"，人们说它是中国的情人节，可最初它是乞巧节（妇女在庭院向织女星乞求智巧）。重要的是，它是属于所有心中有爱之人的节日。在我心中，父母就是一对天长地久相爱的"牛郎织女"，天天都在平淡和睦、不时拌嘴中有滋有味地过着"情人节"，是照亮我的镜子——在平凡岁月不断修正自己、检讨自己，告诉自己不忘初心。

不奢望"卧看牵牛织女星"的闲适，多留心父母之爱，多付出一点点真心真情真爱。对所爱者，一点点就已满足，对惭愧的我们，只是获得继续成长的一个机会。无论新媒体时代怎样变化，我们仍可以用别样的方式表达爱。每时每刻，对自己身边的人，做力所能及的事，把这份真爱滋养到每一个日子里，用真心真情，过平凡却温暖的生活，将生命活出一种忘我与永恒。这也许就是七夕节最大的意义吧！

学习父母好榜样——在这个特殊意味的节日，把所有的真情和爱，献给金婚的父母，献给家人亲人、朋友同事、天下终成眷属的有情人、一切有缘相识相知乃至不识不知的众生。用余生检讨和反省已犯、在犯、未犯的各种错误，努力为下一代当好"父母好榜样"，在服务青年、服务人民中，还真情，报大恩。

2017-8-28

暴涨纸价中的"灰犀牛"危机

Topic：不预则废

提价！提价！新闻纸价暴涨！对于屋漏偏逢连夜雨的纸媒，有媒体惊呼：这将成为压倒纸媒的最后一根稻草。

对于我们媒体人面临的不可控危机，跟在后面一起大惊小怪、抱怨哭泣有什么用呢？我们也许可以借鉴学习《灰犀牛：如何应对大概率危机》中的一些原则——其实就是与中国文化中"凡事预则立，不预则废"异曲同工，只不过融入了更多现代商业管理、心理科学常识。

日前有媒体披露，此次涨价风潮，在中国传媒发展史上具有拐点意义，它透露出纸媒行业生态已经恶化到了严重地步。新闻纸暴涨至5600元／吨，同比上涨36.5%。其实这是可以评估预测的大概率危机，只不过没想到速度来得更快更迅猛！因为涨价原因有环保整治、原材料价格上涨、供需关系紧张等。纸媒行业也好，其他行业也好，都离不开大的政策环境。有人说我只管去做事，没必要关心这些政策环境。可是政策环境不会因为你关不关心，就不来找你、影响你。这是"预则立"的一个重要前提。

黑天鹅尚未飞走，我们又迎来了"灰犀牛"。《灰犀牛：如何应对大概率危机》一书的作者、古根海姆学者奖获得者米歇尔·渥克首次提出"灰犀牛"概念，是在2013年1月的达沃斯论坛上。米歇尔以重达两吨的灰犀牛，来比喻发生概率大且影响巨大的潜在危机，相对于黑天鹅事件的难以预见性和偶发性，灰犀牛事件不是随机突发事件，而是在一系列警示信号和迹象之后出现的大概率事件。比如近年来颠覆了传统媒体的数字营销，互联网逐渐打破了传统纸媒固有的阵地和话语权，也彻底改变了传统纸媒赖以生存的盈利模式。当然也有一种例外：巨额财政支持，可以让一些纸媒依然过着舒适的日子。但对于大部分纸媒来说，一步步淤积的危机四伏，一些都市化纸媒甚至被迫弃"纸"化生存。当纸价暴涨成为那根"稻草"时，"灰犀牛"危机自然而然来到。

"灰犀牛"理论覆盖的范围更广、更契合当下的时代特性，因为相对于难以预测与难以应对的黑天鹅事件，"灰犀牛"理论告诉我们：我们有能力预测并解决危机。如果说"黑天鹅"挑战我们的想象力和预测力，"灰犀牛"则挑战我们的应变力和行动力。因此，要想有效地应对灰犀牛式的危机，我们必须提前建立防御机制与预备性解决方案。米歇尔撰写《灰犀牛》这本书的目的，就是希望能够帮助人们转变思想，及早发现远处的"灰犀牛"，在最后两个阶段来临之前，努力改变危机性事件的进程。对于组织与机构来说，关键的做法包括建立信号探测机制、提高我们接受微弱信号的能力、战胜群体思维与建立提倡质疑的组织文化、建立触发机制与强大的行为习惯和建立相应的奖惩机制。

我们媒体人的应变力和行动力，就是以"将改革进行到底"的精神，继续坚定不移地推进传统媒体向新媒体融合转型。当前我们这个阶段虽然面临纸价暴涨的灰犀牛式危机，但是只要"凡事预则立，不预则废"，我们就有信心发现危中之机，并在不断提高应变力与行动力中转危为机。

2017-9-1

莫负师心

Topic：谢谢您，老师

　　几位朋友陆续离开机关、企业调到大学当老师，看着他们一身轻松的样子，很羡慕，却忍不住对其中一位坦言："过去如果做错了，不过是误事；现在如果做错了，却是误人。当老师责任、使命更大，莫负师心啊！"

　　这是心里话。因为母亲是老师，从小就听着母亲念叨着"教书育人不能误人子弟"长大。母亲退休了好多年，桃李满天下，凡是问及当年的学生，母亲最关心的，不是当多大官、赚多少钱，而是这样一类问题："还是像当年那么正直、善良吗？"

　　若回答"是"，就开心；反之，则有自责。明明知道人的成长，有许多后天因素影响，母亲总是反躬自问到当年有没有关心到、教育好。

　　于是从小到大，对老师的尊敬与感恩，视与母同。感谢已经去世的高中班主任胡老师，教会我在摇头晃脑的吟诵中，把枯燥乏味的古文诗词读得津津有味；把遥不可及的先贤圣人，读到心中；感谢当年大学留校任教第一年就当我们班辅导员的吕老师，教会我遇到再多变故和困难，也要坚定而又单纯、自信地活下去，而且还要活好；感谢姜老师真正把我领进优秀传统文化的神圣殿堂，在道德经中身体力行、日用而不觉的文化人生……

　　感谢一路良师益友的朋友们，感谢那些从未谋过面的先贤圣人。渐渐体会到"与天地合其德，与日月合其明"的良苦师心。

　　为人师表，言传身教，成风化人，唯己自得。老师教给我们的，不仅仅是做事的知识和技能，更是做人的方法和智慧。正直、善良这些看似朴素的品格，学一辈子也未必能学好；学问之道，唯求放心而已，同样学一辈子也未必能学到。

日常生活中每个人都是自己的老师，"善人吾之师，不善人吾之资"。智慧的人看到善的好的就去学习，看到恶的对照自己来改正缺点，这样每个人都是最好的老师，每件事都是最好的教材。如果虚怀若谷，则生活中处处用心皆有师，处处留心皆学问。

如果天天都当作教师节来过，天天都能怀着一颗尊师重教的心，天天都能按照老师的教导知行合一地做人做事，我们勉强才可以算个合格的学生吧！

莫负师心，莫负时代！

2017-9-10

小斋通大道

Topic：**乾隆是个情怀帝**

北海公园琼华岛上有个名气很大的仿膳饭庄，据说有 60 多年历史，从没进去过，每次路过总是好奇地望一眼，嗅一嗅"皇家饭香"，没想到今天路过，发现两个月前已回归为历史文化景点的漪澜堂免费开放。原来这个书香之地的历史有 260 多年，是后来仿膳饭店硬占有了 60 年，才变成饭香之地。

参观漪澜堂里收藏的《冰嬉图》，想象着 200 年前道宁斋外举行"冬季奥运会"的盛况，参赛的选手除骁勇的八旗子弟，还有各色皮肤的夷邦选手，可谓一个热闹、开放的国际体育文化盛会。身为一代有作为的明君，乾隆不满足只当个大富大贵的皇帝爷，还发自肺腑地向往"被征服"的汉文化，期望能成为千古留名的情怀帝。

至少过了两个世纪，在这琼华岛上，还能隐约体会到这位情怀帝的身影。乾隆南巡时在江苏镇江金山寺看到"寺包山"的建筑特色，于是在北海琼华岛建成"屋包山"（乾隆改了一字）的漪澜堂，如乾隆所言："乃悟屋包山，蟠青内外宜。"整个建筑用临水长廊围起，突出文人情怀，登高赏景、看戏唱曲、与民同乐。乾隆曾描述这里的盛景："南瞻崒堵，北俯沧波，颇具金山江天之概。"可见"金山江天"一直是乾隆的江南情结。

最往里靠西、面积最小的斋屋即"道宁斋"，其牌匾大意为：道是指孔孟之道，宁是宁静，意用孔孟之道治理天下，宁静以致远，宁静以使远方人民归顺。乾隆之所以用道宁作为斋名，就是为了用它作为衡量自己的标准，随时提醒自己不要背离孔孟之道。有一首《五律·道宁斋》写道："宛转回廊处，斋从院里通。缥缃霏古馥，窗牖染春融。益志习周易，名言忆召公。初韵何以识，梅蕊渐含红。"——略窥道之一斑。

据说乾隆一生写的诗词超过 4 万首，可说是位高产作家，他自己也喜被称"风雅才子皇帝"。72 岁的乾隆曾感慨时光荏苒："写真世宁擅，缋我少年时，入室幡然者，不知此是谁？"

斋室内陈列着乾隆喜爱的玉器、青铜器、瓷器、香炉、盆景、如意等。壁画取自张宗苍等绘的《乾隆皇帝抚琴图》，这是当年这位情怀帝要求留下的杰作，反映其对"明月松间照，清泉石上流"的神往吧！

走出这座当年的皇家书斋，见天光水色、游人如织、其乐融融，恍若隔世。小斋通大道——乾隆情怀帝，至今犹忆念；多少千古事，都在笑谈中。

2017-9-16

"报"恩桥

Topic：寨子新建"红军桥"

"生怕有生之年看不到修新桥这一天。"71 岁的吴隆海拉着中青报记者的手激动万分，见证新桥启动，这回总算了一了心愿。

和吴老汉一样，几乎全村人都涌到村寨头，参加修新"红军桥"的第一锹土奠基仪式，新桥虽还未建起来，但村民们心中的那座"连心桥"已经建立起来了。

54 岁的杨正莲接送上小学的外孙女时，可以不必再担心孩子是否在桥上走得稳；冬天路面结冰打滑时，吴锡焰也可以牵着马过桥上山去打猪草；年轻村民们种的水果都能用小车运出去了……

北京海运仓 2 号中国青年报编辑部，同样被欣慰和喜悦的激情点燃。当年希望工程因中青报一幅《大眼睛的女孩》传扬全国时，小小的编辑部，和那些偏远山村、老区山寨的村民们、孩子们，就心心相连起来。

是的，这是一座连心"报"恩桥。不仅是今天红军的后辈们一份知恩报恩之心，也是依然坚守着理想和情怀的中国青年报，为精准扶贫、真正帮助寨子里的村民和孩子们，贡献出的一份炙热真诚爱心。而这背后的故事，也让我不断为很多颗大爱无疆的心灵感动，为可亲可爱的同事们感动着、骄傲着。

1934 年 12 月，中央红军长征路过贵州黎平上少寨时，与当地群众共同搭建了"红军桥"。83 年来，这座木桥几乎每年都被洪水冲垮，垮了再建。上少寨六百多名村民大多数是苗族，木桥至今是他们通往外界的唯一通道。2016 年 9 月，中国青年报三名摄影记者在重走长征路的途中，通过摄影、文字、视频等方式报道了上少寨红军桥的现状。报道引起了社会的广泛关注。

报道发出后，那座摇摇晃晃的"红军桥"一直在眼前挥之不去，依然处于贫穷中的村民们呼吁建桥的声音，一直在耳边挥之不去。除了报道，我们还能实实在在做些什么？除了因为感动，现场捐点钱物，尽微薄之力，还能为红军的后代们做些什么？海运仓2号一次次热烈讨论后，一个更现实的想法渐渐成熟：呼吁社会尽快援建一座新"红军桥"，早一天建成，就早一天减少过桥孩子的危险，就早一天使山寨摆脱贫穷走上致富路。

随即在中青报摄影版、守候微光微信公号发起为红军桥旁的孩子募捐的活动。除了全媒体发出倡议，全媒体协调中心副主任刘世昕、视觉中心主任赵青等开始四处奔波，联络援建。当刘世昕陪着中华环保基金会一位负责人，专程冒雨深一脚浅一脚地赶到深山里偏远山寨时，几位年轻村民热情接过她们手中几乎拖散架的行李箱。这位负责人感动了、震惊了，一回北京即四处筹款。

不到一年时间，相关方面和记者多次赶到上少寨，终于赶在一年后促成此事。虽然比起很多援建大工程，这一修新公路桥项目金额不算太多，难度也不算太大，但其过程和意义却是难以用金钱衡量的。特别对于今天的中青报人来说，也是一次自我教育和鞭策，是一次特别的精神洗礼。我们不仅在桥上采风、看风景，还与各方一起推动共建起一座"连心桥""生命桥"；我们不仅要做社会的记录者、旁观者，还要做社会的建设者、推动者。

我们走得再快再远，也不能忘记初心。看到还有不少走不出大山的青年和孩子，我们是否可以暂时放下一些浮躁和抱怨，去做一些生命中更有价值的事情？在取得巨大成就的新长征路上，一个都不能掉队。对于那些先富裕起来的单位、企业和个人来说，我们只是希望站在最基层最贫穷的茫茫草根当中，高高举起一面小小的镜子，力量虽微弱，但坚定不移、光芒四射。

我们走得再累再苦，能有当年那些抛头颅洒热血的红军苦吗？如果我们不只是为了填不满的欲望而耗身心，一颗感恩报恩的心足以让我们品尝到为他人服务的甘泉！时代在发展，社会在进步，唯有以自我革命、改革创新、一往无前的红军长征精神向前闯，才不会在新的长征中掉队落伍。

衷心感谢所有为这座新"红军桥"付出努力和心血的单位和个人。感谢中青报的小伙伴们，赵青、刘世昕、李隽辉、王婷舒、裴江文……还有背后默默付出的团队。感谢这个伟大的时代！

2017-9-27

"装"出真我

Topic：偏爱心灵美

"装"出真我——路过一家新开的服装店，店外配着大大的美女"妆照"广告语，吸引人不自觉地走进去。

与刚过而立之年的店主聊起天。他说，几年前作为一位在地方上有些名气的某品牌服装销售员，来到这个大都市开拓市场，刚开始一两年拼命进行电话营销，然而无果。穿上那款服装，气宇轩昂、自信满满到各大商场推销，自以为唾沫星四溅，"吹"尽这款品牌的种种好处，却还是屡屡碰壁，又想方设法找各种关系打点，也收效甚微。在极度气馁、几近放弃之时，一个偶然的事件改变了他的命运。

那是一场突然降临的大暴雨，一筹莫展的他因疲劳、委屈回到住处，泪水伴着雨水。正想躺一会儿，突然想到有一家商场经理约了他当面推销。可是一时打不到出租车，当时也没共享单车，连把伞都没找到，走路过去，怎么也要一个小时，去不去呢？一咬牙，管不了许多了，他穿着那款服装，头顶着一叠报纸便冲进暴雨中，提前 20 分钟赶到那家商场。

当他落汤鸡似的出现在商场经理面前时，迎来的是惊讶和异样的眼神。放在过去，他定会仔细运用所学的营销知识研究琢磨一番，再咬文嚼字地"见人说人话，见鬼说鬼话"，可这天，他完全把那些虚荣、面子抛到脑后了，也不再想着一定要推销出一个什么结果，只是一个劲儿地感谢经理按时接待他，并实话实说了当地这款已有些名气的服装优劣，还分析了它可能走红全国市场的潜质、更适合年轻人的原因。经理边听边走过来，让他把淋湿的那款品牌服装脱下放到衣架上，仔细用手捏揉了一会儿……他晕乎乎地回到家后就感冒发烧了，倒头大睡。次日中午被手机铃声惊醒，那家商场同意服装进场。

后来那位经理开玩笑说："你那天'装'出的真我令人印象太深了！"他这才得知，正是守信、朴实和真诚打动了经理，服装质量也的确不错，再加上一个"意外"：正因为那天大暴雨，平时预约的许多人和事都一时搁下，那位经理才有时间待在办公室，其实连他自己也忘了和一位普通服装推销员的约定。

如今，服装店老板感慨万千地说："正是当年那段经历让我认识到'真我'的价值！"他说近几年自己创业建起服装店后，从不以"装"取人，而是把诚信放到第一位，特别是在线上交易时更是慎之又慎。

"其实我不做线下实体店，可能赚钱更快、更多，但我还是想试一试，一是因为回归实体店，加上互联网体验，是年轻人一个时尚潮流，另一个就是因为这里有面对面的真我，大家可以一起用心，设计出偏爱心灵美的服装，有意思！"

走出这家有意思、有意义的服装小店，一直在回味年轻店主的故事。真我是"装"不出来的，也没有"装"出的真我。人要衣装，佛要金装，无论什么"装"，最适合自己的都是好"装"。去掉虚荣、浮躁、伪装，就是那个人人向往、尊重的真我吧！

2017-10-7

"退群者"的心思

Topic：三心二意

"退群者"这个词，近几天因为大块头特朗普，竟然在小旮旯里也火起来了。退出美加墨的贸易协定，退出伊核会谈，退出联合国教科文组织……虽然还只是嚷嚷，却也足以让各方震惊，揣测起这位"老大"不同寻常的心思起来。不少"群"创建之初时，吆喝得最起劲的，不也是自以为是"群主"的"老大"吗？

想一想小群大群、友群国群，原理都大同小异。拿天天刷一刷的微信群来说，身边时有冒泡的"退群者"（冒泡指提前嚷嚷退群），大都因为自己与该群创建的初衷已三心二意了。

是哪"三心"？

自恋心。也是一种失衡心，当初用来建群以为最大程度可获利的规则，似乎已变成一种作茧自缚的紧箍咒，不好对别人发火，又不愿多用心花力气，干脆扔下担子，自顾拔腿就跑。

实用心。一开始就是以"群主"自居，哪里甘心情愿只做一名平凡普通的"群众""群友"。何况一股无明火起：凭什么让我付出这么多，让我本来该有的就业岗位、发展机会给你们多占便宜了？更可气的是，我这"老大"在群里说话，也不像过去那么有人听了，吵吵闹闹的，烦得很。早点退群撂挑子，就能早点卸下那份该担当的责任。

自欺心。虽然自己不会承认，但或多或少还是有那么一些。和自己过去那股硬气比，软了一大截，和个别群里的崛起新秀比，某些方面又输了一截。叹世态炎凉、不进则退，却自认为"瘦死的骆驼比马大"，非要敲山震住几只虎!

还有心犹不甘的"二意"。

一意威胁抗议。我不陪你们玩了,离开我,你们这群也玩不转!当然,如果你们捧捧场、让让利、改改规则,我不是不可以再考虑考虑的。

二意另建新群。群为气味相投者建,若有另拉山头、独占鳌头做"老大"的机会,为什么不能另拉一个新群呢?何况,还有可以左右群里群外的撒手锏,有一群亦步亦趋的小弟,哼,顺我进群者昌,逆我"退群"者亡。退出巴黎气候协定后,特朗普就表示过可以再谈判,建个新的协定。

"退群者"的心思,只是姑妄猜之,表面上看是退,其实也是一种以退为进,表面上对其他"群众""群友"有伤害,其实暂时降低了自身的付出成本和风险。只是无论进退,无论何"群",群策群力、共创共享、互利互惠的大游戏规则不会变,"三心二意"只会让别人难受,也未必能使自己多得到利益,尤其失信造成的裂痕,是很难一下子弥补起来的。

唯有一心一意、真心真意地建群护群,才有更多机会服务他人也惠利自己、成就他人也成就自己。"群主"无己心,以群众心为心;"老大"不自居,为大而不恃。

每一个"退群者"的心思,如果能放下"小我",将心比心地换一换、变一变,或许会有一些新境界,会赢得更多"群众""群友"们的尊重。

2017-10-14

为何越努力越累

Topic：**努什么"力"**

　　朋友让我有时间找他孩子谈谈心，化解一下孩子巨大的身心压力，他老在自言自语：为何越努力越累？

　　朋友孩子名校毕业，在令人羡慕的某银行工作了几年，最近身心俱疲，接近崩溃。和他好好聊了聊，发现那份累，主要还是心累：总是感觉越努力越有干不完的活儿、越有难以适应的变化、越处不好复杂关系越受伤害，越比较所得与付出越觉得不值。他说这不是他一个人的感受。有位当年的同学，工作至今收入比他少一大截，每次他一发牢骚，同学就说他身在福中不知福，是"穿鞋的笑光脚的"，至少他还是高收入，还有同龄人"越努力越累"，不仅心累，还是穷忙、瞎忙。

　　这份累的确贴上了鲜明的时代标签和阶层标志。爷爷奶奶们日出而作、日落而息不累吗？似乎为了温饱，无暇顾及其他；父母辈打拼闯天下不累吗？朋友就是早年下海闯海南挣回第一桶金的，累是累些，却知足得很。

　　相比于父辈祖辈，新一代年轻人衣食无忧，不再处于一个物质匮乏的时代，甚至一些物质生产资料面临过剩，精神的体验和需要，远远超出了过去基本生存和物质生产资料的需求。与过去相比，大学生乃至名校大学生不再是短缺稀缺人才，辛苦努力所学的知识，因为过时或不能有效应用，不能转换变现，自然有时还不如一名有一技之长的职教生。一些年轻人在就业职场的预期与现实落差面前，疲惫不堪。

　　大多数年轻人都是努力向上、阳光灿烂、值得点赞的，但少数年轻人越努力越累的感觉也需要关怀。如果越努力越累，越努力越难证明自己存在的价值，自然就会纠结、彷徨起来。

想一想，这除了需要社会、政府、家庭、学校等一起关心、创造更好的氛围外，对个人来说，如何更加正确地认识和发现自己，搞明白究竟努什么"力"，或许也很重要。至少有这样三点可以在自问自答中分享。

一是努高质有效的"力"。

在《上位》这部电影中，樊娇凤问罗臻："我要怎样，才能更上一步？"

罗臻告诉她："你必须改变你的做事方式。"

怎么改变？罗臻只给了一句话："提升你的努力质量。"

对此很有感触。在一个公司或单位，不少人看上去都很努力，但为何管理者和本人，越努力越累呢？其实自问三个问题或许会更清醒点：这样一种努力，是以业绩效果为导向的吗？是以工作效率为标准的吗？是以身心愉快为效应的吗？

二是努方向明确的"力"。

所谓方向明确最重要的恐怕是明势和知己。没发现一些习以为常的知识信息的囤积，已使你累得不堪了吗？试一试信息极简、专注而精，会更清晰明辨方向；没发现胡思乱想、结织各种"关系"、勉强应付着的"努力"，已使你累得心事重重了吗？全神贯注地忘我工作，身心和谐地调节有度，会让你更加了解自己究竟需要什么样的未来，有一个更适合自己的适度规划。

大多数时候，努力让自己成为一个更有爱心、更有情怀、更有品格的人，比努力于"花去多少时间""整理多少资料""熬了多少通宵"更重要。因为未来社会，交易、推销、服务成功的，一定越来越是爱心、情怀和品格。

三是努力感知体验的创造"力"。

职场剧《北上广不相信眼泪》中，领导对那位因自以为"努力"却被解雇而痛苦不解的年轻人说："你的工资不是按'努力'来算的，你的'努力'

更加不是公司给你升职的理由。"

当一个人真正把自己的志趣、爱好、能力，与组织的目标、文化、成长融合在一起时，掌握劳逸结合、身心平衡的规律与智慧，才是科学理性的，也一定是快乐不累的。未来的创造力，不仅仅是螺丝钉精神的执行力，还有让生活更加美好的感知力、体验力。这些都是时代赋予我们的精神和灵魂！

看上去越来越努力，不一定能成长成才成功；但要想成长成才成功，一定离不开真正身心投入的努力！

孩子，要努力；孩子，别累着！感谢这个时代。

2017-10-15

"美"的聆听

Topic：新时代乐章

这是一首新时代的乐章。聆听十九大报告，犹如聆听"美"的交响曲，犹如聆听"不忘初心，牢记使命，继续前进"的铿锵脚步声。

这是一种信仰之美。我们生活的世界充满希望，也充满挑战。我们不能因现实复杂而放弃梦想，不能因理想遥远而放弃追求。著名美学家朱光潜曾说过：要求人心净化，先要求人生美化。伟大的事业都出于宏远的眼界和豁达的胸襟。历经磨难，不屈不挠。大道之行，天下为公。信仰的旗帜，始终牢牢扎根于伟大的民族和伟大的人民当中。

这是一种思想之美。从站起来、富起来再到强起来——在全面建成小康社会的基础上，在本世纪中叶建成富强民主文明和谐美丽的社会主义现代化强国；明确新时代我国社会主要矛盾是人民日益增长的美好生活需要和不平衡不充分的发展之间的矛盾。如果仔细聆听，罕有政党报告中出现那么多"美"：向往美好生活，创造美好生活，建设美丽中国，建设清洁美丽的世界，共创美好未来，还自然以宁静、和谐、美丽……中国特色社会主义进入了新时代，这个承前启后、继往开来的新时代，正奏响划时代的最强音、最美音。

这是一种真理之美。时代是思想之母，实践是理论之源。以人民为中心，实事求是，攻坚克难，都闪耀着知行合一的真理之光。坚持问题导向，保持战略定力。代表们纷纷表示这显示了巨大的政治勇气、责任担当。一位经济界代表深有感触地说，从高速度发展转向高质量发展，其中蕴含着我们曾付出过的代价、走过的多少弯路啊！听了那壮士断腕般坚定的声音，我们对深化改革充满信心和力量。

这是一种朴实之美。一位退休的老人在家中全程看了直播，感慨地说："大会堂的代表们听得清，我们这些家里的'炊事员'们也听得懂。"

一次次掌声响起来，说出了最基层最一线百姓的心中话："保持土地承包关系稳定并长久不变，第二轮土地承包到期后再延长三十年"，"旗帜鲜明为那些敢于担当、踏实做事、不谋私利的干部撑腰鼓劲"，"绿水青山就是金山银山"，"脱真贫，真脱贫"，"绝不容忍国家分裂的历史悲剧重演"，广大青年要"在为人民利益的不懈奋斗中书写人生华章"。

美的文字，美的文化，美的文明。一位文化界代表说，这个报告体现了老百姓可触摸的幸福生活和美好憧憬，反映了不断贡献智慧和力量的中国，正在崛起和屹立于世界东方。她说，世界文化、文艺界都在重新聆听中国好声音，中国作家的全球能见度越来越高，一位德国著名作家对她说：我非常羡慕今天中国的作家，到处是色彩斑斓、热气腾腾的景象啊！

新使命，新征程，新气象，新作为。这部政治宣言、行动纲领的新时代乐章，收曲也落于"美"上："为决胜全面建成小康社会、夺取新时代中国特色社会主义伟大胜利、实现中华民族伟大复兴的中国梦、实现人民对美好生活的向往继续奋斗！"

2017-10-18

痛苦不够

Topic：实"茧"证明

一只翩翩起舞的蝴蝶，终于注意到一只还在茧中痛苦挣扎的虫子。

"我们当年都一样是虫子，都一样经历痛苦，为什么你飞出去了，我还是虫子？"虫子大声地问道。

蝴蝶收起美丽的翅膀，尽量贴着蛹轻轻说："痛苦不够。"

"为什么？"

虫子不服气。几天几夜的煎熬，让它全身伤痕累累，奄奄一息。

"有一种痛苦，只是肉体和欲望的，结果往往是'作茧自缚'。"

虫子仔细想想，又尽力向周围看看，真有不少把自己越裹越紧乃至自寻大烦恼的虫子们！

"痛苦不只是为了'痛苦'而自捆手脚，而是为了不懈努力，坚持走向自由的光明。"

虫子似懂非懂。

蝴蝶叹了口气："其实，我不过是一只变成蝴蝶的虫子，你是一只还在虫子变化中的蝴蝶。也许我的痛苦，还有很多是理想和思想上的吧！因为我知道蓝天下蝴蝶的使命，是四处奔波、传播花粉、唤醒春天！"

虫子呆呆地摇头，自己的确从没想过这些，只是羡慕那些自由自在飞翔的身影。

"其实因为一些努力和机会，有的虫子虽然变成蝴蝶，却想以享受补偿痛苦，往往要么吃得贪婪沉重一头栽下去，要么自个顾影自怜一下掉到河里，要么飞蛾扑火死在自以为是的光明中。所以，在没有变成蝴蝶的虫子中，也有不少我尊重的老师和英雄，他们志向高远又脚踏实地，只是缺少一些外在的条件和机会罢了！"

蝴蝶扇扇翅膀，奋力向上飞去，空中留下一串悠长的回音："我们都是土地的臣民，完成了使命，我们还会在大地上相聚！"

"破茧而出""破茧成蝶"不再显得神秘，也不再显得遥不可及。这只躁动不安的虫子，安静下来，继续踏上痛苦而充满使命感的旅程。

只不过与以前不同，多了一份自知，多了一份自信，也多了一份自省。从幼虫、小虫、茧蛹、飞蛾、蝴蝶，其实这个痛苦过程中每一个变身都是美好的。

从大地上起飞，再飞回大地，纵然身体因为各种条件没有变化，但是心灵早已在蓝天白云下自由自在翱翔，没有任何实"茧"痛苦可以阻挡和束缚！

2017−10−21

风后暖

Topic：报人同珍重

就在今天，一位相识的报社老总提出辞职，消息在圈子里转来转去，如"风乍起，吹皱一池春水"。无论如何，还是衷心祝福她，认可与欣赏这位老总的坚守与情怀。在这个传媒变革、风起云涌的大时代，当很多媒体人忘情谈论着 10 万＋、UGC、算法、大数据、盈利模式、A 轮 B 轮 C 轮融资的时候，这位老总更操心的是："如何办一份有尊严的报纸？坚守理想和专业，是我们的选择，因为这是我们安身立命的东西，是尊严所在。"她相信坚持理想终将一往无前。

今天遇到一位十多年未见的老总，他居然还记得我当年刚调到中青报记者站时刊发的一组头版头条文章《劳模热的冷思考》，令我惊喜又惭愧。惊喜的是，那是我在中青报第一次刊发的见报稿，配评论后被央广新闻转播，产生较大社会影响。对一名初出茅庐的年轻记者来说，起到了温暖激励的作用。此前一些年，虽在省报当过多年编辑，但正儿八经做起记者还是个"新兵"。特别是后来得悉，责编张建伟（后来因《走向共和》等作品成为名作家、名编剧）从一个废纸篓里捡起我的万字原稿——当时还没配到电脑，我是深入采访后用格子纸一字一句写好，寄到编辑部的。或许因刚来报社，又写得太土太长，第一位经手的编辑随手就扔进废纸篓里，被张建伟看见后狠狠批评了一顿："难道这厚厚一摞、一字一句写来的稿件，就没有一点价值吗？"

惭愧的是，因工作需要，做地方记者的经历很短，不到四年，还没过把瘾，就被调回编辑部上夜班了，没写多少好稿子，大量时间默默为他人作嫁衣。时光一晃而过，而今全媒体融合转型中的中青报，虽然历久弥新、艰难拼搏，也涌现了许多比我优秀的年轻记者、编辑，但总体还是感觉创造的环境不够、条件有限、精品意识不足、深入基层和一线还不够。"山雨欲来风满楼"，我们的思想、能力、人才，究竟能否勇立改革创新潮头、迎风而立？借风飞扬？

当年的一位同乡海子曾写过："风后面是风，天空上面是天空，道路前面还是道路。"我宁愿将这样一份表面的重复理解为：生命不止，境界不止，希望不止。温暖的力量，感人的瞬间。总有一种值得学习的力量，让我们奋发向前。正因为有这样向前不止的劲头，有不忘初心的精神，就总有一种"风后暖"的阳光沐浴、美丽希望。

报人同珍重，携手向前行。

2017-11-18

倾听年轻人花开的声音

Topic：**与佛系青年无关**

世界这么大，声音这么杂。我们只有时常倾听内心的声音，时常倾听年轻人花开的主流声音，时常倾听新时代最火热一线的声音，才不会轻易迷茫，不会低估年轻人的"抗压力"，不会高估年轻人的"迷失累"。

倾听年轻人花开的声音，倾听年轻人奋斗没有停歇的脚步声，虽然会遭遇青春路上的各种困难和问题，但相信这是充满希望、值得信任和托付的一代，一些社会的过度解读，大可不必，不如更多一起聚焦，帮助、服务和解决一些年轻人成长发展中的具体问题。

比如，有人担心佛系青年若不坚持，只能迷失自我。调侃油腻大叔还没走远，佛系青年又刷屏了。您别误会，跟宗教没有任何关系，就是借这个符号，讲一种怎么都行、不大走心、看淡一切的活法。约车，司机到门口也行，自己走两步也行；"双 11"，抢着也行，抢不到也行；饿了，有啥吃啥，凑合就行；干活，说我好也行，说不好也行。无可无不可的"佛系"一夜风行，其实是击中了现代社会的一个痛点——累……

认真倾听年轻人花开的声音，更多是向上向善的好声音。今天，我在《人民日报》发了一篇评论《强国一代，陪你一起创》，其中提道：

每一代人都有自己的历史际遇，在奔向现代化强国的道路上，年轻的"创一代"注定将是"强国一代"——他们的人生黄金时期与"两个一百年"奋斗目标的实现相吻合，他们是这一历史进程的见证者，更是参与者和创造者。这些今天看起来略显青涩的 85 后、90 后甚至 00 后，正以创新创业的方式，"跳"进历史大潮，他们要做的，早已不只是"混口饭吃"，更多的是"做一些自己想做的事情"，让个人的梦想与国家的强大之路相契合。

这一年轻人"累"的标准、内涵、状态，远非上一代人可比！不必自怨自艾，也不必为年轻人呲嘴。"新四大发明"从概念到内容，十九大报告中提到的"天宫""悟空""蛟龙"等新成果，大多都是这一代年轻人捣鼓创造出来的，我骄傲！

年轻人中有一些一时的迷失者是正常的，老年人中不也有一退休就找不到北的吗？还是有那么一大批表面淡然、随性，而内心清明、头脑清醒的年轻人，不人云亦云，不随波逐流，别人去过别人幸福的生活，我自过我最适合的小确幸，别人在空叹抱怨，我自追求面包、诗和远方！不迷茫，不急躁，不攀缘，不沉迷。

这个世界没有十全十美的人，年轻人如此，你我也不例外，何况每个人的生活状态不尽相同，不要强求一个标准、一个文件、一个讲话就管住所有人，有时管住嘴了管不住心。静观细听这高低不等的声音背后，其实都有着各自不同的因缘，若主动结善缘，主动向年轻人学习，创造性转化那些沟通的桥梁，或许发现原来就隔着一层窗户纸，一捅就破。

若如此，此句将不虚也。让创新成为青春远航的动力，让创业成为青春活力的能量。强国一代的中国梦，谁的青春不奋斗？

2017-12-14

三种"同学的境界"

Topic：你是哪一种

　　人生无处不同学。在一个学习型社会，别只把"同学"仅限在有围墙的学校范围，随处可见身边一起学习成长的身影，同桌、同窗、同志、同道……但是同学相长的境界却是不一样的，特别在学习任务越来越重、标准要求越来越高的当下，有必要讨论一下这个话题，找到各自追求的一个坐标点。

　　向传承千年的孔子老师求个教，发现他早就从"认识高不高、见识远不远、胆识强不强"，提出过三种"同学的境界"，勉力悟之，分享一下。

　　第一种同学境界：同学又同道。

　　是说两人可以一起学习，但其中一个人的目标是追求"大道"，一个人的目的是追求"小术"，即为了眼前的一些利益。想起当年黄埔军校的同学们，毕业后不少分道扬镳甚至兵戎相见，虽当初都在一个大教堂，但渐渐道不同不相为谋：一边是共产党人，为天下穷人当家，抛头颅洒热血，甘愿舍掉自己小家；一边是国民党人，不少沦为只求当官发财、荣华富贵的人。

　　"为什么人服务"的问题，始终是个"认识高不高"的试金石。

　　第二种同学境界：同道止乎礼。

　　两个人都好学，都以追求"大道"为目标，但一个人在追求道的过程中，能立足于仁，止乎于礼，一个人可能不择手段，求道的路径变形。同样求大道，一边是守住做人做事的底线，忠诚老实、公道正派，讲原则有方法，特别是训练提高各种相应的本领，包括学习本领，有公正之心，还有仁爱之心；一边是急功近利、空喊口号、形式主义、一哄而上，不注意工作方法，没有解决复杂矛盾问题的能力，不能应时而变，而是教条僵化。

实事求是，始终是"见识远不远"的一个基本价值观。

第三种同学境界：忘我搏击。

两个人都好学，都追求"大道"，也都注重路径的公平正义，但一个人能坦然面对失败和挫折，于逆境中飞扬，一个人可能一遇见挫折，就一蹶不振、消沉懈怠。大家都愿将这句话作为座右铭：历史车轮滚滚向前，时代潮流浩浩荡荡。历史只会眷顾坚定者、奋进者、搏击者，而不会等待犹豫者、懈怠者、畏难者。

不进则退，始终是"胆识强不强"一个具体检验标准。

恰同学当年，风华正茂，学无止境，想一想自己在第几种境界中。

你好，同学！常反省，共勉之。

2017-12-15

第
四
辑

所有英雄都来自平凡的，努力做最好自我的人们，这一种平凡的力量，既是一种在内心深处蓬勃生长的力量，还是一种全心全意为人民服务、向上向善的伟大力量。泪水，正是为此而流——为时代新人而流！他们是谁？是你，是我，是他！是与新时代同行的梦想者和奋斗者们，是我们身边一起微笑、共同成长的强国一代！

人如何活得更加美好

Topic：强国一代

可以触摸的伟大，总是闪烁着朴实之光，总能引起广泛的共鸣，并在鲜活生命的共鸣中，感知真理的魅力。

不久前，几十位著名学者、青年教师、大学生和媒体代表济济一堂，不约而同地提及 40 年前的一场讨论，感慨在一个伟大的新时代，青年需要更多新的精神力量，需要与新时代同行的"精神名片""标识符号"，需要围绕"强国一代，路如何越走越宽——人如何活得更加美好"开展一场新的大讨论。这场由中国青年报社与清华大学马克思主义学院、清华大学习近平新时代中国特色社会主义思想研究院合作组织的研讨会，其主题就是"强国一代的使命与担当——学习习近平新时代中国特色社会主义思想与培养时代新人"。

研讨会上被提及的那场讨论，发生在改革开放之初。《中国青年报》1980 年 5 月发表了读者来信《潘晓：为什么人生的路越来越窄》。信中说："有人说，时代在前进，可我触不到它有力的臂膀；也有人说，世上有一种宽广的、伟大的事业，可我不知道它在哪。人生的路呵，怎么越走越窄？"

那时候，《中国青年》杂志与《中国青年报》相继推出报道，首次提出"主观为自己，客观为别人"的伦理命题，一场持续半年多的全国范围内的"潘晓讨论——人为什么要活着"就此引发，被称为"整整一代中国青年的精神初恋"。与之相对照，今天青年的问题有了变化：为什么今天人们相对于"生存、生产"，更关注"生活、发展"？为什么一个古老而永恒的关于"伟大""生命"和"美"的话题，能引起越来越多年轻人的思考和共鸣？责任和担当会让人的生命更有意义吗？

　　学术研讨会现场的大学生代表说，虽然年轻人与生俱来就是可爱的"恶作剧者"，但无论是"恶搞族"，还是 Cosplay、"宅男宅女""小确幸""佛系青年"等，都如一阵风刮过，在有点厌世、颓废和轻松、自嘲的混杂味道中，我们打心底更期待有向上向善精神指引力量的身份符号和标识。不过，有一个前提：你若端着，我便无感；你若装着，我便逃避！

　　现在，我们再次抛砖引玉，一起尝试追问探寻三个有关生命的课题，希望可以激活、激发青年的能量和使命。

　　第一，有关"生命周期"的追问探寻：国家和个人都有自己的生命周期，如果这两个生命周期有缘同频共振，我们如何不辜负这个伟大的时代？

　　立足青春，在两个生命周期的同频共振中，伟大让青年能懂、有感。从国家发展生命周期的角度来看，中国先后经历了"站起来""富起来"的飞跃，正在走进一个"强起来"的黄金时代；而从人的生命周期的角度来看，年轻的 80 后、90 后、00 后们，人生黄金时期与"两个一百年"奋斗目标的实现相吻合，是这一历史进程的见证者，更是参与者和创造者。未来 30 年，他们必然担负这一理想和使命，是不折不扣的"强国一代"！

　　实现中华民族伟大复兴这个重要的进程，将伴随现在的青年度过人生中最美好的阶段。两个生命周期如此幸运交汇、同频共振，是这一代人值得庆幸的历史机缘。当习总书记宣读十九大报告时，许多人都在计算年龄。无论现在用来奋斗的青春，还是将来用来回忆的青春，每一个生逢其时的年轻人都自豪地感到，自己是新时代的同行者，强国一代有我在！党的十九大上，33岁的"蛟龙号"潜航员唐嘉陵，享受着这种"个人梦和中国梦紧密联系"的感觉。他随全球迄今下潜最深的深海探测器，到过深度7062米的海底。他说，中国在深海探测技术方面实现了从跟跑、并跑到个别领域领跑的转变。第一代高铁工人李万君，一直梦想着中国高铁能够走出国门。"现在它不是梦了，已经成为现实。"

《中国青年报》迅速推出"强国一代"系列文章和评论，为新时代高声呐喊；参与主办中国（国际）创新创业博览会，积极践行"强国一代，陪你一起创"；参与打造的《中国梦》青春版MV，为新青年的使命担当放声歌唱。这一切只为唤起青年，不负千载难逢的机缘，不负伟大的时代。

第二，有关"生命情境"的追寻探索：在移动场景化、智能化趋势中，线下各行各业青年能否相互真诚沟通、协作学习？能否在更好人格塑造、生命情境主观设计中，培养自我管理、自我专注、自我决断的能力？

这一代年轻人，能否立足岗位，在设计生命情境的同心共进中，在自强不息的奋斗、贡献中闪光？从上天揽月的"悟空"，到下海捉鳖的"蛟龙"；从托起城市的建设者，到引领未来的接班人，哪里没有青春的身影，哪里没有"强国一代"的梦想！十九大报告中，关于"强国目标"有13处具体描述，比如"富强民主文明和谐美丽的社会主义现代化强国""制造强国""教育强国""人才强国""文化强国""科技强国""质量强国""航天强国""网络强国""交通强国""海洋强国""贸易强国""强军之路"……比十八大的人才、人力资源、社会主义文化和海洋强国等四个强国目标，大大前进了一步。

一位十九大代表说，不久前中国科学家自主研究发现了一种调控水稻籽粒大小的基因，大家讨论成果命名的时候，认为这是中国人的发明，不必像过去那样一定要用英文来表达，就用我们汉字"大"来命名这种基因。

我们越来越把创造、设计生命情境的主动权握在自己手里。让世界也研究我们的流行趋势，不再把西方标准视作不可缺少的权威；同样注重自己的元素，也要具备包容不同文化的胸怀；在尊重生命多样性中，"不忘本来、吸收外来、面向未来"中，让我们的自信，随着中国特色、风格、气派的生命情境，与自觉自愿认可接受的多元文明，有机融合在一起。

在《中国青年报》参与承办的 2017 "中国大学生自强之星"十周年活动中，邀请了三位往届"中国大学生自强之星标兵"回来分享。他们当中，有一位当年上大学时"背着父亲上学"的大学生，历经 10 年风雨沧桑，已经成立公益组织，开始服务社会、回报社会；一位当年上大学时就创业的"大学生猪倌"，如今事业有成，还在母校设立了千万余元的创业基金，扶持师弟师妹创新创业；一位当年家庭贫困的"学霸"，如今成为一名青年生命科学家，立志为治病救人作出贡献。

在国家不断"强起来"的背景下，个人"自强不息"的内涵正在发生深刻的变化，也随着年轻人工作岗位变得越来越多元化。如何效率更高、如何方便美好、如何品味时尚、如何丰富充实、如何自我净化革新，越来越成为"自强不息"新的内涵。每一个平凡的岗位，都能干出不平凡的业绩；每一个独特的场景，都是生命不可替代的情境；每一点爱心善行，都能为社会建设、改革、共识汇聚能量。

谁的青春不奋斗？只有在将优秀文化创造性转化、创新性发展的生命情境中，才能把握人的生命活动。除了面包、房子，诗和远方也在心灵深处自然舒展。

第三，有关"生命价值"的追问探寻：如何关心和爱护青年，为他们实现人生出彩搭建舞台？这样一个新时代的知行合一观，如何真正做实？

立足基层，在生命价值的同创共享中，在人的全面发展中成就伟大。一个个体，当他有使生命价值最大化的意识，相对于那些没有这种意识的人，更有可能为社会创造物质和精神上的财富。因为这种意识构成了创造的源泉与不竭的动力。个体生命与集体生命，个性化的特质与共同的价值，

"小我"与"大我"……在一个张扬自由个性的新时代，人类命运共同体让生产、生活、生长都熔铸在生命当中。

好的价值观，也是好的活法。属于"强国一代"向上向善的好活法，必将与现代人格塑造、内心精神追求，紧紧连接在一起，必将成为新的精神力量增长点。这种力量源于核心价值观与职业伦理，源于让国家强大起来的使命与担当，源于生命价值的实现，体现于主观与客观的和谐统一中。建设教育强国是中华民族伟大复兴的基础工程。要以培养担当民族复兴大任的时代新人为着眼点，要培养德智体美全面发展的社会主义建设者和接班人。这些都对"强国一代"提出了更高更严的标准。全面发展、各方面都强，才算强！也只有立足基层，在生命价值的同创共享中，伟大事业才能在人的全面发展中成就。

中国特色强国目标体系意味着，各行各业都需要更强起来。党政机关、事业单位、国有企业、大中学校的青年，新经济组织、新社会组织、社区的青年，农民工群体、个体工商户、网民、"北漂""蚁族"中的青年，都需要在努力和奋斗中找到获得感！仅仅有"块头大不等于强，体重大不等于壮，有时是虚胖"的经济总量，而没有先进科学技术支撑是不够的；仅仅用技能、知识、财富，而不是用素质、文明和文化来衡量的"强"，也是不够的。"强国一代"，一定要有良好的文明素质和健康的现代化人格。习近平总书记看望参加青奥会的中国体育代表团时曾说："少年强、青年强则中国强。少年强、青年强是多方面的，既包括思想品德、学习成绩、创新能力、动手能力，也包括身体健康、体魄强壮、体育精神。"

在绵延不断的中华文明长河中，我们对于"强"有着底蕴深厚的理解。"守柔曰强""天下柔弱莫过于水，而攻坚强者莫之能胜""重积德则无不克"，都是浸透到中国人精神血脉中的独特养分。

中共中央党校副教育长韩庆祥认为，"强国一代"要有高昂的精神状态，有世界认同的文明素养，真正像强国的公民那样修炼自己。不要因为稳居第二大经济体、接近世界舞台中央就变得自负。不狂妄自大也不妄自菲薄，这是最好的精神状态。但他有些担忧，在他看来，这一代人中，一些人缺乏足够的激情、不够专注，奋斗精神也有所欠缺。

尊重年轻人，就是尊重新时代；"强国一代"的价值取向，决定了整个社会的价值取向。有了尊重包容就能有一种趣缘认同，有一种交流接口，有一种和而不同。比如二次元爱好者对于虚拟游戏世界宏大叙事的接受，同现代性的宏大叙事之间，依然保持着某种具有亲缘性的接口。其中一些诸如"不抛弃，不放弃，我们都是种花兔！种花家就由我来守护"等"小清新""小善举"，都能听到年轻人向上向善花开的声音。

由小见大，由表及里，由近及远，不要急，慢慢来，让我们自己都更靠谱，更值得信任。善待周围的每一个人，尊重他们，关心和帮助他们。伟大正是一步步走出"小我"，成长成就起来的！

上述三个有关生命的课题，本质上都是一个问题，需要回答"人如何活得更加美好"这样一个大问题，才能逐步找到答案。

生活在这样一个充满改革发展机遇的新时代，让我们一起"闻鸡起舞"吧！

2017-12-27

幸遇民间高人

Topic：**青春态**

不是因为"民间有我"，就必然"心在民间"；而是因为"心在民间"，才无所谓民间还是庙堂。不是因为"青春年龄"，必然有"青春态"；而是因为有"青春态"，才无所谓年少还是年长。幸遇几位民间高人，不离大楼、不出书卷、不入其间、不怀感恩，可能难逢此幸。

一幸遇"特质的90后"。在有着近百年悠久历史的近代第一所中国艺术院校，面对几百名大学生和老师宣讲十九大，着实有压力，一个多小时讲完走出礼堂，看到无一人离场，虽有侥幸感，还是有点不自信，悄悄到一旁问几位大学生："真能听下去吗？"几位大学生笑了："挺好！一是你居然敢临时起意，把我们校训'闳约深美'解读一番，有些好奇；二是有不少故事，没装腔作势。"一位大学生建议说："你语速过快，起承转合可以更从容些。"我"嗬"了一声，不知道那是因为我紧张啊！连声谢同学："说实话，听你们的鼓励，比听你们校领导夸奖，还开心！"

二幸遇"开放的80后"。遇到一位不到而立之年的大学老师，留美博士，刚开始聊天，感觉有些夸夸其谈。可越深聊越肃然起敬，嬉笑怒骂中，诙谐风趣中，能感受到一旦建立起基本的信任，他说的每一句话，其实都是阳光向上、负责任的。最打动我的，是他与学生们交流时，不回避自己曾走过的弯路，甚至是犯过的错，真诚表达自己对爱的认识，不简单只说是非判断，但把为什么要"孝敬父母"等做人道理，有质感地融入日常生活情境中。

三幸遇"创投的70后"。一位服务很多企业的70后老总，因意外地被任命兼任团委书记，倍感光荣和使命，认真筹划着如何运用自己的影响力和掌握的资源，把越来越多的年轻企业家和创业者们，汇聚在鲜艳的团旗下，真正使联系、凝聚和引导青年的组织功能发挥得更好。他说，创业、投资能更多地融合，带动当地青年就业成长，今后要在新平台上，培养团结在组织周围的新时代创投家们！

四幸遇"睿智的60后"。与这位区县领导稍稍一聊，就发现其必有一些不同寻常的人生经历。果然，他曾援疆好几年，因在祖国最西北海拔高处，身体有些受影响，但他无怨无悔。他坦承当年去时，家人也曾反对，但有三个问题认识清楚就坚定不移了：这是国家需要、组织信任，我不去，总要有人去吧？援疆只是三四年，当地那么多干部不都一辈子在坚守和奉献吗？人生万事有得有失，何况短短一生总要去做些有意义有挑战的事，为什么不能把每一段经历，都当作宝贵的生命财富呢？

幸遇许许多多的民间高人，也更理解高手在民间的妙谛。

2017-12-29

越怕事 越出事

Topic： 心向蓝天

如果坏事有可能发生，不管这种可能性有多小，它总会发生，并造成最大可能的破坏。这是所谓的墨菲定律警戒：简言之即"越怕事，越出事"。事情往往会向你所想到的不好的方向发展，只要有这个可能性。

新年一上班，就立即投入到一件又一件事中，当然希望一年平安无事、多好事，但只要是一个理性的唯物主义者，都会承认随时会有矛盾、挫折、坏事发生，如何对待做事的态度，往往比具体做不做事还重要。

一位同事交流新一年要主抓的工作时说：越怕事，越出事；越躲事，越躲不开事。深以为然。我想墨菲先生也会同意。特别是针对不作为、少作为的"多一事不如少一事"现象，更要提倡有担当、有勇气、有本领。

怕事、躲事有很多原因，其中一个关键是"怕犯错误"。可是，谁不会犯错误呢？连一位了不起的先贤也如此说过：永远不犯错误的人是猪！但他同时还有一句：知错不改就连猪都不如！

我们要正确对待做事会犯错，不断警醒有没有老是犯同样的错误？是因为有公心但本领不足犯错，还是私心太重突破底线犯错。当然，"越怕事，越出事"，还是一个心理消极暗示的消极后果。生活中随处可见，比如常听有人在出事后说："我就说要出事吧，这不就出了！"或许他天天出门念叨着忘记锁家门，果然有一天这个小概率事情真发生了。

对我们来说，勇于面对任何事情，科学评估得失利弊十分必要，而永远保持一颗积极阳光、向上向善的心更重要。这并不等于"越不怕，越不出事"，只有踏踏实实，心向好处想，事向难处做，尽力而为，量力而行，才有可能有效化解很多矛盾，并在这样一个既讲原则又讲方法的过程中，最大可能规避风险，甚至创造机遇，转危为机，转祸为福。

一位朋友天天都很开心，有时即便雾霾天，也会如痴如醉望着天微笑。

儿子不解地问："老爸，雾霾天有啥可乐的！"

朋友平静地回答："我在欣赏蓝天。"

儿子惊呼："哪来蓝天？"

"心有蓝天，眼里自然也就有蓝天了。何况蓝天本来就在那里，一时雾霾很快不就过去了，怎么能让它把我们的心空都笼罩上雾霾呢？"

是的，很多时候，我们的心烦躁不安、担惊受怕、抱怨哀叹，都是因为我们心空没有蓝天啊！

心向蓝天，踩稳大地，能举能放，弹指一挥，多尽心尽力做些好事善事和利人利国之事，有什么怕不怕的！

2018-1-2

秒回强迫症

Topic : **失去专注力是可怕的**

每隔两分钟就想看一眼手机，手机一时不在身边，就跟丢了魂似的。

看到今天中青报一篇青年调查，深以为然。有一种秒回强迫症，正潜移默化着我们的生活习惯，其中值得警惕的危险，是专注力的丧失！这篇调查披露：56.0% 的受访者认为，对方秒回信息是尊重自己，44.5% 受访者因秒回失去完整的大块时间。

原来，我们手机刚离手就像丢了魂似的，除了发现新闻连接世界之外，还有了一个日积月累起来的担心甚至恐惧：生怕没及时秒回，要么漏了件"重要"事，要么失礼，有意无意得罪了人！比如，得罪了那些心眼小的朋友，或者得罪了很在意态度的某客户或领导呢。一旦上纲上线到态度、人品之类，自然有一些负面的后果和代价，秒回强迫症如果不断升级，很可能导致一种病态。正如调查中所指出的，40.2% 的受访者表示自己因此难以专注，总是走神，其中一部分人坦言已经因此变得焦虑。

每个人使用社交软件的习惯都不同，应该换位思考，相互理解和信任，而不是强人所难。仔细分析，需要秒回的并不一定是十分具体、紧迫的事情，不少只是一种寒暄和招呼。因为秒回强迫症，不仅把自己的专注力消解，还往往吃力不讨好——应付、敷衍、格式化的秒回，让对方生起的不是好感，而是反感。

更有甚者，忙中出错，麻木无感。比如，一位朋友有一次秒回后也没顾上检查，花了大半年时间检讨：他把"司长新年好"秒回成"死长新年好"了。这不是秒回，简直就是一种气死人的秒杀了！

看来，秒回强迫症不仅值得作为社会问题大大地重视研究一番，还值得作为一种新时髦病好好解剖一番。作为"患者"之一，至少我还没有想到多少好的办法，因为调查结果也是半斤对八两，有一部分人还沾沾自喜于这种秒回效果，有利于提高"人品度""美誉度"。无论是否形成一种秒回习惯——其实大部分已在习惯中，有的还养成故意迟回卖关子的小得意，都不要失去自己难能可贵的专注力！

　　一是对真实的人、真情实感的专注力。不时发现秒回技巧已经娴熟的一些人，那些秒回中用得煽情的表情包什么的，只是停于微信上面。和亲爱的人、亲近的人促膝相坐时，甚至同样忍受不了不看手机，更别说专注对方某个瞬间最真、最美的表情。

　　二是工作、学习、事业的专注力。最近和同事交流努力做精品，就不能满足于秒转、秒摘、秒发式的快餐信息，一时一大堆秒回又说明什么呢？还是要沉下心来，聚精会神多做一些"佛跳墙"，在一片浮华抢食中，有能让自己愣愣神、回味无穷的享受，慢慢品，是多么美好的一件事情啊！

　　从秒回强迫症谈到不要丧失专注力，突然豁然开朗，不妨换个思路：如果我们首先认真、真诚地全面提高自己的专注力，是不是秒回、如何看待秒回，都变得不那么重要了？

2018-1-25

小事一桩，呵呵

Topic： **乐此低情商**

"小事一桩，呵呵！"无意中做了件好事，别人发来感谢，我在微信上呵呵一笑。

有人说，现代社交礼仪有个大忌，慎用"呵呵"，微笑之外，似乎引申出轻蔑、无语、不耐烦之意。好在今天中青报一篇《苏轼：低情商大炮》中，有滋有味、有模有样地为"呵呵"正了名。作者考证了北宋第一大 V 苏轼是个斜杠青年，在那一帮当官的文人中，虽正直高尚、才华出众，却也是情商洼地，屡屡因"说话不过脑"地直言犯谏，得罪权贵，被一贬再贬。

低情商的苏轼特别喜欢用"呵呵"，在给好友的信里写："近却颇作小词，虽无柳七郎风味，亦自是一家。呵呵。"还有一次，一个倒霉的朋友接苏轼来信："一枕无碍睡，辄亦得之耳。公无多奈我何，呵呵。"他跟好友嘚瑟，只要让我睡个好觉，填上你的词，小事一桩，呵呵。

这位低情商的苏轼，实在是一个活得透明纯粹的真人，让今天拐弯抹角的我们不敢直视。对于那些看起来重要的人生功名、大起大落淡然"呵呵"，对于自己遭遇的大病大痛，同样也是一声"呵呵"。

苏大 V 被贬岭海时期，身体心灵都有创伤，其中就有"数日苦痔病"，坐立难安，但还是成天笑呵呵地吟诗作赋，为民操劳，享受美食，直到只能简朴到以蓼菜、新笋等野菜充饥，在"人间有味是清欢"的豁达自嘲中，不知不觉意外医好了痔病。

"竹杖芒鞋轻胜马，谁怕？一蓑烟雨任平生。"最难忘怀的是"低情商"苏轼那一句炸雷般的低吟：知世故而不世故！难怪余秋雨在《苏东坡突围》

中，如此表达一位"苏粉"的敬意："成熟是一种明亮而不刺眼的光辉，一种圆润而不腻耳的声响，一种不再需要对别人察言观色的从容，一种终于停止向周围申诉求告的大气，一种不理会喧闹的微笑，一种洗刷了偏激的淡漠，一种无须声张的厚实，一种能够看得很远却并不陡峭的高度。勃郁的豪情发过了酵，尖利的山风收住了劲，湍急的细流汇成了湖。"

原来如此，但求认真做人做事，莫问成败得失。这样的低情商，我等常人难学，但心向往，勉强学之。

"小事一桩，呵呵！"

2018-1-31

流泪，不仅仅因为感动

Topic： 为平凡的自己点赞

这位从小残疾的追梦男孩，在中专以第一名的成绩毕业，却屡屡遭遇求职碰壁，在一个狂风暴雨的夜晚，几近绝望的他，一面强颜欢笑给母亲报平安，一面任雨水浸透全身，大声呐喊挣扎！最终在好心人的帮助下，成为公司的优秀员工。他说，"这个世界上任何事情都可以剥夺，唯有梦想不能"，"我庆幸20岁时追寻一个梦想，而不是60岁时才去追悔一个梦想"。

这位帅帅的"男神"保安，用每天的敬业表达着"我骄傲，我是一名保安"。一次与歹徒搏斗受伤回家，不想让妻子担忧，就没说实情，同是保安的妻子马上意识到，哭了起来。他安慰着妻子，也让自己坚强。当年，当保安的岳父就是在与歹徒搏斗时壮烈牺牲了。他说："没有保，哪有安，我骄傲，我是一名保安。"当这对小夫妻依偎着携手走来时，那一份超越了幸福小家的担当与使命感，令全场动容。

这位90后工人立志"要做一名最好的工人"，苦学本领。当他终于拿到全国技能大赛冠军时，一场全新的数控技术革命却向他提出新挑战。他重新捧起天书似的计算机书籍，如饥似渴地钻研，把所喜欢的职业变成所热爱的事业，直到像打游戏一样自如地操纵新数控车床。自信、热爱、坚韧、专业、创新等特质，在一名新时代的工人身上一闪一闪亮晶晶。

……

"平凡的力量，扎根于实际，来源于身边"，"人人都可以成为时代新人"。2月6日晚，在一个个演讲者动人心弦的讲述中，由太原市委宣传部主办的"时代新人说——平凡的力量"大型讲述活动拉开帷幕。近 10 万人参加了持续 3 个多月的大讨论，参赛选手 4000 多人。他们涵盖各行各业，包括矿工、海归创业者、援疆干部、微商、保姆等。

最终 10 名演讲者脱颖而出，进入决赛。其中，有历经多年刻苦钻研终于"一剑封喉"的地沟油技侦警察任飞；有关掉自己 6 家企业，继承太原"莲花落"曲艺衣钵的王名乐；有经历了从"白富美"到"矮矬穷"、再到"高大上"人生的武晶晶；有坚持做"文化基因唤醒人"的语文老师赵旭；有用爱为自闭症"小蜗牛"们插上翅膀的李小姣等。活动现场的观众，有市委书记、市长等领导，有来自各行各业的普通劳动者们。眼泪，一次次情不自禁地流下；掌声，一次次自发地响起。

所有英雄都来自平凡的、努力做最好自我的人们，这一种平凡的力量，既是一种在内心深处蓬勃生长的力量，还是一种全心全意为人民服务、向上向善的伟大力量。泪水，正是为此而流！为时代新人而流！他们是谁？是你，是我，是他！是与新时代同行的梦想者和奋斗者们，是我们身边一起微笑、共同成长的强国一代！

今天一早阳光灿烂，又是一个平凡的日子，昨晚在聚光灯下的舞台上，瞬间让千百万人认识的大英雄们，在做些什么？不忘初心，默默回到各自平凡的岗位，奉献创造，寂静欢喜，如那位 90 后"莲花落"传人希望的，美好的生活、美丽的心灵，如莲花次第开放。

忍不住随机摘了几位时代新人一早的微信留言，对于略显浮躁的内心，仿佛是人生成长课堂回归平凡的又一课。流泪，不仅仅因为感动。愿这样的泪水，净化自己的心灵，强大自己的心灵，高尚自己的心灵。成长没有终点，泪水可以尽情地流，前方的路还要继续不忘初心地好好走下去，可以选择的，是微笑伴着泪水，是一片心安，是值得为自己点赞的平凡力量！

2018-2-7

报有老人都是宝

Topic：海运仓 2 号的温暖

　　家有一老，如有一宝；报有老人，人人是宝。冬意寒凉，海运仓 2 号却春意盎然，老同志新春团拜会上，亲情似火。老一辈中青报人，不少是把最美的青春岁月乃至职业生涯，全都奉献给了报社，早就视报为家了。

　　一位老同志退休后，每隔一段时间就忍不住回社里转转，当年他工作时早出晚归蹬辆自行车，一骑就是几十年，闭着眼都能摸到上下班的路。有一天，他实在不能下楼了，只能打开窗户遥望报社的方向。如今，他就连说话也越来越感到吃力，周末催儿子背他下楼，开车带着他向前行驶："向前，再向前，到海运仓！"儿子知道父亲的心事，车子开到报社院墙外。老人摇下车窗，久久地把深情目光停留在那熟悉的银灰色楼……

　　这样的真实情景和故事还有很多。

　　有位老同志说，离退休党支部的活动，大家每次都是认真积极地参加。活动室墙上，挂着凝聚了老党员们许多心血的书画作品，其中有几幅刺绣丝绸画，是一位生重病的党员，在医院病床上，一针一线赶在党的生日前编织出来，作为献给党的生日礼物。不久前，他和所在支部老同志们兴奋地参观了报社全媒体中央厨房——"融媒小厨"，体验着手机上与过去完全不同的"24 小时中青报"，接着又参观了摆满中青报人著作的"文化会客厅"。这是两个意象和象征，"融媒小厨"象征着一种开拓和创新，"文化会客厅"象征着一种传承和弘扬！这位老报人回家后夜不能寐、诗兴大发，连夜写了一首感怀咏叹诗，发到一个老报人群里，没想到点燃了更多老报人炽热的情怀，引发一连串的诗赋接龙。

　　当年全国记者来报社时的集体宿舍"夜游斋"早已拆迁，但网上的"夜游斋"把新老中青报人的心，又紧紧地连接在一起。

无论是报纸端、PC 端还是移动端，最温暖的终端是人心！无论最牛的大编剧、大书法家、大摄影家，各行各业的领军人物，还是最默默无闻的普通编辑、工人或行政管理人员；无论在岗还是离退休，在职还是调离；都在"我是一名中青报人"自豪的心愿和召唤中，同频共振，在平等民主和平凡奉献中，有一种自觉向上的激情和力量在激荡。

"感人心者，莫先乎情。"一代代中青报人传承下来的，是那份"推动社会进步，服务青年成长"的高度政治使命感、社会责任感与事业心，是那份不断改革创新、与时俱进的敬业心，是那份始终把青年装在胸中的专业心。

"东风随春归，发我枝上花。"又一个春夏秋冬，新老报人都走在了新时代的征途上。"报有老人都是宝"既是对老报人们由衷的敬意、祝福和感恩，也是对新报人们真诚的勉励、激励和鞭策。知不足而学习不辍，有感恩而不敢懈怠。

虽然面前的严峻困难依然重重，遭遇的坎坷依然还会很多，但是我们始终有关切和信任的目光照亮前方的路。"其作始也简，其将毕也必巨。"相信一定会坚强地走向更加美好的明天。

虽然现在不少年轻的中青报人，不一定理解整个青春乃至毕生奉献在一个单位的那份情怀，虽然一代一代，在接续奋斗中都终将老去。但永远不老的，是那火热的青春情怀；永远不变的，是那纯洁的美好初心！

2018-2-9

你的心"退休"了吗

Topic：年轻的"退休者"

早上的太阳升起来后，公园里锻炼的退休老人越来越多。在公园一角，有三位看上去有些孤独的"退休者"在打拳，显得与白发苍苍的老人们格格不入。也难怪，都是不到正式退休年龄的退休者，找了种种理由过起"退休者"的生活：一位不到 50 岁的王先生，一位不到 40 岁的胡先生，一位不到 30 岁的涂先生。

不如老人们一招一式悠闲从容，胡乱打了通拳后，三人便旁若无人地大声攀谈起来。王先生好奇地问更年轻的两位："我是工作太累，心太焦虑，只好提前退休了，你们怎么回事？"

胡先生眼神发呆地看着天："身体倒还好，就是觉得无聊，没什么动力，烦着呢！"

20 多岁的涂先生耸耸肩："退休挺好玩的！对我来说，怎么好玩怎么来，搞那么辛苦干吗！"

太阳不知不觉爬到正头方了，三位年轻的"退休者"聊着聊着，不知不觉聊到百无聊赖、无话可说。

两位从一旁经过听到聊天内容的路人，有很大的触动。一位担忧着：假若越来越多人这么年轻就想着退休，消耗着时光、精力和财富，那有多少人去奋斗、创造和贡献呢？年轻的退休者又能真正享受多少年呢？另一位自省：身边有些人虽然没有退休，甚至表面上早出晚归装忙，其实相比于这三位，不是五十步笑百步吗？因为还在岗位上，心若"退休"了，再蹦跶表现，也是尸位素餐，有时候造成的消耗和危害，比不做事更大。

那些白发苍苍正安享晚年的老人们，没有听见这三个人的聊天，如果听到了，恐怕他们没那两位担忧和自省的路人好脾气，说不定拎着棒、提着剑，就冲过来了："你们这几个龟孙子，从哪里冒出来的，有脸有资格在这里晒太阳吗？我们辛苦了大半辈子，难道就是为了把祖上传下的勤劳美德，毁在你们几个人手上吗？"

这三位格格不入的年轻"退休者"，也有自知之明，不敢也不想靠近那些勤劳一辈子的兄辈、父辈、爷辈的老人们。他们公园分手时，还是相约合计着，拉一些不同年龄的在职动摇分子入伙，若心"退休"了就招纳进来！这样他们就可以胡吹神侃，招摇过市，不会这么寂寞孤独地聚在一角了。

至于太阳西下各自如何回家，还能不能回家，就各顾各，管不了那么多啦！

2018-2-25

奋斗的青春最幸福

Topic：**出路**

"奋斗本身就是一种幸福。只有奋斗的人生才称得上幸福的人生。"习近平总书记在 2018 年春节团拜会上的讲话，道出了奋斗之于幸福的意义，也让更多年轻人坚定了"奋斗的青春最幸福"这一人生信念。

"虽然我看不见这个世界，但我要让世界看见我的奋斗！"《出路》中的年轻人王子安的故事，就是一个不折不扣奋斗青年的缩影。他自幼双目失明，曾被告知未来只能成为一个盲人按摩师。这个年轻人不甘心人生只有一种可能，一直以奋斗的姿态寻求出路。

"盲人就不能有选择的权利吗？"他在问自己，也在向这个时代发问。他努力争取的，是作为一个奋斗者实现梦想的可能，而时代又提供和创造了实现国家梦想、个人梦想的各种机会。

他花了 13 年先后学习钢琴、中提琴，吃了很多苦，终于敲开了音乐院校的大门。他带着灵敏的耳朵、灵活的手指还有坚强的心，以不畏逆境的奋斗者姿态，展示一个中国青年的才华与梦想。一个奋斗者，虽历尽艰辛，但可以这样轻盈美好、自信从容。在新时代的中国，我们看到一个年轻的盲人大学生如此自信地向世界微笑，他让我们每个人都感受到：奋斗的"强国一代"，路如何越走越宽。

和王子安一样，年轻的 80 后、90 后、00 后，正在或即将登上璀璨的舞台。他们的人生黄金时期与"两个一百年"奋斗目标的实现相吻合，是这一历史进程的见证者，更是参与者和创造者。

"强国一代"该以何种姿态与新时代同行？人生的路该如何走？我们想

要的幸福，从不会凭空而来。人生之路唯有艰苦奋斗，立足青春，立足岗位，立足基层，创新创业，建功立业，担当起使命与责任，才能越走越宽。

青春，不是用来挥霍的，而是用来珍惜的。我们应为青春做点更有价值和意义的事，做点值得回忆的事。如此，我们的青春便不是虚度！1835年，17岁的马克思在高中毕业论文中充满激情地写道："如果我们选择了最能为人类福祉而献身的职业，那么，我们就不会被它的重负所压倒，因为这是为人类而献身！我们的幸福将属于千百万人。"年轻的马克思以激情宣言，开始了为人类幸福而奋斗的青春。

"只有进行了激情奋斗的青春，只有进行了顽强拼搏的青春，只有为人民作出了奉献的青春，才会留下充实、温暖、持久、无悔的青春回忆。"习近平总书记作为一名曾在黄土地上劳作的奋斗青年，从梁家河一路走来，带领全党全国走向实现"两个一百年"奋斗目标的伟大征程，走向艰苦奋斗再创业、让幸福感不断增加的伟大征程。总书记的知青岁月、青春实践，就是穿越历史时空的青春共鸣，是"奋斗的青春最幸福"最好的注脚！

2018-3-1

这场霾似乎走了

Topic：花落鸟飞

昨天霾大，裹着沙尘暴，压得人喘不过气来，压到屋里，压到心头。

半夜醒来，尽管窗户死闭，却还是闻到一股土腥味，似乎听到霾匆匆离开的脚步声。或许这一刻，再也没有什么可压的地方了，耳朵也变得特别锐利，自然听见了花落的声音。

那是一种很美的意境，记得一位作家这样写过：

家中养了玫瑰，没过多少天，就在夜深人静的时候，听到了花落的声音。起先是试探性的一声"啪"，像一滴雨打在桌面。紧接着，纷至沓来的"啪啪"声中，无数中弹的蝴蝶纷纷从高空跌落下来。

……

那一刻的夜真静啊，静得听自己的呼吸犹如倾听涨落的潮汐。我听见霾离开的脚步声、花儿落下的声音，还有从烦躁狂跳中，变得如潮汐般平和的呼吸。当然，其中有从梦乡中醒来的我的呼吸。这呼吸，与宇宙一起一伏，在黑暗中如此宁静安详，仿佛没有存在过，也从来没有消失过。

雨呢？前些天罕见地落下了一些，还夹着雪雹，让我们在倾听一片干渴的呻吟声音里，体味到湿润的气息。春天奇妙、美妙的香气，伴着音符，其实一直就环绕在周围每一个空间和缝隙中。而我们在一时的烦躁和压力中，在一时的霾中，总误以为春天在离得很远很远的地方呢！

花落花开，鸟飞鸟停。这场霾似乎走了，春天更深地走入我们的心中。木棉花开了，桃花也开了，你们是何时开的花呢？花落似白鸟飞下，白色的鸟一直在飞。你可能累了吧，是否想停下来歇息一会儿？而总有另一朵花，在这一朵花落时，同时在绽放。仿佛白色的鸟，还没歇够，就骄傲地重振羽翼。你是要继续旅途，飞向很远很远的地方吧？

早晨，满桌的落花静卧在那里，安然而恬静。让人怎么也无法相信，它曾经历了那样一个惊心动魄的夜晚。

这场霾似乎走了——真的！

2018-3-29

文化沟通会增强幸福感

Topic：**携手传播亚洲好声音**

　　思想的碰撞，可以爆发智慧的火花；情感的交流，可以拉近心灵的距离。今天，博鳌亚洲论坛 2018 年年会亚洲媒体高峰会议，在思想情感的碰撞交流中拉开序幕。会议主题是"亚洲媒体合作新时代——互联互通与创新发展"。

　　亚洲各国在有温度的文化中"和而不同""相辅相成""彼此尊重"，在共同的文化情感记忆、生命体验中，一个个充满魅力的文化细节和人文故事，被反复提及和引用。筷子、佛教、博物馆、茶叶、瓷器，在中国热播的印度电影《摔跤吧，爸爸》，在越南年轻人中传看的中国网络小说，柬埔寨三个新年中的"中国年"，前不久发现的明代穿越十多个国家的丝绸之路地图——也是丝绸编织的会讲故事的文物，连接大山和城市的公路，贫穷山区的文化脱贫，正在迅速发展的互联网技术带来的媒体大变革……欣赏、包容、学习的文化态度，因不同文化交流而发展的文明，真正促进了民心相通。

　　我主持的其中一个分论坛议题是：亚洲的多彩文明与交流互鉴。亚洲是人类文明的重要发祥地，东亚中华文明、南亚印度文明、西亚两河文明这世界三大古文明都发源于此。我们应当为多元灿烂的亚洲文明备感自豪！很高兴与新加坡华文媒体集团（旗下有《联合早报》等）总裁李慧玲女士一起主持这个议题。新加坡驻华大使罗家良先生与我相识，十分看重《中国青年报》，我们曾就加强媒体合作、青年交流、文明对话等交换过意见。罗大使不久前曾说，中国推动构建人类命运共同体和东盟"关怀与共享"目标是相辅相成的；新加坡和中国都是地球村成员，两国面临着诸多共同挑战，需要两国共同努力来解决。

"构建人类命运共同体"正是中国国家主席习近平提出的。"物之不齐，物之情也。"文化因多元而发展，文明因交流而多彩。亚洲的多彩文明与交流互鉴，无论在过去、现在和未来，都会对人类文明的进步发挥巨大的贡献，还有许多亚洲文明的现代价值和文化宝藏值得我们去发掘。英国学者马丁·雅克说过："个人主义是欧洲价值观核心，而在亚洲特别是东亚文化中，集体认同比个人认同更重要。这种价值观差异决定了二者社会结构完全不同。"集体为重的思想是亚洲文明的一个突出特点。

比如德法并用、标本兼治，是我们亚洲自古以来治国理政的重要规则。我们对新加坡"扔个烟头也要重罚""一个国家更需要的是规则，而不仅仅是民主"等，有了更加深入的认识和理解。世界对包括中国等亚洲国家正在进行的国家治理和改革开放，有了更加深入的认识和理解。相信亚洲的多彩文明交流互鉴，特别是媒体和青年之间的交流合作，不仅有助于推动亚洲各国携手向前，也有利于世界了解一个有着悠久文明、又焕发勃勃生机的全新亚洲。

这个议题的分论坛有23家亚洲主要媒体领军人物参加。真知灼见，熠熠生辉。比如叙利亚、伊拉克国家电视台负责人的发言，令举座震动。这两个有着灿烂文明的古国，目前陷入战乱动荡中，不能向世界传递真实图景，因为西方媒体决定了这两个古国的新闻话语权。

珍视和平，守望未来；共建共享，互连互通。亲望亲好，邻望邻好。世界好，亚洲才能好；亚洲好，世界才能好。做东方智慧、亚洲价值的传播者，传播亚洲好声音。期待亚洲文明对话大会！

2018-4-9

每天读报有用吗

Topic： **越强大越开放**

每天读报有用吗？当然有——可以了解大事，特别是大事中的故事和细节。比如，细读报能对此次博鳌2018年亚洲论坛"越强大越开放"的声音有更深刻的理解。有一个数字变化的细节：关键词搜索比对，习近平主席此次博鳌讲话，与前两次显示了很大差异，对亚洲的讨论相对比较少，而全球经济和中国开放的比重则非常高。再比如"开放"，过去可能就几次，而这回出现了42次。今天《中国青年报》的报道《开放将为中国及世界发展提供创新动力》中，披露了更多故事和细节。

每天玩手机看新闻，每天读报还有用吗？当然有——你不觉得看了这些年，会发现手机上的一些"新闻"，不仅不靠谱，而且一旦诱你形成依赖后，还会被一种负能量牵着走吗？"今日头条"出事，被戏称为"昨日头条"；抖音出格，幸亏没有跟着瞎评论；乐视残局，烂摊子看来难收拾。新媒体城头变幻大王旗，还是所谓"传统纸媒"的报旗依然彩旗飘飘，其话语权、公信力，依然在温暖人心中不断增强生长的力量。

每天读过的报很快会忘，那读报还有用吗？当然有，正如小的时候吃了很多东西，其中大部分已记不清是什么，但我知道，它们已经成为我现在的骨和肉。无疑读报是在"吃"一种特殊的精神食粮，不知不觉中成就现在和明天精神人格的骨和肉，这也正是人活着区别于其他动物的意义吧！

每天纸价都在飞涨，读报还有用吗？当然有——读报读的是报道，是报上的精彩内容，"报纸"只是一个载体而已。好人品，不在于华丽高贵的衣饰衬托；好精品，不在于高大上的技术炫耀。比如三年前开始，从"24

小时中青报在线"到"24 小时中青报随时看"，几千万直接的移动端用户——包括 300 多万粉丝的"中国青年报法人微信号"等，不都是每天在读的中青报吗？中青报牵头成立的全国几千家校园媒体的联盟，千百万因此连接起来的大学生们，不都是每天线上线下，通过不同渠道和载体，在读中青报吗？

我们从来没有像今天这样，更加坚信每天用心办报的价值和使命。因为报之道，与人之道、国之道都是相通的。今天读报，也读到一条博鳌论坛上一个文化峰会领袖的发言，他的父亲曾当过中青报老总，而学自然科学的他，如今担负起中华文化传承的重任。他如此论道：一句话，我们这个世界为什么有这么多冲突，为什么需要配套的文明，我引用的是《道德经》第 81 章，里面说过一句话，"天之道，利而不害，人之道，为而不争"。我们现在强调命运共同体，我觉得无非是两件事情，一件就是对物质的世界，我们怎么去开发，怎么去让它更适合于我们的内心；一个是我们的内心世界，怎样让它更加宁静，更加有道，更加符合自然。

每天读报有用吗？当然有——对于每天办报的，更有用。我们要以胸怀天下、服务青年、推动进步的开放心态，改革再出发。

越成长，越要读；越强大，越开放！

2018-4-12

大海总能阔我心

Topic： 蓝色的梦

"世界上最宽阔的是海洋，比海洋更宽阔的是天空，比天空更宽阔的是人的胸怀！"雨果的名句，总是令人神往，激励我们砥砺前行。参加博鳌论坛亚洲媒体峰会回来，那蓝色如梦的大海，激荡着一颗小小的凡心。

海之南，水下蓝鲸潜行，海面战舰驰骋，天上银鹰翱翔，汇成一部海天交响曲。而站在更高位、打开更广阔视野，我们看到改革开放的航船正劈波斩浪奋勇前行！

蓝色的海洋梦，美好的中国梦。为什么大海总能开阔一颗小小的凡心？情不自禁想到许多。海是人类生命的摇篮，见过海洋的人都会被海的美折服。法国有一部花了 5 年时间拍摄的纪录片《海洋》，导演之一雅克·克鲁索无比亲切地说起海洋，说起那些动物：巨大的水母群、露脊鲸、大白鲨、企鹅等，令人产生对大自然的敬畏、关怀和情感。在他的描述里，人与人、人与动物、人与自然没有丝毫差别，自然注视着人类，让万物放下一切戒备，从而形成一种微妙的关系。

"我们无法想象没有海洋的时代会是什么样子！"诗人托马斯·斯特尔那斯·艾略特这样写道："海有许多种声音。"是啊！倾听海潮，可以听到灵魂的呼吸；没有海洋，我们的梦想便会枯竭。梦幻般平静的时代，可以注视着海平面的宁静美丽和灿烂辉煌。莎士比亚一生的名作中，有 200 次提及"海洋"，其最后一部戏剧佳作《暴风雨》中，那汹涌变幻的大海似乎是对当时所处的暴风雨般世界的真实写照。

记得大学毕业那一年，第一次在烟台看到大海。当时应该是一副目瞪口呆、半天说不出话的傻相。搜肠刮肚也找不出一个准确的词表达心境，只是觉得自己太小了，小到融化成那海水中的一滴。这一滴海水的凡心，托起的全是童年的梦，除了《老人与海》，最难忘的自然是《海的女儿》。

《海的女儿》讲述了海公主小人鱼为追求爱情和"不灭的灵魂"，放弃了海底自由自在的生活和300年的寿命，把美妙的歌喉丢弃在恶巫婆手里，忍受鱼尾变人腿后所带来的巨大痛苦，用她的爱心和生命，去追求那永生而崇高的人的灵魂，并通过"善良的工作"去分享永恒的幸福。

我们的民族和国家，同样是一部走向大海、拥抱世界的历史。大海同样也默默见证着一个民族和国家的奋斗历程，见证着"一带一路""命运共同体"等新时代的广阔道路。几乎每一天，我们都能听到大海的声音；几乎每一天，我们都能听到与世界共振的心跳。中国"科学"号科考船考察队，日前在海下1400米左右的西太平洋麦哲伦海山上发现了珊瑚林，其中最大一株高达两米多，这在热带西太平洋的海底十分罕见。

大海既代表着逝去，也代表着新生；大海既见证着现在，更见证着未来。而每一个奋斗前行的平凡人，都怀有一颗不平凡的、广阔的海之梦！

2018-4-13

出门俱是看花人

Topic：跑心

"跑步"其实是"跑心"——跑的是一种心情、一种心境、一种心态。

今天，两万余人在春天的脚步声中参加了"北京跑"，有几位熟悉的朋友，一路在手机里秀着肌肉、秀着笑容，也秀着两旁次第开放的桃花、杏花。长长的马拉松队伍，掩映在长长的桃红柳绿中，也掩映在观众的欢呼加油声中。不禁想起唐代诗人杨巨源《城东早春》中描述的长安街头盛况：诗家清景在新春，绿柳才黄半未匀。若待上林花似锦，出门俱是看花人。

不知是人在看花，还是花在看人？我是欢呼加油声中的一个"看花人"！记忆中，我高中毕业那一年，沿着县里的一个水库堤坝，跑过一次马拉松，还取得不错的成绩。其实因为从小身体不好，中学还动过几次手术，休学过几年，有一种运动恐惧症，百米短跑冲刺测试成绩，从来都是全班倒数，体育课成绩补考几次才勉强通过。

有一次，一位政治老师找我好好聊了聊，让我茅塞顿开。他鼓励我要相信自己的身心潜力，要相信与自然的和谐相融是最好的运动——未必非要奔跑中显示自己的强壮。在这位郑老师的鼓励下，高中毕业后，我报名参加了全县马拉松比赛，不紧不慢、匀速呼吸、坚持不懈，居然跑完了全程，还拿了名次。

于是不再为身体自卑，当然也遵医嘱没再跑过步，努力找到适合自己的"运动"方式，以散散步为主，有时甚至就是安安静静，不动而动。也这么平平安安、身心愉快地活了几十年，前不久颈椎病犯了，反思身心与自然还是出现了不和谐，起码低头看手机比抬头赏花的时间多了！虽然依然羡慕跑步者，但还是要根据自己实际情况，自我调整。所以你可能理解我为什么把"跑步"说成"跑心"了。关键的不是"跑步"还是"散步",而是身心是否与自然真正能够融合为一。

村上春树写的《关于跑步,我说的其实是……》就是一篇"跑心"之作:"不管全世界所有人怎么说,我都认为自己的感受才是正确的。无论别人怎么看,我绝不打乱自己的节奏。喜欢的事自然可以坚持,不喜欢的怎么也长久不了。""痛苦不可避免,但可以选择是否受苦。"

还有一位乔治·希恩医生写的《越跑,心越强大》,更是"跑心"跑出了生命的新境界:"跑步是进入另一个世界的入口,也是进入难以言说的经验的小径。"他体会到自由、游戏、意志与英雄:"最棒的是,当你感觉到自己与自然合而为一的时刻,这是真正的平和,这也是世界无法给予的。""英雄,就是做自己的坚决意志!"书中提到的一句话,令我印象最深:"成就,绝对不是因获取而得,而是来自我们对世界的贡献!"

这些非专业的名人跑步者,和"北京跑"中我的那些平凡朋友,以及朋友的朋友们一样,都或多或少在跑步中收获到生命的感悟。当然,也包括更多像我这样不一定"跑步"却"跑心"者!

"出门俱是看花人!"有一位退休的老同志引用这句诗后说,希望你们多做工作,多做贡献,实现自己的人生价值。人总是要退休的,但人生的长跑是没有退休的。每个人只有多在奉献贡献中当好"种花人",才有资格做"看花人",才会开心而平静地为自己、为朋友、为大家鼓掌!

2018-4-15

一分单纯一分香

Topic：**一瓣心香**

　　雨后的小区大院子里，到处是飘落散开的红色、黄色、白色的花瓣。地下有一些积水，也映得一朵朵花瓣五颜六色，深一脚浅一脚地走着，不忍踩到上面。出来的人渐渐多起来，在雨后清新的空气里，和着清脆的鸟鸣，忽紧忽慢的脚步声，在原本安静的小区里回响。

　　"真香啊！哪里的花香啊？"有人叫着。我也闻到了。小区大院子比较大，高高低低的桃花、杏花树还不少，但都不是。这浮动的暗香悄然而至，如有人在背后慢随，轻拍一背，蓦然回首，却不见香从哪里来，出于哪束花，是从"烟"而生？还是"火"里隐藏？

　　"在这里！"终于有细心人发现，香气是从公厕门前一株不起眼的花树上散发开来的，香味淡淡幽幽，不浓郁，也不浅薄。

　　我快步随着几位好奇的散步者赶到花跟前，花香依旧，并没显出格外的浓烈，一分不多，一分不少，恰到好闻处。正陶醉时，忽然瞥见花树背后"公厕"两字，不知怎么心里有些不舒服，甚至想拔腿离开。其实公厕很洁净，一位清洁女工刚刚用心地打扫过，里外整洁透亮。但为何心里还是有些不舒服呢？你这么香的一树花，怎么偏长在公厕门前呢？怎么偏还低矮得不引人注目呢？

　　心正乱时，见到一对老夫妻也闻香而来，妻子腿脚有些不利索，丈夫一直搀着她。走到花树前，两人相倚而赏。丈夫忽然兴致勃勃地说："我给你来个留影！"

　　"好嘞！"老伴快乐地答应了一声。旁边的清洁女工赶紧上前帮着把妻子扶稳，随即想离开，可老太太还是自个站立不住，便拉着姑娘的手说："谢谢你啦！你能挽着我一起照吗？"

"好嘞！"清洁女工爽快开心地笑了，一边把黄色的工作服整了再整，一边把额头的刘海理了再理。在丈夫"咔嚓"的那一瞬，我真想用手机把眼前这一幕拍下来，但未征求意见，没好意思。我知道，心灵的镜头已经把这一幕永远地摄下了！同时摄下的还有那一缕缕难以忘怀的花香，已融入心灵深处那一瓣心香。当然，还有因杂念、胡思乱想而生出的惭愧。

一分单纯一分香，十分单纯十分香。那株花树不为迎合谁，也不为吸引谁，默默绽放，单纯自然地发散着花香；那位清洁女工，天天清理着公厕，享受着花香，单纯自然地奉献着青春；那对老夫妻，相依相偎，一路风雨同舟，心中只有爱，鼻中只闻花香味，单纯自然地分享着恩爱。

只有单纯自然的心灵，才能感受到最真最美的一切，才能处处生活在喜悦平和当中。这份单纯，不是懦弱，更不是智障，而是不带雕琢和修饰的真心真情，是坚韧不拔、忘我奉献的信念精神。

为了世界上最大的单口径射电望远镜"天眼"，南仁东将生命的最后20年全部奉献了出来。他就是这样一位单纯自然的人。他留给自己和世界几句诗，也是他的"一瓣心香"：美丽的宇宙太空，以它的神秘和绚丽，召唤我们踏过平庸，进入它无垠的广袤……

一分单纯一分香。单纯听上去简单，做起来不易。几岁娃娃可保存，成熟大人却难行。《神农本草经》曰："香者，乃天地之正气也。"以香安自家之分，养君子之德，参鼻观之玄，开自性智慧，每个人其实都有属于自己的"一瓣心香"。

"梅花香自苦寒来"，每一分香气都不知经过多少艰难困苦、玉汝于成的过程，而只要心中永远有爱、时时坚守信念，那生命的真香才不会退去！

2018-4-21

打一场精品战

Topic： 再造转化工程

今天，某省报的社长带队来报社参观调研"融媒小厨"，他们好奇的一个问题是：你们在以自收自支为主等巨大压力和困难下，是如何在推动传统媒体向新媒体融合方面取得今天成绩的？

成绩不敢当，经验和教训倒不少，新老问题也不少。当前在融合方面打算集中精力做什么？就是在全媒体"打一场精品战"！

第一个"小目标"：以精品为导向，以内容创新为最重要的创新。中青报特色的"融媒小厨"，是内容制作、分发传播、整合运营一体化融合，是机制、流程、渠道、产品和服务的一体化融合；不仅仅是表面上的那个工作"场面"，更多是看不见的文化与制度保障，目标就是创造精品。

第二个"小目标"：以精品"轻骑兵"向前不断突破，最大程度"以小搏大"，在新媒体唱响主流阵地。日前，一项对全国300多家主流报纸"融合传播指数"的权威调查（人民网等机构主办），中青报名列第6位，这也大大增强了我们的信心！

第三个"小目标"：以"精品再造转化工程"，努力向多样化、分类化方向发展。主要聚焦两个方向：一是"产品向精品的再造转化"，二是"一类精品"向"多样分类精品"的再造转化。

2018-4-24

第
五
辑

正是激情燃烧的岁月，让我们不断追求着光荣与梦想。这一份激情是建立在坚定政治信念和纪律基础上的职业精神，否则就只是专业主义；这一份激情是建立在理性建设性基础上的，否则就只是偏激和情绪；这一份激情是建立在真正大情怀基础上的，否则就只是刷刷存在感和能力感的小感情。

一碗清汤热面

Topic：**不忘本来**

中午想吃一碗清汤热面，去食堂太晚了，没吃上。有些特别的念想：就当吃一碗生日面，祝福报社成立 67 年的生日吧。

去食堂晚了，是因为重温了记录报社党建工作的微视频《走在阳光路上》，还看了一部尚未正式上线的《出彩 90 后》短片。那部党建片虽然是两年前报社同事拍的，但因为当时花了 3 个多月时间，有不少珍贵的老报人、老党员、老资料的镜头，今天看来，依然心潮澎湃。

时年 90 岁的老报人摄影家铁矛，曾经拍摄过毛泽东、刘少奇等老一辈革命家关心青年的珍贵照片。谈到对党的感情，谈到中青报对他的培养经历，以及对中青报的感情，一度哽咽落泪："难以言表……"铁矛去年去世。斯人已逝，风骨长存。

一位报社离休的老党员，参加革命前是大家闺秀，为了跟着共产党走，毅然放弃了优越的家庭条件。一次追赶队伍，情况紧急，她把身上的首饰黄金等全部扔了。那一份感天动地的家国情怀，今天的年轻人或许难以理解，但听闻无不肃然起敬！

镜头中，一张张朝气蓬勃的灿烂笑容，一个个奋斗着的幸福青春！让我们抚今追昔，对未来之路充满希望！

第一次看那部《出彩 90 后》的短片，更是一种震撼和激动。记录了我们几位年轻的同事，深入藏南几千米海拔的边防团，与同龄的军人们一起朝夕相处，站岗训练。

什么是"最可爱的人"？什么是"强国一代有我在，奋斗的青春最幸福"？

那些坚守在边关保家卫国的战士们，那些坚守在最基层、最一线的新闻战士们，用默默无言的行动和奉献，作出了响亮的回答。

相信一代代年轻的中青报人能接过老一代的接力棒，把光荣文化和优良传统传承下去，同时如今天评论员文章所表达的：站在新时代的春天，打一场全媒体精品战，改革再出发。

虽然中午没吃上这碗热汤面，但一直沉浸在那一份温暖厚重的情怀里，心里一直热乎乎的。热乎乎的热面前，之所以加上"清汤"，实在是怀念儿时母亲做的那漂着一点青叶和葱的清爽面汤味道。现在各种外卖、大餐中的面条油腻腻，花样翻新，中西合璧，但怎么也抵不上母亲做的味道。那是一种虽苦犹乐的味道，是一种朴素草根的味道，是一种不悲不喜的味道，是一种忘我纯真的味道，是一种追求高尚的味道。

愿我们出走半生，归来仍旧天真；愿我们面向未来，但是不忘本来。

一碗清爽清淡的清汤热面，贴着母亲的温度，伴着做人的真诚，飘着书报的清香，融着本来的初心。

2018－4－27

我的"小师傅"

Topic：**问一声师傅，你好！**

"小师傅"姓陈，具体叫什么名字，忘了。我小时候，他与父亲在同一家工厂工作，是与我最亲近的一名工人师傅。3年前，听说他因工作劳累，再加有职业病，突然去世了，离退休就差3年，留下几个孩子。当时心里难过了好一阵。

虽然过去了几十年，但小时候的记忆随着年岁增长，越来越清晰。或许当时他是厂里年龄最小的工人吧，我一直跟着大人们"小师傅""小师傅"地喊。他倒也不生气，只是轻轻捏一下我的脸。

"小师傅"有一张娃娃脸，总蓄着一撮显得成熟的小胡子，可能当时没有什么好的剃须刀，印象中他用力抱起我时，那撮剪得很难看的胡子，总让我躲闪不及。

小学五年，我都和母亲生活在大山里的一个贫困山村小学里。父亲回来少，偶尔逢到节假日，母亲会带我翻山越岭到父亲所在的工厂待两天。工厂当时在离城市几十公里远的路边上，是一家拖拉机厂，后来变成叉车厂。

去厂里对我来说是如过年般的大事！不仅可以见到父亲，还能改善伙食，比如工厂食堂里蒸得热腾腾的白面馒头，还没闻到味儿，口水就流下来了。

每次去厂里，父亲就将我托付给"小师傅"，还叮嘱尚不懂事的我："好好听话，别乱跑！这'小师傅'的技术可厉害了！长大你到厂里当工人，就靠'小师傅'带你了！"

于是我就乖乖地跟着"小师傅"。厂里很多师傅见到我，总是逗我，有时还给我脖子上挂个牌子。这让我想到曾经奶奶也被人挂了牌子、拖上汽车带走的一幕，于是大哭起来。

只要"小师傅"在，他总是能一把将我解救出来，还塞块硬糖安慰我。多年以后，无论吃什么样贵重的糖果，都再也品尝不到那甜甜的味道了。其实工人师傅们只是逗我玩玩而已，他们对当时成分不好的技术员父亲很尊。父亲是第一个分配到厂里的外地大学生。"小师傅"就是跟着父亲学得最勤的徒弟之一。

在机器轰鸣的厂区里，我经常被忘在一旁。父亲常常在加班，不加班的"小师傅"便带着我到处转。记忆最深处，有电焊那嗞嗞冒烟的弧光，总害怕看，却忍不住不断靠近；有今天谈虎色变的柴油烟气，那时着了魔似的常追着又香又甜的尾气，闻了又闻，嗅了又嗅；有那冒着白色热气的大澡堂，各种笑话、"黄话"让我捂着耳朵、又忍不住偷听……

渐渐地，我长大了。改革开放的春风吹到厂里，也吹到家里。日子越来越好，父亲也越来越受厂里重视。我上高中时，家里买了一台大号的黑白电视机，是"小师傅"和几位工人师傅帮着搬回家的，全家人为此兴奋了好多天。

当时"小师傅"对我唠唠叨叨说了不少话，好像鼓励我好好学习之类，但大多记不起来了。后来，我去外地上大学、工作，父母家也搬到了城市里，于是离那厂子、离"小师傅"越来越远了。直到听父亲说他突然得病去世，心里很惦念！父亲对"小师傅"的评价是，一辈子老老实实、本本分分、勤勤恳恳，有一门好手艺，把所有的一切都献给了工厂。

"小师傅"是千千万万工人师傅们的缩影，也是千千万万普通劳动者的缩影。"小师傅"对我的影响是润物细无声的。前些年和报社印刷厂一百多名工人第一次座谈时，谈着谈着竟有些哽咽。我很理解工人们的辛苦和不易，对每一位职工都充满尊敬，因为他们总让我想起穿着蓝色工作服的"小师傅"，还有在工厂奉献毕生心血的父亲。

父亲退休前本可以调到机关，但厂里留他，他也割舍不下那份感情，便在厂里干到退休。作为高级工程师，退休后他比在机关工作的同学要少几千元，但他很知足，总是教育我不要总与别人比，要多和过去的自己比，不要在小事上叫苦喊累，要在大局上忍辱负重。他说：没有党，没有改革开放，就没有今天的美好生活，也没有我们家的今天！

父亲总是要求我心甘情愿做好一个平凡而正直的人，干好党交给的任务，多为最底层的老百姓说话，替以工人阶级为代表的普通劳动者——包括各行各业有知识的劳动者说话！

14年前，我牵头组织策划了"技能人才与中国制造"国际论坛，还出了本《蓝领新贵》，算是最早一批呼吁重视技能人才的新闻人之一吧！父亲当时高兴地夸我：可能说早了点，但相信技能人才一定会越来越被重视的！

老父亲今年80岁，今天是他手术后出院的第三天。他怕影响我工作，没提前告诉，又以小手术好得快为由，坚决不让我请假回家。我在愧疚和对父亲的祝福中，继续努力向父亲学习做个好人，做些好事，反省自身，不断改错，不负岗位职责，不负这匆匆而逝的人生。

今天是五一国际劳动节，缅怀一代代为国家富强起来默默奉献、牺牲的"小师傅"们！同时，也向所有诚实劳动、勤勉工作的劳动者们点赞！致敬！

2018-5-1

珍护每一份激情

Topic：**爱与信任**

激情有一股特殊的魔力，不仅可以彼此相互点燃，而且可以在共同的燃烧中，迎接光明的未来。激情还是一种超越，可以超越岗位和身份，可以超越时间和空间。

在昨天中青报牵头发起的"开向 2049——00 后五四成人礼"的复兴号列车上，发生着很多点燃激情的故事，不仅点燃了 300 名 00 后，还点燃了千百万关注、陪伴 00 后的普通人。现场一位中青报记者，忽然见到不久前采访的一位 18 岁边防战士受邀参加成人礼，十分激动——主持这段直播的时候声音哽咽，眼泪差点掉出来。

18 岁的边防战士匡扬武，真的就是一个还特别稚嫩的孩子，完全和我想象中担起保家卫国重任的军人硬汉形象不一样。宣誓环节，他立正站好，举起手臂，挺起胸膛那一刻，我完全被震撼了！通过实地采访，我们知道，他所在的部队巡逻在最艰苦、最危险的边防线，有多名战友先后牺牲。这次他带上复兴号列车的国旗，就是在边境线巡逻的时候，用来宣示我国主权的国旗。

他是第一次坐高铁。想到我们平安顺遂的生活是靠这样的弟弟辈男孩子们在保卫，就觉得又惭愧又感动。车厢里北大 18 岁的同学们用力地鼓起掌来。我回过神，再看他时，发现有些羞涩的他从容了些。领誓时一字一顿，言辞坚定，在国旗前站得笔挺。这身绿军装实在是太帅了。我默默注视着他，希望多年后能再看到他的消息，看看他长高长壮了些没有。

也是昨天，我意外而惊喜地遇到一位大校军官。他拨开众人，径直奔我而来，紧握着我的双手："还记得 18 年前那个除夕夜和你一直通电话的边防战士吗？"

"我每一天都在读中青报，为了那一份激情和心中的热爱！"

记忆回到 18 年前那个激情燃烧的除夕夜。那个万家团圆之夜，我们总编室夜班同事们还在热烈讨论推敲着每一个标题、每一块版面，期待着再来一篇好稿，为读者奉献一道精美的新年大餐。这时电话响了，电话那头是怯怯的声音："我是祖国最北疆某边防军的报道员，有一个新闻线索你们有兴趣吗？"

我们仔细聊起来，我一边记录一边和旁边快要签版付印的同事大叫："等一等，有条活鱼大礼啊！"

原来，平时一年中军嫂难见守边丈夫一面。在部队和地方组织关心下，花了一年准备，800 名军嫂历经千辛万苦，除夕夜齐聚边关，慰问并和为国守边的丈夫团圆。经过反复核实、提炼细节、认真编辑，稿件《八百军嫂"闯"边关》以头版头条见报。次日凌晨两点，我对一直守在电话那头的那位报道员说："代我和中青报向你和边防将士们，向所有军嫂们，致以新春问候和崇高敬礼！这篇报道也算我们一个小小新年贺礼吧！"

这篇报道引起了很大的反响。

弹指一挥间，当年的边防报道员已成为大校军官。

正是激情燃烧的岁月，让我们不断追求光荣与梦想。这一份激情是建立在坚定政治信念和纪律基础上的职业精神，否则就只是专业主义；这一份激情是建立在理性建设性基础上的，否则就只是偏激和情绪；这一份激情是建立在真正大情怀基础上的，否则就只是刷存在感和能力感的小感情。

只有以真爱才能换得真爱，以信任才能换得信任。只有建立在真爱、信任基础上的激情，才能可持续发展，显示越来越强大的生命力。

2018-5-5

坏习惯会要命

Topic： **自我管理中三个警醒**

我们常常以为，一些坏习惯无伤大雅，能改则改，改不掉也不必小题大做。活了大半辈子，也一直活在这样习惯性思维中，但今天痛彻心扉地认识到：一些自以为小的坏习惯，是会要命的！

偶然看到一则对近年来低头看手机造成重大伤亡的综合报道，猛然警醒。一类是习惯边走路边低头看手机，好几起过马路被飞驰而来的汽车撞死的受害人，都是令人扼腕痛惜的年轻人，黄泉路上无老少啊。另一类是习惯边开车边低头看手机的车毁人亡事故，最惨不忍睹的，是一位大巴车司机，正玩手机，猝不及防撞上对面一辆大货车，不仅自己当场丧命，而且造成重大人员伤亡。

日常生活、工作中，有多少几乎可以要"命"的坏习惯啊！想到对于自我管理，至少有三个值得警醒的启示吧。

一是认识麻痹，没有深刻体会"勿以恶小而为之"的恶果。

这种认识不仅在于习惯与礼仪，还与文明和风气有关。不久前，英国国际发展部国务大臣麦克·贝苏勋爵，因为参加一个会议迟到一分钟，当众引咎辞职！这对于我们习惯开会、约会、聚会姗姗来迟的不少人来说，实在难以理解。如果细想邻近的新加坡，对当街抽烟、吐痰等坏习惯"小题大做"绳之以法时，或许有所感触：文明进步不是任人自由放纵坏习惯，自然而然就能达到的，你可以是个大权贵、大富豪，但未必是个文明人！再想想执行"八项规定"等持之以恒的要求，党风、民风、社会风气，发生了多么大的变化和多么深刻的改善啊！

二是私心过重，对自己对别人都缺乏真正的责任感。

在家里厨房的水池子洗碗洗抹布什么的，习惯性不躬身，抓紧时间糊弄一下，看上去也忙了一阵，却发现这坏习惯导致的是下一个环节出问题，水池常被堵了。而我很少管找人修啊，都丢给了家里人，习以为常。生活工作中，我们常常习惯于从"我"出发，从我所在的小集体出发，只管自扫门前雪，哪管他人瓦上霜。"自扫"那一段也是习惯糊弄"扫"一阵，扫得怎么样、什么效果，不管了。有时扫着扫着，习惯性地将别人的功劳和帮助，全抢成自己的，有时又习惯性地一出问题，赶紧把责任推卸得干干净净。

三是意志薄弱，渐渐地从放松到放纵，无法适应新变化新规则新挑战。

我们不少坏习惯，其实是长期日积月累养成的，是习惯待在一种害怕变革和挑战的舒适区心态里。一旦需要改变，就像被动了奶酪似的，一万个不情愿！有时还发牢骚，以"够忙了、够烦了"抱怨抗拒。因为任何一个坏习惯的改变，都意味着重新学习、重新做人、重新开始的破茧化蝶过程，都意味着"勿以善小而不为"的一种知行合一精神。

当然，坏习惯不等于旧习惯，但有的旧习惯越来越不适应变化、不利于发展时，就会变成坏习惯。谁没有一些坏习惯呢？如果不能坦诚接受一个不圆满的自己，不能直面问题而"尽人事，听天命"，就会在自暴自弃、怨天尤人中要"命"。坏习惯的改变，与好习惯的坚持，是不可偏废的成长两面。坏习惯没有尽快改变过来固然可怕，已有的好习惯却过早地丢了，也令人痛惜！

习惯所影响的成长之"命"，不仅仅指身体生死之"命"，也指时时刻刻有成有败的日常生命、工作之"命"。为了避免真的因此要了人生大"命"，不如当下开始，革一个个坏习惯的"命"！

2018-5-6

愿化马兰花一朵

Topic：陪你一万年

没有见过真正的马兰花，在我的想象中，它亮而不炫，紫而不艳，默默开放在荒漠、戈壁。当舞台上邓稼先的妻子许鹿希，轻轻抚摸着丈夫从戈壁滩上，给她带来飘散爱意的一盆马兰花时，我们仿佛闻到那高洁清雅的幽香。

希希——这是多年未见面的丈夫邓稼先对妻子的昵称——深情哼唱着：我愿化作马兰花一朵，盛开在荒漠戈壁上；我愿化作马兰花一朵，默默陪在你身旁！

那生命顽强的马兰花，那千年不腐的胡杨树，在荒无人烟、条件恶劣的荒漠戈壁滩上，成为邓稼先和他英雄战友们身边无言的精神支撑和同伴。

为了心底的强国梦，邓稼先带领团队在艰苦的条件下研制出中国第一颗原子弹、第一颗氢弹，却与妻子许鹿希分别了 28 年。

"我支持你！"许鹿希信守离别时对丈夫的诺言，一直无怨无悔，痴情等待。待到夫妻重逢，邓稼先已身患重症。他强忍锥心之痛，给国家留了一份建议书。尽管希希肝肠寸断，在丈夫"希希，最后支持我一次吧"的恳请中，还是噙着眼泪把"没收"的钢笔、纸还给丈夫："好，我支持你！"

昨晚观看了来自家乡安庆的再芬黄梅艺术剧院打造的《邓稼先》这部戏，邓稼先爱吃的家乡小吃"炒米和糖"被战友们一抢而光，邓稼先怀念亡母时哼的家乡小调"肚子饱了揉呀揉"无不透着家乡戏唱家乡人的味道，倾诉家国情怀，讴歌英雄人物，弘扬时代正能量和爱国主义精神，充满浓浓的真情实感。

记得几年前在邓稼先母校清华大学，应邀观摩大学生自编自导自演的《马兰花开》原创话剧时，就深深地被打动。那朵圣洁的马兰花，永远地绽放在了心灵深处。中青报发了评论，组织了《"马兰花开"清华园》等深度报道，把这部《马兰花开》推向了全国，引起广大读者特别是大学生们的强烈反响。

"有一种花香静悄悄，有一种深情是寂寥。有一种思念永不老，有一种澄澈，荡涤了尘俗，远离了喧嚣……"在昨天这次两个小时的黄梅戏演出中，马兰花再次点燃我们每一位观众的爱和梦想。舞台上邓稼先与许鹿希的旷世爱情与家国情怀，荡气回肠，观众掌声经久不息。

演出中，邓稼先听到好友郭永怀飞机失事的噩耗时，全场观众都沉浸在极度悲痛中。当人们用力掰开郭永怀和警卫员紧抱在一起烧焦的遗体时，一个密码箱掉下来——重要的国家秘密被保护了下来！

中青报万字冰点特稿《湍流卷不走的先生》中这样描述当时情境：

"我的公文包！"当时飞机上一位幸存者回忆说。那正是郭永怀最后的呐喊。他和警卫员用生命的最后几秒钟保护了国家秘密。

正是邓稼先、郭永怀等先辈烈士们的奉献牺牲，才使得后来的我们过上幸福安定的生活，才使得强国一代接过从站起来、富起来到强起来的接力棒。

"我愿化作马兰花一朵！"

"我愿陪你一万年！"

呼唤声中，千千万万的妻子，万万千千的丈夫，一起起立。强国一代有我在，奋斗的青春最幸福——为我们共同的家园，为中华儿女的复兴之梦！

2018-5-15

致青春永驻的"小老杨"

Topic：右玉精神

尊敬的"小老杨"：

你好！今天是我第一次见你，百闻不如一见，不仅仅如见故人般亲切，更如遇知音、恩师般感动和幸福。

今天一早从右玉县城出发，到杀虎口参加"2018塞上朔州长城国际旅游节"开幕式，沿途是一望无际的葱绿树草和田园风光。谁能想到，曾几何时，这里是一片寸草难生的荒漠呢？

"仔细瞅啊！最靠路边的，是近些年新栽的各种松树果木，后面那些成片的绿树，就是长了五十多年的'小老杨'！"

那就是你啊！比我还年长一点点，个头却低矮，掩藏在这几年新栽的、噌噌直蹿的青松身后，忠厚踏实如大地上的靠山。

一眼望去，茂密无垠，树与树一片又一片紧紧相连，无论斜坡高岭还是低处洼地，都可以看到你的身影。远远看去，气势雄伟，美不胜收。然而一株株细看，你实在其貌不扬，甚至扭曲丑陋、奇形怪状。可那并不是你的真模样啊！

你的本名叫小叶杨，又名"南京小杨"，生长在南方湿润和排水良好的土壤中，你骄傲地长成参天大树，看起来很伟岸！六十多年前，你开始和新中国第一批艰苦奋斗的干部一样接受挑选，来到不毛之地——塞外右玉，担当起改善生态环境、让人留下来和活下去的艰巨责任和使命。

移居到这旷古、高远的边塞荒地，不知你牺牲了多少兄弟姐妹，一次次试验，一次次死去活来，一次次倒下去，又一次次站起来。你啊！好样的！树干被风沙埋了半截，仍倔强生长，枝繁叶茂；树根被大风刮露在外，还在努力地吮吸养分。十多年前仆后继，你不仅顽强地存活、安居下来，而且召唤来更大规模的队伍，无数兄弟姐妹手牵手、肩并肩，为这金沙滩、杀虎口、汉墓群、古长城增光添色，构成了塞上绿洲和绿色"新长城"，也筑起了守护首都的一道绿色屏障。

你的耐寒、喜光、适地性强等潜质，在奋斗中大放异彩！耐干旱瘠薄，植于沙丘地带，特别是你粗壮的根部，可以扎根沙地深处，吸收地下养分。或许正因为把所有的气力扎进了大地吧，长在北方风沙地面上的你，形象不如生长于南方般伟岸，显得叶冠稀疏，但那又有什么关系呢！你的真善美被更大的世界和更多的人们发现、敬仰。

你树干细，所以虫害少，树叶小，能把水分蒸发降到最低。而更令人震撼的，是你伟大的集体主义精神——你就是我，我就是你，春夏秋冬，万林归一。

我期待深秋时节再与你相约，我知道你的叶子会从浅黄变为金黄，从随风而动到簌簌落下，大地与落叶融为一体，像铺了一层金色的地毯，缤纷绚丽。

昔有宁武关、雁门关、杨家将的英雄传奇故事，今有以你为象征的一个个新传奇！蓝天白云下，早已不见风沙肆虐，你的怀抱里，奔跑着草原骏马，传唱着一个个中国好故事。你所在的右玉，属于国家级贫困县，这里土地贫瘠，沙化严重，曾是名副其实的"不毛之地"。

"当时县领导开会，点煤油灯，稍不留意，风一吹就灭了。睡一夜，早上起来，推不开门，被风沙堵住了！"一位县领导谈到当地坚持不懈移植"小老杨"、历任二十多位县领导艰苦奋斗的不易和艰难时百感交集，更对未来信心倍增。

几十年努力，全县的林木覆盖面积由新中国成立初的 0.26% 提升到今天的 54%，高于全国平均水平 20 个百分点。"小老杨"以其质朴无华、坚忍顽强的特质，被誉为右玉人的化身。

"执政为民、尊重科学、百折不挠、艰苦奋斗"为核心的"右玉精神"，也应运而生。习近平总书记先后五次讲话中提到要学习"右玉精神"，"全心全意为人民服务，一张蓝图绘到底，功成不必在我"。

难怪今天群贤毕至！他们来自塞罕坝林场、退耕还林的延安、荒漠绿化的阿克苏，来自"绿水青山就是金山银山"诞生地安吉县。他们都齐聚右玉，共同推出和发布"右玉宣言"：一年接着一年干，一代接着一代干，生态系统是可以修复的！生态文明建设，功在当代，利在千秋！

难怪你"小老杨"不仅成为生态建设的"活化石"，也成为"右玉精神"的一张青春名片，激活了右玉古老而现代的文化。《塞北小老杨》就是一部纪念平凡岗位上一位真实英雄的电影，讲述了民警王林飞三十年如一日，扎根右玉县公安局杨千河派出所，带领全所干警为民服务，勇斗邪恶势力。而另一首新推出的歌曲《小老杨，你好好活》，让网上网下的人们，认识和记住了你那低调的名字。

你这从南方长到北方的传奇啊，你的低调，一如扎根大地的人民群众，同为纯朴本真坚韧不拔的自然之子，同为你我他、天地人和谐相处的命运共同体。

这个人类大家庭中，你提醒了我们彼此相爱、不可分割。在相互尊重、相互善待中一起微笑、共同成长！多想将你带回家！就是将生态文明的新活法带回家，将"右玉精神"带回家，不仅带回我们每一个人的家中，也带进每一个人的心灵家园。

"强国一代有我在，奋斗的青春最幸福。"这是我的希望，也是点燃更多青春梦想的心愿。在右玉，在你的身上，我再一次焕发了奋斗的青春！和无数前仆后继的"小老杨"们一起，为人民创造更加幸福美好的生活，为亿万青少年播下理想信念的坚定种子。

一气呵成，匆匆而就，惭愧难当，请多见谅，谨表敬意！

此致

敬礼！

你的一个忠诚朋友和粉丝

2018-5-18

愿中青报多出些青年问题专家

Topic： 青年本位

愿中青报多出些青年问题专家。没有一批专家型记者，我们的"打一场精品仗，改革再出发"，如何能真正走下去呢？紧迫感很强，每一天都有掉队的危机感。学习做好一名青年问题专家，至少要有这样三个方面的准备吧！

第一个方面，拥有做事业的专心。

三心二意、浮躁不安，是做不好工作的。只有把手头的工作和职业，专心地做成一项事业，才有成为专家的可能。我们正在从事的是一项伟大的事业！服务青年成长，推动社会进步，召唤和引领强国一代，成为一种担当和使命。日前，《上海合作组织成员国元首致青年共同寄语》及其实施纲要通过，号召青年远离负能量、传递正能量、开展跨文明对话、加强科技交流，为促进自己国家的发展与繁荣，巩固地区和全球安全稳定，推动各国人民间的文化对话作出重要贡献。今天中青报发了一篇重要评论：《"上合版"致青春：引领青年与时代同向同行》。

没有做事业的专心，就难以体会对青年的用心、爱心，难以体会"青春自有诗意"的美妙，难以体会"一起微笑，共同成长"的付出与收获。伟大引发生命共鸣。强国一代有我在，建功立业有作为。到基层一线去，立足岗位成人达己，在创造奋斗中提升生命的价值！而作为主流青年媒体的专家型新闻人，只有真正地增强"四个意识"，才能拥有政治家那样做大事业的专心。

我们实在感到差距较大，准备不够。

第二个方面，拥有复合型的专业。

全媒体采编、研发、调查等专业化素养，都是必备的。能沉到青年当中，还要有专业的基本功。今天《中国青年报》独具慧眼，报道了《新知识青年下乡：沉入真实的乡土中国》。知识分子能和人民群众在一起，一起书写出一个真实美好的农村，在这个过程中他们是互动的，互相影响的，在这种化学反应中可能产生一种新的东西来，"一种新的社会的想象"。

这种想象力，也是在更近更深地走进青年中交互产生。任何一个青年问题都不是孤立的，是社会、经济、文化中的青年问题，也是青年的社会、经济、文化问题。这也正是中青报已经、正在、将要成长起来一批专家型记者值得骄傲和期待之处。他们在科教、军事、国际、经济、文化、政法、体育、环保、社会、社调、创业、共青团等行业和领域深耕细作，在摄影、H5、视频直播、MV、两微一端等新媒体手段上驾轻就熟，在"冰点""青年话题""特别报道""暖闻周刊""青年参考"等品牌专栏专报上不懈奋进，在青年文化产品融合创新方面不断探索。

"一个社会学家只不过是一个更准确、更负责和更科学的记者。"芝加哥学派代表学者帕克，总结自己从报社记者到社会学家的转变历程时如是说。这也正是专家型新闻人成功转型的一个生动写照。一批名记者名编辑，名作家名编剧，名主持名经理，会在专业打造中脱颖而出。

只不过相对于传统意义上报纸的精品内容，我们必须创造全新的精品内容。别以为"爱玩爱疯爱笑"的，就没有精品，也别以为"有益有趣有价值"的，产生不了精品。这正是"轻型、多样、精准"穿越互联网，带来的青年新业态内容想象空间。穿越过程中涌出的网生内容，不受时空限制，快节奏、个性化、新鲜感及年轻化是其主要特点。正如《超时空同居》反映的表面上是两个青年问题，实质上反映了深层次的人性善恶美丑问题。更加垂直的生态、智能链接、视听平台整合的媒体融合，会促使我们直视青年的"有感"：要么在适应中陪伴，要么在创造中引领！

我们在全媒体时代的"杂而专""复合型专业化"上，差距还比较大，准备不够。

第三个方面，拥有建设性的专注。

当我们更加专注时，必须舍弃那些枝枝叶叶，聚焦有限的资源、人力，有韧劲地一直以"青年本位"，调整我们的努力方向。专注服务于更加个性化、分类化、精准化的青年。从追求有效的流量，到有价值的用户、产品、体验，可以形成全媒体平台的闭环，形成新的品牌重塑，IP 价值也从单一娱乐元素，变成某一群体的身份标识和精神标签，并构成新消费连接的核心点。

作为专业新闻人，有着自己的职责，又有着不同于商业的自律和束缚。不必留恋于一些青年标签的概念和一些虚荣的名声；而是以真问题真方法真调查，去帮助发现、维护权益、呵护成长，并把建设性真正融入青年成长和发展规划。只有更加权威化、系统化、整体化、科学化的专业传播，才配称得上青年问题的专家。

这股韧劲，可不是某一篇报道就能全部体现出来的。记者会上，分享了不久前一位记者"专利维权难，打击大学生创业热情"的系列深度报道，在有关领导批示后，国家知识产权局启动专题调研加快推动专利法修订，记者受邀参与相关部门专题调研，全国首份双创大学生知识产权保护调查报告应运诞生，大学生知识产权服务中心同时应运产生。在建设性推动相关青年问题解决的同时，记者长期积累采访的《院士的中学时代》也同时推出……中青报通过报道，建设性推动解决青年问题的经典案例，实在太多了。

中青报从传统媒体向新媒体融合的"融媒小厨"，怀着大情怀，继续韧劲十足地在网报融合基础上向全面"移动化、思享化、交互化、交易化"迈进。

我们尽管面临很多压力和困难，却都不能成为"不够专注"的理由。我们实在感到差距较大，准备不足。

当我们真正成为专家型中青报人，更加专心、专业和专注，或许更能收获那"最温暖的终端是人心"，收获那"奋斗的青春最幸福"。"为世界进文明，为人类造幸福，以青春之我，创建青春之家庭，青春之国家，青春之民族，青春之人类，青春之地球，青春之宇宙，资以乐其无涯之生。"（李大钊语）

青年本位，青春万岁！

2018-6-11

一只呆鹅好富贵

Topic：**厚道些为好**

早上出门，远远看见池塘边站着一只白鹅，曲颈向天。

是不是在"歌"听不见，倒是远望半天都不见动弹，犹如雕塑一般，人们习惯说的"呆鹅"，就是这样子吧！直到走近了，绕到另一面，才发现呆鹅旁还卧着一只白鹅，摇头晃脑，悠然自得。这只呆鹅却始终警醒地保持着同一种"呆"姿，仔细看，似乎一面瞭望着远方，一面竖着耳朵听着周围的声响。无疑他在守护着身旁的白鹅。这是它亲爱的伴侣？孩子？还是朋友？

天地之间，众生平等。这一只威严的呆鹅，谁能说他不是一只"富贵"的呆鹅呢？富而知足，贵能助人。如此"富贵"，比起世俗眼中有钱有权的"富贵"，多了些本真和厚道！正如这几天热闹的一场娱乐秀中，一句"做人要厚道"广为流传，至少比起那些太张扬太聪明的"名角"们，有些厚道未必是坏事，有些呆木也未必被人笑话。

一只池塘边的呆鹅，本本分分守着自己的位，倒让东张西望、心事重重的过路客们，不敢小瞧，甚至有些汗颜啦。

这"发呆"的境界，可不是聪明有知识就能达到的。小到老百姓，大到将相侯，千百年来，今古同心。著名的明代大宰相张居正，在看似风风光光的"一条鞭法"改革中，却向往不时躲到哪里"发发呆"的享受。"一等人忠诚孝子，两件事读书耕田。"这或许正是发呆时的真心话吧！

其实，无论什么样的富贵贫贱，都应懂得知足常乐，多一些厚道，多做好本分事、职责事，哪怕默默陪伴在自己的亲人身旁。"君子素其位而行，不愿乎其外。素富贵行乎富贵，素贫贱行乎贫贱……"偶尔做一只呆鹅发发呆，没有什么可耻的：我真的还有不少道理搞不明白啊！我真的不知道下一步该怎么办啊！

善待发呆的呆鹅，也是善待发呆的自己。天地之间如此大，唯我独呆又如何。给自己浮躁不安的心灵放个假吧！去体会踏踏实实读书耕田的快乐与富贵。

"汗牛塞屋，富贵家之书，然富贵人读书者有几？"这又如何！让别人羡慕嫉妒恨那一类"富贵"人生吧，我独欣赏这一只池塘边旁若无人的呆鹅！

2018-6-12

识 C 罗三球 得人生精气神

Topic：球的秘密

C 罗三球定乾坤，上演"帽子戏法"，内行看门道，外行看笑话。

笑可笑，非常笑，若于识这三球的秘密中，得人生精气神之妙，岂不更笑煞人了！不笑不足以为道。给这三球各取个中国名字吧，或给中国球队加一点"思想的肌肉"。

第一个球："精球"！

表面上摔的是精明，实质上透的是智慧。反者道之动，弱者道之用。没有机会，创造机会也要上；处处受制，何不主动顺势而为，放下身段反制之。而放下终为拿起，摔倒实为站起。定慧等持，那一个不争而来的"定点球"，首先来源于那平静智慧的强大心灵。

第二个球："气球"！

这可不是任人摆布、随风摇摆、一戳即破的气球！而是柔弱胜刚强的太极"气球"，韧劲十足，绵延不断。"人由气生，气由神往。养气全神可得其道。"此气无为而为，不可阻挡。那"黄油手"的守门员赛后委屈地辩白：你们看到的似乎软绵绵，实际上力量太大了！这一股力量，既有战友助力的借势之力，也有长期自律的实力之力。"如今的我，有着 23 岁的身体。"33 岁的 C 罗赛前冷静自信地答记者问，这是多年严格训练透出的自信。从一撞就飞的"花瓶"到满身肌肉的"绿巨人"，C 罗的进化只有一个秘诀，那就是苦练。连西班牙报纸同行，也不得不写出如此标题表敬意：西班牙队是铁打的，而 C 罗是钢造的！

这第二个绵里藏针、久炼成钢的"气球"，正应了人生成长之道："不积跬步，无以至千里；不积小流，无以成江海。"

第三个球："神球"！

那是一个动人的任意球，绝妙的神仙球！"神"就神在出人意料、神乎其神。英国一名足球评论员看到西班牙队排成高大人墙，摇头感慨说：这从身上、头顶上踢过去，都绝无可能！但那一道弯曲弧线的"神球"，把不可能变成可能，把梦想踢成现实。这是坚持不懈的奋斗、量变积累的一次质变；是"曲则全，枉则直"的一次绝妙演绎；是"得神者昌，失神者亡"的一次成长神变。

识 C 罗三球，也是识人的三宝：精、气、神。人的生命起源是"精"，维持生命的动力是"气"，而生命的体现就是"神"的活动。精、气、神和谐相生，人生三宝尽守也！

2018-6-16

闻艾香 识好运 端吾心

Topic： 聊假日以偷乐

"风轻云淡骄阳，菖蒲醇酒艾香，蝶舞蝉鸣虫唱。曲悠调晃，谁人在忆汨江。"刚在朋友圈分享了同学的一首《天净沙·端午》，又收到一个温馨的短信祝福：焚艾驱瘴芳草萋萋千载诵《骚》思屈子，裹粽竞舟龙人赳赳万里奋楫慰圣贤。

一股清幽淡雅的艾香，从手掌溢出，沁入心脾。

从小就喜欢闻艾香。住在山区的一所学校里，母亲带回家最多的，就是艾草了。每年春节，家门口都会整齐地摆上一大把艾草，那清幽淡雅的艾香，没进门就先醉了！艾草不仅可以驱虫避蚊，母亲还常常用来给全家人泡脚熏身，她说这是最好的一种草药。后来，商店药店能买到的各类艾香、艾灸等，也成了家常日用品。艾香材料是由艾草提炼制作的，艾草本来就是"百草之王"，是纯天然的香料！在房间点艾香不仅可以消毒、灭菌、除异味、驱蚊虫，还能安定心神，有助于睡眠。每一缕艾香，每一片艾叶，都是身心最好的滋养。

闻的是艾香，识的是好运——并不一定是那些天上掉馅饼之类的好事，而是寻寻常常日子里，不断认识和发现自我的那一分快乐。认识自我，发现自我，端正自我，这也正是艾香熏染净化之端午的一个真正内涵。"端"，端庄秀丽，庄严肃穆，端正心态，端正思想，端正行为，良好之开；"午"，为正午时太阳正盛之时，阳气最盛之时，灭邪扶正。

纪念屈原，就是纪念他的端正人格。人无论何时都要端端正正，上天一直在扶正灭邪。"端午"谐音"端吾"，端正吾心，端正吾思，端正吾行。

凡事以端正吾心、吾思、吾行为开端，必如正午阳光照耀下向上向善。人人自我端正，心无邪念，中正不旁，人间定会繁荣昌盛。端正身心不是装腔作势、扭捏造作，而是一个自然成长的过程，既有严肃的端庄，又不失娴雅的正趣。闻一多曾幽自己一默，将名字嵌入一句"一流闻望合当重，万卷书香不厌多"中。

这种正确认识自己的智慧太难了，即便乾隆皇帝，还是一遍遍书写着《礼记·曲礼上》那句话自省：傲不可长，欲不可纵，志不可满，乐不可极。今天端午，我在某处又看到了乾隆当年的这幅书法作品。那龙飞凤舞之姿，想必是这位日理万机的皇帝，偷得一时闲的随兴之作吧。

没有放空身心的休闲，也不会有严肃充实的人生。即便家国情怀至上如屈原，也有"偷乐"的闲性雅气。我们记住了当年屈原那气壮山河的一句："路漫漫其修远兮，吾将上下而求索。"谁又记住了接下来的悠闲雅致之句呢："奏《九歌》而舞《韶》兮，聊假日以媮乐。"

没有哪一个日子是没有意义的。正如人生的百草园里，没有哪一样花草是多余的，没有哪一寸土地是肮脏的，没有哪一段时光是白过的。

闻艾香，识得艾之草所成长的百草园，以端吾心，即识好运也！

2018-6-18

世故圆滑非青春

Topic：装腔三调

当你变得世故圆滑，你就不再年轻；反之亦然，要想保持"青春态"，就不要世故圆滑、装腔作势。今天的朋友圈，基本被老百姓关心的一个问题刷屏。有的部门习惯一出问题不先反思自查找解决方案，却世故圆滑地或缄默不语，或往别人身上推、往媒体身上栽，都使得世故圆滑超越个人品性，助长了一种不好的社会风气。

培根早就入木三分地为世故圆滑者画过像：有许多很世故、很会揣摩他人脾气性格的人，却并不是真正有学问的人，这种人所擅长的是阴谋而不是研究。

世故圆滑者大概装这样三种"腔调"。

一是说"好好"，不得罪人，模棱两可，只说不练。

这样一种腔调，一不小心就会沦为滑头腔，表面上是想做个急功近利、随机应变的旁观者，而最后受害的还是自己。因为假象总是会被识破戳穿的，真正检验你的，不是"你是谁""你说了什么"，而是"你实际做了什么""你做的成效如何"。遇到世故圆滑者，本来就事论事的交流，却无事生非，变成心术的揣摩测试，有时候根本看不透相互之间的心。什么都在一片"好好"中，既看不出建设性的态度，也不清楚具有操作性的方案，更难识辨解决问题的底线。

二是打"哈哈"，事不关己，高高挂起，知难即退。

凡事只要不涉及自己，只要没有触动自己的人身安全和切身利益，就不会真正关心。对于学习和执行，首先想到的是知难即退、明哲保身、不敢担当。即使关乎自己的切身利益，只要有风险，也不愿意第一个站出来，奉行"出头的橼子先烂","枪打出头鸟","各人自扫门前雪，莫管他人瓦上霜","管闲事落闲事，费了工夫落不是","无利不起早，少管别人闲事"。所谓能忍，并不是不喜欢利益，而是等着别人去争取，自己在后面捡便宜。

三是随"哼哼"，察言观色，见风使舵，没有诚信。

装这样一种腔调往往言不由衷，对上面阿谀奉承，对下面官腔十足。年轻轻的，就端起个架子，不说真话，不办实事，而是喜欢说一些场面话、官话、奉承话。民间说"小鬼难缠""衙门难进"，往往就是指在办事过程中，遇到种种繁文缛节、推诿刁难。浙江省正推进的"解决问题跑一次"，这种好做法希望能早些在全国普及开来。

在一些重大问题上，或者三缄其口，默不作声，或者顾左右而言他。最要命的是出尔反尔，刚刚还不说话，突然抓住别人的"把柄"发难，只为迎合某个领导意见，或赶紧把自己的责任推个干干净净。如果这种世故圆滑与滥用职权、玩忽职守等结合起来，则会引起更严重的社会危害。国家药监局原局长郑筱萸当年被执行死刑前的忏悔中说道：不要以为当官是什么好"玩"的事，不负责任的结果最后很可能就是我这样的下场！

振聋发聩！从年轻时就不要世故圆滑，在任何岗位都要坚守为人民服务的职业操守，始终保持不忘初心的"青春态"。真正的"青春态"，是实事求是、认真研究、积极向上的；真正的"青春态"，是忠诚老实、朴素真诚、敢于担当的；真正的"青春态"，是知行合一、自省改错、不断前行的！

2018-7-22

不学习，才真"丧"

Topic：猛击一掌

"唱衰体""心塞体""丧心体"已经成为一种套路式的流水歌，填上相似的内容、配上相近的曲调，安抚焦虑者。焦虑者因为"常识"成为更大焦虑的传播者。

媒体人真有那么丧？依然在一线的媒体人又在如何坚守？今天，在网上看到一段关于媒体人焦虑的段子，评论中有一句话：有这焦虑的时间和劲头，不如去多读书、多学习，因为不学习，才真"丧"啊！

三天不学习，面目就可憎的"丧"。宋朝诗人黄山谷有一句名言：三日不读书，便觉语言无味，面目可憎。林语堂将这句话解释为，你三日不读书，别人就会觉得你语言无味，面目可憎。

为什么一个媒体，会变得乏味，让人打不起精神？很重要的一条反思是：这家媒体缺少爱读书学习的媒体人。一个不爱读书学习的人，往往是乏味的，因而是不让人喜欢的。有时候跳出麻木的"自恋自怨态"，客观看看自家的一些全媒体报道，一看就是没动过脑子、也没新知新意，面目可憎得令人要把脸捂起来。

所谓知识分子的媒体人，可是最要"脸"的啊！一旦被混日子、焦虑茫然、心浮气躁、急功近利等攻破，那份新闻理想和职业追求的底线，就会全面失守。特别是现在强调政治思想引领，没有离开政治思想的新闻业务，也没有离开新闻业务的政治思想，两者如何真正融合为一？如何向书本学习、向社会学习、向青年学习？如何落实到知行合一上？这实在是学无止境、不敢懈怠的一门大学问。

三天不学习，技能就落后的"丧"。终身学习越来越成为一项新闻从业人员的刚需。哈佛大学传奇校长尼尔·鲁登斯坦曾说："从来没有一个时代，像今天这样需要不断地、随时随地地、快速高效地学习。那种依靠在学校时学到的知识就可以应付一切的时代，已经一去不复返了。"这句话用来形容如今的传媒业正合适不过。

反思我们这几年，虽然进行了一些全媒体技能方面的培训，但并没形成一种"刚性要求"。有的部门学习跑在很前面，有的部门无动于衷，还死守着个传统的"一亩三分地儿"，既没有在"十八般武艺"新技能上提升，也没有在思想创意、内涵深度上提升，连最基本的"用脚采访，用笔还原，用心思考"也懒得做到，别说是精品，就连合格的产品都勉强。如此的不学无术、不思进取状态，还是需要再猛击一掌！

还要猛击一掌的，是安于现状、不努力学习的所谓"非采编部门"。如何适应现代传媒绩效、人力资源、财务、资产、物业、技术、档案、办公管理等。有时候发展速度不快、效率不高，正是我们缺乏拥有学习力的现代传媒人才，当然，还有深层次的相关学习培训、绩效考核、选人用人、可持续发展等体制机制不健全和不到位等问题。

三天不学习，组织就退步成"丧"。一项最新的学习型组织理论告诉我们，企业的竞争最终一定是学习力的竞争。因为，人才是有时间性的。你只能保证自己今天是人才，却无法保证明天的你依然是人才。复旦大学原校长杨福家教授提出，今天的大学生从大学毕业走出校门的那一天起，他四年来所学的知识已经有 50% 老化掉了。当今世界，知识老化的速度和世界变化的速度一样，越来越快。为了使我们在明天依然是一个货真价实的主流媒体，一定要有学习力作为组织的后盾。

每一位年轻的媒体人在焦虑地感觉"丧"时，仅仅鼓励、加强学习还是不够的，媒体的环境、氛围、机制，媒体自身的学习力、组织力等，都值得反思和改进！

我们对媒体人的未来充满信心，因为各级都在积极行动起来，要为广大知识分子工作学习创造更好条件，加快形成有利于知识分子干事创业的体制机制。

我们对媒体人的未来充满责任感、使命感、紧迫感，学习，学习，再学习！对当下有差距的，自己猛击一掌！

2018-8-11

胆识限制了想象力

Topic：加速融合

网上有句流行语"贫穷限制了想象力"。真正的"贫穷"，是精神的贫穷，是创造力的枯竭。对于加速赛跑中的媒体来说，更是这样。有一种"创造力枯竭"，叫作胆识限制了想象力！

今天听到传统媒体要把新媒体作为主战场，推进精品精准发力的"冲锋号"后，倍加振奋，立即部署加速改革再出发。尽管面临很多困难、很多问题、很多风险，但只要全心全意为人民服务，一心一意落实融合要求，那种"前怕狼、后怕虎"的思想，就定能抛在脑后。否则，只能是犹豫彷徨、懈怠无为、一事无成。

媒体加速融合，需要有很多本领，"胆识"就是必备的重要条件之一。所谓胆识，不是那些过于冒险、投机取巧甚至心存侥幸的融合，虽然胆大，但见识不够。这就好比一个人，尽管你不怕枪炮子弹，但到了前线，枪炮子弹可能打死你；你不畏惧豺狼虎豹，但到了山里，豺狼虎豹会吃了你。

加速融合需要有胆量，更要有始终坚持"四个意识"的思想，知道何处是底线和万丈深渊，懂得脚踏实地、量力而行、尽力而为。中青报特色的"融媒小厨"，在上下齐心协力的推动下，经历了融合的"物理反应""化学反应"阶段，无论移动优先的 H5、直播、微视频、MV，还是"中青报 24 小时随手看"的内部机制、流程、平台、渠道、产品，都初步实现了融合转型，正在向融合的"生物反应"阶段迈进。

虽然"融媒小厨"取得明显成效，但我们还停留在老套的办报习惯里，特别是"移动优先"主导下的想象力、创造力还不够。三年前，我们提出的探索推进"脱纸化生存""移动唯一""部门主导、三端融合"等还没有完全实现。

所谓融合的"生物反应"阶段，需要更加颠覆惯性思维的胆识。前几日，写了一篇小文《举起有思想的"视觉锤"》。小伙伴们正全力以赴，践行着"视觉锤"思想，努力把语言的钉子、故事背后的精神钉子，暖暖地植入广大读者和用户心中。前天，我在报社的内部微信大群里，动员采编同事们，从自己开始，全身心投入。昨天，参加"改革开放40年浦东站"报道的同事们迅速响应，前后方紧密配合，做出了精致的微信稿《一起来看浦东的成长》，不遗余力地向各类微信号推广。精彩的内容重要，有效的传播同样重要。真正的"生物反应"成效就是：全媒体"身心"一体化和谐成长，你就是我，我就是你！

看身边同事们，有的已冲到前面、有的左顾右盼、有的焦虑，也有的无动于衷，适应不了新节奏……我们的"胆识"在于统一思想、凝聚共识。"举旗帜"，加强政治引领；"聚民心"，动员青年建功新时代；"育新人"，培育时代新人，围绕大局、服务青年；"兴文化"，要抓住青少年价值观形成和确定的关键时期，引导青少年扣好人生第一粒扣子；"展形象"，对中青报而言，就是努力打造传播力、引导力、影响力和公信力更强的青年主流全媒体融合传播平台。

我们能有这样的胆识吗？能有这样的作为吗？能抓住这样加速赛跑的窗口期机会吗？

宁愿融合移动"死"，不愿"纸"望苟且生。

2018-8-31

新闻还有多少"专业"

Topic：擦亮"专业" 得到"清朗"

新闻一直在那里，可忧的不是新闻有没有力量，而是还有多少专业新闻人，在兢兢业业地做"专业"的新闻；专业新闻的理性与客观一直在那里，可忧的不是新闻内容究竟包含着什么，而是有不少人还没看清"内容"，就开骂狂欢、高谈阔论；专业新闻的道德操守一直在那里，可忧的不是新闻人如何守住底线，而是24小时传播压力下，稍不留神就被网上网下"上纲上线"地收拾，被有关部门"甩锅来""背锅去"，本不为稻粱谋的那点理想，被打击殆尽……

本想再举一些网络上传播的"新闻"，要么黄花菜都炒凉了，要么我们不去刨根问底了，徒留非专业的思考。比起那些非专业的新闻，媒体人做出的新闻，成本实在大到承受不起。比如某"新媒体村"的农村大妈大姐们，可以抱着娃娃在电脑上"做"出各种各样的"新闻"，月收入超过不少专业新闻人，他们还形成一条商业链条。调查、报道这条新闻的，也是与商业网站签约的"自媒体人"。目的无非一个字：钱！

比如最近一种新的抄袭手法"洗稿"在互联网上兴起，有人甚至说自媒体"洗稿时代"来临。所谓"洗稿"就是对专业的原创内容进行篡改、删减，使其面目全非，但其实最有价值的部分还是保留。通过"洗稿"，他们可以短时间炮制出所谓的"爆款文章"，并从中获利。无非也是一个字：钱！

这也是专业新闻人乏力无助的一个难言之隐。需要爆款，爆款！需要交易，交易！需要钱，钱！

大多数坚守阵地的专业新闻人，不只是为了"钱"，他们在意的还是所在媒体和行业公信力、荣誉感，在意的还是新闻专业本身的神圣感，否则不如学上面那些一本万利的"自媒体人"。

只要我们还在坚守，无论外界诱惑多大，无论困难风险多少，还是要把新闻当作一项专业，更当作一项事业。付出本身即得到，得失荣誉唯自知。何况，新闻宣传舆论工作近些年取得了一系列巨大成就，网络空间更加清朗，广大的主流专业新闻人是完全值得信赖的。面对新情况新问题，我们这些专业新闻人要不断磨练脚力、眼力、脑力、笔力，把"专业"的金字招牌擦得亮亮的、实实的、沉沉的！

迈开双脚丈量大地、睁大锐眼洞察天下、开动脑筋深入思考、练就妙笔书写时代，真正做到政治过硬、本领高强、求实创新、能打胜仗，推动新形势下宣传思想工作更具感染力、号召力。只要社会还在进步，公众需要真相，向上向善的价值观需要弘扬，明辨是非、澄清谬误的职责需要加强，专业的新闻人就一定越来越有价值，前景越来越广阔。

如果说前几年是解决专业新闻人的正本清源问题，现在到了在增强"四个意识"的前提下守正出新的时候。包括在社会各方推动努力下，内容、渠道、手段、传播、机制等各方面，应更深刻地、更专业地守正出新。

也可以说，不是新闻的"专业"还需不需要的问题，而是新闻的"专业"标准、水准、精准如何再上一个新台阶的问题！

2018-9-2

兵妈妈的目光

Topic：**孩子真长大了**

从昨天到北京开始，兵妈妈的目光，就没有离开过儿子。

今天是儿子和一批战友退伍的日子。两年多了，兵妈妈一直没见过儿子，也没来过北京。这次她下定决心，从县城坐车到省城，又坐了好几个小时的动车，来北京接儿子。

1998年出生的儿子，在这一批退伍兵中年龄最小、兵龄最短，但在妈妈眼中，变化太大了！两年前，那个140多斤的胖小子，瘦了20斤，身材结实了不少，圆乎乎的脸庞，露出了刚毅的棱角。两年前，那个调皮捣蛋、天天低头玩手机的儿子让父母愁得不行，他们"强行"让儿子入伍。如今，这个孩子早已没了当年那副哭哭啼啼的任性样，昂首挺胸走过来时，妈妈下意识"矮"了一截，任儿子的一双大手拍在肩上。

兵妈妈见到儿子时惊奇、心痛、兴奋，还有点失落。儿子除了陪第一次来京的妈妈匆匆看了看天安门广场，余下的时间，全放在"自己"和工作那些事上了。因工作正在交接，有些细节放心不下，儿子记录了一遍又一遍。

和战友们的告别更是难舍难分，一哥们在火车上打电话："哥们！我这手机号还留一个月，你换号一定要告诉我啊！你到福建找我，我去河北就找你了，能搞定吧？哈哈！"爽朗的笑声中，也难掩惜别的感伤。

"我回家继续读书，想考个军校，你呢？"

"我想先找个活儿干，比如开出租什么的！"

"我和几个朋友约了，一边读书，一边创业！"

......

兵妈妈没有和孩子们在一起，她远远站着，用手机为孩子们拍着视频。拍着拍着，妈妈渐渐开心起来。几年前，儿子什么时候能想到别人呢？什么时候能安安静静坚持干一份细致活儿，还愿担一份责任呢？

母子心有灵犀，这时，儿子径直走过来，将一份牛奶递过来："妈妈，这次回家我一定好好陪你说说话！"

兵妈妈的泪差点"奔"了出来。那时候儿子天天看手机、打游戏，怎么唠叨都没用，经常不耐烦地甩一句："烦死了！"

"你赶紧过去与战友多聊聊，我们回家有得说！"兵妈妈笑着叮嘱，忽然想起什么："你稍等一下！"

一面递过手机，让儿子与在远方家中的老爸视频连线，一面匆匆走到另一个车厢。不一会儿，兵妈妈满面春风地抱着一兜水果小跑过来："快去快去，给战友们尝尝！"

"谢谢妈妈！"儿子高高兴兴地回到战友身边。战友们纷纷起身、竖大拇指，向兵妈妈致谢。

继续青春的畅叙，整个车厢都点亮了绿色梦想！

兵妈妈的目光，慈爱地望着一个个孩子，越过孩子们宽大坚实的臂膀，投向窗外那一望无垠的广袤天地。那正是金色的收获季节，几乎在一批退伍兵转业的同时，一批入伍的新兵也齐刷刷迈进军营。兵妈妈们的目光，牵挂着一批又一批子弟兵。他们的身后是和平，前方是战争、火场。他们是最可爱的人，青春无怨无悔！

孩子们真的长大了，与那广阔的天地共成长。不经历风雨，哪能见彩虹；不经历磨练，哪配做男儿！

2018-9-8

此心犹未出青年

Topic：" 画 " 之魂

天天想着"融合"，日日念着"青年"，唯恐老报人转战新媒体战场后脚步缓慢，意恐迟迟归、拖后腿。日前偶然看到一句"此身犹未出苏州"，不禁想到一句"此心犹未出青年"，或许努力保持一颗初心，可以更加坚定地"画"出一片新天地吧！

为纪念美术教育家吴作人先生 110 周年诞辰，苏州的吴作人艺术馆特别举办《吴作人与苏州研究展（第一回）》，并以意韵俱佳的名句"此身犹未出苏州"作展名，古风袅袅，用心别致。

"一生行路便多愁，落得星星雨鬓秋。数尽归程到家了，此身犹未出苏州。"这一句出自南宋诗人杨万里的《夜泊平望终夕不寐三首》之一，吴作人先生的女儿萧慧说，父亲晚年时常吟诵该诗，他对故园一生充满驰念，也正是故园土壤和文化，滋养了他的"画"之品，也成就了他的"画"之魂。

吴先生是我国现代美术承前启后的艺术家、教育家，之所以联想到"此心犹未出青年"，还是有感于从吴先生身上学习到的东西，特别是在领悟"画之道""报之道"上，道道相融，此心相通。

此心一定是融入新技术、新生命的创新融合之心。接受过西方素描训练的吴作人直言："素描既然是绘画的一种，就应该是千姿万态的，绝对不是千篇一律的。"

深爱中国文化和绘画的吴作人，并不保守自封，他心心念念的是为传统中国画注入更多新技法、新生命，而这正是一位美术教育家最可贵的品质。对于画国画的人可以不学习素描的一派观点，吴作人大胆予以肯定，但他同时指出，素描不只是"细抠""冷静无激情"，可以有多种形式，重点是一下手就能勾出形象来。

此心一定是立足现实，追求有精气神的创造精品之心。深谙中国画和油画技法的吴作人有一套独特的艺术见解。他大力反对空洞抽象的形式主义，倡导充满艺术家情感的现实主义。他对于只追求精准刻画细节，缺乏情感温度的写实主义持批评态度，提倡要抓住整体和重点，反映对象精气神的写实主义表现方式。

此心犹未出青年——青年在哪里，新媒体的主战场就要"画"到哪里；青年想什么，新媒体的主力军就要"画"到哪里；青年要什么，新媒体的主责主业就要"画"到哪里。

缅怀一代文化大师的"画"之品、"画"之魂，正是为了"画"好一个大"写"的人，一笔一画，一撇一捺，都要"画"出一个更广阔的生命新天地。

2018-9-13

图鉴人心 静水流深

Topic： 融媒精品中的特稿

各类"图鉴"新闻、专题、栏目、视频、图文渐成风潮，其实与"视觉锤"的说法异曲同工，都是融媒的一种标配方式。

今天，希望各融合部门研发"图鉴"移动精品，重在内容创新：哪怕每周"脚力、眼力、脑力、笔力"都聚焦到位，就发现和创造一个精彩的故事也行啊！

《北京女子图鉴》就是可视化地讲述了以陈可为代表的独身女性，在北京真实的恋爱与生活。从小公司前台，外企小白领，商务代理再到自媒体，陈可一路走来艰难困苦却又无比坚定。在这个过程中，陈可邂逅了同样奔在北京的红男绿女，在生活中不断寻找对与错。正是对与错、是与非的矛盾冲突，加上真实人生、复杂人性的深层剖析，才构成了精彩故事的基本底色，也才构成新闻特稿看上去平实冷静、却激情涌动的基本特质。

有着精彩故事的特稿，还必须具有独家新闻或视角、调查性报道或现场报道的特质，如果有原创"图鉴"，这样的特稿可以直接融媒化。各类融媒精品中的特稿，依然是成本最大、也是最能直抵人心的精品。只不过相比于传统特稿，有了更多、更新、更多元、更好玩、更有想象力的追求空间。

比如运用大数据和智能化解释、分析、预测等方法，用手绘、动漫以及时下流行的各种形式，从历史渊源、因果关系、矛盾演变、影响作用、发展趋势等方面，强化普通用户能"读"明白、"看"进去、"听"清楚的专业化过程；

比如深入地调查和采访，通过"图鉴"（文字其实也是图的一种），揭示事物本质，把问题说透彻，并帮助提出解决问题的路径，是越来越融解释性、调查性、预测性、服务性、证伪性等于一体；

比如能娱乐、幽默、好玩，把有趣味的故事，讲得有意义，且能在一堆混杂信息中，提供更有价值的有效信息，特别是青年特色鲜明的新闻和信息。

今天专门说融媒精品中的特稿，是想提醒在加速融合的过程中，我们绝不能忘记什么是真正的内容核心竞争力，绝不能忘记什么是真正的情怀和梦想，绝不能在新闻事业的传承创新上停滞不前。

只不过我们要学习需要学的一切，学习高举"视觉锤"，一锤一锤砸响思想的"钉子"，继续为讲好故事"图鉴"人心，为求公平正义而长出"利齿"，为将梦想、梦幻转场成景，为使青春点亮光明。

融媒步伐脚踏实地，胸中自有万千丘壑，洞察一切却不被矛盾和冲突束缚，不被欲望和诱惑捆绑，这样融媒如人，既拥有和谐的生命，又能获得可持续成长和发展。

2018-9-21

谷香和萝卜的秋味

Topic：丰收藏

今天是第一个农民丰收节，虽在水泥围城里，却不禁想起这些有关丰收的秋农谚，想起儿时生长的那山、那田、那地，还有谷香和萝卜的秋味。

记得在乡村锻炼快结束时，我把搜集了一年多的农谚，编成了一本几万字的油印手册，还起了一个大雅的名字《农民学哲学》，觉得那些朗朗上口的农谚，实在太有哲学智慧了！

农谚中，不少都飘着谷香和萝卜的秋味。"萝卜排骨汤"和"凉拌萝卜丝"也是母亲的拿手菜，我最爱吃的原因还有一个：从小身体不好，母亲说这是花钱最少（小时候家旁边还有块小菜地）、营养最好的一道菜，且有补药之用。后来长大条件好些了，"羊肉萝卜汤"等更令人垂涎，且对身体确实有好处，还以小厨之道启迪人生大智。比如这其中的火候把握就大有学问。从大火煮沸，然后改成中火，最后还有温小之火慢慢炖，满厨房清香四溢。萝卜青菜各有所爱，最是普通百姓人家的家常之菜，也是普通百姓人家的美好之味。

正如今天中国青年报上转发的一篇文章《一粒米》。一叶知秋，一粒米中藏世界。我们的旅游周刊微信公众号还全媒体报道了《晒秋》的故事——是农作物的五谷丰登，同时也是留守在家乡的父母对子女的爱。通过晒秋，远游的子女在回家时，便能尝到家乡四季的味道。

2018-9-23

700 岁的胡同猫

Topic：活在自己的时光里

　　只因为在猫群里多瞅了你一眼，就认出了你 700 岁不老的容颜。你悠然活在自己的时光里，不慌不忙，一猫步、一猫步踱着，无法效仿地渗透进"猫格"里了，活出一团白色精灵的火焰。

　　自然谁也抓拍不住这团火焰，我只能在随身带的小纸片上，匆匆草画了一张你泯然如众猫的肖像。你才不在意所画的美丑呢！饱经风霜，饱闻经书，你甚至已不屑别人热烈地对你评头论足。

　　700 年前有了"胡同"始，你就在这里走街串巷。穿梭于国子监与孔庙之间，国子监街两侧槐荫夹道上，留下了你或孤独思考、或携伴徜徉的倩影。要是在听那庄严的"仁义礼智信"教书声中累了，就逛到邻近的雍和宫里，在三座精致的牌坊和宏伟的五进大殿里散步，享受着人间香火的熏染，懒洋洋躺在活佛脚下打个盹。

　　谁敢小瞧你这 700 岁的胡同猫呢？哪一位历史学家都会敬你若神明。因为随便打个喷嚏，都可能是一个你当年见证的历史典故。就说当年乾隆爷吧！在辟雍建成后的第二年早春，就到辟雍大殿举行了首次"临雍讲学"。皇帝坐稳龙椅，先由满汉大学士讲"经"，再由满汉祭酒讲"易"，是为助讲。

　　乾隆帝亲自宣讲《四书》中《大学》里的一段话："为人君者止于仁"。你藏在殿内东边站的一排王公身后，西边站着一溜大臣，其他听讲的学生和各级官员都跪在环桥以南甬道两侧的树林内，仅听讲的学生就有3088人，再加上在京官员、各国使节，听者不下四五千人。

　　你会抖出一个包袱：那时并没有扩音设备，树林里的学生如何听到呢？

门口两位声音洪亮的官员就是"高音喇叭"了！你也"扮演"过流浪猫角色，陪国子监里从绳愆厅被记过、责打、流放出来的犯错者，默默走一段忏悔反省的墙边小道。

你懂的，爱才是生命，然后生命才能爱！你搞不懂的，恐怕还是这么慢休闲的好味道，为何人人都急吼吼，举起手机，东拍西照，不知不觉在这胡同里越走越深、越走越迷。

人心当然难懂啊！谁相信你这700岁胡同猫的存在呢？谁都想把胡同里见到的每一个美好瞬间，定格成永恒。你常常被人心感动，却又常常被人心伤着。就说700年后突然冒出在胡同里时髦昂贵的"猫屎咖啡"吧，你就丝毫没什么自豪感。这种罕有的麝香猫咖啡，是由人工饲养麝香猫，频频地用香蕉和咖啡果强逼麝香猫吃下去，以便从猫的粪便里得到更多的咖啡豆。不少猫受不了折磨，很快便死去。还有那些圈养在橱窗里各式各样的宠物猫们，也少有乐观的结局。

活在自己的时光里——或许无论是你还是我，是猫还是人，都是一种追求向往的自由自在境界吧。正如700年前你静静来到这个胡同时，"我"正好砌完最后一块砖头，轻轻召唤你到眼前，蹲下身，展开笔墨纸砚，为你画像。

那时的你我拥有多么好的默契和耐心啊，以至于忘掉了时光，忘掉了时光里分别的"自己"！

2018-10-2

第
六
辑

才能杰出，德行高尚，或许是我们崇德向善、勤勉向善、止于至善的人生追求吧！虽然「望

其项背」，但我们每一个人都可以心向往之，惭愧反省，努力守护住那当下的「向善」念」。

努力做一个有同情心、爱心和慈悲心的善良人！

天佑善良，向善而活，从善如登，出门一笑大江横，轻舟已过万重山！

融媒的"调性"

Topic：壮行曲

"调性"原指音调的主音和调式类别的总称，比如"C大调"或"a小调"等。如今延展到"品牌调性"乃至"媒体调性"，是基于品牌的外在表现而形成的市场印象与用户口碑，从品牌人格化的模式来说，等同于人的性格。

始终坚持好"基调"和"主调"，我们的融媒才能不"跑调"，才能在传承和发扬中，独树一帜，表明中青报融媒的"调性"！比如坚持"脚力、眼力、脑力、笔力"的基调。从小伙伴们的一篇新闻论文标题就能看出来：《记者用脚步丈量了边疆的路——中青报〈我站立的地方〉刷屏的背后！》。

比如坚持"推动社会进步，服务青年成长"的主调！"青春与人文"的激情，"理性与客观"的精神，"调查与监督"的深度，"记录与见证"的厚度，都是贯穿"融媒小厨"内容制作、分发传播和整合运营全过程的追求。

比如坚持以"冰点""深度调查"等为代表的特稿表达，"融媒精品中的特稿"就是对这种调性的期待！

比如坚持学习和创新，包括从形式、内容到运营服务等颠覆式创新，且不停步于一些爆款式创意。

我们注定不去追求唯流量、唯感官刺激、唯吸引眼球的"媒奴调性"。我们需要学习的"十八般武艺"还有很多，艺多不压人。我们的"融媒调性"，还需要更加开放些、包容些。随手举几个跨界人士的相关"调性"观，不妨大胆借鉴参考：

我们已进入新娱乐时代，原动力包括三个主要部分，分别是年轻化、精品化和多元跨界融合发展。

除了古装、内容上故事性强、接地气外，自带互动话题气质也是霸屏剧的特点之一。

未来视频网站会和电视台一样，购剧时加强筛选，网站还会倾向于做更多自制剧，只有自制才能代表平台的调性。

做客户终身的情绪化伴侣。也就是说这个品牌对于客户既有终生不渝的忠诚，又加入了情绪化，即有意思、有味道、情绪化、好玩，形成粉丝、投资人、合作伙伴对你产生的联想和黏度。

……

只要努力坚持探索，不必担心失去自己的"融媒调性"！

"调性"是独特的气质，律动是发展的脉搏，新闻是进步的号角。

2018-10-8

别急，等待自己的最佳时区

Topic：**走稳自己的脚下路**

你那里已灯火阑珊，我这里刚从第一缕晨光中醒来。但我知道你那里的时间并没有变慢，总有属于你的黎明到来。那时我也会安然梦香。

吵什么，争什么。全世界不过是一个"全家福"，甚至如日前写的是"呼吸共同体"，命运与共，生死攸关，若在求同存异"先做朋友、再谈生意"的前提下，一些具体问题和矛盾，不过公说公有理、婆说婆有理。每一个国家、一个地区、一个单位、一个家庭、一个个体，都有属于自己的那个时区，都有属于自己的黎明和黄昏。

为什么总急着指责别人占了便宜，没想自己也捡了实惠？

为什么一提"自力更生，艰苦奋斗"，就急着上纲上线，戴上"回到老路"的大帽子？

为什么千辛万苦读到博士了，只因眼前一点焦虑与烦恼，就急着跳河结束年轻生命？

……

别急，等待自己的最佳时区！

急也没用，不要该起床时，却在酣睡；不要该进入梦乡时，却在纠结。

有人20多岁就领军千万，有人大器晚成，半百挂帅。有人少年得志，却英年早衰；有人缓缓而前，笑看百年风云。有人爬得很高，却摔得好惨；有人寻常普通，却走得好远……

匆匆一路走来，无论美好还是不堪，都是些渐行渐远的事。总要向前看，只要心中有坚定的信念，不念过往，不惧将来，选择放下，成人达己，义无反顾地走好脚下路，终会拥有柳暗花明又一村的新"我"。

世上每个国家、地区、单位、家庭、个体，本来就有各自的发展时区。

身边有些人看似走在你前面，也有人看似走在你后面；有人向左，也有人靠右，但条条大路通罗马，各人持有自己的步程。

不用相互嫉妒或嘲笑，更不必相互挤压或践踏。嘲笑别人的，别人必嘲笑你；践踏别人的，迟早必被别人践踏。

冤冤相报何时了！十年河东，十年河西。我们各在自己的时区里，生命就是等待正确的行动时机。所以，放轻松。你没有落后，也没有领先。在命运为你安排的时区里，一切都准时，一切都是最好！

该进入梦乡就放下所有，该闻鸡起舞就振作奋起。诚实面对当下的一切，再美好的享受过程，也勿忘没有艰苦奋斗也可能皆成泡影。

认真努力，埋头苦干，是在任何一个时区应有的生活态度。如果不能从占人生比重最大的工作中获得充实感，那么，我们必将感到空虚和不足。

等待属于我们自己的最佳时机，不是无所作为、懈怠观望，而是最诚实地想到别人，同时毫不动摇、踏踏实实地走稳脚下的路，安心欢喜地送走每一个黑夜、迎来每一轮日出！

2018-10-14

融媒的"钉子"有故事

Topic：砸开"内卷化"

要用强有力的"视觉锤"，把语言的钉子、故事背后的精神钉子，暖暖地植入到广大读者和用户心中。

每天我们都在为着这样一种希望努力着。

融媒的"钉子"是什么？在哪里呢？

偶然看到手机上流传的一个关于"钉子"的故事，不无启发意义。一位富翁腿部骨折，医生用一根螺丝钉将骨头接好了，收费 20000 元。富翁很不高兴并写了一封信给医生，要求列出收费明细。医生在账单中写道：一根螺丝钉 1 元，怎样放进去 19999 元。富翁看了沉默了，没有再说什么。

现在的很多人老是较真你的什么成本价，从不考虑专业价值！成本是什么？是时间、经验、风险、渠道、关系、劳动力、服务……浓缩成两个字：专业！同样，融媒的"钉子"，也离不开"专业"这两个字，只不过相比于传统新闻的理解认识，它有了更创新的形式内容变化。而所有的创新中，基于"脚力、眼力、脑力、笔力"的内容创新，始终是最需要专业积累、厚积薄发的内容创新。主流媒体寻找融媒的"钉子"，绝不是简单的吸吸粉、爆爆款，专业，专业，还是专业！

比如，以移动用户为导向的跨界融合本身，中青报特色"融媒小厨"内容制作、分发传播、整合运营，哪一道独具匠心的环节和工序，不是一种"专业"呢？

比如，尚未执行到位的融合转型"效果、效应、效益"，"三效"哪样不需要"专业"呢？

比如，传统看家本领的采编作风、调查能力、综合素养、深度表达等，谁能说不是更需要强化重申的一种"专业"呢?

……

当然，没有创新的重申、重复，不是都有价值的。

一位同事写了一个观点：还死守那一张纸，呈现简单重复"内卷化"特征，是死路一条!

人类学家格尔兹谈到过内卷化这个词，什么是内卷化? 格尔兹研究爪哇岛发现，这个地方刀镰犁耙，种锄收割，日复一日，年复一年，原生态农业在维护了一派自然景色的同时，却长期陷入简单重复、没有进步的状态。他把这种现象称为"内卷化"，这个概念后来成为政治经济学一个概念，意指一个社会既无突变式的发展，也无渐进式的增长，长期以来只在一个层面上自我消耗和自我重复。大到一个社会，小至一个自我，一旦陷入内卷化状态，即是身陷泥沼，无力前进，自我懈怠、消耗。

今天，我们要举起思想的"视觉锤"，就要继续增强"四个意识"，坚持全媒体融合转型专业化的学习与探索。一锤一锤、不辞辛苦地砸下去，把"内卷化"的懈怠、无力和保守，砸出一片更加平直、广阔、开放的全新天地。在多样化、精准化、分类化的精品再造过程中，不断实现价值突破。

明天要开始进行关于融媒"视觉锤"与特稿的系列培训了，就把它当作一场从形式到内容的新闻融合"专业"化培训吧! 我会坐在第一排，做一名学习新"专业"、温习老"专业"的好学生!

2018-10-15

加速融合闯三关 "小" 中也有大乾坤

Topic : 解放、中青 "融" 结良缘

勿以 "融" 小而不为，"小" 中也有大乾坤。

今天，全国党媒融合改革的先行军——解放日报社党委书记李芸一行，来中国青年报社指导、调研和交流，在寒冬里带来了一股清新激情的暖流。

解放日报社的 "解放小厨"，中国青年报社的 "融媒小厨"，以 "融" 而喜结良缘，携手拉开合作大幕。正如解放日报社党委书记李芸说的，我们还都在学习、探索、成长过程中，"小" 中也有大情怀，"小" 中也有大乾坤。

这纷良缘起于 9 月 19 日，全国媒体老总和宣传部长们齐聚解放日报社，参加 "全国媒体融合改革现场推进会"（《转战主战场 融媒军令状》）。此行让我印象深刻。我仍记得那书香飘溢的 "小白楼"，那极富中国特色的四合院，那古色古香的回转楼梯。当然，还有那 "解放小厨" 引领的媒体融合大改革、大变局、大成效。

我们两家的媒体融合 "小厨" 改革，有太多相似的经历、感受和问题，三年多前开始的改革，几乎都是同步的。我们都有一种共识：移动互联网时代，从过去以封闭垄断为价值主导的丛林法则，到如今以开放、合作、共赢为价值主导的天空法则，"小" 中也有大乾坤，不再仅仅是梦想，更是翱翔天空、能接地气的现实。

再 "小" 也重 "采编为宝"，这是大情怀的根本。"采编为宝" 是解放日报人一直以来秉持的理念和原则，在改革中始终以 "人" 为本，不断改革绩效机制，拉开差距，让干得多、干得好的采编人员有了更多的获得感，真正做到了 "采编为宝"。这是值得我们学习的，相比之下我们还有不足。转

战新媒体主战场，每一位优秀的中青报人都是主力军，一个都不能少。

再"小"也能云端飞，一滴水融大海，一片云映蓝天。哪里有用户，就飘到哪里；哪里有现场，就抵达哪里。有专家称，大报上的新闻，曾被称作"降落伞新闻"，容易高高在上，读者只是地面上一个个类似蚂蚁的点。

而融合媒体就是为弥补这一个体被淹没的失落感，那些传统大报过去容易忽视的普通"小人物"、社区"小街道"、平凡"小故事"，在交互性融媒精品中，都会产生大效应、大反响、大影响。再"小"的切口和平台，也可以折射社会大问题，成为一种新主流品牌。

《践行"四力"创精品，融合改革务实效》以小见大，见微知著，我们一直在坚守内容原创、坚持再造转化，一支队伍、多个平台，一次采集、多个渠道，实现更加分类化、精准化、多样化传播。

正如《报——正在颠覆你的想象》，我们在奋力奔跑；正如"强国一代有我在，奋斗的青春最幸福"报道理念，把一个个主题宣传用"小人物""小故事""小切入口"串起来，串成闪闪发光、照亮人心的一颗颗明珠。

我们在奋斗前行。创新始于用户，而非生产者，"小切入口"始终关注一个个鲜活的、有丰满人性的、大写的人。

比如在地方媒体中，有一种突出个人存在与价值的社区新闻，被称为"冰箱新闻"。社区居民将报纸上孩子、家人、亲友的新闻剪下来，贴在自家的冰箱上，那是与他们贴得最近、"同声相应，同气相求"的人文关怀。

关注本地、关注小人物、以"小切入口"来考察社会大问题，是媒体融合提高服务效率的基本坐标，从而提供生活与成长的一站式服务，真正服务群众。

今天下午，国家审计署有关部门领导专程来报社调研、考察中青报"融媒小厨"，他们既充分肯定鼓励了我们，也对今后更好服务青年、加强青年思想引领、做好国家审计的相关宣传提出希望。前段时间，由审计署和共青团中央指导，审计宣传中心和中国青年报社主办的"新时代 新作为——国家审计走进高校"财经法治宣传教育活动落幕。活动期间，中国青年报社与国家审计署一起"育新人"，而今天，国家审计署有关部门领导的来访，是对这次活动的圆满总结。

其实，合作、开放、共赢正是媒体融合的精神内核之一。有专家说得好，互联网的开放式发展逻辑正在迫使媒介拆除彼此间的藩篱，在共生中寻求发展，在平台战略成为互联网主流发展模式以后，大平台嵌套小平台的模式正在成为主流。

2018-10-21

爱的习惯在于持之以恒

Topic：**本钱**

边走边接手机来电，虽要看着脚下，心事却全在电话上了，因为一事需要沟通，不知不觉走了一大程。忽然发现一衣衫很旧的老人不紧不慢跟在后面，欲言又止的样子。

"乞丐？""找碴？"闪过几念，有些厌烦地加快步伐拐到另一条胡同。没想到老人也拐进来。

"你要干什么？"我关掉手机，警惕地问。

"我，我……这是你口袋里掉出的吧？"老人举着几把钥匙。

原来走路太急，裤兜里几把钥匙掉出来了。老人是从外地来的，看我打手机大声说话怕有急事，不忍打断，便跟着我走了一大段路。

接过钥匙，我连声说"谢谢"，有些不好意思。老人似乎比我还不好意思，匆匆离开了，留下一个背影。我甚至没记住他具体的模样。

这件小事令我自责、感慨了半天。我们当然需要增强必要的自我保护意识，还要相信这个世界充满了温暖的正能量，充满了值得珍惜和感恩的爱的力量。还我钥匙的老人，相信不是刻意而为，而是多年朴实生活中的自然而然所为，是爱的一种习惯，甚至自己并不以为有什么了不起。

爱的习惯在于持之以恒，这可是一种了不起的生命高境界，这是身体力行、做人做事的真正的本钱。

2018-10-24

把"向善"活成生命最亮底色

Topic： 望其项背

人们总期待未来有一天"善有善报"，但少有人明白当下的"向善一念"，其实本身就是生命最美的礼物！

"善良是人生图画中最亮丽的底色！"在今天的一个文化讲堂上，北京大学程郁缀教授的一番肺腑之言，令人心动。程教授是代表坐在我前排"望其项背"的老师先生们发言的。"望其项背"的本义之一，是能够望见别人的颈项和背脊，从善可学，但常被误解为苦不堪言的"望尘莫及"，把我们那一点点自信心都"打"没了。

向善而活，善而学，学而学。一般人常以学为枯燥乏味、劳神费力的苦事，常以"梅花香自苦寒来"等话来激励自己苦读，而钱逊教授却从《论语》开篇就说学的喜悦和乐趣，悟出人生真谛："学而时习之，不亦说乎？有朋自远方来，不亦乐乎？人不知而不愠，不亦君子乎？"原来"向善"而学是件极快乐的事啊！

88岁的乐黛云先生坐在轮椅上，站不起来，但还是撑起身子向大家鞠躬致敬："汤一介先生生命的最后还在关注文化，文化血脉会永远继续下去的！"原来，"向善"而活也是文化日用而不觉的底色啊！

叶嘉莹先生今天没亲临文化讲堂，却专门录了视频，还专门赋诗让学生带到讲堂。想起去年曾经"望其项背"的94岁叶嘉莹先生，也是腿部不好，但硬是坚持站在讲台上近三个小时，讲诗论词，结束时两腿僵硬丝毫不能挪动，费了很长时间才被学生缓缓扶回轮椅。这是什么样的一种境界和毅力啊！一定是远超越于身体艰难的更令人快乐无比的力量！更令人坚韧向上的信念！叶先生曾说过自己就是"为诗而生"：我这一生别无所长，只是特别喜欢诗词而已！这份忘我的单纯、专注、激情，不也是"向善"的一种生命好活法吗？

常言道"从善如登，从恶如崩"，"从善"真有那么难吗？当然。人总是有种难以克服的惰性，包括行动和道德上的惰性，这是"登"上真善美巅峰、止于至善的沉重包袱。如果放下！放下懒惰，放下烦恼；放下手机，放下自我。我们或许就能持住一颗善心。

人要舍恶从善，一是内心必须有强大的信念做"防护堤"，二是必须有良师益友互为提点。今天虽然室外有霾，但在文化讲堂上，我们却收获了一片心灵的清朗、阳光、温暖。中青报和横山书院结缘，连续几届主办了"文化中国"论坛，始终以向上向善为底色。

如何"向善"？程郁缀教授意味深长地出了道题目：如果一个人只为自己，能成事，成好事，成大好事，有才有能，才能杰出；如果一个人能为他人、为国家，能成事，成好事，成大好事，有德有行，德行高尚——你希望成为哪种人？

才能杰出，德行高尚，或许是我们崇德向善、勤勉向善、止于至善的人生追求吧！虽然"望其项背"，但我们每一个人都可以心向往之，惭愧反省，努力守护住那当下的"向善一念"，努力做一个有同情心、爱心和慈悲心的善良人！

天佑善良，向善而活，从善如登，出门一笑大江横，轻舟已过万重山！

2018-12-1

转型转型，新闻"转"没了

Topic：**新闻一直在那里**

日前，有媒体人感慨：转型转型，新闻"转"没了？

乍一听，有些刺耳，但细一想，有些道理。可不！"军装照"等各种新媒体爆款产品，"快闪""直播""手绘"等各种融媒体形态活动、产品，似乎都离我们传统理解的"新闻"比较远。那么，真的是因为转型把新闻"转"没了吗？

显然不是，新闻一直在那里，不能说依托算法和技术的"今日头条"以及各类融合新媒体平台出品的内容，就不是新闻。无论整合、抓取，还是原创、自制，新闻无处不在，更即时、更迭代。只不过，转型的新闻媒体，未必还固守在过去读者、观（听）众所需要的新闻当中，而是要适应更加精准化、分类化的用户，去生产、创造更加丰富多元的内容产品。新闻是其中的一个部分。

因为所谓新闻内容，不仅是新近事实的报道，而且是一个不断适应变动、消除不确定性的过程；

因为所谓新闻内容，不仅是那些只有内核"单体"的事实，而且是一个形神兼备的"立体"，有时候形式就是内容，甚至大于内容；

因为所谓新闻内容，不仅是那些"引导力正确"的内容，而且是与"传播力、影响力、公信力"紧紧相连的内容，是传播能力与效力结合的内容；

因为所谓新闻内容，不仅是那些传统拿笔写新闻的记者"专利"，而且是能耍十八般武艺、能举起思想"视觉锤"，砸进人心的全媒体新闻人才；

因为所谓新闻内容，不仅是需要一腔热血、满胸情怀的新闻专业，而且是需要更大格局更强实力的资金、技术和人才投入的内容产业；

因为所谓新闻内容，不仅是以"我"为主的"单向"灌输，而且是更加交互、交流、交易的"多向"互动；

因为所谓新闻内容，不仅是某一篇、某一点上的产品报道，而且是更加跨界融合、全局视野、创新求实的精品创造。

……

转型转型，新闻"转"没了。你可以当作一个客观的"新闻"看待，但无所谓好坏。

转型转型，新闻"转"没了。不是新闻真的"转"没了，而是对过去我们理解的"新闻"，要有全新认识；是对过去我们理解的"新闻媒体"，要有全新认识；是对过去我们理解的"内容生产"，要有"内容制作、分发传播、整合运营"一体化融合的全新认识。

虽然新闻的形式和内容在变化，渠道和载体在变化，但新闻所需要坚持和增强的"四力"没有变，新闻人所需要的专业为本、事业至上追求没有变。

新闻，永远在那里；新闻人，永远在这里！

2018-12-4

为新闻"牺牲"的收获

记者是一种什么职业?

同学们既然选择了新闻这一行，就要准备牺牲，只谈责任，不计名利。日前，一位新闻界前辈在第六届范敬宜新闻教育奖上的答谢致辞中对同学们说。

每一个名人的背后，都有一双看不见的"新闻手"。每一双"新闻手"背后，都有先服务别人或社会的大爱情怀、事业追求、职业操守。或许这些都算作一种"牺牲"吧! 记得刚当记者那会儿，写过一篇论文《新闻是一门职业，更是一项事业》，几十年弹指一挥，今天重温，依然初心未改、激情澎湃、骄傲自豪。这本身也可以说是为新闻"牺牲"的收获吧!

因为将这门职业做成了一项事业，虽然每天耕耘于那些似乎很细枝琐叶的新闻中，却始终乐在其中、乐此不疲，有时候还有一种做大事的幸福感! 所谓做大事，在某种意义上是"做大家的事"，有多少职业能让人在成长奋斗中，体会到这样一种神圣感和幸福感呢? 多少真正的幸福感不是在"为他人幸福"工作忙碌中成就的呢?

难怪这位新闻界前辈感慨：新闻是一种最讲责任、最能吃苦，也最有风险的职业。邓拓曾在诗中说："文章满纸书生累"。曾任《人民日报》总编辑的李庄先生说过，在位时写的检查比稿子还多。平时甘为孺子牛，国有难时拍案起。这就是新闻人。

人的工作有两大类：一类是直接为自己的衣食；一类是先服务别人或社会，如医生、教师和甘洒热血的革命者。记者属于第二类。马克思说："人们只有为同时代人的完美、为他们的幸福而工作，才能使自己也达到完美。"

当然，我如今作为记者背后的服务员，一直因一些优秀记者没得到相应奖励而惭愧和不安，也会因一些优秀年轻的记者被"挖"走而焦虑和内疚。尽管不愿说是人才流失，更愿说是人才流动。正是因为他们个人的努力，加上整体事业平台和报社品牌的支持，他们很快脱颖而出。

从一个人的可持续发展角度来看，或许在某些方面作出一些暂时的"牺牲"，收获的是更高的价值，包括物质方面和精神层面。时间和经历，有时会把这些所谓的"牺牲"，打磨成闪闪发光的人生财富、人生品质。

何况相比于过去，相比于一些其他职业，今天我们的"牺牲"，并不一定影响我们基本的生存，并不一定需要付出那些更大的代价。融合改革带来的巨大机遇，远大于挑战，抓住机遇就要"牺牲"小我小家，不断倒逼着我们忘我地学习成长！特别是对于事业心强的人，这样一种"牺牲"意味着坚韧和坚守，也意味着激情和创造、志趣和潜能、机遇与发展、成长和幸福。

这个新时代，依然需要为新闻事业奋斗的我们，需要"践行'四力'创精品，融合改革务实效"的我们，需要"推动社会进步，服务青年成长"的我们。正是在这样一种坚持不懈、改革创新的奋斗中，我们可以收获更大的成长空间和人生价值。

有什么比拓宽成长空间、实现人生价值更有意义呢？

2018-12-24

别太把"自己"当回事

Topic：莫患得患失

今天处理一件急事过程中，老拿"自己"过去的一些想法、观念来套，还有点面子过不去的感觉，犹豫不决，直到被一位朋友点醒：别太拿"自己"当回事！

这句常挂在嘴边的大白话，遇到具体事情时，就容易迷失了，因为"自己"实在太强大、太执着。过去那个"成功过"的自己，容易让人沾沾自喜、指手画脚；过去那个"挫折过"的自己，又容易令人故步自封、僵化不前。所以，患得患失就随时成了又一个"自己"。其实，本来多面目的"自己"，善恶都在一念间，所谓的"成功""挫折"都是一面镜子，如果多照照自己，会有很多成长收获，老是照别人，就可能扭曲变形了。

别太把"自己"当回事，当然也别把"自己"不当回事，主要还是就事论事、实事求是地看待自己与别人吧！

偶然瞥一眼这两天正热播的一个青春剧，有个小场景令人印象深刻。新来的那位内容制作老总，在参加第一次会时，想打压以前的项目和团队，于是在董事长支持下，预设了一个规则：谁也不许提过去的"自己"，谁提就扣谁一个月工资！在大家激烈讨论争执的过程中，这位新老总为了证明自己的正确，开始不自觉地列数过去如何如何厉害的"自己"，结果被对手现场"逮"了个准，扣一个月奖金！

一笑之余，更有戏剧性一幕出现：周冬雨扮演的年轻"老骨干"突然站起来，自觉地表示以被扣一个月工资的代价，要说一说过去那个为什么坚持做某个项目的"自己"……

看来，自觉不自觉，主动不主动，都不是什么绝对的态度，关键还是具体问题具体对待，具体事情务实处理，既不能因人废事，也不能因事废人。只有真的是跳出"自己"、出于公心，而又有的放矢、方法妥当，才有更多机会，把事做成做好，否则即便再对的事，也有可能适得其反。

想想前几天还写过一篇《坚持还是放下"自我"》的小文，接受一个并不圆满的自己，不断修正、健全一个更好的自己，或许是一种善待自己和他人的活法吧！

自己可以惭愧，但是别过于内疚，因为过于内疚、焦虑和兴奋一样，都是心灵的一种癌症。

不忧不惧谓之仁。自己对照一下，离"仁"似乎还远着呢！

2019-1-16

天哪，我的"简单"丢了吗

Topic：**最走心**

中国，我的钥匙丢了！

当年，我曾请教作者怎么会有这么深刻的创意，这位诗人淡然地回答：这句大白话不很简单吗？深刻，都是人们想象的吧！

我一时愣在那里。是啊！多么简单的一句大白话。倒是可以深刻地追问一句："天哪，我的'简单'丢了吗？"

有人问《啥是佩奇》的导演：这部 2019 开年"最走心短片"的创意，怎么来的呢？导演答：我想得很简单，乡下这个爷爷很简朴，手机也舍不得换，就是盼着春节儿孙都回来团聚。其实最开始我自己想了一些春节回家过年的故事，加上我也经常去农村拍戏，有时候就会做一些假设。

我宁愿选择简单地相信导演。正因为相信"简单"，也选择了相信那一份人性中的善意。

如果通向善意人生的大门挂着一把锁，或许有一把"简单"的钥匙可以打开吧！善意地亲近小花、小鸟，像一朵小花那样思考，像一只飞鸟那样体验，那份善意的喜悦不可思议。有了善意，再复杂也会变得简单。简单地去做一件事，可以更专注；简单地去想一个人，可以更真挚。

一位网友分享那么一点简单却永远的快乐：淡淡的忧伤与莫名的感动，每个人心底都有这么个人吧。小时候最爱跟妈妈去外婆家，而且妈妈都是白天干完活晚上才去，我到了外婆家，外婆就会拿出她存下来的好吃的塞给我，等妈妈陪外婆说完话，我已经吃完睡着了，然后就是我的大舅舅，把我顶在脖子上送到家。大舅舅和外婆都走了，可是他们带给我的，仍然温暖到骨子里……

　　我们都有在爷爷奶奶、外公外婆身边那一份简单温暖的记忆，都有一把"简单"的钥匙，可以打开一扇扇更加善意、丰富和有爱的人生之门。但简单似乎早已离我们愈来愈远。忙着，忙着追求，忙着追赶时间，忙着低头看手机……偶尔抬头，才发现天空比想象中大得多，才发现每一朵花的绽放，都是那么伟大。

　　简单其实就是那么一点，简单从来没有离开忙碌的自己。再大的圆，都是每一个小小的"点"组成。正如再神秘的门，都有一把"简单"的钥匙可以打开。如果真的拥有了那把"简单"的钥匙，我们也就拥有了想象力的无限可能。

　　想象力怎么来的？不管生活再怎么简单、匮乏，只要始终保持那份快乐、专注——可以接触的事物，都会影响你的身心。你的身心，也会自然加工并创造身边一切的价值，你的世界就会充满无限希望的阳光。

　　你的复杂世界，原来是一个个"简单"构成；最走心的，原来是最"简单"的！

2019-1-19

是否真学儒 孔子"考"五问

Topic：年轻时学点儒

　　年轻时应该学点儒家，做个君子，立好事业。孔子若还在世，想必也会点头，还会支着。因为年轻时面临很多重大人生课题，比如学会做人做事、能够安身立命等，都需要儒学知识和智慧恰当的滋养。

　　日前面听清华大学国学研究院院长陈来教授一番讲话，受到启迪。是否真在学儒，孔子若当考官，至少会有以下五问：

　　一是崇德否？一个人"开口道德，闭口道德"，如果对自己父母不孝顺，就是伪道德家。春节也是尽孝节，只要条件允许，年轻人可以实际行动尽己孝心。核心价值观的道德文明传承之一，就是包括"吾日三省吾身"在内的儒家修德功夫。如果能养成习惯，日积月累之下就是真修养。人在年轻时，易冲动，有不少毛病和弱点，若没有修养功夫，很容易跑偏，失去操守、投机取巧，最终变得圆滑世故甚至不择手段。

　　二是贵仁否？孔子贵仁，老子贵柔。仁慈有爱，扶弱济困，和谐和平，包容发展。这些都是向上向善的人格所需要的。当然若能于反躬自省之中，进入不忧不惧的平常道，当是仁者无敌的更深境界。

　　三是尊义否？见利而让。人以爱之，义以正之；仁近于乐，义近于礼。孟子言：我善养吾浩然之气。什么是浩然之气？就是至大至刚之气，也可以说是正气。一身正气，是做人的根基。孔子言"吾十五而有志于学"，自此一生不辍；王阳明也说"志不立，天下无可成之事"；立志，这是做事的根基。这两大根基，都需要也最适合在年轻时确定。

　　四是守中否？不偏不倚，过犹不及。不讲信用、不讲义字的新闻时有发生。这样的人，做人已经失败，做事必也做不大、做不久，甚至把自己搭进去。守中需要保持中正平和，如果失去中正、平和一定是喜、怒、哀、乐太过，治怒唯有乐，治过喜莫过礼，守礼的方法在于敬。守中有"恕"，如果没有宽容的态度，不但做不好人、行不好事，甚至连路都可能走不下去。懂得宽恕，这是一种涵养，也是做人的一种方法和策略。

五是尚和否？和而不同，美美与共。儒雅的和气是外在，但内心也要有自己独立的意见和品格，这样才既能入世随缘，又能保持独立之思想、自由之人格。曾写过小文"拒绝做信息的贩夫走卒"，最有解放思想和改革精神的年轻人，不能人云亦云、随波逐流。"和而不同"不是怯弱，而是自强。"天行健，君子以自强不息；地势坤，君子以厚德载物"。

积极进取，勇于担当，刚健有为，安身立命，担起责任，实现自己的人生价值和理想，是儒家成人达己的目标，也是年轻人的方向。

做君子，做个立大志、逐梦想的君子；立事业，立个有家国情怀、能造福人民的事业！

2019-1-28

念念都是你的好

Topic："你"也是我

曾经因为狭隘、偏见、无知、错误，有意无意伤害过你、刺痛过你、误解过你，于今忏悔之时，感恩于你的宽容一笑。念念都是你的好！感恩于你，还能给这样一个机会！举头三尺有神明，念念都是你的好。

你老了，我的父母双亲。叨唠的有些语无伦次，一句句"背书"的叮嘱重复、再重复，担忧和批评似乎毫不讲"道理"和"情面"。可是念念都是你的好——念念都是报答不了的养育之恩，念念都在你那轻微的叹息和心愿：如果明年的今天，还能一起这样大声地笑着、唠叨着、埋怨着，该多好！

你眼花了，我的兄弟姐妹。岁月消磨掉那些理想和梦，精打细算地过着小家日子，斤斤计较地纠结人情得失，匆匆忙忙地一路走走停停。可是念念都是你的好——勤勉地支撑着这个家，一点不敢偷懒地早出晚归，趁着身边年轻人不注意，悄悄掏出老花镜处理文件。而精疲力竭回到家，就直奔厨房，为老人、孩子准备晚饭。大半生的心血，都倾注在亲人身上，都抛洒在尽职履责的平凡工作岗位上。

你长个了，我的儿女晚辈。一脸的不屑与骄傲，一开口就有股冲冲的火药味，天不怕地不怕，一觉睡到日上中天，时光漫长任逍遥。可是念念都是你的好，那一点点学习上的进步，偶尔一句真切地问候，帮着手脚已不利索的长辈，倒掉一盆洗脚水。还有，在外独立生活时学会的：为我们炒一盘鸡蛋西红柿！有一颗善良、向上成长的心，真好。

你多心了，我的同学老友。无聊地谈着鸡毛蒜皮的家长里短，起劲地猜着钩心斗角的各种关系，一个正常的相聚叙旧，可能变成不正常的评头论足。可是念念都是你的好，世故沧桑的外表下，永远都跳动着那颗童真的心，乡愁、野趣、同窗好友情，你曾是那么的认真，你曾是那么的幽默，你曾是那么的可爱，你曾是那么的乐于助人，"你"的点点滴滴，都一直鼓励、影响、鞭策着我。

你淡出了，我的故友亡人。已没有音讯，也没有回音，手机里甚至还有没删去的你的名字，留给生者无尽的伤痛、思念和遗憾。可是念念都是你的好，或许你渐渐被很多人遗忘，但你的那些生命中的努力、抗争和无奈，都沉淀在一些"你"的怀念者记忆深处，默默为你祈祷，也默默为世人祈福。每一份怀念，都化为继续负重前行的一份珍重。

念念都是你的好——

因为你的身上，有我的影子；而我的心中，有你的牵挂。

因为念着你的好，希望才会如钻石一样，常存于心；爱才会如明月，常照亮被烦恼焦虑遮蔽的人生路。

因为念着你的好，才会真正地感恩，并且惭愧修正自己的不足、错误，学会在包容、开放中，接受一个更加美好的自己，呵护一个更加美好的世界！

2019-2-8

红与白

Topic：**活过，爱过，写过**

红色的樱花，白色的樱花——"你"静穆地站立在那起起伏伏的草地上、湖塘边、田埂中。一阵春风吹过，吹落一地碎裂的血红与苍白，任拥挤零乱的脚印践踏着、覆盖着。

树上的花儿越来越少，你依然静穆着。任大声的喧哗尖叫飘过，任炫目的火光闪现过。对于你，我们都只是暂时的过客。你又何尝不是？人们只在赞叹你惊人的烂漫，而你独傲的灵魂，世人谁知。

最多再过一周、十天，不，或许一阵疾风，一夜骤雨，你就凋零碾成泥，只留在人们的记忆里、相册中追忆怀念。

谁深深地走进过你的灵魂？甚至谁在意过你短暂绽放的叶片那一份与众不同：片片独立，相互绕合，终成空卷，卷舒无心。

谁深深地追问过你的身世？甚至谁知道早在明代的宋濂《樱花》中就说过：赏樱日本盛于唐，如被牡丹兼海棠；恐是赵昌所难画，春风才起雪吹香。是的，早在大唐，你就蕴含千古春秋事、引发妙笔落文章，例如"小园新种红樱树，闲绕花枝便当游"（白居易）。

或许没有我们人类胡思乱想、沉重包袱，你的静穆只是一种生命的素简，不必把太多的人请进生命里。"触目横斜千万朵，赏心只有三两枝。"（李方膺）"芒鞋破钵无人识，踏过樱花第几桥。"（苏曼殊）

从不媚俗庸俗，或许只想交几位好友，也不必多，有人知你冷或暖，有人与你共悲欢，哪怕只是一周的人生，此生足矣。

今天在玉渊潭一片红与白的樱花人海中，为朋友北漂 20 年终于成为积分落户政策第一批的幸运者，高兴祝福。而我们一直静静地走在喧嚣哄闹中，仿佛于心有愧似的，谨为那一切不幸的人们祈祷、祝福，为那突然凋落而逝的生命默哀、悲恸。

1842 年的今天，写过《红与黑》的法国著名作家司汤达逝世。希望每一个人都记得住他的那句名言："一个人只要有纯洁的心灵，无愁无恨，他的青春时期定可延长。"生前他写下这样的墓志铭："活过、爱过、写过。"如果他能驻足于这些樱花的精灵中，不知是否会写出另一部观察灵魂的《红与白》呢？

"生于忧患，死于安乐。"对樱花来讲，一生的命运、际遇是无法选择的，而默默无言的静穆，或许也是一种勇往直前、毫不退缩的力量。

正是因为有了这样一种面对生命无常、无奈、无畏、无惧的静穆的力量，我们才能坦然地面对眼前一切，才能悲悯地生起最慈悲的情怀。如那近代的作家苏曼殊在《樱花落》中泣言：十日樱花作意开，绕花岂惜日千回？昨来风雨偏相厄，谁向人天诉此哀？

祈愿每一颗纯洁的心灵，都能永葆希望和青春；祈愿每一颗善良的灵魂，都能永远心安和安息！

2019-3-23

地坛的本色

Topic：微笑着，唱生活的歌谣

春天像健壮的青年，有铁一般的胳膊和腰脚，领着我们上前去。今天地坛的风虽然比较大，却卷舒着春天五彩缤纷的色彩，把我吹"上前去"。

多年以前刚到北京工作时，因为租的房子离地坛近，不时进去散散步。去的次数多了，从小就感觉神圣而神秘的地坛，渐渐走下帝王"皇地祇神"的圣坛，径直走进心底深处。

特别是逛了几次地坛庙会，热热闹闹，人山人海，红红火火，欢声笑语，地坛便彻底变成了我们寻常人家热闹的集市。老北京的风筝、风车、兔儿爷、面人、塑料花、天桥杂耍……都很受欢迎。据说兔儿爷是象征吉祥的，妈妈们会挤上前，给孩子请上一个，说是能"叮嘱"孩子在学习上继续努力，不断进步。

兔儿爷、风车、风筝为孩子们贺岁，还有色香味俱全的各种小吃，为大人孩子解馋祝福：豌豆黄、艾窝窝、豆汁、糖葫芦、驴打滚、羊肉串、烤鸡翅、炸糕、撒尿牛肉丸、臭豆腐、烤香肠、珍珠奶茶……这里成了真正的"甜蜜的乐子"。有一年逛地坛书市，还挤进人群，淘了不少大书店买不到的二手"宝书"。

今天春风里的地坛，依然有着热闹，却也不失安静。在中医养生文化园一角，刚欣赏完"顺四时而适寒暑，和喜怒而安居处"的对联，就被嘹亮的民歌声吸引。原来定期相聚的民间"阳光合唱团"团员们，正在竞亮歌喉。而在另一古老的"斋宫"大门前，老人们正在悠然自得地打着太极。路上不时可以遇见和鸽子嬉戏的孩子们，不时还可撞见追着风筝跑的大人与小孩。

地坛里除了银杏树，更多的是松柏。方泽坛周围植满柏树，给人感觉特别的肃穆。久久驻足苍幽四百多年的柏树下，仿佛能感受到史铁生刚刚轧过去的轮椅印……

"四百多年里，它一面剥蚀了古殿檐头浮夸的琉璃，淡褪了门壁上炫耀的朱红，坍圮了一段段高墙又散落了玉砌雕栏，祭坛四周的老柏树愈见苍幽，到处的野草荒藤也都茂盛得自在坦荡。这时候想必我是该来了。"这便是史铁生在《我与地坛》一书中所描写的地坛。

斋宫、皇祇室、宰牲亭、神库等古风史韵，与现代百姓的烟火气息，和谐共处。随处心欢喜，随处结祥云。"秋风橘井落甘露，春雨杏林别有天。"在"致和"的小亭里小憩，体会史铁生地坛落笔的心境。我们今天生活得是多么美好而健康啊！

春色满园中，有多少人能真正少有烦恼地去珍惜当下，珍惜彼此相遇、相知的缘分呢？又有多少人能真正像史铁生那样健康阳光地本色活着呢？

一阵春风，带来铁生的耳语："微笑着，去唱生活的歌谣。"

2019-3-30

沉静四月天

Topic：倾听青春

心在激情呼喊的同时，身体只想静静地靠岸。突然就在心灵尽头，猝不及防与自己相遇……偶尔读到这几句话，想到《人间四月天》和林徽因。有人比喻她像一朵清雅的茉莉，也似一株傲雪的寒梅，神似哉！那正是一种能让人感受到内外兼备、气定神闲的沉静之美。

而四月天，是春气上升、天地俱生、万物以荣的月份，也是令人浮躁不安、心神不宁、人困马乏的月份。比如早上醒得过早，但还赖在床上，想着这一天似乎忙不完的事，既不能"夜卧早起，广步于庭，被发缓形……养生之道也"，也难以强捺住烦躁火旺的心神，再安静地好好睡个觉。

灵光一闪，想到"沉静四月天"。越是浮躁，越需沉静。这样一种沉静的力量，不等于"沉默""安静"，不等于那种怕事躲事的不作为，也不等于非得逃避热闹喧嚣，找一个叫作"沉静"的所在。

关键不在外在的"安静"或"热闹"，而在于是否在一片浮躁中能沉下心、聚真精、静下气、定住神，能否在信息碎片袭来时，用脚采访、用眼观察、用心思考、用笔还原。正如走在四月天地间，无论外面声音多吵多闹，或者多玄多妙，姑且沉静听之，如春风拂面，似流水穿林，像细雨润物。

是的，倾听河流，向河流学习；倾听大地，向大地学习；倾听小草，向小草学习；倾听青春，向青年学习。

是的，在倾听中成长，在倾听中奋斗，让每一个人都具有的向上向善天赋，都能自然而然开花结果，"以世间所得，滋养天赋，那么，天赋茁壮成长，枝繁叶茂"。

如果明天还是早早醒来，不再焦虑，不再后悔，不再烦躁，不再着急，试着倾听窗外"报春的布谷鸟"，倾听内心花儿醒来的声音。然后，要么走到明媚春光之中，活动筋骨；要么放下杂念，在沉静中放松身心，何妨再美美地小憩一会儿！

2019-4-10

"顶尚"师傅

Topic：理发的"功德"

最爱去家附近老杨师傅开的理发店，几十年来成了一种习惯。只不过近几年因城管从严，为节约成本、服从管理，老杨不得不一而再、再而三地搬店挪窝，但都还在老店周边，"因为舍不得那些多年的老顾客，当然也因为老顾客们太热情了"。

我自然是老顾客中的一个。听说一位老顾客为不让老杨搬得太远，不仅热心地帮忙到处找便宜合适的出租屋，还贴上钱主动做些装修什么的，"唉！怎么拦也拦不住"。

想想这河南来的老杨咋这么让人留恋呢？除了那一手堪称精湛的"顶上"绝活外，恐怕还是那些日积月累的好口碑吧！比如从不为一元两元钱计较，一时匆忙没带钱，没关系，回头再说；比如暖心地免费"倒贴"各种福利：孩子可在这里代"存"一会儿，买菜大妈拎得太重的菜，可在这里代"存"一会儿，在这里若落下多么贵重或不值钱的东西，尽可放心，下次亲必能在一个专门的保管箱里找到。

老杨至今还没有城里户口，却也是当地中专毕业，当年进京打工选了"剃头匠"这个行当，开开心心地一直干到现在。平时没少学习，自然不只是读书，见谁都不卑不亢，风趣幽默地边理发边聊天。多高水平的人，也自自然然地放下架子，刮目相看，聊得兴起。多低身份的人，也高高兴兴地感受尊重，掏心掏肺，侃得没边。曾见过一次，老杨硬是把一个正怄气、快闹离婚的小伙说服，没因小事情伤了家和。据说这小伙后来还引荐了不少年轻人来这里。老杨为此又下了一番苦功，带几个徒弟，研究琢磨出几套时尚新潮发型，连门前普通的海报上，都凸出了"顶尚风采"之类的青春味。

"从'顶上'师傅到'顶尚'师傅，我现在越来越有艺术范儿了吧？"老杨的幽默打趣中，似乎客人的"相信"，比他的"自信"还要多些，呵呵！

老杨的婆娘是农村的，有两个孩子，一家人挤在不大的出租房里。生活压力如此大，肯定有不少烦心事，但每次见到的都是他真诚无伪的笑脸。有次问他，客人走了是不是也这样笑眯眯的？老杨愣了一下，很快又笑了："哪有那么多顺心事！偶尔还骂几句孩子，骂过又后悔！最关心的是他们的学习。我是因为喜欢才干这行的，倒不一定想孩子们也干这个！"

他还说了句大实话，保持一张笑脸，理发理得都会更顺当，即便无心理坏了，客人也常一笑了之。要是老绷个冷脸，别说还有没有老顾客，就是手艺再好，要么因为自己烦躁、要么因为客人紧张，迟早会把剪子戳到客人头顶上某个地方。

只有让身边的人感到可信任、感到放松，活儿才能干好。否则，手艺再精湛，顶多算把活儿干成了，理发"功"而已！客人若心情失落、紧张地走出理发店，吹得再漂亮的头发又怎样呢？还不如乱蓬蓬地没来此一遭。这是否也是一种理发的有"功"无"德"？

听说老杨似乎又在考虑搬迁了，真够烦的！不过同时也听到一个好消息：多年打拼奋斗的老杨，在那已非郊区的"城市新区"，终于买了属于他们自己的新房。祝福老杨一家幸福，还有每一位进进出出理发店的客人们！

2019-5-3

努力当好搬运工

Topic：**努力当好搬运工**

今天报社从"西海"到"东湖"大搬家，作为搬运工之一，一早与技术、管理、物业、人事、办公室、团委等"先头部队""志愿者"忙着筹备。

检查每一个细节，修正每一处疏漏，尽心尽力地服务整个团队、整体事业。

感谢上级支持关心、同事携手同心、一代代老报人传承，目前总体顺利——尽管还做不到人人满意，还有一些需要重视和解决的问题和隐患。

各行各业，做好一名称职的搬运工，既是光荣而神圣的，也是需要改革与担当精神的。因为无论我们从事哪个职业，都绝不仅仅是以生产产品为理想追求的。

某种意义上，我们是大自然的搬运工，把"山河大地、花草树木"搬运到美好的物质生活中；我们还是人类文明成果的搬运工，把"古今中外、知识智慧"搬运到美好的精神生活中。

不要小瞧搬运工的意义！也不要小视我们坚守在一线的价值！一位同事感慨，即将告别工作了二十多年的办公室，忽然发现物理空间和装饰摆设，几乎都没发生变化，而全新的"东湖"是从精神空间、物理空间，都将迎来全新变化，虽旧却充满温馨文化气息的"西海"，同样必须适应新变化，调适自我，焕发生机。

是的，改革变化、守正创新、践行"四力"，正是每一位搬运工不断成长的价值，尊重大自然的规律，尊重人类文明的成果，但凡不忘初心的搬运工，都会在这种尊重敬畏、传承发扬中，时常协调料理好内心深处朴素的山水、高尚的灵魂、简约的欲望、厚重的情怀，以不断自寻差距、攻坚克难的精神，珍惜当下，去齐心协力完成志同道合的使命。

没有仅仅靠一个搬运工就能做成、干好的团队活儿！

没有一个搬运工用心、拼力过程中，保证绝不会出一点问题！

没有一个搬运工不是在精神的追求中，成就一个生命共同体工程。只有从人类文明成果那里，从大自然那里，搬一点精神的寓所给自己，同时尽可能帮助别人、成就别人，去多搬一些有价值的东西和精品奉献给大家，彼此给予更多的理解、包容、谦让、分享、融合。

我们才不枉做一回中青事业大厦的搬运工。

再走长征路，我们一起艰苦奋斗再出发！

2019-6-22

站出一棵"大丈夫树"

Topic：**责任始终**

（一个焦虑）

如果融媒队员如树，一棵棵站立的树越来越多，渐成一片气候的"树林"乃至"森林"队伍，却面临越来越大的压力和挑战：每天究竟能创制多少融媒精品？为什么仍然严重缺好稿？与不断的养料消耗相比，立足岗位贡献的阴凉和价值能更多"站出"吗？能站出多少棵履职尽责、善始善终的"大丈夫树"？

"大丈夫"，有志气、有节操、有作为的男子。《孟子·滕文公下》："富贵不能淫，贫贱不能移，威武不能屈，此之谓大丈夫。"

（一则寓言）

有一棵树，总想当一名"大丈夫树"，觉得把自己放在街道拐角处，总是接收洒水车的水，站着站着，觉得太憋屈了。于是不安分，东挪挪、西移移，对其他安安静静的树友，指指点点，可越来越孤立、枯萎，连最终来砍伐打算做木材的工人也摇头离开：朽木不可雕也！

（一点启示）

站在街的拐角又怎样？只要站那里遮风挡雨、绿化城市，就是职责所在。何况，还能静静以独特广阔视角，欣赏发现别的树友不能企及的美。

摆正位置，守土有责。不要人夸大丈夫，只留阴凉在人间；别的树友或大或小、是好是坏又怎样？只要站那里，大家只关注你站立的位置、姿态和贡献。

奉献精品，创造价值。树虽旧根，其命唯新，越是向天空枝繁叶茂，越是向泥土深扎精耕。站着站着，开始被赞扬，继而遭批评，渐渐被遗忘，最终以衰老之躯被移了、砍了、烧了，又怎样?

善作善成，善始善终。"知责任者，大丈夫之始也；行责任者，大丈夫之终也"。往深里走，往实里走，往心里走，把自己摆进去，把职责摆进去，把工作摆进去。

如此立足本职岗位、学思用贯通的一棵"树"，才有资格谈向往"大丈夫树"，检视自己，深找差距，把根扎实。

对于"中青"融媒大树，无论是有意义、有意思、有故事，还是亲切、有料、爆点，此根都深深地源于青年，为了青年，服务青年。

2019-6-24

牵牛花落人间星

Topic ： 星光闪耀

"倏忽温风至，因循小暑来。"今天小暑，如果不是今天温风微凉，就不会起个大早，竟然仰脸望见天空薄雾中的星光。

如果不是浪漫星光的指引，就不会留意撞见你了。小区院里围墙上，那撑天接地的串串牵牛花。细长的藤蔓，心形的叶子，开着一朵一朵的喇叭花，色彩多是蓝的，也有红的，紫的也不少，仿佛在叫醒睡懒觉的人们：去上班啦！去劳作啦！

细瞅一串红色鲜艳的牵牛花，你是那么平静安详，躺在碧绿色的绿叶中。你是乘着夜的星光，悄悄降临在人间的吧？

感恩你就落在我的身边，惭愧我一直有眼不识星光。此时此刻，也解开了你"为什么叫牵牛花"的身世之谜。小时候在乡村，看到满墙满院的牵牛花，听过各种各样的传说，总觉得不解渴。今天，相信你就是落到人间的牵牛星，带着一份浪漫诗意、温暖人间的使命之星。

宋朝梅尧臣有一首牵牛诗，不正是对你最好的注脚吗："楚女雾露中，篱上摘牵牛。花蔓相连延，星宿光未收……"人间哪一个生命，不是天上星星落下来的呢？

伴随着人们的早醒早起，你也一如梦中醒来。中午骄阳似火，大地都被烤得快融化了，你却开得更加鲜艳夺目了，好像身披盛装迎接午归的人们。绿色的枝藤，挺拔有力地攀爬在百姓人家的围墙上、防护栏上，不但能给人遮阳，还给人营造了一种心旷神怡的"仙境"。傍晚太阳不再那么发火了，劳累了一天的你，也慢慢合上了眼睛，甜甜进入了梦乡。

天上的星星数不清，地上的牵牛花也看不尽。为什么城里人的家中，各种插在瓶中的花里，很少见到你呢？或许因为你出身微贱，不需供养，太草根平凡、默默无闻了吧！但牵牛星落下的你啊，也有着许多高洁的知音。梅兰芳大师就喜种牵牛花。国画大师齐白石，则既种牵牛花，更画牵牛花，自从见到梅家花大如碗的牵牛花后，白石先生即赋诗云："百本牵牛花碗大，三年无梦到梅家。"白石老人的红花墨叶画法，寥寥数笔，你生动形态便跃然纸上，生出无限情趣。著名作家叶圣陶，也引你为知己，不仅写出散文名篇《牵牛花》，本人特喜欢在院子里与你相伴相随。

　　"小暑大暑，上蒸下煮。"上有烈日当头，下有湿气蒸腾，因为有了你的陪伴和提醒，顿感火热生命中那一份淡然和清凉。你的花期并不长，过了秋季就枯萎凋谢，如星陨落，警示无常，只能等第二年才能再显娇艳。但你的生命力却是顽强的，一般秋天取种，可以从 10 月份开始采集，直到 11 月结束，采集方法很简单，只要等花谢了，枯萎掉了，花托会慢慢地张开，等种子壳也变黄变干的时候摘下来，取出里面的种子就可以了。

　　活着的时候，把自己活出"撑天接地"的绚丽多彩，为人们送去一份阴凉，为有缘人送去一份无私的由衷祝福；凋谢的时候，会把自己的种子奉献出来，代代相传。

　　而你那碾落成泥、粉身碎骨的身体，连同纯洁的灵魂，终将融化，回归到那无数牵牛星所在的永恒家园。

2019-7-7

莫抛自家无尽藏

Topic：清风明月

"抛却自家无尽藏，沿门托钵效贫儿。"这是王阳明的一句话，本意是强调人的良知是内在的，不假外求的，一味外求，只会令人失却自己的本心，亦难以心安。

用到我们正进行的媒体纵深改革中，也不失启迪：别家的"风景"再好、"经验"再多，可以借鉴，却不能照搬，更不能抛却自家的"传家宝"。比如"融媒小厨"的灵魂，还是那一种深深的青春激情、理想情怀和理性专业、批判与建设性并重的文化。这样一种情怀和文化，是日用而不觉地践行于每天的新闻实践、每一个融媒精品当中。

偶然看到一位一线编辑部"指挥长"的工作日记，感受到这样一种踏踏实实的认真劲头：贵州是红军长征停留省份最长一地，129 天里，一系列会议、一系列战斗，让中国革命发生了转折。贵州段的（融媒）报道也创下了发稿最多的纪录。之后的重庆、云南段，都是贵州战事的外围或延续。尽管是穿插过境，但红色故事不少。土地革命时期，川渝地曾有十面红旗飘扬，三大红军主力皆在此活动。花开两朵，各表一枝。作为长征先遣团的红二、红六军团，在重庆、云南的活动当是报道重点。红四方面军也将进入报道视野。（7 月 16 日编稿晨记）

再走长征路，既是一次全媒体战役性报道，也是一次锻炼队伍的精神洗礼。把马克思主义与中国实际相结合，解放思想，实事求是，群众路线，走一条农村包围城市的道路。长征精神是中国共产党在二万五千里长征中创造的革命精神，是"坚忍不拔，自强不息，勇往直前"的精神。其中最显著特点是"一不怕苦，二不怕死"的革命英雄主义精神。这正是中国共产党人善用的"自家无尽藏"，特别是来自人民、依靠人民、为了人民，人民是这种精神的不竭源泉。

苏轼在《前赤壁赋》中曾吟诵："惟江上之清风，与山间之明月，耳得之而为声，目遇之而成色，取之无禁，用之不竭，是造物者之无尽藏也，而吾与子之所共适。"只要我们本色做人、角色做事，立足岗位、脚踏实地，就可以不断发现、挖掘、弘扬"自家的无尽藏"，就可以在一片清风明月中不断成长；而真正的成长，即是梦想和未来。

两年前写过的小文《一个人，就是一支队伍》中，由衷希望有缘相聚的一支队伍，能如一家亲人，携手向前，相互砥砺，坚持到底：融到深处归初心！

一个人，可以走得很快，但听到的是孤独脚步声；当一个人就是"一支队伍"时，可以走得很快，听到的是千军万马的呼啸声。

我们每个人都参与其中，奉献其中，静静倾听着这样一支队伍义无反顾前进的脚步声。

2019-7-16

第

七

辑

李大钊先生是个知行合一的青年大先生，不仅因为他是一个始终以「民族兴亡，匹夫有责」为己任的有为青年，还因为他是知行合一、立德树人的大先生，尊重、信任、教育，影响着无数有志青年。

无论是他在《新青年》上的第一篇文章《青春》，还是「望我亲爱的青年垂听」的《青年与人生》，语重心长、字字千钧，有些对青年的寄语必将千古传颂，比如：「以中立不倚之精神，肩兹砥柱中流之责任……以青春之我，创建青春之国家，青春之民族。」

种子的梦想

Topic：生根发芽

"任何生命都有结束的一天，但我毫不畏惧，因为我的学生会将科学探索之路延续，而我们采集的种子，也许会在几百年后的某一天生根发芽，到那时，不知会完成多少人的梦想。"对于生命的意义，钟扬这样说。

这是年轻的《中国青年报》记者叶雨婷长篇通讯《"探界者"钟扬：在青藏高原刷新一个植物学家的极限》中的一段。这篇稿件日前选入了教育部统编语文教材。

今天，教育部召开新闻发布会，介绍普通高中三科统编教材有关工作情况。9月起，高中思想政治、语文、历史三科教材将在部分省市的高中起始年级使用。六个省市分别为北京、上海、天津、山东、海南、辽宁。这是《中国青年报》记者的稿件，又一次被选入中学教材中。

正在全媒体融合发展中的中青报，全媒体移动用户已近亿，始终把办好精品大报作为立身之本，始终把进一步加强和提升青年思想政治引领力作为聚焦主责主业的目标。中青报对大中学校的有效覆盖正在进一步扩大和加强，各种更有趣味、更有意义的融媒文化精品和活动，也正在走进课堂、走进年轻学子的心中。

由国家审计署宣传中心与中国青年报社联合主办的审计公开课丛书刚刚出版，这是双方一年多来"新时代 新作为——国家审计走进高校"系列活动的成果之一。

作为团中央机关报、全国有影响力的主流大报，中青报脚踏实地、守正创新，正在坚守的新闻事业，也是一项为党育人的"种子工程"。

因为生命的开花结果、成长成熟，都来源于对一颗颗种子的苦心采集、精心播种、悉心呵护、用心培养。无论是参天大树，还是那漫山遍野的春华秋实、无名英雄，都有着各自独特闪光的价值，都会绽放五彩斑斓的生命之梦。

因为每一颗小小的种子，都是大自然赐予的礼物，都有着强大的生命力。人们爱把育人比喻为播下蒲公英的种子，随时随地播撒，即使被吹到了土壤并不肥沃的地方，也要有坚韧不拔的精神，全力以赴地扎根、生存、发展、开花，享受到更多的阳光和雨露，最终会产出更多优质的种子。正如《"探界者"钟扬：在青藏高原刷新一个植物学家的极限》中有这样一段——

对钟扬来说，采种子是一件乐事："作为一个植物学家，我最喜欢的植物是蒲公英，如果发现它开花并且结了种子，我会用手抓一把，一摊开里面一般有 200 颗。我最讨厌的植物是什么呢？椰子。那么大一颗，8000 颗的样本数量，我们需要两卡车把它们拉回来。"

只求耕耘，莫问收获，功成不必在我，功成必定有我。学习钟扬，做那默默奉献的采种人、播种人——是种子，总有生根发芽、梦想实现的那一刻！

2019-8-27

一位退休老同事的忠告

Topic：戒之，勉之

今天在路上遇到一位退休十多年的老同事、老编辑，很开心。因多年未见，已满鬓斑白的她，一如往年，机关枪般哒哒哒叙说着。有对报社取得新发展而感到开心，有回忆自己年轻时做一些事的幸福和后悔，有对当下一些现象的忧虑和担心。

耐心地倾听着，一如当年。当年因为个性原因，有些同事看不惯她，甚至说她"神经兮兮"。但仔细接触，就会感受到她内心深处的那火一样的热情——爱憎分明、乐于助人。有时的"神经兮兮"，其实也是一种诗人的浪漫神经质。

记得当年，别人不愿去干的"一般性"苦差事（编辑难出彩的一堆小稿件），让她干，毫无怨言，虽成效离高标准有差距，但因为她用心尽力下了功夫，总体顺利完成任务，有些还超乎想象。比如有的标题，就改得诗情画意，很是出彩。

在哒哒哒的絮叨中，能听出一个过来人的真诚坦白，还有感动和触动。分享和交流那些收获、后悔、忧虑、担心，其实也是一份难得的人生忠告，愿有心者听之、戒之、勉之。

一、做人第一是有美德，别太自私。

如今老了，越来越体会到美德的美好。比如"孝"道，现在很多人把子女当"爷爷奶奶"供着养着，什么血本都舍得下；然而对老得不能动的老人，服侍一段时间就不耐烦了，甚至觉得是累赘，有几个人能大方给老人花钱，不惜血本？为争老人那点房产、遗产，兄弟姐妹反目成仇的事，见得多了，现在居然"打"到电视上去了，丢脸，也不要脸。自己拉过几次这样的架，越拉越沮丧：不少人在这方面怎么就连古人都不如呢？今天的教育，如果教出没有美德的冷血知识"机器人"，怎么对得起祖宗先辈呢？

二、能工作时还是多做贡献，别老了后悔。

能工作时，不少人总是想做些走捷径的事、干些投机取巧的活儿，现在想来，努力工作只是为了老板或公家、国家吗？其实最终还是为自己。舍不得花费心思和力气，总怕干活吃亏，最终亏大的，还是自己。直到退休后，才发现其实人的潜力还是很大的，当年怎么就浪费了那么多时光呢？身边一些兢兢业业、老老实实、拼搏创造的人，当时似乎吃了点亏，但最终是那么充实，也各有专业上的成就，特别是曾为国家做过贡献的，老了更是无怨无悔，回味无穷。自己最幸福的时光，还是当年和同事们加班加点努力工作的那段岁月，其实还可以干得更好。不禁感慨，当年出了多少优秀的中青报人啊！

三、万事和为贵，别小心眼。

时光一晃而过，能在一起认识、做事，实在是种缘分。回想当年吵翻了的那些烂事、琐事，现在听来实在好笑；当年因为和别人攀比、和自己较劲，寸步不让，现在想来实在惭愧；当年动不动情绪上来，就对同事不理不睬，甚至对家人亲人也无情伤害，现在想来实在难过。没有和为贵，就没有感恩、互敬和建设，家就不成为家，单位就不成为单位，国家也成不了一个国家。

四、育好子女，学好专业，别"近视眼"。

唉！年轻时只图自己快活、自由，因嫌麻烦、负担重不要孩子，觉得"养儿（女）防老"等实在是老古董；年轻时只图随心所欲的工作，东一榔头西一棒槌，浅尝辄止，觉得"杂家"不需要太深的专业。但老了看来，这些都是错的，除非自己的初心正确，能一直有专业、有爱好、有追求，否则身边无子女，甚是凄凉！院里住的几位老科学家，子女在国外不回来，和没子女没两样，很可怜！即便到养老院，如果无所事事、无亲无故，再加上没什么值得回味的、没做过什么有贡献的事，没有大病也会很快痴呆了——已遇到好几位以前认识的朋友是这样！所以年轻时就不能"近视眼"，育好儿女，学好专业，努力工作，交些值得交的好朋友，培养几项情操高尚的兴趣爱好！

报社今天能活下来，能有不错的发展，凝聚着一代代老报人的心血和贡献，是一代代老报人优秀文化精神的传承和发扬。没有他们，就没有报社的今天和未来。

衷心感谢和祝福每一位老报人（包括融合后几家单位的同事）健康、长寿！也衷心感谢每一位不辜负新时代的"自己"，经历了人生的酸甜苦辣，依然真诚地工作和生活。即使还有许多困难、问题和不如意，却最终没有失去做人的那份真，还有不变的理想、激情、家国情怀。

致敬每一位还在岗位上坚守奋斗的中青报人，我们会把你们的忠告，转化为更加自觉的行动！因为我们每一个人都在记录历史、见证历史，每一个人也都会成为历史、被历史检验。没有一个人，只是为了一个小小的"我"，而立足、成长、发展于这个世界上的！

2019-9-21

阅兵表情中的"三"笔勾勒

Topic：**全、新、情**

今天阅兵的表情实在太丰富、精彩、厚重了，多少文字、笔画恐怕也难以穷尽。置身现场，只能居于一隅，勉强用三个"字"，匆匆勾勒一个大概轮廓。

第一笔：全。

借用媒体融合的"全程、全员、全息、全效"，这次阅兵和群众游行从形式到内容、从宏观到微观，可谓全心全意，把这"全"的元素做足了、用足了。

这里仅勾勒全程参与的一支队伍。今天，在天安门广场上有一支上千人的受阅部队，他们的站位从头到尾都不发生变化，也是唯一一支从头到尾参与受阅、持续站立、演奏四个小时的部队，这就是联合军乐团。

早上来到观礼台，远处记者们的"长枪短炮"之下，他们就静静地手持各种乐器，等候在那里。有记者在阅兵前采访联合军乐团团长兼总指挥张海峰，他说，今年是第五次参加阅兵任务，此次包括阅兵和群众游行两个部分，这是从开国大典至今历次阅兵以来演奏曲目最多的一次。他介绍，为了在此次阅兵仪式上的阅兵曲目能有新意，他组织作曲家对阅兵曲进行大范围创编，除保留经典阅兵曲之外，还为此次阅兵量身打造了全新作品。

第二笔：新。

创新、出新、刷新，始终贯穿始终，令人耳目一新，深受震撼。这里仅勾勒备受关注的装备方队，从外形到内神都是新的。装备方队过来了！最前面是整齐列阵的旗手高擎战旗在战车上通过天安门广场。这是此次装备方队的一大创新和亮点。

此外，装备方队按照地面突击、防空反导、海上攻防、战略打击、信息支援、后装保障 6 个作战模块编组，是军队改革后的大亮相。同时这次受阅装备全部为国产现役装备，不少装备是首次亮相。

第三笔：情。

对信仰的坚定，对党和人民的深情，对真善美的追求，时时刻刻、点点滴滴都能感受到。这里仅勾勒那些经过的老战士、英雄先烈的后代，他们打动无数人。两个抗战老同志乘车方队经过时，两边不少观众情不自禁地站起来鼓掌致敬，旁边的军官代表行军礼致敬。

一辆阅兵车的牌号是 1949，上面没有人，是想让先烈们看见，这盛世如你们所愿。群众游行队伍中，当挂满英雄先烈遗像的彩车缓缓经过时，和身旁几位观众一样，我的眼角也湿润了。浮想联翩，思绪万千，忆今天美好的生活来之不易，叹鲜艳的五星红旗都是无数烈士鲜血染红的。

伟大的中国万岁！伟大的中国共产党万岁！伟大的中国人民万岁！

2019-10-1

青年大英雄大先生

Topic：大钊先生

古往今来，堪称青年大英雄、大先生的寥若晨星，李大钊正是这璀璨明星中的一颗。

大钊先生是个顶天立地的青年大英雄，不仅因为他在短短 38 年的奋斗人生中，成为中国共产党的主要创始人之一、马克思主义在中国的最早传播者，而且因为他为"青春中华之创造"的理想使命，信仰坚定，对党忠诚，甘愿抛头颅、洒热血。

"牺牲永是成功的代价……高尚的生活，常在壮烈的牺牲中。"这是李大钊青春的誓言，也是他一生的实践。在他的人生绝笔《狱中自述》一文中，李大钊曾表示："倘因此而重获罪戾，则钊实当负其全则。惟望当局对于此等爱国青年宽大处理，不事株连，则钊感且不尽矣！"对于个人的牺牲他无所畏惧，唯独舍不得这些为共同理想而奋斗的青年。

大钊先生是个知行合一的青年大先生，不仅因为他是一个始终以"民族兴亡、匹夫有责"为己任的有为青年，还因为他是知行合一、立德树人的大先生，尊重、信任、教育、影响着无数有志青年。无论是他在《新青年》上的第一篇文章《青春》，还是"望我亲爱的青年垂听"的《青年与人生》，语重心长、字字千钧。有些对青年的寄语必将千古传颂，比如："以中立不倚之精神，肩兹砥柱中流之责任……以青春之我，创建青春之国家，青春之民族。"

今天的青年对这位 92 年前牺牲的大钊先生，对这位毛泽东称为"真正的老师"的大钊先生，或许还有许多不知道的故事，但相信一旦更深入了解，无不为之赞叹和折服。大钊先生在哲学、经济、法学、历史、伦理、美学、新闻学、图书馆学等诸多领域都有建树，学识渊博，思想深邃，被鲁迅先生赞为"先驱者的遗产"和"革命史上的丰碑"。

大钊先生在北大十年期间创办"少年中国学说"，组织成立北京的共产党早期组织和社会主义青年团，亲自挑选组织 100 多名河北青年学习深造，在北大的微薄工资几乎都用在革命工作上，包括救济很多贫困青年，以至于当时的校长蔡元培不得不每次发工资之前，交代会计先扣一些基本生活费直接送到大钊先生的夫人手上。

大钊先生当过《新青年》的轮值主编，也算是我们青年报人的一位杰出先辈。大钊主编那句"铁肩担道义，妙手著文章"，不知鼓舞和激励了多少投身新闻事业的有志青年。

大钊先生是个大英雄、大先生，不管是当时、今天还是未来，其风骨人格和精神遗产都会薪火相传，后继有人。1927 年 4 月，李大钊在北京被军阀张作霖逮捕。22 天后，一同被捕的二十几位青年与大钊先生一起慷慨就义。北大教育系的青年学生张挹兰是其中唯一的女性。

"牺牲那天，我祖父是第一个走上绞刑架的，张挹兰是最后一个走上绞刑架的。"李大钊的孙子李亚中先生回忆，"当时敌人在最后还对她进行过劝降，张挹兰就说：'能和李大钊先生一起去殉我们的事业，是我无上的光荣。'也昂首走上绞刑架了。"

斯人已逝，风范犹存；奋斗不息，青春不老。与今天的青年朋友、报人同事们缅怀纪念，是为了一起携手担复兴大任、做时代新人，更好地把为党育人、服务大局、服务青年的职责使命，脚踏实地化为一件件立足岗位的工作。

2019-10-27

不忍惊扰千秋梦

Topic："秋叶"和"你"

秋叶静美，秋华如丹。年年叶似人不同，有"你"才有千秋梦。你在想大觉寺那棵千年银杏树吧？此刻正是金黄飘落蝶飞时。然而大觉寺或许远了，只要当下留意，从今千里清秋梦，长在高山流水边，你不用去远处的西山、天边的银河，摄心敛步，最是那一刹那的垂眸，就在身边、眼前，金黄秋色无处不在。满地的银杏叶厚厚地铺在这条小道上，宛如一张金黄的地毯。这绝美的一幅油画，是昨夜风吹雨打、浑然天成的杰作。

十多年前，这里还是个机器轰鸣的工厂，如今一个个车间，改造成了工艺坊、咖啡馆、书院、文化精舍和图书馆等。这里那里，此岸彼岸，十年一梦，千年也一梦，谁能知道多少个"昨夜"，多少片"秋叶"和"你"匆匆来过？一片"秋叶"一个"你"，一叶知秋贯古今。你蹲在春秋战国的硝烟中，捧一片秋叶，或许在憧憬一个大同盛世梦；你聆听丝路花雨的驼铃声，拾一片秋叶，或许在传递一个文明传承梦；你站在大洋彼岸的校园，选一片秋叶，或许在铭记永不枯萎的思乡梦；你蹒跚在故园的小径，抚一片秋叶，或许在抚慰牵肠挂肚的游子梦……

历经荣损，望尽悲欢，小道尽头转身处，人我俱无，心外无秋。庭院深深深几许，秋叶堆烟，蝶舞无重数。"你"和那"秋叶"铺满的小道，在这里终归沉寂。你或许在这"分庭抗礼"的书院，与孔子老师在银杏林中弹琴；你或许在这谈经论道的精舍，聆听释迦老师教诲；你或许透过这扇图书馆窗口，默默瞥一眼正在沉吟思索的老子身影。

日用而不觉的文化，千秋浸润，用平凡得不能再平凡的金黄秋叶，将生命中的一个个"你"，点染得庄严非凡。每一片"秋叶"都寄托着一棵树的梦，每一个"你"都寄托着一个集体、一个民族的梦。十年树木，百年树人，千年大计。每一个追梦的"你"，都是终生奋斗的"你"。

深受中华文化影响、虔诚追求人生梦想的稻盛和夫，曾在一个电视访谈节目中，听过一位修建神社的木匠师傅的话，很受感动和启迪。师傅说：树木里宿着生命。工作时必须倾听这生命发出的呼声。在使用千年树龄的木料时，我们工作的精湛必须经得起千年日月的考验。这种动人心魄的语言，只有终生奋斗、埋头工作的人才说得出来。

立志为人类幸福事业而工作的马克思，一百多年前就曾坚定预言了一个在永久奋斗道路上跋涉的东方民族的崛起。"你"成就了"悟空"，开了"天眼"，上揽"神舟"，下逐"蛟龙"，还在丝毫不敢懈怠地艰难向前，把家国之梦融入千秋一梦。那是"你"的梦，是"秋叶"的梦，既承前启后、继往开来，又无所从来、亦无所去。这是一幅动静相宜的千年泼墨画、山水画、人物画、工笔画、梦之画。幸福，正在这追求千秋圆梦的蓝图中。

不忍惊扰千秋梦，天地人心有大爱。

2019-11-3

大水缸里一粒米

Topic：见微知著

　　一花一世界，一粒米一世界，一粒微尘同样也是一世界。日前，一场互联网科学 WE 大会，正是聚焦于一个个"小宇宙"，从人体细胞到天体粒子，七位科学家分享研究进展，用前沿科学搭建起一座连接人类体内"小宇宙"和广袤未知宇宙的桥梁。

　　几千年前，就有智者观一粒米大如"山"，告诫人们不要轻视一粒米的价值。一粒稻穗从最初的播种，经过灌溉、施肥、收割、制造、贩卖等等，累积了种种的力量与辛苦方可成就一粒米，它所蕴含的功德是无量的。有一位坚持不懈 20 多年艰难开凿敦煌石窟的画家常嘉煌，其父亲是新中国第一任敦煌艺术研究院院长常书鸿。常嘉煌殚精竭虑建新石窟，也是为了完成父母的夙愿，他希望还原一个唐代画工的生活圈。常嘉煌说，人到了敦煌，心要像大水缸里的一粒米，静静地沉到最底部，从感受、临摹与研究开始，继而再谈艺术创作。他说，最令人感动的是敦煌藏经洞文献中一段文字："画匠叁人，早上馎饦（馒头），午时各胡饼两枚，供两日，食断。"他们还在继续画。莫高窟的画工基本是僧侣，他们是把自己的精神境界画到了壁画里。

　　是的，大水缸里一粒米，可以让我们受到更多思想的启迪！让我们更加重视每一个人内心的"小宇宙"，更加重视关注当下的每一件小事情、小细节——哪怕是一篇小文、一个融媒产品、一声呼唤、一个微笑、一次努力，都会见微知著，在向上向善的正能量释放中，发挥滴水汇流的作用。

2019-11-4

我是自己的传奇

Topic：**特别想象力**

每个人都是自己的传奇，最重要的是有想象力，做自己有兴趣的最重要的事。这是已 83 岁的丁肇中对青年的寄语，他至今未退休，正是因为兴趣。

"我要继续做实验。"在中青报日前《最新！丁肇中亮相挑战杯送重磅寄语！》的报道中，我们了解到丁肇中传奇人生的另一面。

"我开始学物理的时候，父母都非常反对，他们给我说学物理需要非常有天赋，换句话说，他们认为我没有天分。可惜后来他们去世了，没有发现自己的错误。"丁肇中说。

传奇背后，有深深的家国情怀。丁肇中希望中国的科研成果可以与中国的人口数量成正比。虽出生在美国，属美国国籍，但丁肇中深深地知道他的根在中国。许多人并不知道，半个多世纪前当他荣获诺贝尔奖时，他不顾美国大使的阻挠，首先用中文发表获奖感言，让汉语第一次响彻颁奖大厅。他不仅为中国培养了一批实验物理的科研人才，而且还为祖国培养实验物理的研究生而努力奔波。

传奇背后，有深深的人文情怀。同样说过"想象比知识更重要"的诺奖大师爱因斯坦，在那个时代独一人敢挣脱绝对时间观的束缚，走出一条特别之路。许多人并不知道，爱因斯坦关注科技对人类的影响，远甚于科技本身。他多次告诫：关心人的本身，应该成为一切技术上的主要目标。

传奇背后，还有深深的诗意和远方。诺奖得主罗尔德·霍夫曼，既是化学界公认的卓越理论化学家，还是一位想象力超强的著名诗人。霍夫曼甚至认为：写诗比搞科学更难，也许化学的终极语言，应该是——诗歌吧！今年的诺贝尔化学奖得主古迪纳夫，90岁才开始研究固态电池。他曾霸道喊出："我只有90岁，老子还有的是时间。"97岁终获诺奖，成为史上获诺奖年龄最长者。他告诉我们，每个人的诗意和远方都充满无限想象。

人生永远没有太晚的开始，对于一个真正有所追求的人来说，生命的每个时期都是年轻的、及时的。当然许多人并不知道，这位译名"特别好"的诺奖大师，近一个世纪的传奇人生中，半个多世纪都是在磨难、挫败中"特别不好"。

每个人都是自己"特别"的传奇——没有"特别不好"，哪有"特别好"？

2019-11-4

三种最易生的"气"

Topic：借问"气"从何处生

日前中青报一则新闻《追踪：警方通报男童小区内被打死》，令人愤怒。

人若一点不生气，要么是圣人，要么是植物人。对暴力、丑恶、不公平现象生气，甚至拍案而起，乃人之常情，但我们每天生的许多"气"，细细究来，却并非这些，大多生得不值得、不应该。

有三种最易生的"气"，需要警惕和反省。

第一种是莫名生"气"。说不上什么原因，一点点事情的触动，一点点情绪的波动，莫名其妙就生气了，仿佛全世界都欠自己的。脚上碰到一块石子，也要狠狠踢飞三米；瞅见对面一人不顺眼，愤愤骂退三尺。

第二种是对亲人生"气"。在外面人模人样、彬彬有礼、忍辱负重，到家却换了一副面孔，有时还因生气出现"家庭暴力"。或许以为生亲人的气，是理所当然、无所顾忌吧？殊不知，这种生气对亲人、对自己的伤害往往更难以愈合。

第三种是因面子而生"气"。只要遇到伤了自己面子的言行，哪怕只是自己的猜忌或臆想，就立即生起"气"来。这种生气大多不关心"气"得有没有道理，只为争个占上风的位置，结果往往既解决不了自己的问题，还雪上加霜添了更难解的矛盾和麻烦。

上面三种最易生的"气"，如果立即能觉察并有效转化，就不会"气"急败坏，导致不可挽回的恶果。这取决于不断增强的自律自省训练，也取决于不断提高的自知自觉修养。20多岁恃才傲物的李白，遇上一位没给面子笑话他的地方官，当然生气了，但没有直接顶撞，也没有伤心"自残"，临别之际写了这首千古传唱的《上李邕》:"大鹏一日同风起,扶摇直上九万里。假令风歇时下来,犹能簸却沧溟水。世人见我恒殊调,闻余大言皆冷笑。宣父犹能畏后生,丈夫未可轻年少。"

今天也有不少这样以自己的修养、学问、实力、激情、胸襟,转化所生之"气"的:书生意气挥斥方遒,怒发冲冠以身报国,何等气概和气量!或许真能如此有效转化,似乎伤人不中听的"生气"一词,就会恢复其自然的"生气"活力。

还是古人厉害,早就一笑了之,在举杯邀明月中就体悟到这一点:至今凛凛有生气,饮酒真成不愧天。

2019-11-10

擦桌匠

Topic：善用"匠心"

每个人都是一生不敢懈怠的"擦桌匠"。从擦课桌、小饭桌到擦手机、办公桌，从把一篇篇稿件"擦"得亮亮的，把人与人、人与社会、人与自己的关系"擦"得融融的，再到把江河大地、百姓生活"擦"得美美的。哪一位大人、大师，不是从小小的"擦桌匠"做起，并坚持到最后呢？

可是扪心自问：几个人能善始善终做好一名"擦桌匠"呢？

早上出门，看到门口有个快递，打算拆开时才发现，门牌号对，楼号错了，显然是粗心所致。上午接到电话，一位忠实读者提到近期几篇融媒稿中的差错，其实只要多用心检查一两遍就可避免。感谢这位读者的同时，我惊出一身冷汗。

我们作为一个平常的"擦桌匠"，虽然很难达到"本来无一物，何处惹尘埃"的境界，但努力"时时勤拂拭，勿使惹尘埃"，还是可以做到的。

为什么一到具体工作、生活实践中，却总是做得不尽如人意呢？很早就读过麦当劳创始人雷·克洛克"成功始于认真擦桌"的故事，经历了一些"擦桌"岁月，如今想起，发现故事中的奥秘不小，试着"擦"去表面的光环痕迹，提炼出长幼都可借鉴的四条经验。

一是孝敬传承，真听真学，做事先做人。

克洛克的家境并不富裕，下课的时候去一家快餐店打工。起初老板安排他专门擦桌子，他毫无干劲儿，当天就溜回了家。他向父亲诉苦："我的理想是做老板，不是擦桌子。"

父亲没有反驳他，而是叫他先把自家的餐桌擦干净。克洛克拿来毛巾，在桌子上随意擦了一遍，然后看着父亲，等他验收。父亲拿来一块崭新的白毛巾，在桌面上轻轻擦拭了一下，洁白的毛巾立即脏了，分外明显。父亲指着桌子说："孩子，擦桌子是很简单的活儿。可是你连桌子都擦不干净，还能做好什么，凭什么做老板？"克洛克羞愧难当，决心认真从一名合格的"擦桌匠"做起。

二是明确方向后，正直、专注、准备充分，不偷奸耍滑，不偷工减料。

克洛克回到快餐店，他谨记父亲的教诲，每次擦桌子都要准备 5 条毛巾，依次擦 5 遍，而且每次都顺着同一个方向擦，为的是不让毛巾重复污染桌面。老板在时这样，自己独处时这样；心情好时这样，烦躁愤怒时还是这样。

三是不骄不躁，将"擦桌匠"的一片匠心，运用到成长各环节。

最终，克洛克得到老板的赏识，留了下来，并接管了那家快餐店，做了老板。10 年后，他创立了自己的餐饮公司——麦当劳。初创有成，克洛克依然处处以身作则，并带领团队研发出独特而又深受用户欢迎的麦当劳产品和标准。其中也遇到过不少问题，克洛克从不回避，想方设法地"擦"掉蒙在麦当劳品牌上的各种"灰尘"。

四是善用其心，将做事的一颗平常心，放在为人服务的爱心中。

事本无大小，为谁做事，做事利谁，却是大有学问的。有人向克洛克讨教成功秘诀，他总是自豪地说：因为我有一个伟大的父亲，他教会了我怎样才能把桌子擦得最干净。而终其一生，克洛克都谨记父嘱，就是要让每一位来就餐的顾客都安心、欢心和暖心。

我们有"一屋不扫，何以扫天下"的古训，同样，一桌擦不净，何以净天下、净人心？常惭愧，听似简单的道理，看似普通的桌子，几岁小孩擦得会比"我"好，而可以当父亲、做爷爷的"我"，因忙所谓的"大事"，有时会把一些"擦桌"的小事搞得马马虎虎，甚至一塌糊涂。这样的恶果：费了时间，错了再错，挨了板子，乱了心思，误了后人，坏了大事。

2019-11-16

那些沉默的缝隙

Topic：实事求是，难

恐怕没有一个绝对完美的人生，也难有一件绝对完美的事情。纵然再辉煌光鲜之下，都有那些沉默的缝隙。隐秘部分的阴影，唯有自知的焦虑、纠结、抗争、妥协和忏悔。

面对那些"不完美"或"暂时的不完美"，不同的发心与方法，会产生完全不同的效果。发心好、方法对，有的能使"暂时的不完美"改正并走向完美；有的能转化无关紧要的"不完美"，从而更加丰富"完美性"；有的在直面处理"不完美"过程中，更清楚认识自我，扬长避短、走向未来。若真如此，即使那些沉默的缝隙，也会如一位美人身心不易被人察觉的种种伤痕，不影响其"美"。当然，反之效果就会很差，甚至让"不完美"毁了整个人生、整件事情。即便那些沉默的缝隙，也会被撕裂、加剧、爆发，产生恶劣的影响。

今天，中青报《基层往事：实事求是，难》一文中，一位来自基层的领导干部，结合实践中的许多鲜活案例，解剖问题、真诚反思。只要做人做事，就必然面临实际工作和事情中的种种"不完美"，这篇报道折射的坦诚、反思精神难能可贵：

长期在基层工作，类似这样的事情真不少。基层工作很难，难于上青天。我们从延安时期就讲实事求是，在北京大有庄 100 号学习，天天看着"实事求是"的石碑，但在实际工作中，真正坚持实事求是却很不容易。我想，中央反复进行专题教育活动，其根本目的就是让大家始终按实事求是的要求办事。

……

正是因为实事求是说易行难，更要高度重视、精心呵护、用心践行，包括不可忽视那些沉默的缝隙，既无须置若罔闻，也不必无谓放大，关键是把"实事求是"的尺子放进去。

有了"实事求是"这把尺子，就可以根据不同的历史阶段，从不同的观察角度，来直面"不完美"与"完美"之间的辩证关系，也更能理解一名全心全意为人民服务的共产党人，如何不断在自我革命、自我净化中，得到自我提升，如何不断一面谨慎防错守底线，一面还要勇于担当求发展。

不久前匆匆读了本《艾略特传：不完美的一生》，读到一位伟大诗人背后的孤独、私心、偏执和纠结，但这些并不影响他的伟大，或许正如他自己所说，他"不必一定是超前或落后于自己的时代，而是居于时代的上空"。

即便文学和诗，本质上也是离不开时代性、大众性的。远藤周作《沉默》一书中的描写，也处处暗示：在那些沉默的缝隙中，也处处暴露出当时日本幕府时代相互交织的残酷、暴力和人性之光。

可以接受、宽容包括自己在内的任何人、任何事客观存在的"不完美"，以及那些沉默的缝隙。这不等于一味地纵容，以及对"沉默缝隙"的漠视或放大。还是回到实事求是的正轨上来，在面对、处理各种包括自我"不完美"的过程中，调好发心、找对方法、提质增效，一起携手走向更加的"完美"。

相信带着那些沉默的缝隙，一路向上向善向美——生活要想得美，就真会"美"。

2019-11-27

非狗道

Topic： **一颗慈善柔软的心**

虽然谈的是与狗和道德相关事，但狗可道，非狗道。

今天室外很冷，中午出门，在拐角处见一条黑狗，雕塑般垂首弯腿立在那里，两名年轻人在一旁举着手机拍照。

"你看像匹弯腿慢跑的小黑马呢，真会摆 Pose（姿势）！"

"这么冷还这么闲逛，真是 Cool（酷）！"

……

其中一位女孩大笑着："照够了，照够了，走吧！"

又停留了好一会儿，这只小黑狗终于迈步向前动了。这一动，令几位看客神情凝固了：一瘸一拐，艰难挪步，微微抬起的头，眼光明显呆滞而茫然，与人的眼光相碰毫不躲闪，含一丝冰冷绝望到已无畏惧的直视。

原来这是一只腿有残疾的流浪狗，不知是被主人遗弃，还是被外人打断了腿？不知是从哪里来，在这寒冷的冬天，又蹒跚地走向何处，哪里是今晚的家？放在平时遇见此景，也就匆匆而过了。或许是这条黑狗摇摇晃晃拖着残腿、慢慢远去的背影，或许是刚才还在笑着拍摄的女孩呆若木鸡的定格：张着嘴，含泪的眼神，一直离不开那条远去的小黑狗，无可奈何，充满怜悯，还有一些内疚，仿佛后悔一不小心，无意戳到一位老友的心痛处。

刹那间，能感受到这位年轻人一颗柔软的心。忽然理解了一些关于"狗道"之争的事。几年前，两位同居一室的年轻人，一位出差时把养的小狗托付给室友，没想到室友大意粗心，几天后回来时小狗被路人打断了一条腿。

室友也没当回事，那位出差回来的年轻人抱着小狗几乎哭晕过去，还差点与室友绝交。

当时难以理解那位年轻人那份感情，觉得宠动物宠得过了分。此时此刻寒风扑面，心底升起了难以言说的共鸣，一下理解了那份特殊的情感，其实也没什么"特殊"的，换作自己的爱人、亲人呢？换作生命的同体、共振呢？

真正过分的是那些叫"人"的人——一面喊着"人道"，一面咬牙切齿打断狗的腿；一面喊着"狗道"，一面只因有孩子轻轻踢了自己养的狗一脚，而把孩子打成残废。

如果说狗是畜生，是没有什么善恶之辨的，那么作为能辨善恶的"人"啊，为什么人性和道德的差别那么大呢？为什么有些人模狗样的，却还不如一些狗受人尊重呢？至少狗忠诚得有些傻，会傻到纯粹真诚得令人心碎；至少狗可爱得有些萌，会萌到带给人们欢笑和快乐；至少狗眼看人却不存心害人，会如一面镜子照见"人"的爱怜善良，也能照见"人"的狼心狗肺。

狗可道，非狗道。每一颗真正慈爱柔软的心灵，在一只又瘸又拐的生命面前，都会生出平等无欺的尊重。

"苍狗白衣俱昨梦，长庚孤月自青天。"千言万语，无言无常，生命都一样，唯慈善长在。

2019-12-12

别"拉黑"自己

"这种苦是带有甜味的！"这是中青报一篇报道《工务段上的线路精调师》中，一位普通线路班组长的体味——

好多人问我"精调"是什么？我认为精调就是前期施工单位在工程接近尾声时，管理单位介入，对设备进行更加精细的调整，让各种设备配合得更加默契。在精调期间虽然工作很苦，但是换个角度你会发现，这种苦是带有甜味的，因为我成了经过周恩来总理故里淮安高铁的第一批建设者、第一批管理者、第一批看着淮安高铁从无到有……

无论学习、工作，还是生活、生产，再苦也有甜，《论语》的开篇中，就提到"学而时习之，不亦悦乎"。我们每天都活在平凡、琐碎、重复当中，如何真正做时间的朋友？如何于平凡岁月中体会人生不平凡的意义？

无论何时何地、何种境况，都不要急躁焦虑、急功近利，更不要先自暴自弃、怨天尤人，把自己给"拉黑"了。

有一位旅美的微友，把 2019 年浓缩成了一词 Cancel。这个美国青少年中最新流行词汇，相当于中文里的"拉黑"，却不只发生在虚拟世界中。一个被认为说错了话、做错了事的孩子，会发现身边所有的朋友一夜之间有组织、成规模地都不再跟他讲话。

可是对错到底该由谁来定义，由谁来评判？没人在乎。这位微友曾经参加过一个打击假新闻的培训，培训上介绍的识别假新闻的技术都很厉害，但他问培训的老师，如果大家已经不再想听自己不认同的观点，那我们该如何说服受众，他们所相信的消息是假新闻呢？老师点头若有所思，同学们点头若有所悟。没有答案。

　　"精慢活法"是一种带有艺术哲学甜味的人生态度，最擅长把纷繁复杂的芸芸世事，转化成有意思、有意义的精彩故事。如果耐下心来，读一读丹纳的《艺术哲学》，就会有这样的感受。虽然在讲艺术产生本质这样严肃话题，讲种族、时代、环境这样重要原因，但文章内容深入浅出，取而代"概念"的，是那些生动、幽默、易于感受的具体历史事例。娓娓道来，缓缓行进，徐徐而立，每一个人都会发现：属于自己的最坦途，永远在知行合一；属于自己的最精彩故事，永远在下一个。

　　别让周围的嘈杂喧哗，扰乱了自己从容淡定、精调人生的节奏。

　　　　　　　　　　　　　　　　　　　　　　　　2020-1-4

少年的自救与救人

Topic： **平实的宣扬**

多年来，媒体对"少年救人""少年英雄"的宣传十分谨慎，因为过度渲染，反而适得其反。日前，中青报等媒体纷纷聚焦一位"少年救人"的故事：《12岁少年救了整楼居民：闻到异味后通知全楼人疏散》。切口很小，但对如何做好少年典型宣传，至少有三点值得我们思考之处。

第一点思考，如何实事求是和不肆意拔高，怎样做到平实宣扬？

郑州12岁初中生李承泽在小区楼下闻到异味。在他的提醒下，父子俩赶紧把情况报告门卫，挨家挨户敲门排查并报警求助。救援人员赶到现场后发现，一燃气管道破裂，幸亏疏散及时，大家安然无恙。透过平实简洁的描述，让我们感到真实亲切，由衷为小英雄点个大大的赞！

第二点思考，如何通过正确的引导，告诉我们应该教会少年什么？

好的勇气与品性固然值得宣扬，但是一定要力所能及，尊重少年成长规律和安全防范规律，比如在少年救人前须先评估自己的能力，能先自救，再救他人。我们要教会孩子，真正的勇气与品性是怎样的，善良的意愿如何与智慧的方法更好结合。如果遇到有人落水或煤气泄漏等事件时，直接跳水救人或进门扑救，断然是不可取的。第一时间呼救、想办法找大人帮忙或者拨打报警电话才是可取之法。孩子的一声呼救、一个电话，都是勇气与品性的体现。初中生李承泽的一系列行动，正是体现了这一点。

第三点思考，对少年健康成长的教育，是全社会（包括媒体）的责任和大课题，绝对不可小视。

从《解读国家〈中长期青年发展规划（2016—2025年）〉》，到《最新方案确定，将定量开设儿童青少年心理门诊！》《酒精成瘾青少年越来越多，如何拯救饮酒的他们？》，中青报连续刊发相关报道，大到国家宏观政策，小到酒精成瘾群体，关注青少年健康成长的方方面面。当然，这些教育问题中，家庭教育尤为重要。从上述报道中可以看出，12岁少年的救人行为，显然受到家长影响，且在父亲帮助指导下，共同完成了一次救全楼人的壮举。

想起不久前的一条新闻：河南14岁少年王泯燃，见一个3岁女童被困20米深井，危在旦夕。因井口小，众人束手无策之际，他临危受命，脚缚绳索、倒挂下井，每一次尝试都争分夺秒、竭尽全力。在众人齐心合力的支援下，6次倒挂下井救人。少年的他，挽救了一条鲜活的生命，也温暖了寒冬里无数的人心。（摘自网络评论）

有媒体在深入走访少年家庭时了解到，王泯燃的父亲王庆军和母亲徐建英都是鹤壁爱心组织斑马义务救援队队员，孩子之所以这么勇敢、果断，是两位家长长期帮助别人的事迹让他耳濡目染。寻找失联儿童、老人，为抛锚车辆免费搭电、更换轮胎、拖车……一条短信，夫妻俩就会立即赶往事发现场。两年来，在不耽误学习的情况下，他们时常会带着王泯燃和他的姐姐参与救援。徐建英经常告诉儿子："在能保证自己安全的同时，男子汉就应该力所能及去帮助有需要的人。"

我们需要对"少年救人""少年英雄"平实宣扬，弘扬一种社会正气和正能量，呼唤对青少年成长教育的高度关注。同时，也要警醒更多成年人，只有首先加强自身的勇气与品性教育，才能有资格引导那些天真无邪的孩子们。

2020-1-5

还能与鼠辈为伍多久

Topic：报啊

近日，广东紧急立法，禁止滥食和交易野生动物……"鼠辈安敢如此！""不愿与尔等鼠辈为伍！""过街老鼠，人人喊打！"这是在骂人时爱用的比喻。人爱拿鼠辈开涮，爱拿鼠实验，还爱拿鼠辈作为"报"的材料。但是，人类难道一直如此吗？如果不付出努力，我们还能与鼠辈为伍多久？

地鼠，田鼠，檐鼠（蝙蝠），助鼠（黄鼠狼），袋鼠……日前葬身澳大利亚森林大火的 10 亿只动物中，不知有多少鼠辈离开了人类。另外，约 65 万只檐鼠（蝙蝠）疯狂扑向澳大利亚几座城市，实在是令人恐惧的一幕。它们就在居民区、学校上空等人流密集处盘旋，连医疗直升机都无法降落。这些蝙蝠中，体型最小的翼展仅有 15 厘米，体型最大的巨型狗头蝙蝠，双翼展开超过 1.5 米，并且极具攻击性，一口可以咬断人的脖颈。

我们正在身受折磨的疫情源头之一，可能就来自人类对檐鼠（蝙蝠）的猎杀和嗜吃，而檐鼠（蝙蝠）可以称得上是万毒之源。SARS 病毒、埃博拉病毒、马尔堡病毒、MERS 冠状病毒等，凡是称得上大规模的病毒性传染病，追根溯源几乎全是这一鼠辈。而且，因为同属哺乳动物，檐鼠（蝙蝠）和人类算是近亲，基因相似性高，病毒很容易传染到人类身上。

400 多年前，李时珍在《本草纲目》中就指出食用鼠辈的危险，比如助鼠（黄鼠狼），"肉性味甘、臭、温，有小毒，心、肝有臭味"。对于这次疫情可能的中间宿主穿山甲，李时珍也指出，鳞鲤（穿山甲）"性味咸、寒，有毒，其肉甘、涩，味酸，食后慢性腹泻，继而惊风狂热"。

鼠辈、穿山甲之类的动物世界，与人类本来相安无事，共存共荣于自然界中。有了这样和谐平衡的生态，人类才能可持续生存发展。当人类合理利用、友好保护自然时，自然的回报常常是慷慨的。然而，一旦人类掠夺嗜食，和谐平衡打破，自然的惩罚必然是无情的。恩格斯在《自然辩证法》中早就深刻地指出："不要过分陶醉于我们人类对自然界的胜利。对于每一次这样的胜利，自然界都对我们进行报复，我们最初的成果又消失了……"

"山川异域，风月同天。"绝不仅仅限于一衣带水的比邻之国，也绝不囿于人与动物同在的自然王国。宇宙中的人与大自然，整个地球村，本来就是一个平等相处的命运共同体。如果不尊重自然规律，环境恶化的苦果，人类终会品尝到。

不要笑话戏耍那些可怜的鼠辈，更不要憎恨杀戮。鼠辈对平衡和谐生态的贡献，米老鼠机灵、伶俐、勤奋的形象，曾带给人类多少欢乐！哪怕是《鼠疫》中的挣扎与抗争，说到底是人性的挣扎与抗争。何况这次病毒到底是檐鼠（蝙蝠）或穿山甲，还是无序失度、残忍贪吃檐鼠（蝙蝠）或穿山甲的人？

不要以为人类才是大自然的唯一主宰，人类才是"报"这"报"那的唯一报道者，人类永远不愿看见这样一幕：

当最后一只曾与人类为伍的鼠辈，精疲力竭地仰天长啸：人类，报啊！报啊！

而此时万籁俱寂，早已无人答应。

2020-2-13

国强中医兴，人类大课题

Topic：**中西双剑合璧**

当年的那场 SARS，让世界知道了中医的宝贵。这次防疫，更是让我们深刻认识到：中西药结合携手，双剑合璧荡疠气！

更是让我们发出肺腑之言：国强必须中医兴，身心从容真美好！要让我们的年轻一代，从小就能接受中医知识、中医文化的教育！

总理到一线检查防疫工作时大声疾呼：让中医插上翅膀，飞向全国，走向世界！

日前召开的中央应对新冠肺炎疫情工作领导小组会议指出，要加快探索推广有助于阻断轻症转为重症的药物和治疗手段，强化中西医结合，促进中医药深度介入诊疗全过程，及时推广有效方药和中成药。

目前，大量令人信服的事实表明，中医在防疫战中发挥着至关重要的作用。最新权威数据显示，中西医结合治疗疗效明显优于单纯西药治疗，体现了中西医结合治疗的优势。经中西医结合治疗，平均体温恢复时间2.64天，症状消失时间5.15天，平均住院时间7.38天，明显优于单纯西医治疗。最值得关注的是死亡率和轻症转重症率的对比，中西医结合治疗的死亡率降为纯西医组的22.7%，轻症转重症的比例仅为纯西医组的16%。

钟南山院士评价，让中医从一开始就介入，治愈率极大提升！他还积极推荐中医防疫，认为太极拳是提高免疫力的重要手段。

中国工程院院士、国家中医药管理局医疗救治专家组组长黄璐琦日前也介绍，目前湖北地区确诊病例中，中医药参与率达 75% 以上，其他地区则超过了 90%，治疗改善成效是显著的。他还强调，从临床观察看，通过中西医结合分层干预，轻症患者咽干、胸闷等不适症状消失较快，重症患者治疗周期缩短，出院患者配送中药颗粒剂巩固治疗，症状明显减轻，改善率达 70%，患者回访效果满意。

一位抗疫一线的医学专家从专业角度分析了中西医在协同作战中的实际功效：中医通过汤剂、中成药、注射剂以及针灸、八段锦等"组合拳"进行综合治疗，有效阻止了重症向危重症的转化，为抢救危重患者搭好平台、赢得时间；西医则采用多种方法，给予患者生命支撑、控制并发症等，"中西医协同起效，发挥 1+1>2 的效果，从而缩短住院天数，提高救治率，减少死亡率"。值得关注的是，这次很多以中医为主的综合诊疗方案、举措、医药，直接发挥了积极临床治疗效果，而不仅是防病和调养。

国有良医民之幸！在向一线无私奉献的医护人员表示崇高敬意时，我们不能忘记在大量西医身后，还有成千上万默默忙碌的中医医护人员和行业工作者，有浸润到中国人血脉中的中医文化滋养和庇佑！但是，目前全国从事中医行业和文化研究的人员，特别是青少年人才依然奇缺，中医知识、中医文化没有进入基本的生命成长教育体系中。正常的中医文化和相关健康知识得不到有效的科学传播，特别是面向青少年的媒体，包括我们这样的主流媒体，严重滞后。

除了长期以来对中医的一些误解、不了解和偏见之外，还有一些值得深思的原因，这里只试列举其中三个。

一、因为中医似乎太廉价、少利甚至无利可图，太耗心血与生态之力，难以投机取巧。

中医往往不是因为一些所谓的无效被淘汰，而是因为太廉价。曹东义在《中医近现代史话》一书中尖锐提出，多少贫寒的中医是"黄卷青灯，长夜漫漫，怎生是好"？中医的廉价，导致优秀的学生很少愿意选择从事中医。人比人，气死人，跟西医相比，中医的收入那叫一个惨淡。

说的可能有些绝对，但从事中医行业与职业的人，其社会尊敬度、实际收入度、成长上升度都相对模糊。特别是"杏林春暖沐孤苦，黄叶扶疏育百花"，自古中医扶正祛邪、阴阳混元的辨证施治理念，推动了医学生命学、物理化学、生物生态学等科学技术在中国的发展，护佑了一代代炎黄子孙的繁衍发展；一些述而不作、师徒传脉的绝学绝技，其实是高贵而昂贵、最讲良知人品的学问技能，非一般博学专攻者所能企及；一些表面最廉价简易、方便实用的药材良方，其实是千百年来先贤仁者不惜牺牲生命、前仆后继、"尝百草悬壶济世"的生命结晶，是生态文明实践、身心实证检验、扶弱济贫救人的衣食粮草（也可以说是充满慈悲功德惠利百姓的"最后一根救命稻草"），非一般只为养生、调理的哲思所能媲美！

二、因为中医似乎太普通，难以把 GDP 搞上来，同时太重长远、费成本、难立竿见影。

"这项工作，卫生部没有人干，我来干。"当年一直称中医学为伟大宝库的毛泽东，在一次对中医工作的落实督办中发此感言，举座震动！

没有党和政府的高度重视、大力支持、实际投入，中医难以有今天的健康发展，也难以保持未来可持续发展。比如，一些地方、行业的政绩观如果出问题，就可能影响其发展。笔者小文《治"病"不仅靠手术刀》提出：真正的医者之道，是治"病"于未"病"，让更多的普通人能放下对"病"的无知、漠视和恐惧。

十多亿人口的大国，能摆脱贫困已是人类历史壮举，如何巩固脱贫成果、保持身心和谐、养成中医文化倡导的健康生活方式、形成全民公共卫生大健康环境，是过上美好生活的重要标志。比如，中医文化一直警醒人类，食用野生动物风险很大，但"野味产业"依然规模庞大，对公共卫生安全构成了重大隐患；中医自古以来就是救人疗心的仁医仁术，特别是在传染病防治方面，更是作出了不可磨灭的贡献，不少课题值得深挖细掘。

如果我们不把举世公认的中医文化国宝，下大功夫结合西医科研攻关、推广普及、下大力气健全机制、加大投入、研发运用，真正用于自己、用于国人，日用而不觉，治病于未病，造福于百姓，而只是因利益或偏见、短视，弃如敝屣，或做点样子只为"最好可以推销到西方并受认可"，那真是愚蠢至极！

三、因为中医似乎太玄妙、难以精确测量，同时太神奇、无法解释是科学还是文化。

"中医不是落后，而是跑得太前。"曾为老一辈革命家调理保健的老中医邓铁涛痛心疾首地说："五千年来一直延续没有断代的就是中医，如果我们再不爱护它，再不努力地发扬它，那我们将来就会遭到子孙的唾骂。"

中医始终将人作为一个整体去看待，注重各方面联系，中医文化是中国优秀传统文化的一部分，是人类命运共同体的重要基因之一。既是一个"天人合一""我命在我不在天，敬畏自然遵规律"的科学思想体系，又是一门富含文化特色而救死扶伤、经世致用的科学实践。与那些神秘兮兮的易学算卦、装神弄鬼之类，有着天壤之别。

无论历史、实践和理论检验，中医都与我们中国人不离不弃、水乳交融。在党的坚强领导下，更加有机的中西医结合，更加包容开放的文明、更加英勇的齐心协力，正是这场人民战疫最终取得胜利的希望所在。

不久前，我曾写过小文《故弄"玄"虚近乎骗》，粗浅地谈到一些与中医文化相关的认识，今天重温，依然自省——

经历了几千年风雨洗礼，坚如磐石的中华优秀传统文化，是摒弃故弄"玄"虚的。有两个试金石，我们不妨一试，仅供参考、交流。

一是真正的儒释道文化，是实事求是、唯物辩证、当下契入的，是尊重人性、变革常新、知行合一的，是向上向善、知足少欲、大同理想的。而这三点，恰是马克思主义能扎根中国的几个重要文化原因。

二是真正的儒释道文化，是以开放包容为怀、以平常生活为源，"中"度而不偏，日用而不觉。比如鲁迅曾在《呐喊·自序》《父亲的病》等文中，有对某某中医的批判，一些人就误以为学过西医的鲁迅，是排斥中医的。而真相恰恰相反，鲁迅的大量小说、短评、论文中，不仅闪烁着大量中医哲学思想，也常提到一些专业知识和方法，《本草纲目》是他常置案头的书籍之一。鲁迅在《坟》中也提到自己看中医的医药书。鲁迅身边的许广平、周海婴在回忆录中都明确提到：外界称鲁迅不信中医，完全是误解，鲁迅在治疗严重哮喘等病的过程中，他和身边亲人用了不少中医疗法和方子，都有积极疗效。可见鲁迅对中医是支持的，只是批判那些故弄"玄"虚的庸医、假医罢了……

2020-2-17

守护"正气"

Topic：希望之灯

"能种一顷，岁收千匹。唯须一人守护、指挥、处分。""守护"一词很古老，出自北魏贾思勰《齐民要术·种榆白杨》，但今天读来，依然有扑面的清新，感受到那一份十年树木百年树人的职责与耐心、正气与专注。

特别是千百年来，中华民族就流淌着"正气存内，邪不可干"的血脉。人的"正气"守护得越好，自身免疫调节能力越强；家国的"正气"守护得越好，自身安定健康幸福力越强。

"正气存内，邪不可干"出自《素问遗篇·刺法论》，谈到守护增强正气的方法，文中提道："虚邪贼风，避之有时。恬淡虚无，真气从之，精神内守，病安从来？""法于阴阳，和于术数，饮食有节，起居有常，不妄作劳，故能形与神俱，而尽终其天年"（《上古天真论》）。以上论说对预防疾病具有重要指导意义。

正在进入更加科学防治阶段的战"疫"，可以说是进入守护"正气"的新阶段。《素问遗篇·刺法论》还强调，要"避其毒气"。要避免疫邪的侵袭，就要讲究个人卫生，对环境消毒，疫病发生后要采取隔离措施，这些在中医古籍中都记载有具体的做法。如清代后期，鼻烟壶曾是驱逐瘟疫的工具，宫廷中的医生常以鼻烟配方的方药，治疗鼻病和瘟疫。民间则多以芳香药装入小袋，佩带身边，悬挂于居室，以预防瘟疫。

前几日，世界卫生组织在新闻发布会中说："80% 的新冠肺炎患者是轻度症状，能够自愈或治愈，并不会发展为重症。"

有专家结合实际治疗效果指出，轻症患者的"自愈"和"治愈"，实际上就是中医所说的"排毒"过程。如果没有中医的介入，"自愈"对于很多基础体质不好的人，是很难实现的；病毒损坏了人的生理机能，生命非常脆弱。

对于更多普通人来说，多一份守护"正气"，就多一份希望之光。

"守护"自古就与"指挥、处分"等化于知行合一中，某种意义上，也是守护善良，守护心灵，守护职责，守护家园，守护灯光，守护"希望"！

2020-3-3

呼吸中的稍事停顿

Topic：读契诃夫

越是了解生活，越会了解在现实中，最深沉有力的东西是停顿——这是俄罗斯著名作家契诃夫谈生活本质时的一个洞见。

当我们因为还在防疫，不得不稍事停顿既定的工作节奏、生活习惯、学习安排时，不得不稍事停顿今天人类第一个"国际数学日"时，不得不稍事停顿踏春游访的脚步时，不必过于焦虑忧心。

因为正如契诃夫所说，人生之坎坷，人生之被动，都是被这些停顿所表现的，所以停顿不是东西死了，而是人生中一个有动力的紧张状态。

呼吸中的稍事停顿，还有利于提高呼吸的质量，并对肺活量和免疫力有好处。

无论吸气还是呼气，都不可着急，放慢呼吸的过程，在当下这一刻，了解自己的气息，能让呼气很自然放松地进行，内外悬息，和谐身心。

是的，呼吸着你的呼吸，生命悬系于一呼一吸之间。呼唤深入接受、安享、运用好生命中"停顿"的契诃夫，无论悲欢离合、酸甜苦辣，总是怀着一颗向上向善希望的心，在他《生活是美好的》一文中，很高兴地感到："事情原来可能更糟呢。"契诃夫举了些例子，比如"要是火柴在你的衣袋里燃起来了，那你应当高兴，而且感谢上苍，多亏你的衣袋不是火药库"。

乍一听，似乎作者有些"自欺欺人"的阿Q精神，但别着急脑残死磕，稍事停顿会想到：经历过这件事后，谁还会马马虎虎地放火柴？很少有人这样做。在感谢生活、感恩提醒的同时，又会小心翼翼地看管火柴，防止灾难再次发生，因为他们有过这种教训，所以他们比他人更懂得保管火柴的方式和重要性。

多多珍惜当下拥有的，该反思汲取的教训就该反思汲取，一些建设性意见该行动的就立即行动，安于本分，恪尽职守，量力而行，尽心尽力。

只要守护好善良广博的美好心灵，没有什么力量能迫使生命永远停顿下来！

2020-3-14

城市的布谷鸟

Topic：复苏

今天，在城市的一角，意外听到布谷鸟"布谷……布谷"的啼鸣。或许街上少了往日的车声、喧嚣声吧，布谷鸟叫得格外卖劲，竟引来另一边布谷鸟的遥相呼应。

怎么平时忽视了呢，还是它们曾经一直就在那里，再大的声音也迅速淹没在一片嘈杂的车水马龙中。本该属于大自然的这些小精灵们，在这刚刚透气复苏的城市森林中停留、欢鸣，似乎在唤醒一些什么。

唤醒的，是春天美好的回忆。记得小时候在泥泞的田间地头，听着布谷鸟"布谷……布谷"，会在那有些粗犷、单调、嘹亮的声音中，和小朋友们撒野狂欢。

唤醒的，是人与自然万物的共鸣。城市存在于自然与人为共生的环境中，城市系统时刻面临着各种自然或人为活动的影响和扰动。只有一个更多布谷鸟一起加入的韧性柔软的城市，才能更加呼吸欢畅，驱散各类疫灾的阴霾。

是的，布谷鸟是老百姓的鸟，不是那些名贵骄傲之鸟，不需要过多的精心饲养照料。布谷鸟们从象牙塔到泥泞地，上达天听下接地气，勤劳忙碌益于人类。特别是提醒农民不要错过时节，赶快春播耕种，种下庄稼才能有好收成；对悲伤跌倒的人们讲"不哭、不哭"，这点痛算什么，成长的路没有停歇，摔倒了爬起来；对抗疫复工中的朋友们讲"不苦、不苦"，生活中有苦才有甜，只要勤奋努力生活就会更美好。

其实，布谷鸟也是有学名的，叫杜鹃。但它们不在乎大俗大雅之类的点赞，只是认真诚恳、充满希望地歌唱着春天，愿与倾听心声的人们一起前行。

感谢"布谷……布谷"的春之旋律，沁人心脾，还是喊它们"布谷鸟"亲切。我们都愿成为一只只唤醒春天的布谷鸟。

2020-3-24

真的是你吗？斑鸠爸爸

Topic：祈福

真的是你吗？斑鸠爸爸！

在我家卧室窗台上站立着，探头探脑。淡蓝褐色的前额，到头顶渐变为粉红色，后颈有一大块黑色领斑，仿佛戴着一串珍珠项链抑或一个银色围脖，两只脚似踩着一双红色的"飞轮"。最熟悉的，是你那双黄中带黑、黑中透亮的眼睛，好奇的、定定的、傻傻的。

是的，正是你——"珠颈"斑鸠爸爸。自从半个多月前你突然带着一家四口从窗台飞走，就再没见到你们一家身影了。

别来无恙？你和老婆在这里生育了一对娃娃，我们亦喜亦忧、提心吊胆了大约三个多月吧。一起经历了初春到夏天的抗疫岁月，一段很难忘的比邻之缘呢！

自从半个多月前你们全家飞走，苦等了好几天，没见踪影，估计你们远走高飞，我们才小心翼翼第一次打开窗户，清理了你们留下的那些枝枝叶叶和衔泥。

回想起来，认识你应有一个年头了吧！常见你在窗前徘徊，因为双层玻璃窗，外面还挂了个疏漏有致的竹帘；你偶尔会在外面那层玻璃窗打开时，冒险从栏杆中钻进来。你是在找个家吧？

春节后一天，趁着外面那层玻璃窗打开，你突然带着老婆，携带着"盖房"的枝叶，双双精准地钻进来，蹲在窗台上那个你早选定的"工地"。这时我才恍然大悟，谁说你们是傻乎乎的笨鸟啊？你和老婆表面上模样相似，但区分起来很容易：你犹如雄孔雀般全身盛装，光彩艳丽很多。

为什么选这个窗台呢？二十多年的老房子了，还是朝向北面的。思前想后，可能有一点是让你放心吧：好多次你孤身探险，与我隔窗相望时，起码感觉到的是一种善意友好的接纳。

　　小时候在家乡的小山村，就认识了你的大家族，也很喜欢听"咕咕咕"的叫声。一次放学路上，看到有人用弹弓把树上一只珠颈斑鸠打下来。我和几位同学抱起受伤的鸟，在猎杀者的叫骂声中拼命向前跑，跑到一个小树林里，把它放在一个隆起的小土丘上。记得旁边还有几朵盛开的野杜鹃，陪到天色黑下来，才忧伤地依依离开，不知道后来是死是活……

　　渐渐长大，为人父、进了城，直接面对面见你们和鸟类家族越来越少，所以你这骤然降临的小精灵，还唤醒了我的悠悠乡愁。

　　有一个"鸠占鹊巢"的典故，其实是人们误解了你们。作为传统吉祥鸟，你们象征着情谊深厚、真诚永恒，民间就常用"鹊笑鸠舞"作为喜庆吉祥的祝词。

　　万物生命本一体，美丑全在一念中。见到你们筑窝那一刻，有些隐秘的窃喜，还有不少担忧：内层窗户可不好再完全打开了，通风怎么办？你们要待多长时间啊，真要在这里生儿育女了吗？

　　后来一起相伴的岁月，果然喜忧参半。

　　喜的是每天醒来、下班回家第一件事，就是和你们打招呼。特别是见证了你们共同经营，用一根根枯树枝垒起新家，很快下了两个白色的蛋。

你们又 24 小时轮班蹲孵，很快两个小家伙就出世了，每天都明显长个头。

忧的事情也不少，主要是担忧你们一家能不能活下去，一种说不上来的责任感油然而生。有时，看到你老婆一动不动蹲了大半天，真是感动得不行！见你久久觅食未归，就有些着急。知道你飞奔了大半天，可能只觅到一条小小的虫子，回来还要全部给娃儿，自己饿着肚子。

也想给你们送点食物，但担心开窗会碰翻你的家。通过上网查、找朋友问，基本了解一个常识：你们只吃自己找的东西，不受嗟来之食！

最惊心动魄的，是你们生下娃娃后一个电闪雷鸣的雨夜。睡不着，我一次次起床，轻轻掀开窗帘一角，没敢开灯，黑乎乎一团。没被雨打湿吧？没被风刮跑吧？无能为力地为你们祈福。你俩紧紧挤在一起雕像般的身影，摄入心底。我看不见那两个小家伙，想必你们和天下所有父母一样，在用全部生命守护着它们。

如此日复一日、春去夏来，我们渐渐习惯了这样一份亲情。有好几次，竟然只见到两个昂首无畏的小家伙在东张西望。你们是双双出去觅食了，还是有意识锻炼娃娃们独自勇敢面对世界的能力？

看来，这都是你们一起飞向蓝天前的准备。

终于等来了心里失落的一刻。下班回家匆匆去和你们打招呼，却已鸟去窝空。不知道你们是否也曾想到用一种形式告别？你这个含辛茹苦的父亲啊，带着小家伙们第一次展翅飞翔，欣慰快意时是否也有一点点小小失落：我的青春小鸟将一去不复回！

……

真的是你！斑鸠爸爸！你这次回来是看看"老家"吗？还是有另外的想法？比如和书上描述的一样，因为第一次筑窝哺育繁殖后代安全、顺利，你们家族传统是第二次、第三次回来重新筑窝。

欢迎欢迎！当然，还有一个自作多情的原因——你是来向我们致谢的。其实，是给了一个我们向你致谢、致敬的机会。你们和天下父母一样，传递着爱、奉献和祈福。

你们的啼叫，伴着春风夏阳、秋雨冬雪；

你们的飞翔，伴着朝霞彩虹、明月星辉；

你们的生活，伴着合家欢乐、生死与共。

惟心安处是我家，惟情深处有至善。

一不留神，你振翅飞走了。

对了，我还不知道你那两个娃，是男是女呢。下次回来，别忘了带给我们看看，挺想念的！

2020-6-21

香草美人赠君艾

Topic：端午愚哥偷学乐（上）

端午节到了，家门墙上挂一束艾，清香四溢，身心快乐。谁说端午节不能"祝你快乐"？害得问候几位值班的同事时，嘴里绕了几个圈，还是一句随俗的"端午安康"。主要原因据说是为了纪念投江的屈原，然而屈子若知，未必苟同吧。

屈原《离骚》中多以"香草美人"比拟拥有家国之爱的君子，也作为自己的人格追求，比如"惟草木之零落兮，恐美人之迟暮"，"芳与泽其糅有兮，惟昭质其犹未亏"，"何所独无芳草兮，尔何怀乎故宇"……

饰香草缀明珠，驾虬驭骖，上天入地，与重华呼朋唤友，与天地日月并存，于一腔悲怨中从来不失乐观、浪漫情怀。无怪乎惺惺相惜的李白在《江上》中说"屈平词赋悬日月"。后人纪念屈原时，更多是把这一份情怀传承下来。从"路漫漫其修远兮，吾将上下而求索"，到"长太息以掩涕兮，哀民生之多艰"，屈原纵身一跃，用生命践行了对快乐更深刻的理解。

真正的快乐，绝不是吃吃喝喝、蝇营狗苟之"乐"。屈原完全可选择富贵人生，但他认为"民生各有所乐兮，余独好修以为常"，"众人皆醉我独醒"。若民不乐国不安，岂可贪生于一己"独乐"？只要无愧于心，唤醒人心，何不浪漫如蛟龙归于海天一色中，"不愧不怍，生乐死乐"。

是的，爱家报国！多少先辈纪念屈原时，从来不忘此情怀，以超越个人生死的觉醒为"快乐"。写下千古绝笔"人生自古谁无死，留取丹心照汗青"的文天祥，在《端午即事》中吟诵："五月五日午，赠我一枝艾。故人不可见，新知万里外。丹心照夙昔，鬓发日已改。我欲从灵均，三湘隔辽海。"文天祥何尝不和屈原一样，是一名品性高洁的"香草美人"？

香草美人赠君"艾"，家国之爱传心印。屈原眼中的一艾一花、山河大地，无不是心灵的写照："乘鄂渚反顾兮，欸秋冬之诸风。""亦余心之所善兮，虽九死其犹未悔。"《离骚》泣血而成，其坚定信念、高洁情操，虽不见容于当时，却唤醒身后一代代仁人志士。

贾谊在《吊屈原赋》中叹息"国其莫我知兮"，万古悲风吹不尽；王阳明在《吊屈平赋》中长啸"驷玉虬兮上冲"，知行合一致良知，这位立德、立言、立功兼备的伟大爱国者，或许更加接近成为屈原的知音吧！屈原朗吟"吾不能变心以从俗兮，固将愁苦而终穷"，高歌"苟余心之端直兮，虽僻远其何伤"，关心的永远是百姓冷暖。王阳明如出一门，虽贬谪，始终忧国忧民，唯为国奉献一切、立志为民、生死坦然！为强国呼唤"我劝天公重抖擞，不拘一格降人才"的龚自珍，也曾在《浪淘沙·舟中夜起》感慨："香草美人吟未了，防有蛟听。"

追溯"香草美人与忠良君子"之源，可一直追到更古老的《诗经》中，于是有了善鸟香草，以配忠贞；灵修美人，以媲于君；虬龙鸾凤，以托君子……"端午"纪念的不仅仅是一个人，而是一种中华民族源远流长的精神。

谁说端午节不能"祝你快乐"？屈原这位"香草美人"也曾快快乐乐地过端午节！没有任何史料"钉死"了"过端午节＝纪念屈原"。相反，自古以来，倒有不少诗文谈到人们如何快快乐乐过端午。晏殊就写过这样的句子："雕盘分楚粽，重重团扇画秦娥；宫闱百福逢嘉序，万户千门喜气多。"

闻一多先生考证，端午是一个龙的节日，起源远在屈原以前——不知道多远呢！

北方的端午还有过"小女儿节"的传统，"香草美人"不仅仅是一种寄情于物呢！

"先天下之忧而忧，后天下之乐而乐。"千百年来，我们总被这样的"香草美人"浸润、感动和激励。今年端午依然是疫情防控的关键期，敬畏戒惧与不忘忧患生"快乐"，珍惜感恩与艰苦奋斗生"快乐"，身心安康与家国呈祥生"快乐"。与家人同乐、与亲友同乐、与同事同乐、与国家和人民同乐，才堪称真正的快乐。

屈原这位"香草美人"在《离骚》文末说："既莫足与美政兮，吾将从彭咸之所居！"可见"美政"是屈原的人生向往和政治原则。当我们快乐安享于盛世的美政良法时，当我们轻轻在门外挂上艾草，和家人一起剥开粽衣，伴着绿豆糕喝杯雄黄酒，欣赏着电视里各地赛龙舟的场景，在手机满屏的"端午安康"声中，安享和平幸福时光时，还是不要丢掉家国情怀的酵母——深深的忧患意识。

从来都不能丢掉忧患意识。

生于忧患，死于安乐。只追求一时外在满足、个人私欲的"安乐"，不是真正能长久、深刻和安心的"快乐"。忧患意识是一个人的内心关注超越自身利害、荣辱、成败，而将世界、社会、国家、人民的前途命运系于心的责任和担当。艰难困苦，玉汝于成；宁为玉碎，不为瓦全；天下兴亡，匹夫有责。

端午节前，我国成功发射了第 55 颗北斗卫星，"巨星天团"北斗三号全球卫星导航系统宣告全面完成。整整 26 年近 30 万人的艰辛付出啊！向今天的"香草美人"爱国者、奉献者们致敬！

纪念古人的习俗，只是端午节文化内涵的一部分，在日用而不觉的做人做事中，文化的味道才会真正活过来。2009 年 9 月，联合国教科文组织正式审议并批准中国端午节列入世界非物质文化遗产，端午节成为中国首个入选世界非物质文化遗产的节日。

抚今追昔，不仅要学习致敬"香草美人"，还要将家国之爱和那一份优秀文化传承和发扬下去，保江山长青、天下太平。

屈原《离骚》中一句"余既滋兰之九畹兮，又树蕙之百亩"，把培植香草和栽培贤能完全融为一体。中华文化传承的力量，正是在尽心尽力做人、育人中，把那一点点真善美的血脉和香气，一代代濡染传递下去，并为人类命运共同体作出更大贡献。

"端午安康，祝你快乐！"家国同乐，世界大同，必是对屈原这位伟大爱国者和"香草美人"的最好纪念！

2020-6-25

天问百毒不侵"命"

Topic：**端午愚哥偷学乐（下）**

南朝《荆楚岁时记》记载："五月五日，采艾以为人，悬门户上，以禳毒气。"李时珍就认为艾草是"百草之王"，对艾灸充分肯定："艾灸用之则透诸经，而治百种病邪，起沉疴之人为康泰，其功大矣。"

防疫的日子，网上艾草一度脱销也说明了人们的重视。现代医学证明：艾草可杀死多种细菌和病毒，抑制流感！遗憾的是城里人难比在乡村，端午一早赶在太阳升起之前，去山中采摘新鲜艾草回家，最是妙用！

我命在我不在天！自古以来中国人就有主宰自己命运的信念："天行健，君子以自强不息。地势坤，君子以厚德载物。"这种主宰是对大自然的敬畏、顺应和尊重，因此产生以人为本、仁爱为核、万物一体的中医文化，也是一种"生命至上"的文化。

每一个端午节，都是寻找良药、对症下药、自我疗愈、身心重整的"生命节""文化节"。留下绝笔《示儿》的南宋爱国主义诗人陆游，用《乙卯重五诗》记录了端午当天，为求平安无病，人们穿衣戴冠、赏花吃粽、储药配药的情形，当晚快乐小酌两杯："重五山村好，榴花忽已繁。粽包分两髻，艾束着危冠。旧俗方储药，羸躯亦点丹。日斜吾事毕，一笑向杯盘。"

人真的能百毒不侵吗？生命真相告诉我们：不可能！今年端午还赶上国际禁毒日，除了身外的生物病毒，还有内在种种贪嗔痴慢等欲望病毒。没有百毒不侵的人，哪怕是屈原这样的"香草美人"、圣贤大德，也会有失守、受伤之时！徐志摩曾诗意调侃："你以为我刀枪不入，我以为你百毒不侵！"但是"性"内"命"外，"百毒不侵"更多比喻人的性命中坚强主宰的意志、精神和灵气，我们智慧的先祖早就了悟生命的真谛。

《易经·说卦》曰："穷理尽性，以至于命。"趁清闲而保气，守精神以筑基，一面穷理，一面尽性，乃有不坏之形躯，以圆不死之妙药。

《中庸》开门见"命"："天命之谓性，率性之谓道，修道之谓教。"

正是这种对于精、气、神合一的追求，对于理、性、命合一的穷尽，对于天、地、人合一的参悟，我们渐渐认识到心理合一、万物一体，物物有性、物物也有命。人为万物之灵。唯有去人自私之性，以穷尽天性之表现，去人自短之命，以至天命。

很多长寿健康的人瑞，多少都能活出一个"大我"，与普通人同乐同忧，都有返老还童、返璞归真的天真性格，活得真实、认真，充满生活情趣。林语堂先生在《人生的乐趣》中说："在中国，人们对一切艺术的艺术，即生活的艺术，懂得很多。"

一缕缕艾草的清香袭来，你这山野中随处可拾的"香草美人"，多少人只是端午才忆起？良药本无贵贱，能治病则名为"良"。天问百毒不侵"命"，我当反躬问良知。正如屈原在发出一连串困惑无解的天问后，反躬自问："悟过改更，我又何言？"

2020-6-26

愿听秋声做"愚公"

醉来扶上桃笙，熟罗扇子凉轻。一霎荷塘过雨，明朝便是秋声……

昨晚入睡时还是酷热难当，念着古人这首《清平乐·池上纳凉》想：明天不是立秋吗，哪来风雨哪来愁？

渐入梦乡，忽浑身哆嗦、心绪怅惘。惊坐起，还是凌晨，窗外凉风骤袭，这是第一阵伴水天清话、与立秋如约而至的秋声吧！

难怪欧阳修夜来"闻有声自西南来者，悚然而听之"，而留千古传颂《秋声赋》，"噫嘻悲哉！此秋声也，胡为而来哉？盖夫秋之为状也"。不以物喜，不以己悲；不因动摇，不因静止。"奈何以非金石之质，欲与草木而争荣？念谁为之戕贼，亦何恨乎秋声！"

也许活了一辈子，对这秋声要么无动于衷，要么总有些较劲不服：怎么会这样准时，千百年来循环不变呢？作家张承志感叹，"立秋"二字，区别凉热，指示规律，它年复一年地告诉我们这些愚钝的后人：天道有序，一切都在更大的掌握；寒暑交替，福祸相依，是万古不易的道理。

是的，夏去秋来，四季轮回，悲欢离合，无人幸免。与其徒劳地拽着夏天的脚步，自以为聪明地想一直活在"火热"里，患得患失，不如安静地听着秋天的声音，做一名老老实实的"愚公"。因为这生生不息的天道，功在社稷不占有，恩泽万民不宰能，唯能"愚"而用其机，方能尽人道合天道。

"梧桐一叶落，天下尽知秋。"《逸周书·时训》说："立秋之日，秋风至；又五日，白露降；又五日，寒蝉鸣。"故将立秋分为三候：一候凉风至，二候白露降，三候寒蝉鸣。说的是立秋后，气温变化大，天气由热转凉，而早晚温差也逐渐增大。所以，立秋的到来，人们要格外注意，饮食上少吃一些寒凉瓜果和辛辣食物，避免刺激肠胃，损害健康。

该改变习惯的就要改变习惯，该遵守规矩的就要遵守规矩。如此才能顺应天道，面对世事荣枯，身心从容安然。《淮南子》说："秋为矩，矩者，所以方万物也。"秋风肃杀，主刑罚，规矩万物，教化人心，所以才有秋后问斩的说法，警示我们去恶扬善、正风肃纪、敬天爱人。

孔子说，七十从心所欲而不逾矩。但愿"闻道"这个人生境界的年龄，能再提前些，也算做人无憾啊。而想提前"朝闻道，夕死可矣"，或许恰恰是不去多想、妄想、瞎想。能做一个任运自然、有笨功夫的"愚公"，"道"可能早早就在那里。

"愚公"若真能诚敬有节、勿忘勿助、顺应天道，则可静观知止，静极而生动，阴中自有一阳生，这点便是生生不息之仁。几年前曾写过小文《"愚公"移报》感叹：愚公能移山，山还在那里；"愚公"能移报，报还在那里……

一切在变，初心未变。唯有用好那生生不息的初心，方能"移"万物。"天"还在那里，"道"还在那里。

2020-8-7

第
八
辑

最温暖的终端是人心——而一件新闻的发生，无论在哪个终端呈现，最终就三个版本：你的新闻，我的新闻，真实的新闻。每一种选择，都会影响人心。

也许，在新闻娱乐化并情色化的喧嚣语境中，在功利浮躁的社会情绪中，我们静静地影响世道人心——也许，这也是我们努力追求的一种境界。

我们作为一家努力追求公信力的传媒，这也是我们努力追求的一种境界。

新闻观

最温暖的终端是人心。而一件新闻的发生，无论在哪个终端呈现，最终就三个版本：你的新闻，我的新闻，真实的新闻。每一种选择，都会影响人心。

全媒体转型依然内容为王，只是已非传统理解的内容，而是"内功容量"：原料和制作过程是第一容量要素，再加上思想的内功、坚持的内功、专注的内功。内功不强大，只强调和依赖传播渠道，即便成功也是一时的。

一直提醒自己，正义、崇高、公正是从点滴积累的过程中去体验和证明，而不仅仅是口号和概念，比如不要轻易被以正义为名的"评论"绑架，不要轻易被以崇高为名的"慈善"活动绑架，不要轻易被以公正为名的"客观"报道绑架。

如果把过多的情绪放进新闻当中，新闻可能看上去真实却不会客观。

做人做事做新闻，除了人事闻的一些基本所谓"原教旨规范"，不能借口将童真之心厚道之心踢开，否则，还是会留下很多缺憾。

做新闻的要警惕把新闻做成广告，但广告并不是谎言。它只是告诉你能满足你什么欲望和需求，但不一定是真相。

既不要自恋，指望搞新闻能发财，也不要自卑，要活出文化人的自尊。不求大名利的功利心，拥抱大事业的幸福感。

平台对渠道的垄断，技术对信息的重组，逼迫传统新闻业一面与时间赛跑，一面重构自己可持续生存发展的良性生态，包括分发与平台联姻，艺术与技术结缘，不怕小而精，只怕散而糙。

好的思想教育者，首先要自己"真信"，才能变说教为说服，变概念为故事，变过时为时尚，变理论为实践，变价值为活法。

媒体工作虽然收入不高，但快乐溢价较高，所以离开还是留下都很好。但愿为了这较高的"快乐溢价"，共同努力创造一个好环境，搭建一个好平台，努力过，成长过，足矣。

信息不是一场交易，而是人们不可剥夺的权利；信息不是一堆负担，而是生活更加美好的底料。——中国和拉美媒体人士跨越太平洋的共识

我们人人有"记者证"，这个特殊的"记者证"，就是道德和良心，就是为公民立言的通行证。

你没有发现那条新闻，和那条新闻本来就没有，是完全两回事，正如"没有发现"与"发现没有"是完全两回事。

记者要表达的是事实而不是情绪，但记者选择什么事实能代表一定情绪。

我们现在有了更多的传播权，要慎用；我们不断学会更多的调查法，要好用；我们可以行使更多的曝光权，要善用；我们在批判更重要的是要建设，要多用。

做监督类新闻，就是和这个时代的疾病打交道。我们采访，在多数情况下，并非一个健康人对患者的考察，很大程度上即病友之间的探访。我们都是时代的患者，都是病菌携带者，只不过发作与否、病情的进程和严重度不同。

规定要否定，否定即规定，媒体否定之否定中，弄清"我是谁""我要干啥"这些"不死的精神"，比反复讨论"应该给谁看""看了怎么样"这些"变动的东西"可能更为关键。

对新闻的了解、认识、判断决定作品的成败，这是一个老新闻人的忠告。

坚持正确的政治方向、舆论导向、新闻志向、工作取向，全心全意服务青年成长，推动社会进步，"向"由心生，知行合一。

媒体个性有理性有感性，理性理得硬，硬到理性深厚；感性感得软，软到感性温柔。——人性，亦如是。

静静地影响世道人心。也许，在新闻娱乐化并情色化的喧嚣语境中，在功利浮躁的社会情绪中，我们作为一家努力追求公信力的传媒，这也是我们努力追求的一种境界。

全媒体时代的专业素养不是新闻没意义，而是专业性更强、专业门槛更高了。今天我们将面对更专业化的竞争，只有一流的新闻工作者才能生存，平庸和颓废是通向消亡的门票。——传媒的公信力至上。

有时一觉醒来，突然发现不是职业不行了，而是一个行业快消失了。所以真正的事业，是全心全意提高服务别人和社会的能力与智慧，而不会被"职业""行业"束缚住。

假如制造新闻成为常态，真正的感动将没有人去传播，虚假的东西却令人相信；假如法律不能真正执行，别说平民百姓没有安全感，就连有权有势者也胆战心寒；假如伦理底线被突破，不是信仰问题岌岌可危，而是连最基本的相互信任也丧失殆尽。

新闻专业主义当然要提倡，同时也要警惕打着"专业主义"或"貌似专业"的不专业行为。专业主义目的是发现真相、解决问题，而不是哗众取宠；专业主义过程要严谨、符合新闻规律，而不仅仅为专业而专业；专业主义结果要尊重包括新闻在内所有专业规律，而不能自以为是乱专乱评。

现在搞新闻、看新闻的变得半信半疑、宁疑勿信，或信恶疑善，原因之一是"信"和"疑"的态度：没有一种基本信任、信心，就难有信仰，而"信"既非盲信，又是一种开放和包容的"信"；没有一种怀疑质疑，就难求真相，但"疑"既非全盘否定，又是一种应不断比较辨析、实地求证的科学过程。

大数据时代对传统媒体形成了巨大挑战，就眼前来说，在原有"内容基因""思想基因"基础上，可能还是多培植更多"产品基因""数据分析基因""产业发展基因""技术管理基因"。如果一时大数据有点蒙，就先把"小数据"整合好运用好，就算不错了。

群众路线教育离不开新媒体，但不把解决问题寄托在新媒体技术工具上。新媒体本身不能解决治理问题，关键在善待善用新媒体走线上线下互动的新调查研究之路，不断提高"去粗取精、去伪存真、由表及里"分析处理信息数据能力，创造形成联系群众新机制和制度，促各级公权力真正积极有效解决问题。

新一代记者既需要坚守传统意义上的价值观，又要拥有能够创造多媒介故事的能力，还要有在创造性团队中发挥作用的智慧。

要把新闻当作一门职业更要当作一项事业。只有不把从事新闻只简单当作养家糊口的饭碗时，不把从事新闻只简单当作当官要权的台阶时，才能有做大事的幸福感！

今天的新闻人最重要本领之一，就是学会说好故事。首先是自己要成为专注沉静善良的有故事的人，因为越有故事的人越专注沉静简单，越肤浅单薄的人越浮躁不安；越心地善良的人越美丽，越心地恶毒的人越丑陋。

新闻人面对"内容"重新解构和思考，难道内容仅是新闻或信息吗？在全媒体时代，只要能被吸收，能被覆盖进产业链条中的，都可视作"全媒体内容"，当然包括所谓的广告、碎片化植入、用户参与和设计、再造转化、渠道传播的形式。有时候形式可能就是内容，甚至大于内容。

我们宁愿为创造精品慢些走，也不要为急于粗制滥造快些跑。

记者回家，探讨全媒体转型，"全"不是大而全，"转"不是转变值得坚持的价值观；为读者用户客户、为社区社团社会创造更多价值，服务更多内容。实现人生更加单纯、简约、便捷、美好，才能成就自己。这也许是转型的本质吧。

融合背景下的媒体运营思路应当是全媒体营销，而不是营销全媒体。前者是整合、跨界、联动和包容的思维，后者是传统、孤立、自我和封闭的思维，可是我们常常习惯了后者。

新媒体趋势是，从内容为王到渠道为王，从以编辑为王到以用户为王，从纸阅读为主到新文化阅读习惯为主，从品牌广告营销模式为主到大数据精准营销为主，从以技术载体为王到以整合创新思想为王。

今天有公信力的媒体，要时常自省我们不能只交给公众一个标题，而没有细节；只交给公众一个态度，而没有选择；只交给公众一个观点，而没有故事，就像一位摄影人站在失去了细节的风景后面。

碎片化的网媒，纸媒记者记录的是历史，还是态度？态度是"道"，记录是"术"。我们关注什么，我们的心投向哪里，我们的思想表情展现怎样，都意味着任何历史的记录都是有态度的。当然，南怀瑾老人曾经说：其实历史真的没有什么秘密可言，但愿吧。

贵在走，难在转，重在改。——走转改，就要把百姓冷暖放心上，百姓才能把你放心上；就要把受众当亲人，受众才能把你当亲人。媒体的生命力和价值与百姓受众同在！放下奖杯，明天又是新的一天。

现代传媒的生存悖论：你以为你站在了世界的中央，只可惜这世界已没有了中心。现代传媒人的生存悖论：你以为你站在了新闻的中央，只可惜这新闻已没有了中心。

怕媒体什么？如果有问题，当然怕；如果想解决问题，怕什么；如果有问题的领导，当然怕；如果想解决问题的国家，怕什么。

做媒体只做新闻是远不够的，报纸资源化，资源资产化，资产资本化，资本社会化。

一个单位或个人，都不要轻易地说"代表"谁，因为要么是经过程序正义授权给予的，要么是真正获得信任口碑传扬的。一家媒体也是这样，需要不断提高服务意识和手段，适应和创造受众的需求，不然，没有市场和信任，也是徒有其名的。

文化是魂，媒体是脉，做青年工作，有意思才能吸引人，有意义才能凝聚人。努力将有意思的事情做得有意义，同时将有意义的事情做得有意思。

当一个组织或个人解决了"自己是谁"的根本问题后，他对周边的影响和辐射就会随之发生。当然这个过程中不仅需要热情和呐喊，更需要扎扎实实的制度设计。

媒体在延伸人的身体的同时也拓展了人的权利，也延展了责任。媒体人每天面对阳光，不是仅仅为了去掉烦恼本身，而是面对烦恼时真正超脱的心态和智慧，前者是阳光的火力，后者是阳光的活力。

产品打动人心，除了产品本身，引起关注的方式与渠道也很重要。在新媒体环境下，任何对于文章和自家媒体的自恋，都最多只是打动己心，警惕。

在这个越来越碎片化阻碍大脑思考的时代，一家媒体高含量的表现与高质量的主张，是价值核心所在。

转行是扬短避长，转型是扬长避短，因为转型比转行的好，关键还是坚持了扬长避短，新增价值创新。

"尖"的上面是"小"、下面是"大"，提醒我们要真正做到高精"尖"，必须要努力做到：小处着手、小事做起、小步开始，大处着眼、大心世界、大有情怀。

每天这么多发稿平台，职责所在，却迟迟看不到你的大作，都不好意思说你，不知道你好不好意思；就这么几篇自家不错的作品，大局所系，却迟迟看不到你主动转评，却还好意思说没稿子，不知道你怎么想的。

报纸是新闻的一种仪式，阅读报纸是优雅生活的一种仪式。

一早就发现了一处差错，虽然不是自己直接造成的，但还是很惭愧；一面积极处理，一面思考如何避免犯重复错误。疏忽、疲劳、人手不够等理由都不足以"纠错"，程序把关不到位的责任心还是关键问题。

对于全媒体来说，越来越多的活动，其实是越来越多"有内容"的活动，活动本身就是内容，可我们还是习惯将两者割裂开来。

"融媒小厨"的情怀和品质永远大于技巧，而其中一些高品位的精品大餐需要坚韧不拔的发掘发酵，而最好的"酵母"是时间。

新闻或者评论一旦发出，如泼出去的水，有时连婴儿一起泼出去了。对于泼水人来说，极其认真的态度、大局的视野和专业的操作，加上一份正义和良心，决定了是泼出爱还是恨，是泼出甘露还是污水。

新媒体时代，咫尺就在天涯，天涯就在咫尺。善与恶，一念之间，一言之中，一图之上，尽在这咫尺天涯。

在新媒体时代，有多少"名表控""名烟控""名利控"，就可能有多少"真相控""监督控""追踪控"。这是客观的一个事实。

搞了多年新闻，还是在不断提醒自己常"新"常"闻"：要炒"爆"，更要有真"料"；要有"胆"，更要有见"识"；既要有"国"的利益，更要有"家"的情怀；要前"进"，更要迈脚"步"，也不要辜负了"爆料""胆识"和"国家""进步"了。

一篇完全正面积极向上符合新闻规律的稿件，被网络转载时偏偏摘取其中一句"负面"信息炒作歪曲吸引眼球，造成公众和当事人严重曲解和误解，值班气愤，网络"标题党"实在害死人。

微评论的出现是对传统评论的有益补充，微博海洋的信息语境，有助于足不出户的评论员掌握更多对写作有用的信息，而不至于被新闻报道牵着鼻子走。

假新闻也是真历史的草稿，谣言也是真相的变形镜。吸取任何经验，都不能忘记吸取教训，否则就没有真正的进步。

今天我们看到的"社论漫画"有多少值得好笑的？好像很少，而美国漫画家佩特甚至认为"不应该是好笑"，而应该"让读者在观看漫画时感到一种冲击"，这是他创作时候"愤怒"的体现。别忘记漫画在新闻中的作用。

不是传统媒体被迫交出权力，而是"传统禁锢思维的那些媒体，包括所谓老媒体和新媒体"被迫交出权力，因为他们失去了独立思考和质疑的天赋权利。

我们不要做虚伪、谎言、无聊信息的始作俑者，也不要受别人利用成了是非的传播者。写文说话之前，想一想，是否真实有来源、是否善意有理性、是否建设有作用，不仅仅指我们的新闻同行。

消失的可能是纸，留下的是报；消失的可能是思潮，留下的是思想；消失的可能是工具，留下的是生命。

与时代同呼吸，与民族共命运，立报为公，文章报国，忘己无私。——对百年大公的寄语，也是对媒体良心的呼唤。

有时候要防止一种倾向，强加一种观念的传播或灌输，只是因为把某些受众听众或者粉丝读者的叫好声，看得比实事求是的评估事实和现实更重要。

领导者

全球化正在转向中，警惕保守主义保护主义抬头。历史往往在轮回、循环中跌跌撞撞向前，每次加速马力时，总会甩掉许多满载的东西，而有些东西，是人们恰恰不能丢掉的日用品。

发展唯有坚持改革，改革出路之一是拥有平衡的能力与智慧：政府与市场，公权力与私权利，公平与效率，供给与需求，代沟与传承，实体与虚拟，等等。

人生追求的最高境界是精神追求，企业经营的最高层次是经营文化。全球化今天，经营文化既需以产品定位为核心的企业整体品牌文化定位，更需以价值共鸣为核心的企业社会化人性化文化定位，从占地抢位到"心智圈地"再到价值观创造输出分享，不为"圈地"，而是爱和责任的社会共同创造和分享，不仅指企业。

"经营"是选择对的事情要做，"管理"是把人和事都做对，"文化"是推动事好人更好，"制度"是把上述这样一个选择做和推动过程相对固定下来，获得可持续发展。——公司之道某处见。

包容不是无限放纵，不是不要竞争。包容中的竞争，是在平等机会和规则下围绕共同目标的竞争，是你我竞争合作中共赢，而非你死我活中独存。

无论新老单位，都面临着再创业，比传统岗位角色职业描述更迫切需要的，是能否在复杂环境中，有效地协调并整合各方资源，扎实创造性地开展工作。

唯有在发展中才能解决问题，否则纠缠于问题本身，于解决无益。有时互推责任，反而有害，成为问题上的新问题。

核心竞争力不等于核心技能知识力，也不等于人才力，可以譬喻好的核心竞争力是一个可以造好剑的"机制"，是一个"人人可成才"的氛围，而不是几把利剑，全部寄托于几把利剑，会面临双刃剑风险，可创造超常的业绩，也可造成超常的毁灭。一味迷信"人才"，可能也如此。

好的观念，如果不能坚持落到做事做人中，那就不能真正受用"好"。那样的话好的观念对于自己来说，只是一个口头禅，顶多是说给别人的概念。

看似简单的工作，只有耐心圆满完成，才能够享受真正的心闲。如果于其中能及时反省纠错，或许可能轻而易举地完成困难的事，享受更大的成长喜悦。

最难不是做事，最难是真正做好事；最难不是做好事，最难是有利于社会做好事；最难不是有利于社会做好事，最难是一辈子有利于社会做好事；最难不是一辈子有利于社会做好事，最难是一辈子不以为自己在有利于社会做好事。

不要做一些看似忙忙碌碌的伪工作，要么是不以结果为导向的"盲碌"，要么是只给领导看的作秀，要么是平庸无能虚耗光阴。

千万不要担心自己做的成绩别人不知道、领导不知道，过于在意，就是动机问题了，所做的"成绩"只能算"功"，不能算"德"。

做好该做的事情，唯精唯一，简约美好，黑白分明，这是流行移动战胜老牌移动的真谛之一，那么简单，那么坚定。

主动找事做，可能会没事；见事躲着走，事会缠上身。

很多小事情决定了结果，如果把这些小事情努力做好了，结果自然就会出现。

点点滴滴皆重要，处处学习是诀窍，方方面面有圆融，尽心尽力无他法。

创新创业教育不等于每个学生都能成为企业家。对有创业意愿和创新项目的学生，允许休学创业，但对于大学生来说，更重要的是培养做人素质学习创业精神做好创业准备。

抱拳做人做事，从复杂到复兴——共创事业；从多难到多赢——和解共赢；从风险到风景——这边独好。

新，就新在新经济；实，就实在抓落实；细，就细在删烦琐；创，就创在好效益。

政事虽剧，亦是学问之地。为百姓之政，当有以百姓心为心的好学问。

没有一项工作是不受委屈的，没有一项成就是随便完成的；没有一项人格，是离得开担当的。

两个组织在竞争决胜阶段，关键不怕对手有多强大，而怕自己的队伍中，竟然没有几个顶天立地勇于担当的男子汉。

工作油了易变成工作油子，当官油了易变成官油子，经商油了易变成商油子，做人油了易变成"老油条"。人的成长过程，是一个努力去掉油滑之气的过程。如果连自己都不知不觉、心甘情愿地成为"老油条"并享受其中，就已经是"中毒"太深不可自拔了。

我们创造事业，就是为了创造，就是为了创造而快乐，可是如果我们被创造的这个"事业"所束缚，就会很痛苦，就会患得患失，在这个过程中身心交瘁。以为这是"我"所创造的事业，事业是离不开也不应该离开"我"的，而真实的状况是事业一直在成长和发展，你的事业中有别人，别人的事业中也有你。

连续工作之累，往往不是因为"事情多"感到疲倦，而是因为"人事多"感到困乏。"事情多"的一个原因，就是"人事多"作风建设的要义，是为了正风气求实效，减少不必要的"人事多"，让"清清白白做人，干干净净做事"这样一种"新人事"蔚然成风。

虚功要实做，难事要常做。这需要何等境界，何等担当！惭愧，学习。

所谓成功的人不一定就是技术最好的，而往往是最了解需求的人。

绩效考核当然重要，但正如一位企业家所提醒的，绩效主义看似公平，但缺少内涵，只能靠利益来制约，没有形成精神的共同体，最终走向平庸。

让一个可替代的产品变得"不可替代"，也许正是我们工作中追求的一个"不可替代"的价值。

劣质的作品，如粗糙的工作，以差不多为借口，费的不仅是神，伤的关键是心。

有时太忙，不是找不到合适的食物，而是出于种种主客观的原因要为别人和自己找更多的食物，结果自我加压活活累死，如果一定要忙，那么就多找几个志同道合的伙伴，共创业共担当共享受，那样乐趣也许会多一点，尽管理想化。

一个机构如果没有依法科学的制度性设计，即便是再能干、有道德、值得信任的人，都有可能因为有意无意的膨胀或者侥幸，而失去底线。一个机构如果在价值、文化、理念和认识上没有更多的认同和共识，没有相应的推进和举措，没有相应的适合的表达和表情，没有相应的和谐智慧和技术策略，越是多元越容易向左走向右走向不知道哪个方向走，而与包容无关。

企业社会责任不仅仅是外化的企业品牌、形象和公益活动项目，而更应是内化的企业管理、机制和社会价值创造胜利。

一个企业可以没有技术没有核心优势，就是不能没有把企业当成命根子的人！这样的人就是最不能超越的核心竞争力！

任何企业，真正做大做强做得可持久，一定不只是属于某个人某个小团体，一定属于社会和公众，所以社会责任既是社会和公众的要求，更是企业自身成长的需求。

共生共建，共享共赢，不仅是现代商业生态系统的规则，也是现代社会生态系统的规则。

仅仅以为自己有公心是不够的，如果没有相应的胸怀、能力和方法，这种"公心"也只是自以为是。

让团干部更像团干部，让团员更像团员，团组织更加充满活力。从严治团，倒逼年轻的团干部们，走进基层团支部，更要走进年轻人的心中；追赶网上步伐，更要有真本领引领风尚；完成数字化任务成绩，更要有资格有自信能为青年做什么；要成为与负能量短兵相接战斗员，更要成为正能量生态建设推动者。

谨慎使用"引领"，可多使用"一起"：一起学习，一起陪伴，一起服务，一起成长……"一起"认同，"引领"可能自然而然发生。

"效率"并不简单等同于"简化""减人""移动化办公""集中集权"等，而是一种结构优化的结果。——团队的结构，生态的结构，制度的结构。

近"朱者"单位赤，近"墨者"单位黑。如果可以选，要选"朱者"单位，如果没法选，就共创"朱者"单位。

只要还在岗位，就没有抱怨的理由；只要还在奋斗，就没有懈怠的借口；只要还在战场，就没有逃跑的机会；只要还在成长，就没有停步的资格。——为了战友，为了青年，为了阳光。

人群聚在一起叫聚会，人心聚在一起叫团队。

在压力下既想表现出不保护自己的豁出去，实际上又太想保护住自己，以致那试图不保护自己豁出去的想法成了一种游戏、一大笑话、另一种保护自己的方式，矛盾的人格就出现了。

不要以为一些无用功是浪费，真正的浪费是把自以为有用和功利的东西当作了所有付出的目标。

弘道要因人，却勿因人废道。理想信念要人践行，却勿因少数人坏行劣迹，勿因自己一时走上迷途，就废掉理想信念。

直觉当然好，但把握整体并不够，只有当一向被忽视的新事物浮现出来时，理性中的灵感才会作用，才能有真正的创造。

每一天即便是带着忏悔和反省的"退一步"，也可能成为弥补和修正的"进一步"。

"慢创新"的提出，不是要把创新的速度降下来，而是在把握节奏、优化结构、匹配资源过程中，把那些矫揉造作的"伪创新"找出来，踢出去。

管理服务的深在于对生活的认识，对人及人性的了解，同时又更能理解宽容人，因为懂得人性缺陷一般不是他本人的过错，而多是环境或生活使然，本性自然，理性超然。

有时候看一个人的品德，不一定是一时要求他干本分事时那些表现，而可能是临时需要他干"分外事"时那些表现。

没有一个模式能绝对保证转型成功，要做的，就是不断适应和创造客户、用户需求，创新精品内容，创新组织重构，创新品牌服务。

有价值的事情和有意义的话一样，不怕别人笑话"反复""重复"和"执着"。

如果一个人能把性命活出生命，再把生命活出使命，也算活得值了。

不要抗拒被"敲打"，如果你真的有"被"的感觉，或许突然明白，人们死命"敲打"被子的时候，其实是在"敲打"被子上的尘土和灰。

规模化最大的挑战是"规模老化"，机器化最大的危机是"人的惰化"，新闻的全媒体创新可引以为戒。

当"战狼"披荆斩棘，我们欢呼技术、数据、信息化越"战"越勇时，也清醒于驭狼之人基于灵性、悟性和智慧越"战"越远的创造力。

"正其义，不谋其利"是处事原则，待人接物又有"己所不欲，勿施于人"。坚持原则，了解方法；坚持和解，不失抗争。

能做好每件小事情，务实成长；会说理论大道理，锦上添花。

"怒不过夺，喜不过予。"与其怒气冲冲地发脾气给不关于己的人，不如喜气洋洋地善待可以改进的自己。

可以不轻易生气，要会生气；可以不马上判断，要会辨别；可以不盲目去做，要会选择。

从最坏处着眼，做最充分的准备，朝好的方向努力，争取最好的效果。——是知行合一的有效方法论，是化解风险的有效方法论。

既不能去炫耀锄头，而忘了种地；也不要只忙着种地，而不改进"锄头"。前者是目标，后者是手段；前者务实效，后者求高效。

幸灾乐祸的算是小人，落井下石的就是恶人。向上向善者力戒之。

离基层越近，离真理越近；离一线越近，离真相越近；离朴素越近，离真心越近。

领导是"展露外面的领子，肩托思想的大脑"，不是领导群众，而是服务群众，做一名努力争先的榜样群众；不是领导利润，而是领导使命、责任感、团队精神和目标。

每天看似都在做一些简单琐碎的事情，其实大有意义。拥抱因为只有有耐心圆满完成简单工作的人，才能够轻而易举地完成困难的事；只有越来越简单的人生，才能享受越来越丰盛的生命成果。

法是他律，德是自律，而所有的"律"，都归于要有真正一心为民一心为公的优秀治国理政人才，且必须经过艰苦条件的磨炼，必须具有起于社会基层的实际经验，这既是历史的经验，也是人才成长的一般规律。

这位老总介绍的理念还是令我感慨：我们公司不叫员工，叫作成员；我们公司创造幸福，更是分享幸福。也许人们习惯称呼的"员工"更个体和单一，而"成员"可以理解为一起成就事业的人员，更有团结力和亲和力吧。

一切的事业，都是以人为本，以服务生命成长为中心，而不是相反。若此，"事业"就有了更深的意义。

创新的本质，不是创新的技术，而是创新技术背后的人性法则尤其是审美法则。只有符合人性审美法则的创新智慧、知识、技术结合，才会带来社会的发展，才成为可持续创新发展不竭的源泉和动力。

人生谈

有一种幸福叫虚荣，装模作样；有一种幸福叫概念，众说纷纭；有一种幸福叫真实，平常踏实。

人有四安：安心、安身、安家、安业；人有四感：感恩、感谢、感化、感动；人有四福：知福、惜福、培福、种福；人有四它：面对它、接受它、处理它、放下它。

历史感不仅仅是历史的故事和记录，更是历史的态度和责任。一切历史都是当代史，不被思考和传承，只是编年史。忘记历史意味着背叛，于人于家于民族，皆如此。

真正的幸福之道，不是将烦恼视为负担，而是把烦恼当作幸福的功课；真正的修身，修炼的不是断除烦恼本身，而是面对烦恼的心态和智慧。

如果所做的事，恰是自己喜欢的，那是一种幸运；做喜欢做的事，多用智慧，那是一种幸福；如果所做的事，恰是自己责任的，那也是一种幸运；喜欢自己做的事，多用慈悲，那也是一种幸福。

我们常常喋喋不休，是因为我们试图掩盖自己的短处，生怕被别人瞧不起，或者被别人误解；我们常常烦恼不休，是因为总看到别人的缺点。

有时候，我们做错事，是因为该用脑子的时候却动用了感性情感；有时候，我们很烦恼，是因为该用感性情感的时候却动用了脑子。

不在意嘲笑和讽刺，因为行动的出发点是责任和信念；不讲正确的废话，因为讲得越多，时间和精力浪费越多。

乐于被人误解。既需要超强的自信和勇气，还需要有坚定的实力和创新。有些误解会自然变成理解，有些却变成更深的误解，取决于过程和结果。

不仅仅是自己一个人感到孤独，其实表面热闹的大家都是孤独的；不仅仅透支了环境，其实表面的繁华还透支了身心。如果你是寂寞的，那就在孤独中慢慢沉淀自己，人生本就植根于寂寞的土壤里；如果你是清醒的，那就在透支中慢慢找回自己，人生本就是在向善向上中迂回前行的。

左边是心，右边是真，谓之"慎"，心要真，要真心，慎终如始，慎始至终。慎独，说易行难，还是一片真心去行，哪怕走点弯路，终不离正道就好自省。

年龄愈增、知识愈增、见闻愈增，并不意味着道德愈增、智慧愈增、见识愈增，有时候有的人反而呈相反状态，所以如履薄冰非空言，好为人师非善见，脚踏实地方安心。

其实你不必在意是否有人看见你无聊或忙碌，充不充实不会因他人是否知晓而有所不同，自己内心是否清静自己明白。

爱，并不是因为我们要去找到完美，而是我们学着用完美的眼光来看待不完美，然后努力地去调整、修正、共识、成长，人亦此，事亦此。

不辩，是智慧，可是往往为了这"不辩"，还是历劫种种"辩"的坎坷，不仅仅因为别人的问题，也是因为自己的问题，还没有那份日常通达的智慧，一点点偶尔的知识或者情绪，并不代表智慧。

生活中只有5%的比较精彩，也只有5%的比较痛苦，另外的90%都是在平淡中度过。人都是被这5%的精彩勾引着，忍受着5%的痛苦，生活在这90%的平淡之中。

一切美好的事物都是曲折地接近自己的目标，一切笔直都是骗人的，所有真理都是弯曲的，时间本身就是一个圆圈。

每个人都渴望：哭了，有人慰；累了，有人依；苦了，有人疼；久了，有人忆；远了，有人牵。但每个人都明白：生活，要自己忙；苦累，要自己扛；泪水，要自己擦；风雨，要自己挡；滋味，要自己尝。世上的路，有时，只能一个人走；心上的伤，有时，只能一个人养。

当一个人的成长速度跟不上爱人时，婚姻就出现问题；当你的成长速度跟不上孩子时，教育就出现问题；当你的成长速度跟不上上司时，工作就出现问题；当你的成长速度跟不上客户时，合作就出现问题；当你的成长速度跟不上市场时，公司就出现问题。解决任何问题的核心就是：学习→成长→改变。

这世界会打击每一个人，但经历过后，许多人会在受伤的地方变得更强壮。

贪恋别人，等于烦恼自己；阻碍别人，等于陷害自己。

人大喜易失言，大怒易失礼，大惊易失态，大哀易失颜，大乐易失察，大惧易失节，大思易失爱，大醉易失德，大话易失信，大欲易失命。

你可以抱怨有刺，也可以感激灌木丛中有花。

成长中学会一点辩证，一点幽默，想要嘲笑别人的时候记得也是在嘲笑自己，会多一点不同而和的平衡。譬如，哎，可自嘲一下：错的原来在浪漫，其实浪漫本无错。

不怕给朋友添麻烦，就怕给朋友添堵，麻烦可以解决，堵却容易伤情。

如今我们常常重视那些时刻在变的东西，而忽视不变的东西，而真正的变通，不仅仅是应时而变，还有善于通达那永远变化中不变的东西，包括其中的价值。

受尽天下万事气，养就胸中一段春。

越是没人爱，越要爱自己，越是受怨气，越是行善举，一个人借故堕落总是不值得原谅的。

何必千山万水找风景，一颗童心，处处美丽；何必费尽艰辛减压力，一点童趣，快乐无敌。

心不放，事难收，即便是每每你说"没事"的时候，心里或多或少都藏着点事。

万物互联的时光机器不是什么神秘东西，其实我们每个人都拥有时光机器，有的能把我们带回从前，叫作回忆；有的能带我们迈向未来，被称为梦想；而能灵活善用能照亮当下的，合一于知行。

再亲密的亲友，也要保持适当距离；再遥远的陌生人，也要送去无隔阂的祝福爱心。

面对问题是勇气，接受问题是胸怀，解决问题是水平，放下问题是智慧。

不再渴望爱情，只是去爱；不再追求成功，只是实做；不再绞尽脑汁，只是随真；不再心存幻想，只是心安。一切经历，皆是美好。

对于每天能掌握的小事、小心情、小清新、小东西，珍惜善待，呵护善用，唯如此大梦想才可能实现：不一定做多大的梦，而一定努力做好每一件小事，或者坚持不懈把一件值得做的小事，做上几十年，做上一辈子。

长期婚姻爱人之间比爱更靠谱的是舒服，如果连舒服都没有，哪里谈得上爱，舒服里面蕴含着爱，一种更自然包容随缘可持续的激情。

生活就在柴米油盐酱醋茶中默默地过着，同时可以琴棋书画诗酒花中脉脉地活着，默默安宁，脉脉含情。

一颗高尚的灵魂就像光芒万丈，不管高低贵贱，如何卑微，普照慈悲。但是大多数人不敢视，不愿视，忘了视，甚至连向往都没有了，于是把人生全部交给了苟且。而阳光静默无言：除了苟且，人生还有诗和远方，阳光可以照耀到那里。

半日偷闲乐悠悠，幸福何必怨残春，写来都是家常话，说透真是笑煞人。

焦虑社会不公、焦虑没钱没权、焦虑物价依然飙升、焦虑食品不安全、焦虑子女教育、焦虑环境污染……似乎总有焦虑不完的事。只有无忧无虑的人才会快乐。总在忧虑，哪有时间快乐?

不要总是看别人不顺眼，而是要常反省自己修养不够。禅宗六祖慧能大师说："若真修道人，不见他人过。"喜欢挑别人的毛病，而忘记反观自省内心，就会被负能量所障碍，难得清净光明。

过于拖延症状的人，有一种原因是对自己缺少人文关怀，要么纠结得要命，要么恐惧得要死。

有时候，一起能够走得更远的，不仅仅靠人品，还有人情和人事；正如能够厮守到老的，不仅仅靠爱情，还有责任和习惯。

现在不是一个人、一个机构通打天下的时候，所有的聚焦只是拿这个"人"说事，而不是什么真的如此"专一"。专一不是一辈子只喜欢一个人，只是喜欢一个人的时候一心一意。

为了活下去，要学会活在失去中，这也许是人的命运，对于还没有失去的一点天真，我会当作生命一样，不再让其磨损。

人生无彩排，每天在直播；一半演折腾，一半折腾演。

做老实人，说老实话，办老实事，偏偏还是流行一种老实人吃亏文化，搞得老实人也不安于老实，却又学不会不老实，纠结其中。譬如看到有所谓潜游戏规则也开始试着耍心眼，玩人，结果恰恰还是被这所谓潜游戏规则害了，被玩了的老实人，还是安于老实，心灵才会更安静吧。

对于孩子的成长来说，有时候，盲从比叛逆更糟糕，后者容易标新立异，前者更容易误入歧途，其实对于青春期的年轻人，对于成长中的所有人，都适用。

失去了东西，人们会急忙找回来，失去了良心，却不见有人着急，种树者必培其根，种德者必养其心。不去找回良心，还有什么东西，还算神马东西。

带着问题而来，却带着爱回去；带着哭泣而来，却带着喜乐离开；带着身体而来，却带着灵魂回家。

不是所有的情感记忆都要相随，不是所有的记忆碎片都该储存，成长过程中倾听心灵的告白，精心培植最纯净简约的"微芯片"，格式化那繁杂思绪，有春夏秋冬相伴相随，一跳，跳出那些手中和眼前的电脑和屏幕。

善意的谎言，也是谎言，除了让对方放心，也是让自己心安，除了给对方笑脸，也是给自己面子。

事理简，心如镜；心一乱，事复杂。

经不起阴晴圆缺的不是真圆月，经不起折腾的感情不是真感情，经不起质疑的现象不是真相，经不起风雨的人生不配叫"人"生。

一身正气，还要有运气。运气顺利时，如打牌顺了手，不是人在打牌，是牌在带着人打；运气不顺利，如打牌老背气，不是人在打牌，是牌在打人。

女人是要爱的，不是要了解的，也是了解不了的；男人是要踹的，不是要怜爱的，也是怜爱不得的。

不想做不愿做的事情，是一种自由；能够做愿意做的事情，是一种自在。

一流道德是净心，一流文章是实话。

决定不去做了，很难；最难的还是留下来继续做，还要做好。

有智忍辱如甘露，无智忍辱是压抑。即使对最熟悉、最亲切的人，也要保持尊重和耐心。这是最容易也是最难的日常能力之一。

沉默，不是冷漠，是审时度势把握平衡；平淡，不是平庸，是保持内心的平静；做好自己，不是以自我为中心，是选择最适合自己的；成熟，不是圆滑，是含着眼泪也要奔跑。

最快的脚步不是跨越，而是继续；最慢的步伐不是小步，而是徘徊。

要想做真正的自己，就不要太在意别人的评头论足，而是要坚守自己的做人底线和原则，要敞开胸怀表达自己认为重要的事情，还要尽量准确表达自己的界限范畴，以及容忍底线——拐弯抹角往往适得其反地造成误解。

看到，不等于看见；看见，不等于看清；看清，不等于看懂；看懂，不等于看透；看透，不等于看开。只有听到心声，才能看到未来。

亲友只在于理解，而不在于了解，让彼此心中都在那小段距离中仔细保存心底一份美好神秘，小秘密。

你爱得再多，也无法包办另一个人的份；你的左手再怎么练习，也不能和右手猜拳；你的善良再怎么伟大，也很难根除罪恶的发生。我们依然要学会去爱，去练习左右手的协调，去发扬伟大的善良，不是为了一种外在道德的某种展示，而是坚守和谐生存的底线和良知。

表情是瞬间的相貌，相貌是凝固的表情；思想的表情是心情，行动的表情是感情。

大部分的恐惧与无知有关，还与懒惰有关，为什么呢？因为我们常常会害怕改变，改变那些似乎习惯了的环境，改变那些似乎熟悉了的关系，还有改变那些似乎令人讨厌的衰老和死亡，其实，也许是我们自己太懒了，懒得去适应新的环境，懒得去学习新的知识，懒得去体验真正的生命滋味……

别让别人的看法，遮住你的光芒；也别让别人的光芒，遮住你的看法，且行且思考。

要有敢与世界为敌的勇气，不要有世界与我为敌的错觉。

微行小节关乎大道德，闲言碎语也是大政治。

宁愿选择善意的圆融，不愿选择没有观点的圆滑；宁愿选择不失欣赏的批判，不愿选择失去理性的偏执。

快乐从不曾远离我们，而是我们远离了快乐；单纯从不曾远离我们，而是我们远离了单纯；真相从不曾远离我们，而是我们远离了真相。

我们往往把欲望当成了需要，需要是有限的，而欲望是难止的。

嫉妒表面上是对别人不满，实际上反映的是对自己不满。我们在哪些方面意识到自己的不足，就会在哪些方面表现出对别人的嫉妒。

责人要含蓄，忌太尽；劝人要委婉，忌太直；警人要疑似，忌太真；罚人要准狠，忌太闹。

每个人都是一条不能回头的涓涓细流，既然已经选择了一条道路，何必去打听要走多久，何必在意别的河流的宽窄，何必在意尽头是否有大海，我们终将相聚于天边，相聚于梦想和理想的出发点。

逢人只说三分话，曾经觉得不够真诚，仔细一想，是知己，三分话来七分听，千杯万盏也嫌少；是家人，三分话中七分爱，款款亲情不言中；是同仁，三分话来七分做，千言万语在信任；是路人，三分话来七分问，千恩万谢在互动。如果说了十分，即便再真诚，结果却等于零，说来作甚？

有时候，基于良知和激情的探索，做一名自言自语的思考者、自说自话的行动者，并不是什么丢丑的事情。

人最失落的，并不是想等的还没有来，而是这个想等的已从心里走了出去，走得很远，很远。

遇事不怕事，怕事还有事，事事都在人，人事最难事。

当你心之所至，怜悯心就随之而来，行善不仅仅只是为积德成仁，而是发自内心至婴至孩的自然而然。

潜规则下栽跟头的当中，不乏想学不老实的老实人——既然不老实学不到位，不如将老实进行到底。

要手机，还是要大脑；要信息，还是要信心；要知识，还是要智慧；要休假，还是要休闲。

人类身体的残疾可以分级，可以鉴定；道德的缺陷、精神的残疾又如何鉴定呢?

价值不是僵死的，只要是好的价值，能够提升群体生存的意义，那就开放接受并融我所有，不论来自何方何地。

总是要控制想占有的不叫真爱，勉强叫贪爱。

所有的痛苦和不满足，一大原因是比，比物质，比名利，乃至比精神。直到有一天比到无所可比时，才发现天地我真的一体等齐，比的是什么呢?

真相不一定是真理，真想明白，常常不明白；恋情未必是爱情，真情流露，往往不流连。

不要在没法讲道理的人那里丢掉了喜悦，然后又在只与自己讲道理的人这里忘记了喜悦，真正的道理是自己始终与喜悦在一起。

生活绵延不断如流水，九九八十一道弯，弯弯曲曲，常有柳暗花明处，而不是一汪断流交易，更不是一锤子买卖。

由衷称赞美好本身，就是"美好"的部分；而一心期待被称赞，却可能是"臭美"，何况有些"称赞"其实来自言不由衷的敷衍或奉承。

有时候，选择有所作为难，选择有所不为更难，选择一种"为或不为"很孤独，选择立即抉择、决策更孤独。

向着那山、那人崇敬地出发，不是为了山水于外、喜形于色，而是为了守持于内、明月在心。

一个人若不开心，也不会让人开心；一个人若不安心，也不会令人心安。

隔了多少代，爱情观可能不一样，爱情却是一样的；成长观可能不一样，成长却是一样的。

连自己都不肯原谅的人，怎么能原谅别人，有的人生闷气、发脾气，表面是不舒服甚至痛苦，内里是不肯原谅自己、又不肯改善自己。

总在抱怨，哪有时间喜悦？总在期待，哪有当下知足？总在奔跑，哪有机会从容？

如果我们觉得泪点太低，那或许是我们觉得很可怜；如果我们觉得笑点太低，那或许是我们觉得很可爱。

放大自己的缺点，和夸大自己的长处，都是一种不实事求是的自我，甚至是一种自作自受的病态。

对于未来，我们所谓的经验，不少可能是障碍，唯一最正确的经验，就是尊重和呵护年轻人。

只要还有哪怕那么一点虚荣还在意，就惭愧还离自在差一大截。

有时候，幸福不是你获得了成功的狂喜，而是避免了灾祸的伤痛。

成功说

人生自以为是的深深低谷里，往往孕育着巨大的宝藏。因为有低谷，向前都是向上走，而我们常常因为失望或胆怯，宁愿一直抱头蹲在那里，而失去发现宝藏的机会。

欣赏别人的优点，可以让自己的生活更加光明；赞美他人的功德，可以让自己的福德更加圆满。欣赏和赞美他人，归根结底取决于自己内心的爱心和智慧，坚持不断地观照、觉醒和发挥。

做人做事，与其练达，不如朴鲁；与其谨虑，不如疏狂；与其多思，不如行直。

如果你还写得不够好，那是因为你离得不够近。从海水里打捞文字，从尘土里扒拾文字，从泥土里耕耘文字，从血汗中汲取文字，从爱的能量中提炼文字。从干净的文字里看见干净的灵魂。净化文字，从净化灵魂开始。

忠言逆耳，但逆耳的未必都是忠言。既要有容纳逆耳忠言的雅量，还要有辨别忠奸的识量，才能具备包容前行的大量。

上善若水，德聚养生；若因上善，求福求德；不知上善，即是福德；向上向善，知足常乐。

有人在诠释世界，有人在改造世界，有人在抱怨世界，有人在逃避世界，有人在顺应世界，有人在努力改善自己而改善世界。

养成读书的习惯，就是为自己建造一处几乎可以逃避生活中苦难的庇护所。

人生有很多悲事，却不能不乐观向前，唯此才有希望，才有成长。一个乐观主义者就是虽然被狮子逼上了树，却能趁机欣赏风景的人。

总在想期待能从老师那里更多地学到一些什么，知识？经验？最期待的恐怕还不是答案，而是如何提出问题，如何思考问题，问什么，想什么，是一辈子也许都要学习的。

嫉妒乃人本能，我们与其把时间和精力耗费在嫉贤妒能上，抑或克服嫉贤妒能上，不如心胸放宽把更多嫉贤妒能的时间和精力用于求知与创业，则不会白白浪费生命，还会事业有成、幸福快乐。

有价值的事情简单化，你就是哲学家；简单的事重复做，你就是专家；重复的事你用心做，你就是赢家；做了赢家你连自己都简单化，你就是洒家。

生命本来没有什么最高处，你本来就是成长着的生命本身，欲望不会满足你，成功不会造就你，失败不会击垮你，平淡不会淹没你，缺点也不会抹杀你。

幸福不取决于你算计占有了多少，而是取决于你分享拥有了多少；品格不决定于你占有的东西，而是塑造于你匮乏的东西。

心动不如行动，慢动不如快动，被动不如主动，独动不如互动，盲动不如机动，是为动不动原理。

可以忘却的很多，但不能忘却对自己、别人、社会的承诺。别人可以忘却对我的承诺，可我依然要坚守自己对别人的承诺。

我们常抱怨生活带来的不公，抱怨怎么带来的就是小屋子、穷父母、低职位，可是抱怨带来的是更多的抱怨。如果生活给了你柠檬，就用它来做柠檬汁吧；如果是败叶，就用它做成精美的藏叶，或者轻轻将它放下，看风中起舞的妙影吧。

与"追逐"相比，学会"等待"更有力量；与"表达"相比，学会"倾听"更为重要。

没有天生的顿悟，只有不断的渐学顿悟；没有天生的信心，只有不断培养的信心。

先行者的痛苦，不仅仅是身边人的不理解，还有能够争取多少时间坚持行多远；先行者的幸福，不仅仅是看破之后的放得下，还有突破之后的拿得起。

立上等志，行上等事，处中等位，享下等福；得志则率意而行，不得志则率意而去，逍遥山水间。

君子不知，方能生慧；君子不器，方有大容。

赢得别人的尊重，不在于你多么在乎别人对你的态度变化，而取决于你是否在乎你真正做了哪些有价值的事情。

知易行难还要行。靠知识，不靠权力；靠创新，不靠钻营；靠奋斗，不靠投机。

做正确的事，是去做可控过程而不论结果的事；正确地做事，是去做不可控过程但结果分明的事，有时候，宁愿选择做正确的事，也不选择在一条错误道路上正确地做事。

梦想和理想其实没有什么平凡和伟大之分，正如人并没有高低贵贱之分，梦想和理想是每个人生命的结晶和闪光点。

不要去羡慕别人拥有的幸福，你以为你没有的，可能在来的路上，你以为他或她拥有的，可能在去的途中。只要你真的发现了这一点，珍惜啊，不要因为一时之气、之愤、之怨、之冤，就把这幸福，连同这条路，全部抛弃了。

不要迷信，真正的自己的风格，虽说取人，其实还是自己的神，自己的形，自己的骨，因为他的、我的、你的合一了，就是一个人的。

信任就像橡皮擦，有人看到在一次一次的错误中慢慢损耗变小，有人看到在一次一次的损耗中越变越净，其实重要的不是你擦净什么，而是擦净本身；正如重要的不是你信任什么，而是信任本身。

多往理想中添砖加瓦，少往理想上贴金抹粉。

感化总是好于教化，互动才能践行服务：年轻的舜发现部落里的捕鱼人群像野兽一样，只知道恃强凌弱，凭强力争抢鱼源丰富的流域。于是，他便做渔父，和大家一起去捕鱼，找到鱼群多的地方，他就让给孩子、老人和病人，称赞不争夺的人，对争夺的人，时时忍让，不置一词。几年后，部落里的人懂得礼让了。

一种滴水观音植物的第一滴露珠据说是有毒的，有智慧的人不会因此远离却心生觉悟和欢喜，而愚蠢的人却只看到其毒性而远离甚至诅咒。

年轻时，记住是智力；中年后，忘掉是智慧。少年时，天真是本能；老年时，天真是本我。

没有行动的围观，改变不了世界；没有爱心的围观，改变不了人心。

知行合一，中间"喜好""快乐"常被忽略，其实孔子早说过走一正道，知之不如好之，好之不如乐之，这样的知行合一才更有人生的趣味和意义。

多想到别人美好的一面，多增添自己美好的体验。

人太在乎自己，因而才被自己所缠；人太在乎确认，因而才被不测所扰。

没有美德和爱心的所谓智者，只能是丛林中的狐狸与狼，与真正的智慧无关，其导向的只能是占人便宜、耍小聪明、谋取私利。

一个人身上能累积的福分是有配额的，所以要畅通身心，分享福分，成就他人，方能维持一直有新的福分自然流出流进。

一个人的成熟不是你有多少深沉，而是你有多少浅流和笑容值得别人蹚过和分享；一个人的成熟不代表你有多少内涵，而在于即便别人都能拥有你的内涵而抛弃你的时候，你依然孩子般酣然入睡，口流香涎。

退到无所可退，掘地而进；柔到无比至柔，刚亦从柔。孔子曰，此种种表现皆发乎于"仁"，非简单之谓"仁义"，更归于人之不"偏狭之心"，学而时习也。

水中照出的是自己的面孔，太阳晒出的是你的影子，心灵映出的是自己的做人，朋友显出的是你的品位。

有时候，知道自己的目的地在哪里，就已经走完一半旅程；发现自己的最大兴趣和能力在哪里，便已经完成一半结果；选择好自己的每一个决定，即已经实现了一半的价值。

成长走的路总是像多项选择题，困扰你的不是这道题本身，而是让你选来选去的那些所谓别人已经定性的、成功的、五彩的多选"路"。

痛也许能忍，痛后的后遗症痛心却难忍；一次失败也许能胜，胜过的后遗症怕再失败却难胜。

没有抛弃我的世界，只有抛弃世界的我；没有抛弃我的梦想，只有抛弃梦想的我。

物避其瑕而生其辉，味祛其腻而发其美。近者，物易见其瑕；久者，味易生其腻。避其瑕，不以近为近；祛其腻，不以久为久；唯心所至，唯诚所至。

时间不等人，而时间其实与我同在，等在我前我后，等在我识潜识，等在有限无限。时间其实是等我的，因为我就是时间。

没有经过审视和内省的生活，如同一团纸浆稀里糊涂，不值得铺成一张纸，更难有欢喜无疆的描画。

审丑能力增强的同时，审美能力不能减弱，否则将失衡。

做人要能抬头，更要能低头。一仰一俯之间，不仅仅是一个姿势，更是一种态度，一种品质。逆境时抬头是一种勇气和信心；顺境时低头是一种冷静和低调。位卑时抬头是一种骨气，位高时低头是一种谦卑。人往高处走，水往低处流。做人要有力争上游的勇气，更要有愿意低头的大气。

学会将你所受到的伤害写在沙子上，把别人给你的帮助记在石头上。每一块石头都会变成闪闪发光的金子。

每个人都有潜在的能量，只是很容易被习惯所掩盖，被时间所模糊，被惰性所消磨。

上天赋予我们一份宁静来接受自己无法改变的事，一份勇气来改变自己可以改变的事，一份智慧来区分二者。

如果没有冬天，春天就不会如此悦人；如果不偶遇逆境，成功就不会如此甜蜜。

有时候，我们需要远离"自己"。做一些似乎远离的事，不是为了猎奇，而是为了丰富，为了攀登人生另一个未登峰。

让梦想大于胆怯，让行动盖过言语，让信念强于感觉。

创业是一种生活方式，也是一种成长方式。没有方向会迷茫，没有方法会瞎忙。今天在北大百年讲堂中青报参与主办的微创业成果发布会上，为年轻人加油。

活着就是一种心态，你若觉得快乐，幸福无处不在；你为自己悲鸣，世界必将灰暗。是非常有，不听当无；祸福相依，顺其自然。多行善福必近；多为恶祸难远。不奢求，心易安；不冒进，则身全。心小不容蝼蚁，胸阔能纳百川。顺境淡然，逆境泰然。不自重者取辱，不自足者博学，不自满者受益。

与其有钱，不如值钱；与其有力，不如借力；与其造势，不如顺势；与其有为，不如无为。

不以成败论英雄，但还是要以成败论英雄的战果。成且欢喜，败亦悲壮；成败得失，任人评说；精神成果，难以言表。成果于形，内化于心。

要无所作为，总是有很多理由的。但是要做一件事情，却只有一个理由，那就是因为你想做；要等待礼物，总是有很多理由的。但是要付出爱的代价，却只有一个理由，那就是因为你相信。

把别人怀念过去的时间，用来拥抱未来；把别人消费生活的金钱，用来消费体验。无论新技术、新零售、新制造、新金融、新经济，这些概念并不重要，也没有哪个最重要，对于构建新世界来说，也许新人类实践和运用这些"概念"到更美好、便捷生活中去，是关键之关键吧。

表情可以控制，固定可析；心情难以控制，无常难定。发来发去的"表情包"，那时那刻那景可以当真，其他未必。

压抑情绪和烦恼不是向善向上，唯有与情绪和烦恼做朋友，互为良师益友，有错就改，无则加勉，利则随喜，知行合一，向上向善。

生活没法逃避不去面对，但是可以选择与其共处。

没有一种命运是对人的眷顾，也没有一种命运是对人的惩罚。好好活着，好好说着，好好做着，好好想着，命运的每一步"好好"，本身就是对荒诞生命的反抗。

无论是改变世界还是认识世界，都要从改变自己和认识自己做起，都要在逆境磨练中成长。

如果不能知道太阳何时升起，那就选择决心早点起床；如果不能知道结果究竟怎样，那就尽量努力完善过程。

你按捺不住的爱好，也许就是你的方向；你不知疲倦的兴趣，也许就是你的资本；你心灵体验的性情，也许就是你的命运；你无心漂流的去处，也许就是你的家园。

我们很难看到别人的真相，过度的恶、过度的爱，都可能让别人烦恼。而我们自己，因为这些烦恼更加烦恼。

一个虔诚祈祷却不努力行动向善的人，即便佛来到你身边想拉你一把，却发现怎么也找不到你那只仅为自己祈求而从不愿伸出的"手"。

前方本没有路，路是人走出来的；舞台上没有规则，规则是人跳出来的；钓鱼没有什么技巧，技巧是把自己变成一条条鱼儿。静静地坐在那里等出来的。

要多讲有骨气有道德有温度的故事。有时候，宽容和选择就是最好的温度；有时候，适度的冷，恰恰是人际关系中最适宜的温度。

经历苦难的意义，不在于经历本身，而在于启迪我们对生命更深刻的思考。

生活不苦，苦的是欲望；生命不累，累的是过度；遇到一件事，如果喜欢，享受它；不喜欢，避开它；避不开，改变它；改不了，接受它；接受不下，处理它；难以处理，放下它。人最难的是放下。放下欲望和过度，就释然了。

顺着自己的心意而活，就是最好的生活。不是一味顺从，而是顺其自然，顺势而为。

科学上的时间是慢不下来的，心理上的时间可以渐渐慢下来。

一路飞翔，从没坚持到最后，与从没开始一样，都是成长的错。别看我是小小鸟，飞鸟玩的却是大天空。

如果老是执着于"付出"就一定有收获，那就失去"付出"的意义。"付出"一次飞翔，能够收获一个蓝天——蓝天也许就是没有想过的收获吧。

如果我们不能选择同流，但我们可以选择不合污。

走向成熟的人需要面具。戴上，坚强面对社会；摘下，温柔面对家人。真正成熟的人，却连面具也不要，本色即是面具。

真正的快乐，不是拥有多，而是计较少；真正的梦想，不是怕别人拿走，而是自己不放弃。

看到别人的缺点，其实自己也有，不必沾沾自喜；看到别人的优点，其实自己也有，不必失失落落。别人怎么看自己不重要，自己看别人可参考。

你可以向现实和生存压力屈服，也可以随波逐流，你可以标新立异，可以抱怨或愤怒。但你不可嘲笑你自己当初的梦想，嘲笑这个世界的真爱。那个满怀憧憬和信心的少年是勇敢而无辜的，回到那个勇敢而无辜的小孩，每个人一生的最真。

人有多条路可选择，其实最终只走一条，譬如可以选择三条路走，一条是必须走的，一条是想走的，一条是稀里糊涂走的，把必须走的路走漂亮，把稀里糊涂的路尽量走正，才可以走想走的路。

梦的陀螺，能够支撑其平衡不倒的，在现实中就是信念，而信念的基础信任，也是这陀螺的支点，信任越多，旋转越快，也越会稳定。

有时候飞得多高多远，并不取决于你知道能飞多高多远，而取决于你是否义无反顾地去飞，有时甚至不知道其实常理说是不能飞的。

如果爱惜羽毛过了头，翅膀也就沉重得飞不起。

常常看到别人的长处，更加惭愧自己的毛病；尽力改正自己的毛病，发扬自己的长处，于是也可能成为有长处的"别人"。

有时走在路上，被绊摔一跤的不一定是大石块，而是被忽略的小石头和杂草枝。正如成长路上，被绊摔一跤的不一定是大困难，而是被看轻的小欲望和负面情绪。

追求美好生活可能要有两个思想准备：一是看见一些一时的"不美好""不善良"，还是坚定不移地坚守相信和向往"美好""善良"；二是"美好"的标签绝不是用口号、锣鼓喧天自然贴上的，而是践行做实、苦干奋斗争来的。

带上自己一颗火热、真诚、好学的心上路，比带什么都更靠谱。

有人说，命是天定的，往往是懈怠者的借口；运是人改的，往往是拼搏者的自谦。

不慌不忙、不躲不闪，不要怕自己走不到，只要你还有双脚，不要怕双脚迈不动，只要你还有笃定的心。

学到老，活到老，改造到老。与自己的昨天相较，莫与别人的今天攀比。

我们身体生病，包括失智、失忆，并不是可耻的事；我们无心犯错，包括失误、失败，并不是内疚的事——唯有从心出发、治病救己。

有的人因为怕水，就以为跳到火里就没事，结果更惨，所以自欺欺人是无益的。若躲不开水，就只能学会勇敢跳下去，努力成为一名游者，水就成了朋友。

我们无法堵住别人的嘴，压住别人的嘲笑，却可以守住自己的心，庄重自己的尊严。

你就是你想成为的人，只不过你总是要么不相信，要么没决心，要么不去做。

就如一条小鱼，只要有可以喘气的机会，就要拼命呼吸、向上向善，争取最大的自由洄游空间；不只为自己，而是为大家，不是怕被别的大鱼吃掉，而是为了快速游向梦想的远方。

思考乐

教师走多远，他的学生就走多远。丢掉常识和阅读的长成豆芽的创新，不是真正的创新；丢掉基本合格的做人，就先不要谈创新人才。

一个真正高明的人才，成长过程中自己并不认为自己是人才；一个真正高明的骗子，包装过程中自己并不认为自己是骗子。

不要用自己做不到的事情，去作为高尚评价的依据；也不要用一种假象，去作为一种逻辑判断的前提。

有些人，批判的是阴暗，看到的是光明；有些人，看到的是阴暗，批判的是光明。

有灵魂作为核心的创造才是真的设计，有思想作为基础的创新才是真的变革。

心不和，技不和，此心内外同心，非一己之心；心为道、技为术，道若无，技何存。

人们往往忽视日常状态，以为与长期效应是两回事情，其实，常态就是长效。

力强而前后相生，因也；力弱而现相助成，缘也；力合而福德自然，果也；力化而气血物形，报也。种善因，结善缘；结善果，得善报。

没有项目的规划，都是鬼话；没有流程保障的职能，都是空能。

心好命又好，富贵直到老；命好心不好，福变为祸兆；心好命不好，祸转为福报；心命俱不好，遭殃且贫夭。

修净土者，自净其心，方寸居然莲界；学禅坐者，达之禅心，大地尽作蒲团。

讲的意思不等于说的语言，思想的表情不等于意思的表达。

人品才是真正的文凭，人格才是真实的人生课。

包容、平衡把握好度，不是消极无为，而是积极有为。如跑步更好更持久，需要长度、强度、速度的综合度把握，是目标与科学的融合。

背后不说人过，最大的善意是当面提醒、相互批评、帮助解决；若背后听人说己过，有则改之、无则加勉、寻求解决。

人们不怕大尺度，怕被偷窥；不怕谈情爱，怕被情伤；不怕有网红，怕拉上自己。

静能生力量，不是获得了什么外在的力，而是因为减少内在欲望而打开了心量。

泛若不系之舟，广如夜空皓月。

知事多时烦恼多，识人多处是非多，若要少事不多事，唯减庸识少妄想。

重实情，看本质，建真言。当不只是知识分子的自勉，也是这个时代进步的箴言。

既读有字之书，又读无字之书，方能有无相生，知行合一，成风化人。

真智不是束之高阁的高谈阔论，而是日用生活的润物细无声。

真正能保持一生的激情，不是人们自以为是的那股冲动一时大起大落的所谓激情，而是源自内心的真正热爱，那发自心底的旋律。

美德不一定带来功利的人生，但本身正是人生值得感恩的恩赐。

最怕的不是不知道，而是一知半解、自欺欺人、胡说乱作。

充足的理由，有时并不是展开行动的好理由，当然，这个"理由"本身的好坏，我们常常是听别人来评价的，究竟如何，似乎没想过。

取法乎上，仅得其中；取法乎下，等而下之，只是以守底线为上法，必然会失去底线。

学到成愚始为奇，养成大拙方为巧。奇巧本义如此。

不怕烦扰你，就怕烦死你，前者是高尚白，后者是高级黑。唯有向上向善，真知黑白和谐。

若有轻慢怀疑之心，即便表面恭敬地和最好的老师在一起，恐怕连点皮毛也学不到，因为没有血肉，皮毛焉存。

蜡烛虽小，光明如日。多照亮一分别人，也是多认识一分自己。心量大，天地大。

嫉妒而嘲笑别人表面上是对别人的不满，其实是对自己的不满，隐藏着深深的自卑和怯弱。

齐则谐美，齐则有力。不齐则乱，不齐则虚。齐是原则、立场、态度与价值取向。看齐要存于心，见于行。

你的腰不弯，别人就无法骑在你的背上；你的眼光不足够远大，就没法理解在这天地间有许多事情是人类哲学所不能解释的。

有时候，不解决问题就是解决问题。有人把这当作不作为的借口，当不愿意付出害怕担当找借口时，又积累成了更大的问题。

有缺点的英雄，终究是英雄；再完美的苍蝇，终究是苍蝇。

立德立功立言诚可贵，正道直行心安价更高。

真理不需五彩斑斓的色彩，美丽不需花里胡哨的涂饰。

常无欲以观其妙，常有欲以观其徼。常无，欲以观其妙；常有，欲以观其徼。常无欲，以观其妙；常有欲，以观其徼。

聪明如果过了头，就是小聪明，喜欢走捷径钻空子而已，结果常适得其反。

随性的人用嘴说话，踏实的人用脚说话，聪明的人用脑说话，智慧的人用心说话。

品牌不仅要有美誉度，还要有辨识度，前者一想就美，后者一看即明。

人的规则的平等，与人的机会的平等不一样，我们常重视了前者忽视后者；而如果没有机会的平等，所谓规则的平等就是不公平的。

宽容心的错失，就不轻易动怒；宽恕人的过失，便是自己的荣誉；宽广力的弹性，即知如何用力使劲。

敌人和危情，常常在我们的臆想假设中不幸成为现实，当然也适用于别人的臆想假设。

知识可以复制，智慧难以复制；性欲可以描写，性感难以描写；野史可以欺人，历史难以欺人。真正的智慧，是属于一代人甚至一个人的，正如恋爱无论经过多少代人的重复，也都是一代人甚至一个人的事情，一切从零开始，最后又归于零。森林中发生，森林中泯灭。

权力必须制约，否则就会滥用；权利必须保障，否则就会失控；而制约权力和保障权利，既是历史性的选择，又是技术化的艺术。孟德斯鸠有一句名言：一切有权力的人都容易滥用权力。这是万古不易的一条经验，有权力的人们使用权力一直到遇有界限的地方才休止。

遭遇痛苦时，痛苦已发生，只是没发现；寻找幸福时，幸福已发生，只是没发现。

人不能完全依靠道理生存，就像人不能完全依靠知识发展一样。真实鲜活的人性，往往是在一跃而入所谓复杂多变生活后最深处的体验。

无论如何自以为是或者自以为不是，都要认真倾听自己内心的声音，同时也不轻视对方内心的声音。对方可能是自然中的人物，是你自己的镜子和影子。

虚荣本无所谓就是错误，我们每个人都有，只是我们常常要从虚荣带来的挫折甚至胜利中冷静下来，多问问自己究竟真正需要的是什么，也许我们需要的而不是欲望追求的其实基本都有了。只有滚烫翻腾的内心平静下来，我们才不会被烫伤，虚荣才只是翻腾又散落的泡沫。

别轻易许诺，因为很多话只有听的人才会记得；别轻易判断，因为很多事情看到的未必是全部真相。

每一个人生都不可重复，每个人生的瞬间都不可重复，每个人生当中遇到的那个人那一面都不可重复，每个人生真心交流相聚的，当下也不可重复。

别人对我的不在意，不要在意；在意的是自己对别人的不在意，自省。

最难的不是急着要交多少的朋友，最难的是认识什么人不可做朋友。

我们多习惯了批判，把一切今天享有的真善美看作免费供给的廉价商品，而不知人性维系下有赖多少认真修为和多少微文苦读中深思净化的灵魂。

智慧来自准确的判断，准确的判断来自经验，经验来自错误的判断。即便是错误的判断，只要真把一颗少些小我的公心放在其中，会否积累一些走向正确的经验呢？

每个人都自以为有才，所以人和人才无法相互理解；每个人都自以为是君子，所以自古都是君子骂小人；每个人都自以为会说好一个故事，所以常常把无言的结局安到别人的故事里。

只有众爱够多，诸恨才能泯灭；只有众善够重，诸恶才能被诛；只有众人拾柴，诸神才能不冷漠。

不要试图欺骗别人，因为你能骗到的人，可能都是相信你的人；不要试图侥幸跨过，因为你这一次的侥幸，可能是下一次不可自拔的陷阱；不要试图隐瞒真相，因为你隐瞒的事实，可能是真相大白后最大的真相。

一个人每天能有所作为、有所爱和有所希望，就能发现幸福活着的源泉；能安于有所得、有所失、有所无为，就能发现这一源泉不竭的源头。

每天都会感到受到生活中的攻击，即便穿上厚厚的盔甲，除非有时候感觉到自己其实就是生活中的一个部分。那个厚厚的盔甲只会加强被攻击和攻击的欲望，谁在受到攻击呢？谁又能轻易地脱下盔甲呢？

恨别人，痛苦的可能是未知的自己；恋过去，错过的可能是更好的现在；烦心事，纠结的可能是真实的灵魂。

现实世界中不再寻找完美，就拥有了完美的人生；幸福，不因为某个人某件事而能获得，可能不邀自来。

当你怕失去一样东西、一个人、一份礼物时，要么放弃这样东西、这个人、这份礼物，要么放弃你自己。

我们见别人的善良，是对自己善良的最大鼓舞；我们见别人的过失，是对自己过失的最大提醒；我们见别人的成就，是对自己成就的最大信心。

尊严不是为了享受特权，特权未必就能带来尊严。

不能一提民粹主义就只是乌托邦似的理想，不能忽视了社会的长期利益而任民粹主义急功近利，也不能一竿子打翻一船人，不能一见替老百姓诉苦抱怨就指责为民粹主义。

自心不宁平上下，何堪向外求高低；顺逆皆为自在境，善恶都是助道缘。

如果爱心不够多，每个人都可能被伤害；如果法制不健全，每个人其实皆弱者。

物质能带来享受，精神也能；药物能治疗疾病，心疗也能。一生都在生病治病防病的过程中，如果能心疗得法，不仅可防治一些疾病，还可使精神达到一种超凡境界。

民主不一定保证得到最好的，至少可以避免最坏的；正如自由不是随心所欲而做，而是可以不做己所不欲。

有文化的，不一定有智慧；有智慧的，不一定有喜乐；有喜乐的，不一定知道所乐何来。写者只关心写本身，看者只关心看本身，行者只关心行本身，所喜常在所乐何来啊。

坏了事情的，有时候不一定是坏人，而是对事情有直接影响或者决策的"弱者"，能力、道德和智慧的"弱者"。

学习是一种精神追求，也是一种实践。理论源泉是实践，发展依据是实践，检验标准也是实践。学以立德，学以增智，学以创业。共勉。

比风景更难忘的，往往是旅途中的人，比人走得更久远的，是那颗融入自然的心灵。

有一种计较，是能忍气吞声于大事，却斤斤计较小便宜；是能熟视无睹于不公平，而一心计较自己不是受益者。

人生道路上能看到什么样的风景，某种意义上说，取决于我们遇见了谁。

人啊，常常出生时原创，渐渐活成盗版；得意时如乘直升机，渐渐忘了加油而最终找不到迫降点。

美好的动机，只有通过美好的办法达成美好的效果，才是功夫，否则，要么成了投机，要么变成反动。

在行动中思考，在思考中行动；在行进中平衡，在平衡中行进；在变化中求不变，在不变中求变化。

一直以来，我们常常像是个心不在焉的中学生，到处寻找自己的眼镜，而那眼镜其实自始至终都架在自己的脸上。

偶然发现"纯"是打下天下的一大秘诀：纯朴的情感最接地气地通俗易懂体贴民心，单纯的快乐最务实地喻之幸福分享民利，纯洁的信仰最真诚地追求理想敬畏民生。

最美好的生活——也许是最适合自己，拥有少量有用而有品位的物质，而享有简朴快乐但有丰富精神的生活。

今天，理想主义者也许成就不了大事业，但是没有他们，我们的社会一定不一样，正如地铁里的灯光，也许不能更快地加速度，但是没有光，我们在地道里即便飞驰，也是空洞的盲然。

若想别人信任，请诚实；若想诚实，请真实；若想真实，请做好自己。

从管理到治理，既治经，又治国。古人云：不善治国者治民，治民则劳而无功；治官则国泰民安，贪官不除，民无宁日，此为治道。

自以为是的领跑者，更多自觉成为助跑者。比如今后可能更多的"教学"，要变为"助学"。

生活需要几分自我的觉醒，需要几分忘我的糊涂——不做烦恼的复读机。

假如多想想自己的错，就会慢慢忘记别人的过；假如多想想自己的已有，就会慢慢忘记别人的"更多"。

做个自然而然的好人，不仅在乎世人评价，而更多以自己良知为自己生活寻求奖赏。世人评价，顺其自然。

过去心事，不可记得；现在心事，随缘即可；未来心事，何必劳心——瓶中鱼儿，世上人儿，过去心事现在心事未来心事。

受累忙一点其实是个福，说明还有为他人创造的价值；受诽谤一点其实也是福，说明还要提醒自己打消傲慢我执之心。前面一点，容易一些；后面一点，不容易做到。

要用做大事的心胸做小事，要用做小事的用心做大事；要用无事之心看有事，要用有事之心看无事。

心若自在，身在顺境；心若不安，就在逆境；心为境动，心随境转；

心境顺逆，在乎一心。

宁可少识字，不可不识人；宁可少知识，不可不知慧；宁可少分别，不可不知命；宁可少交友，不可不知心；宁可少权术，不可不知道。

痛在呼吸间，快乐在呼吸间，平静也在呼吸间。呼吸着就呼吸着，善待自己的呼吸，生命就在呼吸中。

没有成功的人，只有时代的人；没有永远成功的人，只有一直成长的人。

这一生，我们只干了一件事，不断同自我作斗争，其他纯属附件。

若无其事地做好事，是功——知其得而奉献，知其失而守拙；若有所悟地做好人，是德——知其善而精进，知其恶而不为。

"意气"本无好坏对错，可是一不小心，要么意气风发，要么意气用事。一心之中，意气尽在；一手之中，世界尽收。

做事不能太过，欺人太甚；也不能太计较，不能忍辱。做人不能自不量力，更不能自大狂妄；也不能自怯唯诺，更不能丧失底线。

好好先生如果承诺好好太多，却大多不能兑现，就可能沦为坏坏先生，所以与其追个好好之名，不如行个老实之实。

急求果报的施予，也是一种急功近利，会有小功，难积大德。

不过于苛求别人，也不过于埋怨自己，努力接受难以接受的，承受难以承受的。受得多了，就更加厚重和宽容了。

青年不仅是属于未来的，更是属于现在的。青年就业于现在，创业于现在，社会为青年服务，青年服务于社会，都是必不可少的。

西方的一大成就，就是把工业化融入了现代文化文明，把格物致知的技术化融入了现代文化文明。

道法自然，中西大同，古今对话，人文交流，观心自在这是柏的舒展，更是心的成长。

这个世界没有一个叫胜利者或失败者的东西，没有永恒的肉体或灵魂。人生的悲悯莫过如此，人生的价值也莫过如此吧。

新闻发言人成为新闻，往往不一定是好事；但是新闻发言人若不发布新闻，可能更不一定是好事；如果假发布新闻或者发布假新闻，则一定是坏事。

人生中常遇到这样一种尴尬：当你做对的时候，没人会记得；当你做错的时候，连呼吸都是错的。功是不一定都能补过的，特别是过得有些"过"了。

凡是总想不劳而获投机取巧的动机和行为，可能一时得益，却面临更大摔跤甚至粉身碎骨的风险。

我们静不下来，常常因为我们对真的静下来有一种莫名的恐惧。

谨言行，结善缘。痛哉斯言，知易行难。

多虑识不足，多怒威不足，多言信不足，多疑定不足，多想慧不足。

领导管理者的本质是激发每一个人的善意和创造力，继而创造价值，造福他人。

诚是做人做事的基本之道，现在却成了稀缺品质，少了诚，多了欺，需要付出很多的代价才能恢复。信任危机才是最大的破产、最大的危机。

太快了，越来越快了，成为遗忘的催化剂，也越来越遗忘出发时的初心。

每一个伟大的工程最初看起来都是不可能做到的！目标明晰，坚持不懈，价值大同，必有所成。

感谢前天，总结昨天，把握今天，不惧后天，天天快乐，埋头静虑，净化身心。

人心如叶片，一生一落，一落一生，看尽世态炎凉，享尽四季风光，缘尽归尘出世。

只有在日常生活中尽责的人，才会在重大时刻尽责。

人生如戏，戏如人生，不在于你是什么角色，而在乎是否合适；不在于波澜壮阔，而在乎善始善终；不在于世俗成功，而在于真正成长。

知识多的人知道正知正念正行，认识真假美丑善恶如此求知识，不敢停也，不敢妄自尊大也。

记住该记住的，留下该留下的；忘记该忘记的，删除可删除的；淘来真宝贝的，戒掉该八戒的；改变能改变的，接受不能改变的。

越是习以为常，越要非常小心，好习惯难坚持，坏习惯会要命。

一个没有信仰的人可悲之处，不仅是没一个信仰可信，这本身也是一种信仰。更可悲的是常常改变信仰，这才真叫没信仰。

大自然本身就是一个疗养院，疗身疗心。

失去独立思考是一种懒惰，失去理性精神是一种罪过。

我不后悔我做过的事，我后悔的只是有些事我有机会做的时候，我却没有做。

批判精神不是简单的情感宣泄，正如理性精神不是简单的概念贴标签。

过度在意别人的看法，最后会有两种结局：要么自己累死，要么被别人整死。

你把事情做成了，放个屁人家都觉得很有道理，你失败了，说得再有道理人家也觉得是个屁。

冷漠，不是成熟；温柔的慈悲，是永远的追求。

内心澄明，不用讨好和理会不懂的人。

书卷多情似故人，晨昏忧乐每相亲。

瓦解尚可救，土崩不能治，救人先救身，治病先治心。

国虽大，好战必亡；天下虽平，忘战必危。读古人言振聋发聩，国大不等于强，国小不可小视，国富不等于民富，国史长不等于安可久。

最难官事：能做事，会做事，不出事。

心安茅屋稳，性定菜根香。世事静方见，人情淡始长。

不论生活如何复杂，总要保持自己的那一份优雅。

人生三大遗憾：不会选择，不坚持选择，不断地选择。

棋局无常日日新，客走椅空意未尽。

危险的不是诱饵，而是一颗禁不起诱饵诱惑的心。

势利之交，难以经远。以势交者，势倾则绝；以利交者，利穷则散。

缺点是没有用好的特点，特点是人无我有的亮点。

只有看不清自己的人，才会特别在乎别人怎么评价自己；只有看不清别人的人，才会特别在乎自己怎么评价别人。

不知足，会有无尽烦劳；不知止，会有无尽危难；不知律，会有无尽祸害；不知道，会有无尽糊涂，知识不是真理，真理隐藏于生活的细节里。

忙碌并不代表充实，通过忙碌获得充实，恰好说明内心的不充实。

父为道，母为德，孝父敬母就是尊道崇德；天为道，地为德，乾坤交融即为道行德显。

人总是通过努力得到人应该得到的，而不是得到人自以为是想得到的。

有时候，越怕越可怕，越爱越可爱，越恨越可恨，越忧越可忧。"越"字头上有把无形的刀。

不要忽视任何微小的声音，无论来自所谓的弱者，还是来自所谓的强者，令人担心的不是所谓强弱，而是忽视本身。

"修身、齐家、治国、平天下"，若学习精通其中一二，就能够一通百通、前后贯通，然非付出十分艰辛努力和探寻，不得这一二。

无争，天下莫能与之争。"无争"之美，美在发扬人性当中好的那一面，美在循自然而然之道。

信任并相信还未看见的，有点信仰的味道；信任并相信时时可见的，有点回报的知足。

选择不去做的自由，有时候比选择必须去做的自由，更难，更值得追求。

真正的成熟，不是理解和迎合别人，而是认识和发现自己，不是所谓成功，而是坚持成长。

真正的高尚，是整个成长过程中一点点真能修正错误，比过去的自己一点点更好些，而不是起伏不定、纠结傲慢地与别人比优越。

在恰到好处时止步，比快马加鞭时止步，不知难多少；在止而后定中进步，比抢跑争夺中进步，不知难多少。

追求平衡的过程，既是于坎坷不平间度量适中的过程，也是于波涛汹涌中涵养静气的过程。

常因自以为是的"善良"受伤害而苦恼，不是要放弃善良，而是要增长智慧。放下自以为是的有智慧的"善良"，才会有力量和能量。

受到包容的待遇，对自己却不能纵容；看到侥幸的成功，对自己却不能赌拼；听到外来的毁誉，对自己却不能当真。

人世间

所谓"好人"，如果以"好"为名，超越了规则破坏了规章越过了职责，其造成的危害，往往比"坏人"一被发现就被制止，还要坏。

信仰的危机不仅仅是信仰的缺失，还有将各式各样"信仰"包装成商品和产品以赚钱发财为目的进行售卖的危机。

如有来生，我不做你的红颜，不做你的爱人，不做你的任何人，我宁愿做你的手机。你会每天把我捧在你手里，把我贴在你脸上，把我放在你唇边，我知道你一切，了解你所有，如有一天你匆忙间把我忘在哪儿，你会着急四处找，不是我黏你，而是你离不开我，你若欺负我，我便死机给你看。

解决担心的唯一方法：不过脑子地努力安于当下，该努力就努力，若没事别找事，于是心安。

大地和人体一样，也要血脉通畅、舒筋活血，否则就会出毛病。比如填掉了几万多条河流，炸平无数山丘，排洪、蓄洪的毛细血管没了，洪水只能另找出路，大地就会有洪灾危险。

医术可以治病，但不能令人更健康强壮；治病可以对症，但不如防病更利于身心。

总有一天，村长会比市长更有荣誉感，农民会比市民更多幸福感，乡舍会比高楼更有尊严感，院堂会比标语更增回归感。

经济的大风险是实体经济的崩溃，文化的大风险是只有文论不能化人。

如果改革当中只是想当个"过客"或者"看客"，没有作为，不敢担当，很可能是过不了、看不成，最终被边缘化淘汰。

"文化产业"是建立在创造人类有价值的精神、思想和产品基础上的，创造过程中却也有值得自省的；如果只是一味造"业"，不去生"产"；一味资本"化"，没有人"文"，这样的"文化产业"是否要打折扣？

医生不能包治百病，但没有医生疾病会来找你；阳光不能照亮所有地方，但没有阳光黑暗就会来找你；记者不能代替司法，但没有记者缺少监督的丑恶会来找你；民主不能解决所有社会问题，但没有民主所有问题会来找你；维权难以保护所有私权，但没有维权可能更不公的公权会来找你。

抓一副好牌，打出去，赢了，是顺手；抓一副臭牌，打出去，赢了，是高手。

批判性不是大批判，见到不顺眼的就抡大棒，而恰恰是遇到顺眼不顺眼的，都要保持一份清醒的独立性，批判那个随时可能僵化、教条、保守、固执、偏见的"自我"。微博客观上说，增强了一定批判，却往往减弱了不少个体围观者参与者的"批判性"。

道法不是真正的法，是一种教义的传播方法；法人不是真正的人，是一种组织的法律人格。

党风正，方能政风正，方能社会风气正，方能民风正，方能青年风气正。青年人一点点改善，青年风气好转，影响民风好转，影响社会风气好转，影响政风好转，影响党风好转。党与青年血浓于水，没有脱身局外的旁观者，人人都是社会进步的建设者，反"四风"也不会只是一阵风。

从"管理"到"治理"，一字之变，可以说是理论和实践的重大创新，更加科学化、制度化、规范化、程序化，把各方面优势转化为管理经济事务的效能。国如此，单位如此，家如此，自身也如此。

学术造假等于学者自杀，新闻造假等于记者自杀——因为真实是学术的生命，也是新闻的生命。

成功来自专注，但不取决于专注，有时还"死"于专注，关键还是应时而变。在社交化互联网时代，整合交融无边界，往往比专注更重要。近乎死亡的诺基亚，成也专注，败也专注。

群众看干部，多在乡语口碑，多在民议坊论；既在大事上看德，也在小节中察德。——做大事不忘小节，立大功常积微德。

群众教育的关键力量在于干部的以身作则，归于内心的坚定和大度；正如教育的关键力量在于教育者自身的修养修心，归于内心的平静与气度。

每天清理精神垃圾，不仅要看清理的量有多少，还要检查到哪里去了，是否有可以回收利用的？

人民群众积极性没调动起来，就像打子弹，打一个算一个，还不一定打得准。人民群众积极性调动起来了，那是放核弹，放一个就杀伤一大片。

不离开办公室不能真正报道这个世界，边走边采边调查边思考。

增速放缓不是主动选择的结果，而是经济规律使然；放缓只是表面，关键是结构转变，动力转换。

"一个国家的国际传播影响力靠的不是在国外扩建记者站，不是在公共广告牌上播宣传片，更不是去买大楼。"而是要在尊重新闻传播规律、尊重信息技术传播演进规律的前提下，从思维方式、管理方式、技术方式上找原因，寻突破，在多元文化的国际传播阵列中树立本国的观察视野！

改革老问题，会出新问题。既要改革好老问题，也要改革好可能因为改革带出的新问题。

互联网的核心是将所有不对称的东西打消，互联网思维的核心当然就是将所有不对称东西打消的开放思维，包括信息、消费、商品、价格的不对称。

在平凡的生活中创造乐趣，用积极、乐观的心态面对生活、工作，就能所向披靡、无往不利。如果在人们眼中，一切可用快乐解释，那么人生万事万物都能引起快乐。

检验一个同事或同道专业不专业，看他有多少多余不着调的散话废话，更看他有多少是用逻辑和理性而不是情绪，用专业知识而不是拍马屁看风向来指导自己的行动。

越来越老，可能学得越来越少，越不想被年轻人笑话，越不要随意笑话年轻人。

堡垒如果绕不过去，只有深入其中，将其炸掉，只是别过分伤害了自己，无谓地牺牲，改革他人难，革命自我更难。

如果是不伤民的经济，政府主导又何妨。不在于是否政府主导，而在于是否伤及民生。

在拿不准决策时，还是要以是否依法依规为"准"，而不能以人的得失情绪为"准"。

每个人都可能在年轻时做过错事和荒唐事，都要接受带来的报应。在欲望横流的环境中，保持一份单纯和自重，是多么的不容易。没有谁是圣人，还活着，常警醒，与其在果上烦恼，不如律己利人，多种善因。

如果法律从被信任，上升到被信仰，也是百姓之幸。

再有力的道德批判，如果缺乏相应的法律监督和行政监管，也会显得有气无力。

如果不把伙伴关系建立在平等的基础上，伙伴关系又怎么会真正起作用呢？这个世界，太需要沟通共识平等基础上的伙伴关系，而不是非理性的盟友敌友或者非此即彼的"画圈认定"，于国于公司于邻居，道理皆如此。

我们在摸着石头过河，可是有时候，我们摸到了"黄金"就不愿意过河了。有时候，我们摸到了石头，为了石头在河中间干上了。有时候，队员们过河了，队长却摸着石头不动了。

10岁前走进梦里的风景，10岁到20岁学习准备看风景，30岁到40岁睁大眼睛看风景，40岁到50岁成为风景中的那个人，50岁到60岁风景渐渐成背景，60岁后跳出风景看风景。

造谣者，有时候用的也是事实，用的也是逻辑，只不过经过了巧妙的选择和伪装。

学术研究没界限，公共传媒有界限；自己说话没界限，公共言行有界限；梦想现象没界限，现实践行有界限。

获得融资，并不意味着创业成功，投资投向的是人，然后是项目，最后才是钱。人才资本，启动资本，扩大资本，缺一不可。

教授越来越多，教书的越来越少。高文凭越来越多，含金量的越来越少。钻营的越来越多，钻研的越来越少。求财的越来越多，求知的越来越少。恋爱的越来越多，恋学的越来越少。泡歌厅的越来越多，泡图书馆的越来越少。论文抄袭越来越多，论文价值越来越少。

不是长了翅膀的就是天使，可能是鸟人；不是所有的批评都是善意，可能是恶意中伤；不是所有的工作狂都值得尊敬，可能是种变相宣泄；不是所有的过度发展都利于百姓，可能带来雾霾这样致命副作用。

坚持唯物主义和辩证法，就是坚持实事求是，坚持科学精神，坚持真理自由。所谓"本本"，关键"人本"，所谓"天意"，即是"民心"。

放手不等于放纵，尊重不等于溺爱，自控不等于自闭，主动不等于随性。小孩子的道理，不等于"老孩子"知道。

一个理论或概念，不能仅仅看其有无逻辑性、思辨性，关键看有无时代性和现实性，否则就只是束之高阁的"故纸堆"。

人人都有可能心意联通。既要"联"，联结联谊；又要"通"，沟通变通。互联网创建了方便的手段，共成长创造了合作的空间。

酒肉朋友未必俗，只怕不能穿肠过，贪杯欲壑总难填，心净一醉不失雅。

若这一天平平常常啥大事都没发生，真是一件极不平常的美事。

有时候我们改了一点错，很得意地求个点赞；有点赞的，有撇嘴的，还有不冷不热的：改，是你的，不改，也是你的。

有品质的批评者和有品位的表扬者，同样缺。

一句真诚而有温度的人话，胜过精致诱人的"名言"。

贪官人人喊打，如过街老鼠；巧官无影无踪，如藏洞老鼠。巧官巧言令色，其表里不如一的政策执行，造成危害当时很难看出来，潜伏期又长，到了发作的时候，救都来不及。

本来直呼其名，是"亲切"；尊敬称呼其名，是"亲近"；三思而呼其名，就有点见外了。

有爱的家庭，就是爱的港湾；不爱了，就是苦的牢笼。花费的钱财，才有花的价值；存钱了，就是存的数字。用心的人生，才是生活；不用心，就是活着。

当欲望借着"爱"的外衣跳舞时，令人诱惑的贪婪、妒忌等丑角就粉墨登场。

有人说，未来一件物品究竟属于谁并不重要，重要的是我们每个人都可以使用它。也有人说，最重要的那是什么样的人在使用。

别笑话孩子，有时活了一大把年纪，还未必有一个孩子"经历"丰富。对生命丰富多彩的感受不取决于年龄，而在于经历和对待经历的态度。

因为几代老的围着小的转，传统伦理孝悌似乎颠倒。在一片"小祖宗"声中，本该传承的祖脉家训面临危机。

伟大的是"伟大"本身，庸俗的是"庸俗"本身。童话永远是为一个主角准备的，而其"伟大"或"庸俗"不取决于别人的定义，也在于童话故事本身。

有一种真正的"贵养"，既享受得了最尊贵的，又享受得了最卑贱的。

附

录

王阳明的六堂人生课

王守仁，幼名云，字伯安，号阳明，谥文成，人称王阳明。王守仁是陆王心学之集大成者，非但精通儒、释、道三教，而且能够统军征战，是罕见的全能大儒。

"王阳明是谁？"

这谁不知道啊，不就是那个提"致良知"的圣人吗？不就是那个立德立言立功都第一的"明朝一哥"吗？不就是那个能呼风唤雨，让日本大将军也"一生惟拜"的传奇战神吗？

"我不是这个样子！"

分明听到王阳明一声断喝。

哪来天生的圣人？我只不过是个肯下笨功夫的庸人；哪来不朽的"第一"？我只不过是个有血有肉、愈挫弥坚、知行合一的普通人；哪来无敌的"战神"？我只不过是一位和你一起切磋践履"心学"的师友和战友：为什么破山中贼易，破心中贼难？

我们正在出品筹拍电视连续剧《天地人心·王阳明》，就是小心谨慎，不乱拍阳明先生马屁，如果把阳明先生当作一位可亲可爱的师友，相信阳明先生会开心快乐起来，真诚传习，娓娓道来！

听听王阳明穿越 500 年分享的六堂人生课吧！

第一堂课：立志而圣则圣矣

"故立志而圣则圣矣，立志而贤则贤矣。志不立，如无舵之舟，无衔之马，漂荡奔逸，终亦何所底乎？"

这是王阳明在《教条示龙场诸生》中的一句话。当时王阳明九死一生被贬到贵州一个穷荒之地做驿丞，但他依然讲学不辍，无论来的是学者官员，还是汉苗贫民，王阳明都真诚相待。其中，围绕"立志做圣贤"展开的一次次传授、交流，常常令来者乐而忘返。

自顾都不暇，温饱尚不足，哪还有这等做圣贤的心事？这恰恰是王阳明过人之志，因为在他心中：人人皆可成圣贤。

他的一生中因为坚持这个当时的"异端邪说"，受过包括自己学生的讥笑和误解。比如，个性极傲的学生王艮一直不屑此论，一次出游归来，王阳明问他："都见到了什么？"王艮刻意用异常惊讶的声调说："我看到满街都是圣人。"王阳明微微一笑，借力打力："你看到满大街都是圣人，满大街的人看你也是圣人。"王艮尴尬一笑："都是圣人。"王阳明点头说："对！人人都是圣人，谁也不比任何人差。"

王阳明虽然追求做圣贤，却反对自以为是，把"圣贤"挂在口头上居高临下教训人——被教训的"人家"也是圣人啊！若把人家当愚夫笨妇，自己也要成愚夫笨妇，平等无欺。如果扛着个"圣人"去给"俗人"讲学，"俗人"会吓跑，还有谁能用心来听？又有谁能信而学、学而做呢？

这位王艮后来对老师心服口服。对于这位充满怀疑精神、不求得真理不罢休的学生，爱才惜才的王阳明感慨地对学生们说："当年我在抓住叛乱的宁王朱宸濠时，内心连一丝波动也没有，今天却因为这个人而感动了。"

还有一位学生想"将"老师一军，指着门口正在拔草的农夫说："你说人人都可成尧舜那样的圣人，他们也算吗？"

王阳明平静地点点头："尧舜拔草也不过如此！"

是的，对于王阳明来说，做圣贤的目的不是追求外在的功名利禄，而是发现内化于心的本有良知的过程，通过读书学习致得自己的良知，并按良知行事，哪怕是诚外无物地拔草，也都是圣人或君子。

身为状元之子，王阳明自小就接受了良好的儒学教育。与时人不同的是，他读书学习却不以科举考试为目的，因此还被父亲揍过一顿。王阳明11岁在京师读书时，曾问私塾老师："何为第一等事？"私塾老师说："唯读书登第耳。"王阳明却并不认同，认为"登第恐未为第一等事，或读书学圣贤耳"。

此话传到父亲王华那里，问："你懂什么叫圣贤？"

小王阳明答道："为天地立心，为生民立命，为往圣继绝学，为万世开太平的人就是圣贤。"

王华说："这只是理想主义者的梦话，你怎么就当真了！千年才出一位的圣人，你怎么能比？"

小王阳明反驳道："怎么就不能比？大家都是人。"

状元父亲哑然沉思，从此不再笑话儿子。

如何才能实现"读书学圣贤"？王阳明开出的良方是：先立志。

这也不是突然就顿悟出来的。

王阳明青少年时期是顽皮的，比如爱玩游戏，用怪鸟捉弄家人；在京城读私塾来回的路上（就是今天放学回家的路上），留恋往返于市井街巷；15岁带着好奇心跑到塞外骑马练箭、观察边防，等等。

虽然王阳明"玩"得各方面都小有所成，但他觉得这与自己立志读书成圣之路有所偏差，也曾产生过思想波动，继续在书内书外拜师访友。在这个关键时刻，王阳明遇到了一位对他人生起关键作用的人物——理学大师娄谅。

王阳明在请教娄谅的过程中，被娄谅一句话点醒——"圣人必可学而至"。

通观王阳明的著作，君子之学，又叫圣学、圣人之学、圣贤之学或正学，就是学为圣人或君子的学问。

在写给弟弟王守文的《示弟立志说》中，王阳明提出"夫学，莫先于立志"，"君子之学，无时无处而不以立志为事"。但立志读书学圣贤并非易事，"夫立志亦不易矣"。

一旦立下志向，必须经过后天磨练。孔子出生时也不是圣人，也是通过后天努力把自己锻造成圣人的。按王阳明的见解，大家都认为圣人不好做，大多数人因为被圣人光环吓唬住，不敢去做，很多人都和成为圣人失之交臂，而王阳明却立志要做圣贤，慎终如始，知行合一，无怨无悔。

比如，王阳明迫于父亲压力，也迫于前路迷茫，还是参加了科举考试。依王阳明之才本该高中状元，可能因为年少恃才有些高调惹来非议吧，终与状元擦肩而过。不过，他自己倒是毫不在乎："世以不得第为耻，吾以不得第动心为耻。"

王阳明在学习探索圣贤之路上，经过"五溺"的挫折弯路，也是挫愈多、志愈坚。湛若水是王阳明的生死之交，他说王阳明"初溺于任侠之习，再溺于骑射之习，三溺于辞章之习，四溺于神仙之习，五溺于佛氏之习。正德丙寅，始归正于圣贤之学"。

湛若水指出王阳明"五溺"的"溺"是沉迷之意，过了头可能会玩物丧志。一是沉迷于游侠，二是沉迷于骑马射箭，三是沉迷于辞章之学，四是沉迷于道家神仙学说，五是沉迷于佛学。

蹉跎了20年，王阳明直到35岁才归正于圣贤之心，就是阳明心学，找到了自己人生的使命和方向。可以说，"五溺"之旅非但没有影响他的成圣路，反而帮助他完成了积淀过程，从而才有了日后的一朝顿悟。若"沉迷"是一种中道而行的专注就有价值，人生每一段经历都是宝贵财富。

在王阳明看来，掌握了圣人之学的秘诀，只要立志去求，便能达成目的。"盖终身问学之功,只是立得志而已。"

《教条示龙场诸生》第一条讲的便是立志。在《启问道通书》中,他也主张:"大抵吾人为学紧要大头脑,只是立志。"他的《忆别》诗中也有:"贤圣可期先立志,尘凡未脱谩言心。"

王阳明曾不厌其烦地向其亲朋好友宣讲立志说。在《寄张世文》信中写道:"学不立志,如植木无根……自古及今,有志而无成者则有之,未有无志而能有成者也。"

在《与克彰太叔》信中,他对既是其族叔祖又是他弟子的王克彰说:"学本于立志。"还特别叮嘱,这是他最近新体悟出来的为学之道,一定要坚守。

王阳明的弟子中不少深受影响,终有成就。比如,王阳明劝诫追随他求学三年的学生郭庆,把君子做学问比作农民种庄稼。春天择选优质种子,好比学习之初就要树立好志向;夏天,农民细心灌溉、及时除草,守护种子茁壮成长,所以在学习中要不断反省、修正自我,直至确定正确的志向;农民经历风吹日晒辛劳一年,终于等到庄稼成熟,如同我们秉持自己真正的志向,持之以恒勤奋学习,自然而然就会有收获。立下正确志向,不用犹豫疑惑,为之努力即可。

郭庆回到家乡后努力自学,恪守自己原则志向,成了山东清平县知县。由于他作风廉洁、勤政爱民,深受百姓拥戴。

王阳明曾说:"求圣人之学而弗成者,殆以志之弗立欤!""志不立,天下无可成之事。"换成今天的话,立志首先是确立理想和目标,更是要确定信仰和信念。

王阳明在回答礼部尚书请教学问时说,学贵专、学贵精、学贵正固然值得点赞,但学更贵于道。尚书恍然大悟,自叹立志学道太晚,王阳明笑着说:"岂易哉?公卿之不讲学也久矣。"王阳明举了从前卫武公九十多岁还向全国诚谕的例子,尚书年纪只有武公一半,功业却可以成倍,一切都来得及。

无独有偶，王阳明《从吾道人记》一文中，记载比他大得多的 68 岁著名学者董萝石前来拜师，几次被王阳明婉拒。这老先生矢志不渝，隔了一段时间又带着老伴一丝一缕织成的丝帛，诚恳求教："此吾老妻之所织也。吾之诚积，若此缕矣。夫子其许我乎？"随后干脆强拜为师，王阳明"固辞不获，则许之以师友之间"。

朝闻道，夕死可矣！立志不在年龄，圣贤宁有种乎？王阳明在《示弟立志说》中，说得更透彻："后世大患，尤在无志，故今以立志为说。中间字字句句，莫非立志。盖终身问学之功，只是立得志而已。"

这是人人都可以同王阳明一样拥有的文化自信。

第二堂课：视人犹己，视国犹家

"夫人者，天地之心，天地万物，本吾一体者也。生民之困苦荼毒，孰非疾痛之切于吾身者乎？"

"世之君子惟务致其良知，则自能公是非，同好恶，视人犹己，视国犹家，而以天地万物为一体，求天下无治，不可得矣。"

这是王阳明在《答聂文蔚书（一）》一文中，心系黎民疾苦的真切体悟。

视人如己，体现了王阳明的亲民思想。王阳明常爱说的"视民之饥溺犹己之饥溺"，语出《孟子·离娄下》。孟子说的王阳明同乡大禹是负责治水的，只要天下有一个人掉水里淹死了，他都觉得是自己推下去的，因为是他在治水时，没在岸边把防护设施建好。

王阳明学习汲取了尧舜、孔孟以来的圣贤思想，但也有创造性转化。比如，针对理学家程颐和朱熹将古本《大学》"在亲民"一语改为"在新民"，王阳明并不认同，阐述了他的亲民思想。

他说："'亲民'犹孟子'亲亲仁民'之谓，亲之即仁之也……又如孔子言'修己以安百姓'，'修己'便是'明明德'，'安百姓'便是'亲民'。"

爱民保民、顺应民心、安民富民，王阳明始终以民为本。

王阳明认为"亲民"的核心道德是"仁"，并用于教化民心。而孝是行仁之本，孝是仁道的工夫起点。尽孝不是仅仅爱自己的父母，还要推己及人，爱天下所有人的父母。"亲民者，达其天地万物一体之用也。故明明德必在于亲民，而亲民乃所以明其明德也。是故亲吾之父，以及人之父，以及天下人之父，而后吾之仁实与吾之父、人之父与天下人之父而为一体矣；实与之为一体，而后孝之明德始明矣！"

王阳明在江西做官时，有一对父子发生争执，吵闹不休，找王阳明为他们评理。王阳明并没问是非曲直，而是给他们讲了几句话，结果话没讲完，父子二人抱头痛哭而去，和好如初。王阳明的学生很奇怪，问他说了什么话。先生说："我说舜是世上最不孝的儿子，瞽瞍是世上最慈爱的父亲。"

弟子更吃惊。王阳明解释说："舜常常以为自己是最不孝的，所以他才能做到孝。瞽瞍常常以为自己是最慈爱的，所以他不能做到慈。"

王阳明用余姚的先贤圣人舜的故事，正话反说，双方各打五十大板，让争吵中的父子深受震动、反躬自省。

王阳明的亲民思想，与为官、为学、致良知是"一体化"的。为官者要以德修身，提高自身的道德修养与文明素质，做人民的表率，身教重于言教，要代表最广大人民群众的利益。

王阳明在地方任职时，一改其他官员出巡时必高举"肃静""回避"牌之惯例，叫人高举脚牌，牌上改写成"求通民情""愿闻己过"字样，希望老百姓来官衙畅所欲言，为民做主。

王阳明还有重要的"另一改"，就是反对繁文缛节。他在《裁革文移》一文中鲜明指出："看得近来官府文移日烦，如造册依准等项，果系徒劳徒费，虚文无补……除例该奏报及仓库钱粮金帛赃罚纸价预备稻谷等项，仍于每岁终开项共造手册一本，送院查考外；其余一应不大紧要文册，及依准等项，通行裁革，务从简实，以省劳费。凡我有官皆要诚心实意，一洗从前靡文粉饰之弊，各竭为德为民之心，共图正大光明之治。"可见其反形式主义、官僚主义的决心！

晚年王阳明的"越中三记"（《尊经阁记》《亲民堂记》《浚河记》），更是把亲民思想发扬光大。

经过王阳明的点拨指教，绍兴知府南大吉命名其莅政之堂曰"亲民"，每日在"亲民堂"自励勤勉，并以"亲民"为毕生职责，成为绍兴历史上的著名清吏。王阳明为其写下《亲民堂记》。另一篇《浚河记》，同样是为百姓兴修水利做实事的政绩观鼓与呼，为民心树碑，为历史作证。

国犹家，体现了王阳明的家国情怀。王阳明13岁就热衷于学习弓马之术，研读《六韬》《三略》等兵书。次年，他和父亲同游居庸关，亲身调查边关防务，"慨然有经略四方之志"，或许就是今天的研学游吧！不久，他又打算直接向皇帝上书，请求率军平乱。其父闻之大惊，"斥之为狂"，少年王阳明"乃止"。

当时北方边关告急，朝廷下诏求言，王阳明复命后上《边务八事》，言极剀切，极富爱国情怀。

治国先爱国。王阳明从青少年时期就抱有这样的思想，对文天祥、屈原等人充满崇敬之情，留下很多爱国诗篇。比如，"苏武坚持西汉节，天祥不受大元官。忠心贯日三台见，心血凝冰六月寒。卖国欺君李士实，九泉相见有何颜"，等等。

最有意思的是，王阳明从小与伏波将军结缘。伏波将军马援是东汉的爱国英豪，以善于用兵著称，曾经率领大军征讨交趾（相当于现在两广大部分地区以及越南的中北部地区）。广西横县的郁江乌蛮滩北岸有座马援将军庙，与京师远隔千里。当时身在京师的王阳明竟然在梦中拜谒过这座庙，醒来后他赋诗一首："卷甲归来马伏波，早年兵法鬓毛皤。云埋铜柱雷轰折，六字题文尚不磨。"

治国为亲民。1516 年，刚刚艰难取得平盗寇大捷的南赣巡抚王阳明，班师回朝。一路看到百姓流离失所，饱受战争之苦，王阳明喜中有忧，《还赣》诗中一句"迎趋勤父老，无补愧巡行"，思考如何使外逃百姓尽快返回家园、安居乐业，把这看成自己为官的第一责任和要务。

1517 年，当地三月不雨，正是农事繁忙之季，王阳明忧心如焚。他一面勤政为民，一面虔诚祈雨，果然连续下了三天雨，百姓大喜，王阳明抑制不住与民同乐的心情，欣然写下《回军上杭》诗一首，反映平乱初期当地百姓境况，以及自己由忧转喜的心情。

后人多把王阳明的成功祈雨神化。王阳明在当时就给"天人感应"赋予了新内涵，即"以民为天"，具体说就是通过除弊兴利，动员百姓一起抵御自然灾害，根据当时风俗和百姓文化接受程度，借祈雨向灾民讲明实情，沟通官民关系，协力同心，落实抗灾措施，以安民心，而不是兴师动众，借祈雨之名行扰民沽名之实。《答佟太守求雨》一文中专门提到，遇到这样的大灾，为官者要带头"减膳撤乐"，访贫问苦，积极赈灾。"执事其但为民悉心以请，毋惑于邪说，毋急于近名，天道虽远，至诚而不动者，未之有也！"顺应传统礼仪，坚决反对造谣迷信。

1519 年，江西各地旱情严重，加上宁王之乱造成的破坏，百姓生活困苦至极。王阳明对饱受天灾人祸的百姓感同身受，他接连上疏请求缓征粮税，却终未能获得朝廷批准。1520 年 12 月，王阳明再次上疏，极力劝说皇帝减免税收。他详细罗列了请求免征缘由，并表示愿意承担罪责"待罪之至"，体现了他为民担当、视人犹己、视国犹家的无私精神境界。

1520 年，江西诸县发生水患，王阳明命令各地官员开仓济民，以缓解灾民燃眉之急。在《恤水灾牌》一文中，他再三要求各地官员爱民如子，给予百姓行实惠，不得敷衍搪塞，浪费钱财粮食而不救百姓之灾患。

基层管理创新。王阳明绝大部分仕宦生涯是在地方各级任职，历任龙场驿丞、庐陵县知县、南赣巡抚、江西巡抚、两广总督等，积累了极其丰富的基层治理经验。抓好基层管理创新，就是抓好国家治理的末端创新，王阳明基层管理有"三招"。

第一招：仁爱亲民，体恤百姓，强化教化德治。王阳明半生为官，有机会在其为官吏的地区推行孝道、敦厚风俗。他也珍惜这样的机会，做了许多造福百姓之事，例如平定叛乱、安置流民、教养百姓等。其中，兴办针对少儿开设的社学（明代基层教育机构），蒙以养正，影响深远。

1518年10月，王阳明颁布《南赣乡约》。《南赣乡约》共有十六条，主要目的是在劝谕百姓的基础上，明确乡约内部权利、义务规范，将儒家伦理道德具体化、平民化、制度化，从而更加行之有效地引导乡民的思想行为。王阳明要求百姓遵循儒家礼制和道德规范，通过平实的语言，向百姓传达儒家伦理道德原则和人伦秩序规范，劝告百姓寻医问药不迷信、婚丧嫁娶不铺张，从而引导百姓树立良好的日常行为规范。

第二招：增设县治，重建行政区划，推行群众自治。王阳明初到南赣就发布了《十家牌法告谕各府父老子弟》《告谕父老子弟》，颁布《南赣乡约》，实现了从官方主导向民间自治力量的转化，事实上加强了基层政权领导力。

推行"十家牌法"与乡里制度的结合。"十家牌法"将十家编为一牌，登记家庭的详细信息。牌内十家互相监督，轮流负责收集信息，随后通知各家相互知晓，有可疑情况立即上报，一旦出现隐瞒不报的情况，事发后连同治罪。王阳明还着手恢复乡里制度，重申乡里的事务安排，赋予里长管理和教化的职责。通过"十家牌法"和乡里制度的结合，在基层社会建立起严密的组织体系，为儒家伦理道德在基层社会的传播提供了基础。

第三招：整顿吏治，安抚民心，同步加强法治。

王阳明一方面主张在基层治理中以儒家道德礼仪劝善改过，另一方面又采取强制措施对违逆者严加惩治，体现礼法刑政共治的特点。

王阳明在治理基层社会期间，深感一些基层官吏习气恶劣，他采取措施对吏治进行严厉整肃，以减少官吏的巧取豪夺，给百姓带来切实好处。

江西发生水患时，一些官员无视生民疾苦，"乘机窃发，惊扰地方"。王阳明发布禁约，对官员活动作出严格规定，告谕属地官员"务须轸念地方，痛恤民隐"。

他要求各地大小官吏廉洁奉公，在处理军需的粮草和兵役时，要亲自编派任务，按照规定秉公处理，不得私下收受贿赂，不得扰乱百姓生活，"敢有抗违生事惊扰地方者，就便拿解赴官，治以军法"。德法共治，威震一方。

爱国辨忠奸。27岁那年，王阳明再次参加会试，考中进士。几年后，正德皇帝即位。在新君改元之际，时为兵部主事的王阳明想要劝说皇帝"正心"。他上疏，题为《乞宥言官去权奸以彰圣德疏》，其中的"权奸"，直指正德皇帝宠信的太监刘瑾，后因此遭祸入狱。

王阳明在为官从政后，就用良知践履真正的忠诚。他曾毫不客气地批评当时官场存在的不正之风："由科第而进者，类多徇私媒利……惟欲钓声利，弋身家之腴，以苟一旦之得，而初未尝有其诚也。"

民族平等团结。王阳明谪居多为少数民族的贵州龙场之际，近乎绝望，淳朴善良的龙场人民给了他无私的援助，向他问好、送粮食，帮他搭建房子，房子虽然简陋却令人温暖。王阳明写下《何陋轩记》，认为"伪君子"才是真正的"陋"，那些少数民族的土著人，有着"外朴内美""安而乐之"的品质，只要给他们文化教育，一定从物质到精神都可旧貌换新颜。有时，王阳明还和龙场各民族百姓共办宴会，大家一起载歌载舞、一醉方休。

王阳明对当地少数民族因俗化导，培育了大批心学弟子，更使儒学文明在贵州代代相传、后继有人，践行了大同社会的理想。他自觉以儒家的仁作为道德规范，其言其行表现出惠民、爱民之民本思想，对维护贵州民族社会秩序作出了突出贡献。

在贵州修文阳明洞，有彝族土司安国亨的题字，大书"阳明先生遗爱处"。这"遗爱"，寄托了当地百姓对王阳明无限的爱和思念。

王阳明《与安宣慰》的两封书信，表达了他与少数民族之间情真意深，永志难忘。他所写的《居夷诗》百余首，还有《玩易窝记》《何陋轩记》《君子亭记》《宾阳堂记》等，记述了他在贵州期间的心迹，是王阳明思想转变的历史见证。

他开启了贵州自由讲学之风，以后的文明书院、正学书院、阳明书院、南皋书院、学古书院都继承了这一传统，对贵州的教育与思想有着深远影响。

重视粮食。王阳明每到一处为官，都非常重视耕种稼穑。在其应绍兴府官员所请而作《新建预备仓记》一文中，开宗明义："仓廪以储国用，而民之不给，亦于是乎取。"从治国治民角度立意，点明了仓廪于国、于民的紧密关系。

即便在龙场当一个小小驿臣，王阳明也不忘一粒米中见大义，写了很多诗。其中，很多首带有陶渊明那样田园耕耘劳作的隐逸风格。比如，他在《观稼》中写道："下田既宜稌，高田亦宜稷。种蔬须土疏，种蓣须土湿。寒多不实秀，暑多有螟螣。去草不厌频，耘禾不厌密。物理既可玩，化机还默识。即是参赞功，毋为轻稼穑！"

国以民为本，民以食为天。王阳明始终以"致良知"和"知行合一"守此本，敬此天。

第三堂课：知行合一能担当

"知是行的主意，行是知的功夫。"

"知是行之始，行是知之成。"

王阳明认为，心之所发便是意，意之本体便是知。明白道理，还有依据道理而行动的意念，才是真知；明白道理，没有依据道理而行动的意念，等于不知。有孝亲之心，即是有孝亲之意，有这样的意念和意愿时，才有孝亲的行动，才有孝亲之理。有忠君之心，即是有忠君之意，有这样的意念和意愿时，才有忠诚的行动，才有忠诚之理。

所以，知行合一之教，实为"心即理"的延展。知行合一，事上磨炼。首先是具备调查、洞悉全局的能力，然后就是敢于担当，碰到事不怕事，敢于迎难而上。

王阳明越是实事求是、迎难而上，越是敢于担当，越是迎刃而解困难。这就是阳明心学的力量，是强大的"知行合一"智慧。

王阳明在贵阳三年贬谪期满后，被朝廷任命为江西吉安府庐陵县知县。其间，注重民生、大胆改革、造福一方，正是他提出"心即理""知行合一"后的生动实践。举两个例子。

第一个是免税。

王阳明上任后第一天，"纂有乡民千数拥入县门，号呼动地，一时不辨所言，大意欲求宽贷。"他很快明白了事情的来龙去脉，乡民们鸣冤，是因为庐陵这个地方不生产葛布，却要缴纳繁重的葛布税。

认真接待信访、弄清事情原委后，王阳明先安抚乡民情绪，坦诚表态：既然朝廷派我来庐陵县做父母官，如果确有不平、不对之处，我一定为大家做主。大家很快安静下来。然后，王阳明立刻开始明察暗访，了解到这葛布税并非国家应收税种，而是宦官搜刮民脂民膏的一种敛财手段。随后，他通过一种方式向乡民们宣布，免去 2020 年的葛布税。

刚刚新官上任，还没有跟上级汇报，就敢宣布免去多年实行的葛布税？手下人都吓坏了：这得要担多大的责任与风险？但王阳明心中有数，依据翔实调查和数据，向上级领导写了封信，言之凿凿，陈明利弊，既不卑不亢晓之以理，又不动声色表明态度，最后以人情和大义动之，经过与奸宦的一番斗争较量，终于圆满地把事情处理解决好。

这背后还有一个易被忽略的原因，上级领导中有正直官员暗中支持！王阳明虽然奉行"道不同不相为谋"，但在坚持原则底线基础上，十分重视处理上下左右的关系，"唯变所适"讲方法，只为惠国利民生，所以赢得了不少包括朝廷要员在内的正直官员的尊重和支持，甚至在一些生死攸关之处，也得益于这种支持，使王阳明躲过一个个劫难。

第二个例子是抗疫。

初领县政不久，即逢"灾疫大行"。旱灾与瘟疫叠加，多处村巷出现一家灭门的惨况。尤令王阳明痛心不已的是疫情期间的"人间失格"，瘟疫横行时，当地民众恐慌不已，为防传染，亲人染病也弃之不顾，以至于病人多因无人照护活活饿死，而非染疫病死。

从留存的《告谕庐陵父老子弟》节选中，可以看出"气弱多疾"、顽症缠身的王阳明，彻夜无眠，忧愁惶恐，寻求救治之道。苦思良久，推出抗疫五策。

一是携手同心，唤醒良知正民心。倡导民众"兴行孝弟（悌）"，乡邻"出入相友，守望相助，疾病相扶持"。

二是奖掖孝义树典型，破迷信。王阳明认为当行儒家孝义正道，杜绝巫赛这种迷信之道，教化民众当"敦行孝义，为子弟倡率"，对于抗疫期间"有能行孝义者，县令当亲拜其庐"。

三是科学防治以自救。王阳明为此开出三剂"药方"："洒扫尔室宇"，保持环境卫生的干净整洁，以防滋生病菌、交叉感染；"具尔汤药"，准备好相应的防治中草药物，对症下药，不可硬挺或坐以待毙；"时尔膳粥"，保持饮食的合理搭配，吃饱吃好方能增强抵抗力。

四是政府履职尽责，支持扶助来托底。一方面，由官府给买不起药的贫困户送药；另一方面，派遣医生下乡入村。又担心这些托底保障措施不能完全执行到位，再次向民间借力，请求乡贤监督并襄助政府。《公移》还记载了王阳明为灾民减免税捐，留下生存自救活路。

五是殷勤罪己以宽民。《告谕》中，王阳明对"骨肉不相顾"的道德沦丧现象非常恼火，对于发生灾疫和疫情蔓延的责任，最终还是勇敢揽在自己身上，认为是自己这个县令没有履行好职责的缘故，并为因病不能总是出现在第一线深表歉意。

王阳明认为，道不可坐论，德不能空谈。把"善念"付诸行动从而实现知行合一，把"立德"与"立功""立言"结合起来，这既是中国古人"修身齐家治国平天下"的人生理想，也是实现"内圣"与"外王"有机统一的必然要求，这些思想直到今天还在一定程度上影响着中国人的内心世界，提示着中国人在完善自我、改造社会的道路上不尚空谈、务真求实。

王阳明的一生，也可以说是知行合一的一生，与同时代、在家乡隔壁宁海出游的徐霞客，有异曲同工的共识：读万卷书，行万里路。而500年来，无数王阳明的学友粉丝们，都在结合着自己的当下，认真学习践行着、传承发展着阳明思想。

1518年，王阳明先后发布《兴举社学牌》《颁行社学教条》等多项文书，督促南赣各地兴办社学。

王阳明认为，教育的重心在于彰明人伦，儿童教育的主要任务是"蒙以养正"，即在启蒙时期培养儿童正直的品行，因此，社学教育的内容应围绕儒家提倡的"孝、悌、忠、信、礼、义、廉、耻"展开。他主张在教育过程中鼓励儿童天性，培育少年儿童学习兴趣。在教育方法上，提倡通过吟咏诗歌来激发志趣，学习礼仪来端正仪表，劝勉读书来启迪心智。

修建书院，兴讲学之风。王阳明一生致力于讲学布道，在龙场悟道后，更加把觉民行道作为自己的使命，在南赣新建了义泉、正蒙、富安、镇宁、龙池五个书院。王阳明认为学术不明是导致明代世风日下的重要原因，因此，他把讲学作为传播圣学、改良社会风气的重要切入点。在王阳明的不懈努力下，书院讲学之风盛极一时，社会学术氛围日渐活跃，这也是王阳明文化自信的一种担当。

针对王阳明这样的知行观及其教育主张，现代教育家陶行知创造性地提出了"生活即教育"理论，这是中国现代教育史上最具个性和影响力的教育学说之一。他把这句话翻了半个筋斗，就是说："行是知之始，知是行之成"，从另一个角度诠释了知行合一。

而知行合一其实早于王阳明就有人提过，只不过王阳明集先贤智慧和儒释道之大成创造了心学。心学中最重要的一个奠基理论："心即理。"

心即理，意思是万事万物只有人类意识参与时才能明白，遇到事情"不动心"，不论发生什么事，都保持一颗岿然不动的心，只有放得下，才能担得起。

比如，平宁王之乱的时候，王阳明坐镇指挥，同时还在上课授《大学》、讲心学。一边津津有味地现场教学，讲遇事"不动心"之理，一边有条不紊地指挥战争，允许学生们插话提问。没过一会儿，就有人进来传送前线战报，得令后再飞奔而出。

此间最令人揪心的一次，前方战报来了，说情况紧急，前敌总指挥伍文定的胡子都被烧着了，前方军心已乱。这时候，王阳明放下教鞭，走到旁边拿令牌传命下去："谁再说伍文定胡子被烧一事，斩立决！"然后返回，神态自若地继续上课。

学生们实在紧张得不行，问战局会怎样发展下去？王阳明摇摇头说，刚刚听人说前方有点不顺利，此兵家常事，不足介怀，我们继续上课。讲了一会儿，又有前方战报："报，宁王朱宸濠已经被活捉了，大乱平定！"

现场掀起一阵按捺不住的欢呼声、庆贺声，但是王阳明只是点点头，等着大家渐渐安静下来，依旧接着上课。学生们实在忍不住又问了：前方战局定了吗？王阳明说，传报宁王朱宸濠大败，而且已经被抓获，想来这个消息不假。这时，王阳明眉头一皱，难过地说，就是听说死伤惨重啊！

说完后，王阳明又接着抑扬顿挫地讲课，而且表现为"理前语如故""理前语如常"，现场学习、旁观者和知情者，无不叹服，这就是今天说的现场切身体验沉浸式案例教学吧！

当然，许多人没有关注和不愿提及的还有一个重要事实：王阳明在镇定自若地边指挥边讲课时，他的家眷已集中在一起，圈上了干柴，一旦出意外，将点上火，宁为玉碎、不为瓦全。其实这如如不动中，还有着视死如归、置之死地而后生的感天动地悲壮情怀！

心外无物，是一种更大境界的价值存在。获得这种价值存在之后，人生就有了一个价值支撑。后人中有以为这是"唯心"学说，对于从不离事谈理、离物谈心、离行谈知的王阳明，是值得商榷的。

王阳明的知行合一能担当，彻头彻尾贯穿一生，也淋漓尽致地体现在临逝前那种"此心光明，亦复何言"的博大胸襟！

第四堂课：世间磨难，皆是砥砺

"世间磨难，皆是砥砺，人间是道场，淤泥生莲花，是一种境界。"

王阳明说这番话，或许最有资格。他的一生至少经历了常人难遇的五种磨难。

一是身体的磨难。挣扎了 14 个月才出生的王阳明，从小就身体不好，5 岁才开口说话，多年被肺病煎熬。因为学习勤奋刻苦、工作劳累，特别是饱受各种人生煎熬，病情常常加重。

王阳明小时候读书用功。白天上课，晚上苦攻经典，劳累过度。参加第三次科举考试，终于考中进士，进入仕途，却在上任途中从马上摔下来口吐鲜血。

为了实践朱熹的格物致知，王阳明下决心通过竹子探究真理。他与自家后院的竹子"格"上了，对着竹子一"格"就是三天三夜，不吃不喝，雷打不动。结果什么也没发现，自己却病倒了。从此，他对朱熹的"格物"学说产生了极大怀疑。这就是中国哲学史上著名的"守仁格竹"。

也正是因为身体不好，王阳明从小就把调理身心、强健体魄当作重要的事情，学习掌握了很多有效的方法。比如，王阳明在赣州为官期间，高效处理军政事务、成功办学和讲学的同时，一刻也没放松调整恢复身体的健康，劳动锻炼、呼吸静坐、登山健走、练笔舞剑，无一不用。

退其身而身先，外其身而身存。德智体美劳，对王阳明来说是追求统一的，虽然生命短暂，却完成了一代圣贤立德、立功、立言的职责使命。

二是鞭刑牢狱的磨难。

明朝的小皇帝朱厚照登基，以刘瑾为首的八个太监玩弄权术，为非作歹，谋害忠良，特别对于那些上疏和进言的忠臣，要求皇帝下令诛杀，并利用锦衣卫进行暗杀。一时间，朝廷上下人心惶惶，大家都开始保持沉默，明哲保身。但王阳明却挺身而出，冒死上疏皇帝，请求释放朝廷重臣。

刘瑾把王阳明给抓了起来，在午门当着众人扒光衣服，光屁股毒打40大板，直打得血肉模糊、不省人事，扔进大牢！

奄奄一息的王阳明，在监狱里读易经、写文章、练呼吸，与那些同样被冤枉的狱友讨论学问，有的还结成生死交，并在出狱后为王阳明平乱治事等发挥了重要作用。

三是贫困落魄的磨难。

1508年，刚刚出狱的37岁的王阳明躲过一路追杀，历经千辛万苦，到达贵州龙场担任驿站站长。他和自己的随从搭建了一个茅草房安顿下来，后又搬到一个山洞里住。

在阴暗潮湿、飘有毒气的山洞里开始新生活，王阳明心态平和、安然处之。由于水土不服，生活条件非常艰苦，王阳明和他的随从全都病倒了！王阳明硬撑着开始亲自劈柴、挑水煮饭，照顾这些随从人员。

近乎绝境的生存环境，没吓倒王阳明，他乐观地弹起随身带的琴，给大家唱家乡的小调，讲故事，说笑话。粮食快吃完了，王阳明又开始学习当地人，用刀耕火种方式，开辟了一片荒地，自己种粮食。做饭没有柴火，他亲率随从上山砍伐，而且只砍那涧边妨碍行走的枯死的荆棘树枝，"持斧起环顾，长松百余尺。徘徊不忍挥，俯略涧边棘"，附带采一些野果充作口粮。

在其《采薪二首》中看出，王阳明当时这种对生态环境保护的惜材举动，遭到众人嗤笑。"同行笑我馁，尔斧安用厉？"王阳明不以为然，反而从中悟出深意："快意岂不能，物材各有适。可以相天子，众稚讵足识！"由采薪推及用人治国，抒发了位卑未敢忘忧国、贬谪未敢忘民众的万世情怀。

当地人感激王阳明的友好和教导，帮助建了几间土坯房子，王阳明感激地写下《何陋轩记》，还把自己住的房子改为龙冈书院，给当地人讲诚意、静心、修身、齐家的修身之道。王阳明留下的不少诗歌散文，都反映了抗争人生艰险的浩然之气（如《杂诗三首》等），以及表达人世间患难见真情的人性美。

王阳明此间从未停止过人生思考：怎样才能活下去更有意义呢？我到底还能不能成圣贤？圣人如果也身处这样的环境，会怎么做呢？

与孤苦寂寞相伴，王阳明"随心格物"，直到有一天夜里，突然长啸一声，手舞足蹈，把众人给吓到了。

他开始意识到：心无外物，心无万事，心外无理，圣人之道，吾性自足，向之求理于事物者误也，这即是人人皆可成圣贤的"致良知"。

王阳明开始在龙冈书院讲学，把自己对圣人之道的领悟，对生命存在的意义的领悟，分享给他的随从和当地的居民听。

有一些人还慕名远道而来看望他，听他讲学。王阳明和他的弟子们到田野里去散步，在溪边赏月，在夜晚喝酒，一起探讨圣人的精神世界。后来，贵州一位教育官员，也来到龙场向王阳明探讨心学。由于被王阳明的理论所折服，又邀请他到贵阳书院，讲知行合一。

四是公务战事的磨难。

王阳明的一生，几乎一半都在繁忙紧张的公务战事中度过。

庐陵县由于过去民众诉讼上访成风，各种案件堆积如山，连正常公务都受到拖累。王阳明去当知县后，一边不知疲倦地处理化解，一边深入下乡考察民情，了解当地的民俗，向全县人民发布公告，希望他们能够和睦相处。当年夏天发生旱灾，秋粮歉收，瘟疫横行，匪患频发，王阳明开始全心投入到抗旱救灾的工作当中，针对瘟疫和盗贼分别提出了切实可行的办法，一一加以解决。

王阳明做了七个多月的知县，由于关注民生疾苦，解决了实际问题，扭转了不良的风气，让当地民风焕然一新。

屡屡临危受命、剿匪叛乱，王阳明总是身先士卒、一马当先。1516年，南赣匪患横行，朝廷派兵围剿，但是却越剿越多，45岁的王阳明临危受命来到了福建汀漳，到了以后即从四个方面，周到细致地亲自部署工作方案，并一一督办落实：

一、调查实情，实事求是体察民情，辨析那些被迫入匪的百姓；同时做好战斗准备，训练民兵，筹措军费。

二、运用多年研习的《孙子兵法》发动进攻，在战争当中学会战争，加强军队的自身建设。

三、以民为本，战中最大程度减少伤亡，战后稳定群众生活秩序和生产秩序。

四、建立县制，在加强基层治理能力上下功夫，新修书院和学校推行教化，推行仁礼之风。王阳明随后用了一年多的时间，把江西、福建、广东边界的隐患给解除了，使得当地人民的生活开始变得安宁。

五是毁誉侮辱的磨难。王阳明倡导天下儒生都要学做志气高远、处变不惊的君子。他在朝为官时曾遭人诽谤，身边官僚为撇清关系疏离了他。面对如此困境，阳明先生毅然说："君子不求人信己，自信而已。"他还给同样受诽谤的朋友写信劝慰：不管有没有人理解你，都不能动摇自信，对来自外界的毁誉，非但不应扰乱内心，还应借此作为磨砺自己的机会。

在《答友人》中，王阳明举了"疑人窃履"的故事为例："从前有人到朋友家做客，仆人偷了朋友一双鞋。回家后，他让仆人去买鞋，仆人就把偷来的鞋当作买的给了他。他很高兴穿到脚上，恰好朋友来访，一见他的鞋，暴跳如雷，'我早就怀疑是你偷的，想不到真是！'于是二人绝交。若干日后，仆人承认了自己是偷窃者，真相大白。朋友慌忙跑来谢罪，'我竟然怀疑你，真是大罪。'又不解地问：'你当时为何不解释？'这人回答：'我没偷你的鞋，这是自信。你误会我也并未伤我分毫，如今你来向我道歉，我也未得分毫。反而是你，先是发怒，现在又是愧疚，心真是忙乱得很啊。'"

清者自清，浊者自浊。王阳明以身作则，宠辱不惊。

王阳明在平定朱宸濠叛乱后，皇帝朱厚照御驾来南方。一群小人以妖言蛊惑朱厚照，想方设法算计王阳明，并乘机洗劫战后的百姓。当时很多人劝王阳明，赶紧想办法去找皇上求助。王阳明一本正经地说："君子不求天下人相信自己，自己相信自己而已。我现在相信自己还没有时间，哪里还有心思去让别人相信我？"

那位对王阳明时有好感的皇上，经不住谗言，加上昏庸糊涂，最终，王阳明这位功勋卓越的功臣不仅没有得到公正公平的对待，还被奸臣一次次设计陷害。王阳明手下一位最得力的大将弟子，立功后被投进监狱，几年后放出，竟活活冤死。

王阳明虽然饱受冤屈，但他始终坚守一颗良知之心，总是心系战后百姓安居乐业，想方设法不计个人得失地与奸臣周旋，都是为了避免使百姓生灵涂炭。今天回首细看，当年王阳明能一次次死里逃生，没有被再次投进牢狱，也正是得益于百姓的支持、保护。

如果你连自己都不相信，岂能让别人相信你？只要为天下百姓受苦受难，还有什么值得后悔？

王阳明对替他提心吊胆的亲友弟子们说，根据这良知耐心地做下去，不在乎别人的嘲笑、诽谤、称誉、侮辱，任他功夫有进有退，我只要这致良知没有片刻停息，时间久了，自会感到有力，也自然不会被外面的任何事情所动摇。

只要良知光明，外界的怀疑、侮辱终有真相大白之时。以百姓之心为心，圣人之心也！

第五堂课："事"上练就过硬本领

"人须在事上磨练，做功夫，乃有益。若只好静，遇事便乱，终无长进。"

"好静玄空"是王阳明"心学"被后人误解的一处。王阳明非常强调事上磨练，他解答学生陆澄"静时还好，一遇事就不好"的困惑时说："是徒知静养而不用克己工夫也。如此，临时便要倾倒。人须在事上磨，方立得住，方能'静亦定，动亦定'。"

事上磨练，就是要立足岗位，投身一线，参与社会实践，在纷繁复杂的具体事务中，锻炼自己心理素质，做到动静皆定。

王阳明在江西讲学的时候，当地一个政府司法官员很崇拜王阳明的"心学"，他很沮丧地说："我公务繁忙，真是没有时间去学习啊。"

王阳明笑道："我何尝教尔离了簿书讼狱，悬空去讲学？尔既有官司之事，便从官司的事上为学，才是真格物。"

他就从这官员审理案件展开：不能因对方应答语无伦次就升起一个"怒心"；不能因他花言巧语就升起一个"喜心"；不能因他行贿送礼就宽恕庇护；也不能因自己事务太繁杂，而随随便便潦草结案；更不能因有些人别有用心、罗织罪名而上当，遂了这些坏人的心意！

王阳明立志成圣，一生都在"事"上练就过硬本领。

王阳明的第一份工作是给将军王越修墓，他把少年时期学习的《孙子兵法》，独树一帜运用到工程管理上，亲自组织民工训练"八卦阵"，不仅大大提高了工效，也在这件看似"小"事情上，磨练了"大"心性。

后来接到第二份工作是刑部云南清吏司主事，是一个虽比不上朝廷要职、却拥有司法实权的职位，云南地区的司法案件、刑事审判都需要王阳明经手。按照当时的官场"潜规则"，新上任的刑部各司主事都要去当地监狱视察，理所当然吃拿卡要捞一把。王阳明第一次巡狱，没有提前跟下属打招呼，轻车简从，结果正赶上狱卒们大吃大喝，满桌吃不完的大块猪肉。狱卒们都慌了神，而王阳明细看囚犯吃的喂猪糟糠伙食，吃了一惊，居然连青菜萝卜都没有，囚犯们手中的破瓷碗里盛着的分明就是喂猪的糟糠泔水，而监狱里的养猪场只专供狱卒。王阳明继续深入调查，发现了更多不只这一家监狱存在的腐败等问题。

王阳明经过认真沟通研究，除炒掉那几个狱卒，还对监狱制度进行了一系列改革，从不准养猪、加强巡狱，到打卡值班（每天上班在墙上写下自己的名字）、追究问责等，正风肃纪改变了云南司法面貌，全国各地也纷纷效仿，推动改革。

王阳明随后被提拔，还是一名司法审判官，夜以继日开庭审案、披阅案卷，不仅纠正了许多冤假错案，而且努力解决一些深层次的草菅人命的顽疾：比如偷瓜贼会被草率判死刑，权钱交易又可让死刑犯大摇大摆被放走。

王阳明一身正气、呕心沥血、改革有为，却很难彻底改变明朝监狱的黑暗，更难改变当时朝廷的腐败，但客观上造福了百姓，也推动了社会进步。

孔子曾经说过，有文事者必须要武备。王阳明从小立志做圣贤，文韬武略，做事遇到困难与问题时总在自问：如果是圣贤会如何处理？

随着一件件"事"上练就真本领，王阳明更加深切体证到满口都是圣贤话语，却不去实践，不是真正的"知"。同样，熟读经典、文章精彩，若不通实务、不能经世致用，也不是真正的"知"。人只有在磨练中才能成器，只有在逆境中才能成熟，这就是在事上磨练的含义。也就是要培养活智慧，而不做死学问。

王阳明说过，他之前强调要在"事"上练，后面发现这还不够，于是提出"必有事"的概念。什么叫"必有事"？就是不管有事无事，都需要练心，有事无事，此心要遵循良知的指引，"凡人为学，终身只为这一事"。

"事"上练，练的不仅是如何把事做好，更是端正发心。心不正，意不诚，事情做得再好，也不过是孔子不屑的"乡愿"——见君子媚以仁义，见小人甘愿同流合污。

一位弟子试图学着"事"上练，却感觉苦不堪言，向他抱怨说："老师，（做）功夫太难了！"

王阳明先生幽默一笑："常快活，便是功夫。"

只有心里时刻充满光明的欢喜，才会有这样的"常快活"吧！

平定宁王叛乱后，有弟子问王阳明，用兵是不是有特定技巧？王阳明回答：哪里有什么技巧，只是努力做学问，养的此心不动，如果你非要说有技巧，那此心不动就是唯一的技巧。

他还举例说，其实面对气势汹汹的叛军，一开始是处于劣势的，王阳明向身边的人发布准备火攻的命令，那人无动于衷，连说四次，那人才回过神来。这种人就是平时学问不到位，一临事，就慌乱失措。那些急中生智的人的智慧，不是天外飞来的，而是平时学问纯笃的功劳。这就需要"此心不动，随机而动"的八字真言妙用。

王阳明从少年立志、官署格竹、江北诀囚、弹劾刘瑾、被陷遭贬，依然对真理追求不变，直到龙场悟道才开始走向光明。此后，赣南剿匪、平定宸濠之乱，在一件件具体"事"上练功夫，提出"心即理""知行合一""致良知"的心学之道，用自己一生的实践证明，人可以通过修身磨砺而成就一颗通透光明无私之心，成为一个高尚的人，纯粹的人，梁启超先生尊他为"千古大师"。

这才是做事"常快活"的真正力量和源泉，也是王阳明《为善最乐文》一文表达的诗意人生升华。

这就可以理解王阳明许多不离苦难现实的乐观主义文章了！比如，在王阳明被贬龙场那样艰苦的环境下，弟子对于他的"心外无理，心外无物"理论迷惑不解，向他请教说："南山里的花树自开自落，与我心有何关系？"王阳明回答说："尔未看此花时，此花与尔心同归于寂。尔来看此花时，则此花颜色，一时明白起来。便知此花，不在尔的心外。"

"事"上练就真本领，"事"上磨出光明花。

第六堂课：品德修为"致良知"

"某于此良知之说，从百死千难中来，不得已与人一口说尽。只恐学者得之容易，把作一种光景玩弄，不实落用功，负此知耳。"

这是"致良知"诞生后王阳明说的一番肺腑之言。

王阳明活了 57 岁，龙场悟道那年他 37 岁；提出"致良知"是在 49 岁，至死不渝。

王阳明曾写过多首良知诗，比如："尔身个个自天真，不用求人更问人。但致良知成德业，谩从故纸费精神。"

令人印象深刻的一个故事，是"盗贼也有良知"。据说王阳明在庐陵担任知县时，抓到一个罪恶滔天的大盗。大盗冥顽不灵，面对各种讯问强烈顽抗。王阳明亲自审问，大盗说："要杀要剐随便，别废话！"

王阳明微微一笑说："那好，今天就不审了。不过，天气太热，你还是把外衣脱了，我们随便聊聊。"

大盗说："脱就脱！"

过了一会儿，王阳明又说："天气太热了，不如把内衣也脱了吧！"

大盗撇撇嘴不以为然："光着膀子也是常事，没什么大不了的。"

又过了一会，王阳明又说："膀子都光了，不如把内裤也脱了，一丝不挂岂不更自在？"

大盗愣在那里，尴尬摆手："不方便，不方便！"

王阳明说："有何不方便？你死都不怕，还在乎一条内裤吗？看来你还是有廉耻之心的，是有良知的，你并非一无是处呀！"

王阳明循循善诱，大盗低头叹服认罪。

连大盗也有可觉醒的良知，何况其他人？人人致"吾心之良知于事事物物"即是成圣贤之道。

"致"即"正心"，通过提高道德修养过程，去掉不良杂念"人欲""不假外求""求诸内心"。王阳明认为，"致良知"是人的主体自觉，是与人的道德认识和道德实践紧密相连，是以良知标准评判和衡量个人与社会善恶的是非标准。

1527 年，在王阳明受命出征广西平乱行前，作《别诸生》诗："绵绵圣学已千年，两字良知是口传。欲识浑沦无斧凿，须从规矩出方圆。不离日用常行内，直造先天未画前。"在王阳明看来，只有"致良知"三字无病，是孔孟圣学的"一点骨血"，是心学的要核。而"良知"不离日用，无时无处不在，只有按"良知"行事才有光明前途。

"致良知"是心学核心，也是做人智慧。作为心学最高概括的"四句教"，可以说是通俗的诠释：无善无恶心之体，有善有恶意之动。知善知恶是良知，为善去恶是格物……

王阳明把"致良知"作为解决问题的一个根本方法。他说："只此良知无不具足。譬之操舟得舵，平澜潜濑，无不如意，虽遇颠风逆浪，舵柄在手，可免沉溺之患矣。"

正像王阳明另一首良知诗中的一句所说："尽道圣贤须有秘，翻嫌易简却求难。"心学至为高明，直通大彻大悟；心学也至为平实，不过就是八个字：老老实实，踏踏实实。那些自以为聪明高明的人，全都掉进了坑里一生爬不出来。

对于品德修为"致良知"的心学，到底师传儒释道哪一家？王阳明用"三开间一所房子"形象解答：三家实一家，后世儒家不知道三间房子都是儒家的，却把左边一间划分给佛家，把右边一间划分给道家，自家甘愿占据中间一间厅堂，这是把自家的东西送人了。

圣人与天地万物是一个整体，儒家、佛家、道家的学问，都可归于心学一家学问，而心学一个重要内容，正是"知行合一"。

在《教条示龙场诸生》这一"为学做人"教育学规中，王阳明把品德修为"致良知"的四条路径，鲜明总结了出来：一是立志，坚持不懈，专注精一，目标圣贤；二是勤学，勤确谦抑，不骄不躁，为人诚恳，表里如一；三是改过，要有勇气改正错误，不是寄希望于不犯错误；四是责善，劝善真诚，自我批评，严于律己，宽以待人。

这四条中，"改过"一条尤其难能可贵。王阳明是从修正自身、反躬自省、不断改过致良知的。人们看到的是一个"三不朽"的圣人，而细读王阳明从小到大的成长经历和给弟子们的书信，他多次表示人非尧舜，孰能无过，还拿自己曾经走过的弯路、错误，劝诫弟子吸取教训，谦抑自叹"适今中年、未有所成""粗浮之气不及人"等，这是极为了不起，而又易被今天的我们忽略的。

王阳明在《寄诸弟》家书中，特别强调了"改过为贵"的思想。晚年，他语重心长给正在长大成人的养子正宪书写了一个扇面文章《书正宪扇》，也是要求其严于自律、去"傲"改过。王阳明把"改过"与"立志""勤学""责善"，当作优良家风不可分割的几个部分。传承人品好、重道德、做学问的祖父和父亲，王阳明进一步发展了"以仁礼存心，以孝弟为本，以圣贤自期"的成才教育思想。在家书《寄正宪男手墨》中，王阳明告诉孩子，不会强迫他一定要在科举考试中有所成就，而是欣赏和鼓励孩子向上向善的那份上进精神，体现了他希望后辈全面发展的思想。

至善无尽，知行无尽，王阳明提出的这四条路径，都是自己蹚过生死路体证出来的。他的心学也是安心放心、养精气神的身心之学，保证了"良知自知，原是容易的。只是不能致那良知，便是'知之匪艰，行之惟艰'"。

从孝悌亲情到尊师重教、交友重情、平等待人，王阳明的品德修为体现在"为学做人，为官做事"的点点滴滴。比如，有人因王阳明新婚之夜跑到道士那里求道一夜未归，怀疑他的爱情观。而纵观一生，王阳明是一个对爱情十分专一的人，在狱中他直抒胸臆写了一首《屋罅月》，倾诉对妻子的思念之情，最后四句情深意切、荡气回肠："来归在何时？年华忽将晚。萧条念宗祀，泪下长如霰。"

王阳明的一生，坚持践履"万物一体"的社会、人生理想，寄情于祖国的大好河山中，"庙堂"与"山林"意识并存，"书剑"与"道法"同在，"仁者乐山"与"智者乐水"兼备，"静坐调息"与"箭无虚发"不二，留下大量诗歌、散文和书画作品。这些无疑都陶冶了王阳明的审美情趣和人生境界。

对王阳明来说，治国亲民的最高境界是"仁境"，而人生的最高境界，则是王阳明一生所向往的"颜回乐境"，心灵进入万物同化的浩渺世界中。

中秋月白如昼，王阳明令侍者设席于碧霞池上，门人在侍者百余人，酒半酣，歌声渐动，直追尧舜圣贤。渐渐地师生自得狂欢（今天可能就是"嗨"翻了吧），或投壶聚算，或击鼓，或泛舟。王阳明见大家兴致很高，悄然退一旁即兴作诗，《月夜》一首连一首，"铿然舍瑟春风里，点也虽狂得我情"，诗如泉涌。

这样的场景虽然不多，也足以显示了王阳明是一个充满生活情趣、真诚有意思的人。37岁龙场悟道后，更把仁爱之情化于和谐处理各种关系中。比如，确定了自己能够调节控制情绪的爆发，他同随从有了更密切的关系，而不是坐一旁远离他们。事实上，只有在控制自己之后，他才能去照顾别人。只有通过照顾别人，他才能更多地确立自己的独立性。平常是随从伺候他，而现在他不仅自己动手干粗活，而且还自愿承担了照顾随从的工作。

真正悟道后，如王阳明在一条船上告诫弟子的，良知如光明，光明无处不在，在烛光中，在空中划的圆圈中，在船外的湖水中。而王阳明最后的遗言，也是在一条缓缓前行的船上："此心光明，亦复何言！"

渡船，于是具有了此岸通向彼岸的象征意义。王阳明先是以"万物一体"为道德逻辑的出发点，从而推论出良知自在人的心中，如同光明始终都在人的心中，此岸即彼岸，船可用亦可舍。

在王阳明晚年的《大学问》中，更是把品德修为"致良知"当作工夫学问，"夫然后意之所发者，始无自欺而可以谓之诚矣"，而这份诚意、正心，推己及人即是"明明德于天下"，即是"修己以安百姓"，这就超越了过去的一些儒家学说。某种意义上，其教养建构的历史文化活动，不仅要维护人的自然生命和生态和谐，同时也要提升人的文化生命和大同社会。

王阳明的这些思想超越时空、跨越国界，尽管只留下一篇当时与日本高僧交往的文章，但王阳明的思想深深影响了日本等国家，一直到今天，还在影响着这个世界。正如哈佛大学杜维明教授认为的，在物质主义和商业主义盛行、充满暴戾之气的 21 世纪，王阳明心学相当于强心针。对于现在的年轻人，对于希望我们这个民族往前走的这一批人来说，阳明学是我们所有人急需的一种重要精神资源。

王阳明认为，尧、舜、禹三王之所以能治理天下并保证其政治活动的正当性，其实道理非常简单，那就是本着良知而言行。王阳明追求圣贤、追求光明的一生，同样也是一个生动的注解，可以成为我们文化传承的一个切入点。

王阳明的一生充满传奇，但他和我们一样，是有血有肉、有情有义、有苦有乐、有彷徨有挫折的普通人，他从小立志，以"人人皆可成圣贤"的人生追求，以济困救世、明德亲民的家国情怀，以"夫人者，天地之心，天地万物，本吾一体者也"的宽阔胸襟，事上磨炼敢担当，知行合一"致良知"，成就了一番立德、立功、立言的大事业。他的成长成才，对于新时代青少年有很多教育启迪意义。

注：笔者尊重经典原义并参考相关研究成果，对一些古文进行了通俗白话转化，不妥处敬请批评指正。

（刊于 2020 年 9 月 11 日《中国青年报》，

学习强国、人民网等平台转载）

向青少年讲好文化传承的故事

假如曾当过报刊主编的马克思活在今天，在说出"通过油墨向我们的心灵说话"这句名言后，可能会再加上一句——"通过网络向我们的心灵说话"。

这是三年前中青报发表的评论员文章《文化的光芒无"微"不至》的开头。三年后的今天，网络化、智能化飞速发展，媒体融合进入纵深发展新阶段，中青报特色的"融媒小厨"正全面升级为"融媒云厨"。

习近平总书记6月30日主持召开中央全面深化改革委员会第十四次会议并发表重要讲话，强调推动媒体融合向纵深发展，要牢牢占据舆论引导、思想引领、文化传承、服务人民的传播制高点。中青报随后发表评论员文章《坚定紧跟党走，炼铸红色青春》。

媒体融合向纵深发展需要提高政治站位，重塑功能定位：打造上传下达的治国理政新平台，打造内引外联的国际传播新格局，打造惠国利民的美好实用新服务。

向青少年讲好文化传承的故事，成为中青报加快媒体融合向纵深发展的一项重要政治任务和传播重点。

首先，为党育人、服务青年，需要更多的文化自信。

一个国家、一个民族不能没有灵魂。如何将党的文化理论创新同古今历史（包括党史、团史等）相结合？如何加快媒体融合，构建全媒体传播平台，传承和发展中华优秀传统文化？如何用习近平新时代中国特色社会主义思想铸魂育人？

《习近平谈治国理政》第三卷在第十一专题"铸就中华文化新辉煌"中，

集中回答了这些新时代课题。这一专题收录了习近平总书记在纪念五四运动 100 周年大会上的讲话，总书记对新时代中国青年提出了树立远大理想、热爱伟大祖国、担当时代责任、勇于砥砺奋斗、练就过硬本领、锤炼品德修为等六点要求。讲好文化传承的故事，就是要紧紧围绕这六点要求。

其次，传承发展、创造创新需要更强的文化自觉。

2017 年 1 月 25 日、2 月 27 日，中共中央办公厅、国务院办公厅分别印发了《关于实施中华优秀传统文化传承发展工程的意见》《关于加强和改进新形势下高校思想政治工作的意见》，提出"要弘扬中华优秀传统文化和革命文化、社会主义先进文化，实施中华文化传承工程，推动中华优秀传统文化融入教育教学，加强革命文化和社会主义先进文化教育"。

中华优秀传统文化是中华民族的文化根脉，是马克思主义中国化的本土文化之根，马克思主义也为传统文化注入了新的生机和活力，使中华文化沿着民族的、科学的、大众的文化方向发展。

以儒释道为主的中华优秀传统文化，至少与马克思主义有两个方面的重要契合点：一是实事求是、唯物辩证、当下契入，修身齐家、尊重人性、变革常新、知行合一，向上向善、知足少欲、大同理想，而这些恰是马克思主义能扎根中国的几个重要文化原因；二是将"以天下为己任""先天下之忧而忧，后天下之乐而乐"作为人生理想、价值追求，以开放包容为怀、以平常生活为源，"中"度而不偏，日用而不觉。

社会主义核心价值观就是中华优秀传统文化光辉照耀下的"德"：个人之德、家庭之德、公民之德、国家之德。道不可坐论，德不能空谈，要从知行合一上下功夫，通过"勤学、修德、明辨、笃实"，在坚定文化自信、坚持改革创新中打造传世精品。中青报人要在媒体融合过程中，增加人文关怀与现实关照的结合度，增加青年文化、时尚文化、红色文化的结合度，增加优秀传统文化与核心价值观的结合度。

依靠脚力、眼力、脑力、笔力这"四力"，努力将真善美的种子播撒在全媒体精品创造创新、分发传播的各个环节。

比如，近年来中青报全媒体推出的"习近平与大学生朋友们"系列报道、《青年大学习》系列团课等，以及一个个"中国好青年"故事、"强国青年"故事、"强国一代有我在"故事、"向上向善好青年"故事等，都成为向世界讲好中国故事的青春样本，成为努力实现中国梦的青春样本。

无论是战"疫"融媒报道，还是"小康夜话"等脱贫攻坚奔小康报道；无论是《会稽山风流记》《耕读传家：中华宰相村的家族密码》等文化特稿，还是加大开拓文化地理、国学阅读、文学潮流等青少年喜闻乐见的文化题材；无论是主办"和我一起去延安""字说中国，节传文脉——中国优秀传统文化系列传播活动"，还是更加聚焦打造"青年关注、关注青年"的深度报道和一系列文化品牌项目，都是进一步在文化传承的视角下，从内容、形式、渠道、技术、服务等全媒体价值链进行全方位创新，而最重要的还是内容创新。

近年来，中青报90后记者的报道《"探界者"钟扬》全文被教育部选入国家统编教材高一语文课本；2020年2月3日出版的《五月》专刊"00后的新小说"专题中，《念念不忘 必有回响》一文被选为2020年上海中考阅读理解题；中青报社主办的《中国青年作家报》《青年参考》《青年时讯》等正纳入一体化融合的精品内容方阵中……这些都是加强青少年特色的缩影。

讲好文化传承的故事，就是要在文化的自我觉醒、反省和创建中，不断创新，积极弘扬向上向善的好活法。

第三，有效切入、再造转化需要更亮的文化品牌。

习近平总书记在纪念五四运动100周年大会上的讲话中谈到青年立志时，引用了一句古语"立志而圣则圣矣，立志而贤则贤矣"。这出自王阳明的《教条示龙场诸生》。

习近平总书记指出："王阳明的心学正是中国传统文化中的精华，也是增强中国人文化自信的切入点之一。"他曾多次提到"知行合一""事上磨"等理念。由中国青年报社、共青团中央网络影视中心等培育出品的大型历史正剧《天地人心·王阳明》，近期举行了首次新闻发布会。告诉今天的青少年应该从王阳明身上学些什么，正是中青报近年重点聚焦的文化品牌切入点之一。

中青报通过"传承的力量""文化中国""榜样阅读"等一系列全媒体品牌活动，借助网红明星打造青年喜爱的正能量影视剧、纪录片、MV、五四晚会、时尚文化节、网络公开课等，全媒体创新思想理论板块，努力把"文化传承"的基因与"思想引领"的创新，有机有效结合起来。

其中，"传承的力量——学校体育艺术教育传承弘扬中华优秀传统文化全媒体展示活动"由教育部主办，中国青年报社承办，自 2018 年起已连续开展三年，以"我们的节日""全国校园春晚""新体艺活动"等弘扬祖国优秀传统文化宣传主题为引领，以服务我国青少年价值观塑造和影响为根本要求，发动全国各级各类学校参与。目前，"传承的力量"已成为青少年传习中华优秀传统文化的综合平台，成为对青少年思想政治引领和价值引领的线上线下宣传主阵地之一。

《榜样阅读》这档青年阅读分享类融媒视听节目，先后邀请了刘涛、武大靖、蒙曼等 60 位青年演员、歌手、运动员、作家、学者、科学家，走进节目现场与大家共同分享阅读的力量。

正深度推进的青年诚信行动、大学生国际魔术节、文旅研修、直播网课、志愿公益等，深入服务更广大基层一线青年婚恋交友、衣食住行、就业创业、心理健康、成长成才等全面发展，也越来越融入文化的元素。

近年来，中青报推出的《头条里的青春中国》《青春与祖国同在》《强国一代有我在》《未来已来》《有你在身边》《无畏的模样》《坚强的中国》《追光的人》等系列 MV 精品，不少突破亿万阅读量，成为年度爆款产品。

中青报的年轻人还推出了《红军桥的故事》《穿越山火生死线》等沉浸

式体验新闻文化产品，推出《92 岁王泰龄：生命的厚度与理想有关》《蓝天保卫战》（获得第九届"光影纪年"——中国纪录片学院奖最佳短纪录片）《小城抗疫》（受邀参加 2020 年 IDF 西湖国际纪录片大会）等十多部互动式纪录片。

这些新闻文化产品放在三年前的中青报，都是不可想象的。尽管探索创新过程中，还存在一些问题，但坚持正确舆论导向、不断自我革命的方向坚定不移。因为哪里有青年，哪里就应该有 24 小时中青报的存在和影响。

讲好文化传承的故事，就是要从一个个具体鲜活、有品牌价值的"点"切入，培养德智体美劳全面发展的时代新人。

第四，国际传播、产业发展需要更好的文化融合。

2020 年以来，中青报与团中央国际部承制了 9 期"全球青年抗疫行动经验分享会"，生产相关融媒产品并推广传播，和各国青年组织分享中国在统筹疫情防控和经济社会发展方面的经验，有力地传出中国声音，呼应人类命运共同体的主题。

中青报还深度参与团中央国际部重点项目"此时此刻"全球青年抗疫故事国际征集展示活动及其内外宣工作，打造了《亚洲正青春》MV 等一系列国际化产品。

刚刚深度融合的中青报国际传播平台，还探索尝试在海内外新媒体平台，分享具有鲜明中国味的青年文化"大餐"，从小试牛刀的饮食文化视频大获点赞，到"亚太青年领导力与创新创业论坛"高规格升级，把中国青年的创新创业文化和阳光向上风采，分享给全世界的伙伴们。

中青报致力于传承发展中华优秀传统文化和推动文化产业的发展，那些承载着优秀传统文化的文字特稿和影视剧、MV 等视觉化精品，能够以潜移默化和润物细无声的方式，在日常工作和娱乐休闲的生活中，渗入青年的大脑和心灵。

一面举起有思想的视觉锤，一面举起有品牌的产业锤。作为团中央机关报的中国青年报社（含团中央网络影视中心），将在中宣部指导下，在团中央书记处直接领导下，继续加速媒体融合纵深发展步伐，在以上不少方面的探索刚刚迈出脚步，诚恳地希望得到更多指导和各方支持。

讲好文化传承的故事，就是要齐心协力、求同存异，在推进构建人类命运共同体过程中，讲好中国故事、说好青年故事。

（刊于 2020 年 9 月 1 日《中国青年报》第 1 版，学习强国、人民网等转载）

项目统筹：闵捷 寇京晶 刘子新 李想 李翀 杨威 蒋欣 许海涛 朱梓轩

图书在版编目（CIP）数据

文化的光芒 / 张坤著 . - 北京：中国青年出版社，2021.1
ISBN 978-7-5153-6232-8

Ⅰ . ①文⋯ Ⅱ . ①张⋯ Ⅲ . ①散文集 - 中国 - 当代Ⅳ . ① I2674

中国版本图书馆 CIP 数据核字（2020）第 224974 号

责任编辑　李钊平　彭慧芝
助理编辑　王小洁
装帧设计　今亮后声 HOPESOUND pankouyugu@163.com

出版发行　中国青年出版社
社　　址　北京东四十二条 21 号
邮政编码　100708
网　　址　www.cyp.com.cn
编辑中心　（010）57350366
营销中心　（010）57350370
印　　装　鸿博昊天科技有限公司
经　　销　新华书店
规　　格　710mm×1000mm　1/16
印　　张　27.5
字　　数　348 千字
版　　次　2021 年 1 月北京第 1 版
印　　次　2021 年 1 月北京第 1 次印刷
定　　价　58.00 元

本书如有印装质量问题，请凭购书发票与质检部联系调换
联系电话：（010）57350337